AF277685

Estrella del desierto

Michael Connelly

ESTRELLA DEL DESIERTO

Traducido del inglés por
Javier Guerrero Gimeno

 TUBOLSILLO

Título original: *Desert* Star
Esta edición ha sido publicada por acuerdo
con Little, Brown & Company, New York,
New York, USA. Todos los derechos reservados.

Primera edición en TuBolsillo: mayo de 2026

Diseño de colección y cubierta: Estudio Pep Carrió
Imagen de cubierta: Matthew Hall
Adaptación para esta edición: REGA

Copyright © 2022 by Hieronymus, Inc.
© de la traducción: Javier Guerrero Gimeno, 2023
© de esta edición: TuBolsillo (Grupo Anaya, S. A.), 2026
Calle Valentín Beato, 21
28037 Madrid

PAPEL DE FIBRA
CERTIFICADA

ISBN: 979-13-87739-36-2
Depósito legal: M-3081-2026
Printed in Spain

En memoria de Philip Spitzer, que creyó en Harry Bosch

Primera parte

La biblioteca de las almas perdidas

1

Bosch tenía las pastillas preparadas, alineadas en la mesa. Estaba vertiendo agua de la botella al vaso cuando sonó el timbre. Se quedó sentado, pensando en no hacer caso. No esperaba a nadie. Su hija tenía llave y nunca llamaba a la puerta. Sería algún vendedor o un vecino, y ya no conocía a ninguno de sus vecinos. El barrio había cambiado mucho en los últimos años y, después de más de tres décadas allí, Bosch había dejado de dar la bienvenida a los recién llegados. De hecho, disfrutaba de ser el viejo expolicía cascarrabias del barrio al que la gente temía acercarse.

Pero la segunda llamada al timbre vino acompañada de una voz que lo llamó por su nombre. Una voz que reconoció.

—Harry, sé que estás ahí. Tu coche está aquí delante.

Bosch abrió el cajón de debajo de la mesa. Contenía cubiertos de plástico, servilletas y palillos chinos de paquetes de comida para llevar. Barrió las pastillas con la mano para que cayeran al cajón y lo cerró. Luego se levantó y se acercó a la puerta.

Renée Ballard estaba en el escalón. Bosch no la había visto en casi un año. Parecía más delgada de lo que recordaba. Distinguió el punto donde su *blazer* se había abultado sobre el arma que llevaba en la cadera.

—Harry.

—Te has cortado el pelo —dijo Bosch.

—Hace tiempo, sí.

—¿Qué haces por aquí, Renée?

Ella torció el gesto como si hubiera esperado un recibimiento más afable, pero Bosch no sabía por qué esperaba eso después de cómo habían terminado las cosas el año anterior.

—Finbar —dijo ella.

—¿Qué?

—Ya lo sabes. Finbar McShane.

—¿Qué pasa con él?

—Sigue libre. En algún sitio. ¿Quieres intentar encontrar pruebas conmigo o prefieres quedarte saboreando tu rabia?

—¿De qué estás hablando?

—Si me dejas entrar, puedo explicártelo.

Bosch dudó, pero luego se apartó y levantó un brazo, haciéndole una seña para que pasara, aunque lo hizo de mala gana.

Ballard entró y se quedó al lado de la mesa.

—¿No hay música? —preguntó Ballard.

—Hoy no —dijo Bosch—. ¿Así que McShane?

Ballard asintió con la cabeza, entendió que tenía que ir al grano.

—Me pusieron a cargo de los casos de la nevera, Harry.

—Lo último que supe era que habían cerrado la Unidad de Casos Abiertos. La desmantelaron porque no era tan importante como poner agentes de uniforme en la calle.

—Eso es verdad, pero las cosas cambian. El departamento está presionado para trabajar en casos sin resolver. Sabes quién es Jake Pearlman, ¿no?

—Un concejal.

—De hecho, es tu concejal. A su hermana menor la mataron hace mucho tiempo. Nunca se resolvió el caso. Cuando lo eligieron concejal se enteró de que la unidad se había desmantelado discretamente y de que nadie se ocupaba de los casos abiertos.

—¿Y?

—Y yo me enteré y fui a hacerle una propuesta al capitán: que me trasladara de Robos y Homicidios para reconstituir la Unidad de Casos Abiertos, investigar los casos que siguen en la nevera.

—¿Tú sola?

—No, por eso estoy aquí. En la décima planta accedieron: un agente jurado (yo) y el resto de la unidad, compuesto por policías en la reserva y voluntarios y subcontratados. La idea no se me ocurrió a mí. Otros departamentos usan el mismo modelo desde hace años y están resolviendo casos. Es un buen modelo. De hecho, si pensé en eso fue por tu trabajo en San Fernando.

—Entonces, me quieres en esta… brigada, o como la llames. No puedo estar en la reserva. No pasaría las pruebas físicas. ¿Correr una milla en menos de diez minutos? Imposible.

—Exacto, serías voluntario o haríamos un contrato. He sacado todos los expedientes del caso Gallagher. Seis carpetas para cuatro asesinatos; estoy segura de que es más material que el que te llevaste. Podrías volver a trabajar, oficialmente, en McShane.

Bosch se lo pensó un momento. McShane había exterminado a todos los miembros de la familia Gallagher en 2013 y los había enterrado en el desierto. Sin embargo, Bosch nunca había conseguido demostrarlo. Y luego se había retirado. No había resuelto todos los casos que se le habían asignado en casi treinta años de investigar asesinatos. Ningún detective de homicidios lo había hecho nunca. Pero con los Gallagher se trataba de una familia entera y era el caso que Bosch más odiaba tener sobre la mesa.

—Sabes que no me fui en buenos términos —dijo—. Me marché antes de que pudieran echarme. Luego los demandé. Nunca me abrirán otra vez la puerta.

—Si quieres, está hecho —dijo Ballard—. Ya lo he pactado antes de venir aquí. Ahora hay otro capitán y otra gente. Tengo que ser sincera, Harry, allí no hay mucha gente que te conozca. ¿Cuánto hace que te fuiste? ¿Cinco años? ¿Seis? Es un departamento diferente.

—Apuesto a que se acuerdan de mí en la décima.

La décima planta del Edificio de Administración de la Policía era el lugar donde estaba la Oficina del Jefe de Policía y el lugar que ocupaba la mayoría de los mandos del departamento.

—Bueno, mira, ni siquiera trabajamos en el EAP —dijo Ballard—. Estamos en Westchester, en el nuevo archivo de homicidios. Nos ahorra mucho politiqueo y miradas entrometidas.

Eso intrigó a Bosch.

—Seis carpetas —dijo en un murmullo audible.

—Apiladas en un escritorio vacío que lleva tu nombre —dijo Ballard.

Bosch se había llevado copias de muchos documentos del caso al retirarse. La cronología y los informes que consideraba más importantes. Había trabajado en el caso de manera intermitente desde entonces, pero tenía que reconocer que no había llegado a ninguna parte, y Finbar McShane seguía en algún sitio, viviendo en libertad. Bosch nunca había encontrado ninguna prueba sólida contra él, pero en sus entrañas y en su alma sabía que era el asesino. Era culpable. La oferta de Ballard resultaba tentadora.

—Entonces, ¿vuelvo y trabajo el caso de la familia Gallagher? —dijo.

—Bueno, lo trabajas, sí —dijo Ballard—. Pero necesito que trabajes también en otros casos.

—Siempre hay una trampita.

—Necesito presentar resultados. Tengo que mostrarles lo mucho que se equivocaron al desmantelar la unidad. El caso Gallagher va a requerir trabajo: seis carpetas a revisar, sin ADN ni pruebas de huellas dactilares que se conozcan. Es un hueso duro de roer, y no me importa, pero necesito que resolvamos algunos casos para justificar la unidad y mantenerla en marcha para que puedas ocuparte de un caso de seis carpetas. ¿Cómo lo ves?

Bosch no respondió de inmediato. Pensó en que, un año antes, Ballard le había dejado tirado. Había abandonado el departamento, frustrada con la política, con la burocracia, con la misoginia, con todo, y habían acordado formar un equipo y trabajar juntos en privado. Luego el jefe de policía la atrajo con la promesa de dejarla elegir puesto y ella le dijo que iba a volver. Eligió la División de Robos y Homicidios en el centro de la ciudad y ese fue el final de su planeada colaboración.

—Ya había empezado a buscar oficinas, ¿sabes? —dijo Bosch—. Había una bonita *suite* de dos habitaciones en un edificio que hay detrás del Hollywood Athletic Club.

—Mira, Harry —dijo Ballard—. Me he disculpado por cómo lo hice, pero tú tienes parte de culpa.

—¿Yo? Es absurdo.

—No, tú fuiste el primero que me dijo que es más fácil cambiar una organización desde dentro que desde fuera. Y eso es lo que decidí. Así que, cúlpame si eso te hace sentir mejor, pero, en realidad, hice lo que me dijiste.

Bosch negó con la cabeza. No recordaba haberle dicho eso, pero sabía que era lo que sentía. Era lo que le había dicho a su hija cuando estaba pensando en ingresar en el departamento tras las recientes protestas y el odio a la policía.

—Está bien, acepto —dijo—. ¿Tendré placa?

—Ni placa ni pistola —respondió Ballard—. Pero tienes esas seis carpetas. ¿Cuándo puedes empezar?

Bosch recordó por un instante las pastillas que había alineado en la mesa unos minutos antes.

—Cuando quieras.

—Bien —dijo Ballard—. Te veo el lunes entonces. Habrá un pase para ti en la mesa de entrada y luego te conseguiremos una tarjeta de identificación. Tendrán que hacerte una foto y tomarte las huellas.

—¿La mesa está al lado de una ventana? —Bosch sonrió al decirlo.

Ballard no sonrió.

—No tientes a la suerte.

2

Ballard estaba en su mesa, escribiendo una propuesta de presupuesto para analizar pruebas de ADN, cuando sonó su teléfono. Era el agente de la entrada.

—Tengo a un tipo aquí, dice que debería tener un pase para él. Heron… Her… No sé pronunciarlo. El apellido es Bosch.

—Lo siento, me olvidé de prepararlo. Dale un pase de visitante y mándamelo. Va a trabajar aquí, así que le prepararemos una identificación más tarde. Y es Hieronymus. Como el pintor.

—Vale, lo mando.

Ballard colgó el teléfono y se levantó para recibir a Bosch en la sala de archivos, sabiendo que estaría enfadado por las complicaciones en la entrada. Cuando llegó allí y abrió la puerta, Bosch estaba a un par de metros, mirando a la pared por encima de su cabeza. Ballard sonrió.

—¿Qué opinas? —dijo—. Hice que lo pintaran. —Salió al pasillo para volverse y mirar las palabras escritas sobre la puerta.

UNIDAD DE CASOS ABIERTOS
TODO EL MUNDO CUENTA O NADIE CUENTA

Bosch negó con la cabeza. «Todo el mundo cuenta o nadie cuenta» era la filosofía que siempre había aplicado al trabajo en homicidios, pero era también su filosofía personal. No era un eslogan, y menos aún algo que quisiera ver pintado en una pared. Era algo que se sentía y se conocía desde dentro. No algo que pudiera anunciarse, ni siquiera algo que pudiera enseñarse.

—Venga, necesitamos alguna cosa —dijo Ballard—. Un lema. Un código. Quiero un poco de camaradería en esta unidad. Vamos a darles una tunda.

Bosch no respondió.

—¿Por qué no entramos y te instalas? —propuso Ballard.

La detective lo condujo rodeando el mostrador de recepción, situado frente a filas de estantes cargados con expedientes de homicidios organizados por año y número de caso. Recorrieron el pasillo situado a la izquierda de los estantes hasta el espacio de trabajo oficial de la reconstituida Unidad de Casos Abiertos. Era un conjunto de siete cubículos separados por mamparas, tres a cada lado y uno al fondo.

Dos de los cubículos estaban ocupados y las cabezas de los investigadores apenas sobresalían por encima de las mamparas. Ballard se detuvo en el espacio del fondo.

—Este es mi sitio —dijo—. Y tú te instalarás aquí.

Señaló un cubículo que compartía una mampara con el suyo, y Bosch rodeó la mampara. Ballard terminó de entrar en su espacio de trabajo y cruzó los brazos sobre la mampara para poder mirar el escritorio de Bosch. Ya había dejado allí dos pilas separadas de expedientes, una más alta que otra.

—La pila alta es la de Gallagher, seguro que reconoces todo.

—¿Y esto?

Bosch estaba abriendo la carpeta que coronaba la pila más pequeña, de solo dos carpetas.

—Esa es la trampita —dijo Ballard—. Sarah Pearlman. Quiero que empieces revisando eso.

—La hermana del concejal —dijo Bosch—. ¿No lo has revisado tú?

—Sí, y me parece un caso perdido. Pero quiero conocer tu opinión antes de que vuelva a hablar con el concejal para darle la mala noticia.

Bosch asintió.

—Echaré un vistazo —dijo.

—Antes de que te zambullas en eso, deja que te presente a Lilia y Thomas.

Ballard caminó hasta el otro extremo de la configuración de espacios de trabajo. Los dos últimos cubículos estaban ocupados por un hombre y una mujer, ambos con aspecto de tener entre cincuenta y cinco y sesenta años. Ballard se hallaba más cerca del hombre y le puso la mano en el hombro mientras lo presentaba. Los dos tenían un aspecto profesional. La chaqueta del traje del hombre estaba colgada sobre el respaldo de la silla. Lucía una corbata bien ajustada. Tenía el pelo oscuro y bigote y llevaba gafas de lectura para el trabajo de escritorio. La mujer, de cabello oscuro y tez morena, iba vestida como se vestía siempre Ballard, con un traje chaqueta y blusa blanca. Llevaba un pin de la bandera de Estados Unidos en la solapa, y Bosch se preguntó si con eso pretendía evitar preguntas sobre si era extranjera.

—Él es Thomas Laffont, que se unió a nosotros la semana pasada —dijo Ballard—. Es un jubilado del FBI y lo he emparejado con Lilia Aghzafi, que estuvo veinte años en la metropolitana de Las Vegas antes de que se le antojara ver el océano y retirarse aquí. Tom y Lilia están revisando casos que puedan beneficiarse de un seguimiento de genealogía genética. Ya habrás oído que está de moda en los círculos de investigación de casos abiertos.

Bosch estrechó las manos de los dos investigadores y los saludó con un leve gesto de asentimiento.

—Él es Harry Bosch —lo presentó Ballard—. Retirado del departamento. Como no se va a dar bombo a sí mismo, lo haré yo por él. Fue uno de los miembros fundadores de la antigua Unidad de Casos Abiertos y, básicamente, en todo el departamento de policía nadie se ha pasado más años que él en homicidios.

Ballard observó entonces a Bosch manejando con torpeza las presentaciones y la charla. No se le daba bien disimular su eterna desconfianza ante el FBI. Finalmente, lo rescató y se lo llevó a su cubículo tras decir a Aghzafi y Laffont que tenía que revisar más cosas con el «novato» de la brigada.

De nuevo al otro lado de la mampara, se situaron en sus respectivos cubículos y Ballard se levantó otra vez y se inclinó sobre la divisoria para que él pudiera verla mientras hablaban.

—Guau —dijo ella—. Acabo de fijarme en que te has quitado ese bigote tan porno. ¿Ha sido desde que hablamos?

Ballard estaba segura de eso. Habría reparado en su ausencia en la casa de Woodrow Wilson. Bosch se puso colorado y desvió la mirada al otro lado del cubículo para ver si Aghzafi y Laffont habían oído el comentario. Luego se frotó el labio superior con el pulgar y el índice como para asegurarse de que ya no había bigote.

—Se estaba poniendo blanco —dijo.

No ofreció ninguna otra explicación, pero Ballard sabía que el bigote se estaba poniendo blanco desde antes de que ella lo conociera.

—Estoy segura de que le has dado una alegría a Maddie —dijo.

—No lo ha visto.

—Bueno, ¿y cómo le va?

—Por lo que sé, bien. Trabaja mucho.

—He oído que la asignaron a la División de Hollywood al salir de la academia. Es una chica afortunada.

—Sí, está en el turno central. Entonces, ¿cómo funciona esto de la genealogía?

A Ballard le quedó claro que Bosch se sentía incómodo con las preguntas personales y se agarraba a un clavo ardiendo para cambiar de tema.

—No vas a tener que preocuparte por eso —dijo—. Es bueno y válido, pero es ciencia, así que también es caro. Es el único sitio donde tengo que elegir adónde disparamos. Tenemos una ayuda de la Fundación Ahmanson, que donó todo este edificio, pero un estudio genético completo cuesta unos dieciocho mil dólares si acudimos fuera del departamento. Así que hemos de escoger con prudencia. He puesto a Tom y Lilia en eso, y a otra investigadora que seguramente conocerás mañana. Tenemos carta blanca en los análisis normales de ADN, porque ahora es todo interno. Con esos solo tenemos que ponernos a la cola y esperar. Y puedo jugar la carta de la urgencia una vez al mes. Indulgencia del jefe. También nos cedió una técnica de laboratorio específicamente asignada a trabajar con casos de nuestra unidad.

—Bonito detalle.

—Sí, pero vamos a volver a tu orientación. Lo que pido a nuestros reservas y voluntarios es que dediquen al menos un día por semana. La mayoría hace más que eso, pero los escalono para que tengamos al menos una persona aquí de lunes a jueves. Yo estoy a tiempo completo y tengo a Tom y Lilia que vienen los lunes, Paul Masser y Colleen Hatteras los martes, Lou Rawls los miércoles, y ahora tú… diría que los jueves, pero sé que estarás aquí más días. La mayoría de los demás también.

—Lou Rawls…, ¿en serio?

—No. Y ni siquiera es negro. Se llama Ted Rawls y después de pasar diez años en la policía habría sido imposible que no le pusieran ese apodo evidente. Alguna gente todavía lo llama Lou y parece que le gusta.

Bosch asintió.

—Pero deberías saber una cosa —continuó Ballard, inclinándose hacia delante y bajando la voz para que apenas se oyera desde el otro lado de la divisoria—. A Rawls no lo elegí yo.

Bosch hizo rodar la silla más cerca de su escritorio para oír mejor y completar el abrazo de confidencialidad.

—¿Qué quieres decir?

—Tenemos más solicitudes que plazas —dijo Ballard—. El jefe me dio carta blanca para elegir a quien quisiera y es lo que hice, pero Lou Rawls fue elección de Pearlman.

—El concejal.

—Él y su jefe de gabinete son muy intransigentes con eso. Se trata de su hermana, pero también de política. Tiene aspiraciones más altas que ser concejal y el éxito de esta unidad puede ayudarle. Así que impuso a Rawls y tuve que aceptarlo.

—Nunca había oído hablar de él y creo que me acordaría de un nombre como ese. No es del departamento, ¿no?

—No, se retiró en Santa Mónica, pero eso fue hace quince años, así que no aporta mucho. Hay que enseñarle todo, y la cuestión es que tiene hilo directo con Pearlman y Hastings.

—¿Hastings?

—Nelson Hastings, el jefe de gabinete de Pearlman. Los tres son colegas o algo así. Rawls dejó la policía de Santa Mónica después de diez años para meterse en negocios. Así que para él esto solo es algo accesorio.

—¿Qué negocios? ¿Es detective?

—No, es un negocio de verdad. Es dueño de uno de esos sitios de buzones de correos. Algo tipo UPS o FedEx, y también venden cajas y material de embalaje. Creo que tiene varios locales por toda la ciudad y le va bastante bien. Conduce un coche de lujo y vive en una casa en Santa Mónica, en la zona de la universidad. Y supongo que es uno de los principales partidarios de la campaña de Pearlman.

Bosch asintió. Se hizo una idea. Un *quid pro quo*. Ballard se echó hacia atrás y se sentó tras darse cuenta de que Laffont y Aghzafi se habían apercibido de sus susurros. Todavía podía ver los ojos de Bosch por encima de la mampara. Continuó en un tono más normal.

—Mañana conocerás a Paul y Colleen —dijo—. Son buenos. Masser es un fiscal retirado que trabajó en Delitos Graves, así que nos ayuda mucho con las órdenes de registro y en las cuestiones y estrategias legales. Es bueno que esté dentro en lugar de tener que llamar a la fiscalía cada vez que nos surge una pregunta.

—Creo que lo recuerdo —dijo Bosch—. ¿Y Hatteras?

—No tiene experiencia policial. Es nuestra genealogista interna y lo que llaman una «ciudadana detective».

—Una aficionada. ¿De verdad?

—De verdad. Es una gran investigadora de internet, y ahí es donde está el tema de la genética. ¿Sabes lo que es GGI?

—Eh...

—Genealogía genética aplicada a la investigación. Subes el ADN de tu sospechoso a GEDmatch, que accede a una serie de bases de datos, y te sientas a esperar una coincidencia. Deberías saberlo. Era una gran tendencia en las investigaciones de casos sin resolver hasta que llegó la política de privacidad. Ahora es un recurso limitado, pero sigue mereciendo la pena.

—¿Fue así como atraparon al Asesino de Golden State?

—Exactamente. Pones el ADN y, si tienes suerte, consigues conexiones con familiares. Un primo cuarto aquí, un hermano que nadie conocía allá. Luego es cuestión de ingeniería social. Haciendo contactos en línea vas construyendo un árbol genealógico con la esperanza de que una rama te lleve a tu hombre.

—Y tienes a una civil haciendo eso.

—Es una experta, Harry. Dale una oportunidad. Me gusta y creo que nos va a funcionar bien.

Ballard pudo ver todo el escepticismo en los ojos de Bosch mientras miraba hacia otro lado.

—¿Qué?

—¿Todo esto va a terminar en un *podcast* o vamos a presentar casos?

Ballard negó con la cabeza. Sabía que él actuaría así.

—Ya lo verás, Harry —dijo—. No tienes que trabajar con ella, pero apuesto a que al final querrás hacerlo. Así de segura estoy. ¿De acuerdo?

—De acuerdo —dijo Bosch—. No estoy tratando de causar problemas. Me alegro de estar aquí. Tú eres la jefa y yo nunca cuestiono a un jefe.

—Sí, claro. No caerá esa breva.

Bosch miró alrededor de la sala.

—Así que soy el último en llegar —dijo.

—Pero el primero que quería —dijo Ballard—. Solo necesitaba tener todo en su sitio antes de visitarte.

—Y tenías que asegurarte de que me autorizaban.

—Bueno, eso también.

Bosch asintió.

—Entonces, ¿dónde se puede tomar una taza de café por aquí? —preguntó.

—Hay una cocina con café y una nevera —dijo Ballard.

—Se sale por…

—Yo lo llevaré —dijo Laffont—. También necesito un chute.

—Gracias, Tom —dijo Ballard.

Laffont se levantó y preguntó si alguien más quería café.

Ballard y Aghzafi declinaron la invitación y Bosch siguió a Laffont hasta la entrada de la sala de archivos.

Ballard los observó, esperando que Bosch se portara bien con el exagente del FBI y no provocara un enfrentamiento en su primer día de trabajo.

3

Bosch estaba acostumbrado a estar solo en su casa cuando revisaba viejas carpetas y expedientes de asesinatos y trataba de pensar en movimientos que no se le habían ocurrido antes. Era en gran medida un trabajo silencioso. Tendría que volver a habituarse a trabajar en una sala de brigada y recuperar la capacidad de desconectar de las conversaciones que se desarrollaban a su alrededor para poder concentrarse en su trabajo.

Mientras Ballard estaba al teléfono y se ocupaba de las exigencias políticas de su trabajo al otro lado de una mampara inútil para proporcionar intimidad, Bosch abrió la primera de las tres carpetas que contenían los registros de la hasta el momento infructuosa investigación del asesinato de Sarah Pearlman.

Comenzó con la carpeta marcada como «VOLUMEN I» e inmediatamente fue al índice. Allí constaba que las fotos de la escena del crimen y las fotos forenses se encontraban en el tercer volumen. Pasó a esa carpeta. Quería empezar por las fotos. Antes de saber nada del caso quería ver lo que los investigadores vieron la mañana del 11 de junio de 1994, cuando el cadáver mancillado de Sarah se encontró en su cama, en la casa de su familia en Maravilla Drive, en Hollywood Hills.

En la tercera carpeta había varias fundas de plástico sujetas con anillas y cada una de ellas contenía fotos de 13 × 18 por delante y por detrás. Las imágenes eran las clásicas fotografías en color con iluminación dura en las que la sangre se veía de color púrpura oscuro, la piel blanca adquiría un aspecto como de alabastro y la víctima aparecía despojada de su humanidad. Sarah Pearlman solo tenía dieciséis años cuando un violador puso fin a su vida asfixiándola y acuchillándola. En las primeras fotos, el cuerpo de Sarah estaba estirado en la cama con un camisón de franela subido sobre el torso expuesto para cubrirle la cara. Bosch inicialmente interpretó la posición del camisón como un intento del asesino de impedir que la víctima viera sus rasgos. Sin embargo, al pasar las fundas de fotos, quedó claro que el camisón lo habían subido después de que hubiera sido agredida y asesinada. Bosch lo reconoció como una acción de arrepentimiento. El asesino tapó la cara de la víctima para no tener que verla más.

Había múltiples heridas de arma blanca en el pecho y el cuello de la víctima, y la sangre había empapado las sábanas y el edredón y se había coagulado en torno al cuerpo. También estaba claro, por los hematomas alrededor de la garganta, que la víctima había sido asfixiada en algún momento de su suplicio. Contando los años de guerra y de trabajo policial, Bosch llevaba más de medio siglo viendo muertes por causas no naturales. Sería un error decir que se había acostumbrado a ver la depravación y la crueldad que los seres humanos se infligen unos a otros, pero hacía tiempo que había dejado de considerar esos estallidos de violencia como aberraciones. Había perdido gran parte de su fe en la bondad de las personas. Para él, la violencia no era una desviación de la norma. Era la norma.

Sabía que era una visión pesimista del mundo, pero cincuenta años de trabajar en campos ensangrentados lo habían dejado sin apenas esperanza. Sabía que el oscuro motor del asesinato nunca se quedaría sin combustible. Él no lo vería en vida. Ni nadie.

Continuó pasando las fotos para imprimirlas en su mente de manera indeleble. Era su manera de actuar. Era su manera de enfurecerse, de vincularse inextricablemente a una víctima que había visto solo en fotos. Eso encendería el fuego que necesitaba.

A continuación de las fotos de la escena del crimen, venían las fotos forenses, tomas individuales de pruebas y posibles indicios probatorios. Entre ellas había fotos de salpicaduras de sangre en la pared por encima de la cabecera de la cama y en el techo, fotos de la ropa interior de la víctima, desgarrada y tirada en el suelo, un aparato de ortodoncia encontrado entre los pliegues del edredón.

Había varias fotos de huellas dactilares que los técnicos habían identificado, empolvado y luego recuperado con cinta adhesiva. Bosch sabía que coincidirían con las de la víctima, ya que ella había habitado el dormitorio. Lo corroboraban anotaciones hechas por los investigadores originales. En cambio, una foto de lo que parecía ser la mitad inferior de una huella de la palma de la mano tenía la anotación «DESC»: desconocido. Se había encontrado en una ventana y su posición en el alféizar indicaba que la había dejado alguien que entró por esa ventana.

En 1994, la huella parcial de la palma de la mano no habría servido de nada a no ser que se comparara directamente con la de un sospechoso. Bosch investigaba homicidios entonces y sabía que no había bases de datos de huellas palmares. De hecho, casi tres décadas después, seguía habiendo pocas huellas palmares archivadas o en bases de datos para comparar.

Bosch miró a Ballard por encima de la mampara. Acababa de colgar después de una llamada con un empresario local conocido por construir cientos de apartamentos en el centro de la ciudad. Ballard había pedido al empresario que se uniera a la causa y que apoyara económicamente el trabajo de la Unidad de Casos Abiertos.

—¿Cómo ha ido? —preguntó.

—Ya me enteraré —dijo Ballard—. Veremos si suelta un cheque. La Fundación de la Policía me pasó una lista de anteriores contribuyentes. Trato de llamar a dos o tres cada día.

—¿Sabías que te tocaría hacerlo cuando aceptaste el puesto?

—La verdad es que no. Pero no me importa. Me gusta bastante hacer que la gente se sienta culpable y nos dé dinero. Te sorprendería saber cuántos conocían a alguien que fue víctima de un crimen no resuelto.

—No creo que me sorprendiera.

—Ya, supongo que no. ¿Cómo ves lo de Pearlman?

—Todavía estoy con las fotos.

—Sabía que empezarías por ahí. Fue chungo.

—Sí.

—¿Impresiones iniciales?

—Todavía no. Quiero mirar otra vez. Pero la huella palmar, la parcial, supongo que la habéis buscado en las bases de datos actuales.

—Sí. Lo primero. No recibimos nada.

Bosch asintió. No era una sorpresa.

—¿Y el ViCAP?

—Nada, ningún resultado.

El ViCAP era un programa del FBI que contaba con una base de datos de crímenes violentos y criminales en serie. Pero era bien conocido que no se trataba de una base de datos completa. Muchas agencias policiales no exigían a sus detectives que introdujeran sus casos por el tiempo que requería cumplimentar las encuestas del ViCAP.

—Mirando las fotos, es difícil creer que actuara una sola vez.

—Estoy de acuerdo. Aparte del ViCAP, hice llamadas a las brigadas de casos abiertos de San Diego y San Francisco. Ningún resultado, nada similar. Incluso llamé a tu viejo colega Rick Jackson. Trabaja en casos abiertos en el condado de San Mateo. Hizo unas llamadas para mí, pero nada de nada.

Jackson era un detective de homicidios retirado del Departamento de Policía de Los Ángeles de la época de Bosch.

—¿Cómo le va a Rick?

—Parece que está cerrando casos a diestro y siniestro —respondió Ballard—. Es lo que espero que empecemos a hacer aquí.

—No te preocupes. Lo haremos.

—Escucha, los lunes voy al EAP a ver al capitán para ponerle al día del trabajo, el presupuesto y todo eso. Probablemente estaré en el centro hasta que me vaya a casa. ¿Necesitas algo? Tom y Lilia pueden ayudarte si necesitas algo.

—No necesito nada. ¿Cuáles son las reglas para llevarse cosas a casa?

—No puedes llevarte los expedientes. Eso iría en contra de la idea de tener todos los casos no resueltos en el mismo sitio, ¿entiendes?

—Claro. ¿Hay fotocopiadora?

—No copies expedientes, Harry. No quiero tener complicaciones con el capitán por eso.

Bosch asintió con la cabeza.

—¿De acuerdo? —insistió Ballard—. Lo digo en serio.

—Entendido —dijo Bosch.

—Vale, pues buena caza. ¿Crees que volverás mañana? No quiero presionarte.

—Creo que volveré.

—Bien, te veré mañana.

—Sí.

Bosch observó a Ballard mientras salía, luego echó un vistazo al fondo para ver qué hacían Laffont y Aghzafi. Solo podía ver la parte superior de sus cabezas sobre las mamparas de separación. Volvió a trabajar, hojeando otra vez las fotos de la escena del crimen para que las imágenes se le quedaran grabadas a fuego en la memoria. Una vez que hubo revisado las fotos, volvió a coger el volumen 1 y empezó su revisión desde el principio.

Los investigadores originales del caso fueron Dexter Kilmartin y Philip Rossler. Bosch los conocía de nombre, pero no en persona. Estuvieron asignados a la División de Robos y Homicidios, que se ocupaba de los casos más importantes de la ciudad. Pasó al registro cronológico que habían preparado. Mostraba que inicialmente se encargaron del caso detectives de homicidios de la División de Hollywood en la mañana del 11 de junio, pero rápidamente se entregó a los pesos pesados de Robos y Homicidios, porque un crimen sexual contra una menor de dieciséis años en Hollywood Hills estaba llamado a suscitar una significativa atención de los medios.

Bosch entonces estaba trabajando en Homicidios de Hollywood, pero no participó en la fase inicial, porque él y su compañero Jerry Edgar no estaban en la rotación. Aun así, tenía un vago recuerdo del caso y de su adjudicación por parte de Robos y Homicidios. No podían imaginar que el caso solo retendría el interés de los medios durante un solo día. Al día siguiente, la exmujer de la estrella del fútbol americano y no tan gran actor O. J. Simpson fue hallada muerta junto con un hombre en Brentwood y eso desviaría toda la atención de los medios del caso Pearlman y de todo el resto de cosas que ocurrían en la ciudad. Los asesinatos de Brentwood recibirían un intenso escrutinio de los medios durante más de un año y no quedaría espacio para Sarah Pearlman.

Salvo para Kilmartin y Rossler. La cronología mostraba que habían dado los pasos correctos, a juicio de Bosch. Lo más importante, se contuvieron de precipitarse en determinar si se trataba de un asesinato cometido por un desconocido. El hecho de que el asesino hubiera entrado por una ventana abierta o sin cierre de seguridad en el dormitorio de la víctima sugería que el intruso probablemente era un desconocido para la víctima, pero ello no impidió que los detectives llevaran a cabo una investigación de campo completa. Realizaron una indagación exhaustiva de la víctima y hablaron con numerosos amigos y familiares. Sarah asistía a una escuela privada solo para chicas en Hancock Park. Aunque la escuela estaba cerrada en verano, los investigadores pasaron varios días localizando e interrogando a compañeras de clases, amigas y profesores en un intento a gran escala de dibujar una imagen del mundo y de la vida social de la joven. La semana anterior al asesinato, Sarah había empezado a trabajar de recepcionista en un restaurante de Melrose Avenue llamado Tommy Tang's. Había trabajado en el popular restaurante tailandés el verano anterior y muchos empleados ya la conocían y la apreciaban. Los detectives los interrogaron y Estos fueron interrogados y los detectives llegaron hasta el extremo de estudiar las facturas de tarjeta de crédito durante los días que había trabajado Sarah. Investigaron e interrogaron a varios clientes, pero ninguno se elevó a la categoría de sospechoso.

Los detectives también incluyeron a familiares de la víctima. El padre de Sarah era un abogado especializado en transacciones inmobiliarias. Kilmartin y Rossler interrogaron a muchas personas de su bufete y a otras con las que mantenía relaciones profesionales, entre ellas clientes que podrían haberse sentido insatisfechos con su trabajo, así como personas que estuvieron al otro lado de las negociaciones más difíciles. Nadie se elevó a la categoría de sospechoso.

Finalmente, estaba el exnovio de Sarah. Cuatro meses antes de su muerte, Sarah había roto con un novio de corta duración llamado Bryan Richmond, al que había conocido en una reunión social anual entre su escuela y una escuela solo para chicos de Hancock Park. El chico fue interrogado a fondo e investigado, pero exonerado en última instancia. Había dejado atrás la relación y estaba saliendo con otra chica.

En el momento del asesinato, los padres de Sarah estaban disfrutando de unas vacaciones de golf en Carmel, jugando en campos de Pebble Beach y alrededores. Sarah estaba en casa con su hermano, Jake, dos años mayor. La noche del viernes en que se produjo el asesinato, Sarah había trabajado en el restaurante y alrededor de las diez de la noche regresó a la casa de Maravilla. Tenía carné y podía usar el coche de su madre cuando ella no estaba. Jake Pearlman estaba con su novia y no volvió a casa hasta después de medianoche. El coche de su madre estaba en el garaje y la puerta de la habitación de su hermana estaba cerrada. Decidió no molestarla, porque no vio luz debajo de la puerta y supuso que estaba durmiendo.

La madre de Sarah llamó por la mañana para ver qué tal estaban sus hijos. Jake le dijo que no había visto a Sarah todavía. Como ya eran casi las once de la mañana, su madre le pidió que fuera a la habitación de su hermana y la despertara para poder hablar con ella por teléfono. Fue entonces cuando descubrió que Sarah había sido brutalmente asesinada en su propia cama. Ahí empezó la pesadilla de la familia.

Bosch no tomó notas mientras revisaba los numerosos resúmenes de interrogatorios del volumen 1. La investigación original fue concienzuda y parecía completa. Bosch no vio nada que se hubiera pasado por alto o que requiriera un seguimiento. Había trabajado antes en la Unidad de Casos Abiertos y no había sido inusual para él revisar un caso y encontrarse con una investigación de asesinato de baja calidad o incluso indolente. No era el caso con Sarah Pearlman. Bosch tenía la sensación de que Kilmarin y Rossler se habían tomado el caso en serio y no habían escatimado esfuerzos. Y lo que le parecía todavía más impresionante a Bosch era que, en el momento de la investigación, la víctima no estaba relacionada con un político poderoso. Eso ocurriría muchos años después.

A las dos horas de su revisión, pasó al segundo volumen del expediente del caso, y descubrió que la carpeta estaba repleta de resúmenes de actualización a los treinta días, a los noventa días, a los seis meses y, después, anualmente, durante cinco años, antes de que el caso fuera clasificado oficialmente como abierto pero inactivo. Nunca apareció ningún sospechoso, ni siquiera un potencial sospechoso, y nunca se determinó si Sarah conocía a su asesino.

En la parte posterior de la carpeta del volumen 2 se guardaban los registros de las investigaciones complementarias realizadas por la familia de la víctima y otras personas a lo largo de los años. En ellos se veía que los padres de Sarah Pearlman hicieron numerosas llamadas pidiendo información actualizada hasta que estas cesaron siete años atrás. A partir de ese momento, las consultas fueron retomadas por el concejal Jake Pearlman o vinieron de su jefe de gabinete, Nelson Hastings. Bosch interpretó que esta transición significaba que los padres de Sarah Pearlman habían muerto sin ver justicia para su hija.

Terminó su revisión volviendo a las fotos del volumen 3 y hojeando lentamente las fundas de plástico, buscando una vez más cualquier cosa en la habitación de Sarah que pudiera destacarse como una pista o prueba perdida.

Finalmente, llegó a las fotos forenses y a la última funda, que contenía una foto de la tarjeta de huellas en la que un técnico había pegado la huella parcial de la palma de la mano. Estaba mirándola cuando notó una presencia, levantó la vista y vio que Tom Laffont había salido de su cubículo.

—¿Todo bien? —preguntó.

—Sí, bien —dijo Bosch—. Solo estoy revisando esto.

Bosch se sintió incómodo con Laffont observándolo.

—Te ha colocado el gordo, ¿eh? —dijo Laffont.

—¿Qué quieres decir? —preguntó Bosch.

—La hermana del concejal. Tengo la sensación de que, si no lo resolvemos, no estaremos mucho tiempo por aquí.

—¿Tú crees?

—Bueno, desde luego Ballard pasa mucho tiempo al teléfono con él, contándole paso a paso lo que estamos haciendo. Las conversaciones siempre parece que vuelven a la hermana pequeña. Así que está bajo presión, no hay duda.

Bosch se limitó a asentir.

—¿Encuentras algo que debamos hacer? —insistió Laffont—. Me encantaría cerrar eso.

—Todavía no —dijo Bosch—. Todavía estoy buscando.

—Pues buena suerte. La vas a necesitar.

—¿Qué hiciste en el FBI? ¿Estuviste en la oficina de Los Ángeles?

—Empecé en San Diego, me destinaron a Sacramento y a Oakland antes de terminar aquí. Estaba en la Unidad de Delitos Graves. Me retiré a los veinte años. Me cansé de perseguir ladrones de bancos.

—Creo que lo entiendo.

—Lilia y yo hemos terminado por hoy. Bienvenido, nos vemos la próxima vez.

—Hasta la próxima.

Bosch vio que Laffont y Aghzafi recogían sus cosas y salían. Esperó un rato y se levantó para buscar una fotocopiadora.

De camino a la salida de la sala de archivos, se detuvo y miró por uno de los pasillos. A ambos lados había estantes repletos de expedientes. Algunas carpetas se veían azules, otras ya descoloridas; algunos de los casos estaban contenidos en carpetas blancas. Se adentró en el pasillo y caminó lentamente junto a las carpetas, recorriendo las encuadernaciones de plástico con los dedos de la mano izquierda al pasar. Cada una de ellas contenía la historia de un asesinato sin resolver. Era un lugar sagrado para Bosch. La biblioteca de las almas perdidas. Demasiados crímenes para que él, Ballard y los demás pudieran resolverlos. Demasiados para calmar el dolor algún día.

Cuando llegó al final del pasillo, dio la vuelta y caminó junto a la siguiente fila. En esas estanterías también se apilaban las carpetas. Un tragaluz en el techo dejaba pasar el sol de la tarde, proyectando luz natural sobre muertes por causas no naturales. Bosch se detuvo un momento y se quedó quieto. Solo había silencio en la biblioteca de las almas perdidas.

4

Ballard recogió a Pinto de la guardería para perros de Hillhurst y lo paseó con correa hasta su apartamento. Era un cruce de chihuahua de menos de cinco kilos, pero tiraba con fuerza de la correa, porque su reloj corporal le decía que lo esperaba su comida al final del paseo.

Cuando Ballard llegó a la escalera que conducía a la puerta de su edificio, recibió una llamada y vio el nombre de Bosch en el identificador.

—¿Harry?

Oyó música de fondo. Jazz. Supuso que estaba en casa.

—Eh. ¿Dónde estás? —preguntó.

—A punto de entrar en casa —dijo Ballard—. ¿Qué es eso? Suena bien.

—*Clifford Brown with Strings*.

—Bueno, ¿has terminado la revisión?

—Sí. Lo he repasado un par de veces.

—¿Y?

—Y el equipo original hizo un buen trabajo. En realidad, un muy buen trabajo. No veo defectos.

Ballard no esperaba que Bosch resolviera el caso, ni siquiera que encontrara un defecto en la investigación original. Ella había revisado los archivos por sí misma y no había escatimado ningún esfuerzo.

—Bueno, merecía la pena intentarlo —dijo—. Preparé una llamada con el concejal y le comunicaré que...

—Estoy mirando la foto de la huella palmar —dijo Bosch—. La parcial.

—¿Qué quiere decir que la estás mirando? Pensaba que estabas en casa.

—Estoy en casa.

—Así que has hecho copias cuando te he pedido que no lo hicieras. Es un primer día fantástico, Harry. Ya...

—¿Quieres saber lo que pienso o quieres echarme por infringir las normas?

Ballard se quedó un momento en silencio antes de dejar pasar esa infracción.

—Está bien, ¿qué estás pensando?

—Esto es solo una foto. ¿Se conserva la huella real, o se digitalizó y se destruyó?

—No destruyen las tarjetas de huellas, porque todas las coincidencias digitales van seguidas de una confirmación visual usando la huella real antes de que puedan ir a juicio. Es el protocolo actual. ¿Por qué quieres la tarjeta original?

—Porque cuando recogieron la huella con la cinta, no sé, tal vez recogieron...

—Algo de ADN.

—Sí.

—Cielo santo, Harry, eso podría funcionar. Me pregunto si se ha hecho antes.

—Hay una manera de descubrirlo.

—Hablaré con el laboratorio, será lo primero que haga por la mañana.

—Deberías sacar la huella, asegurarte de que está allí después de veintiocho años, con protocolo o sin protocolo.

—Lo haré, y luego la llevaré al laboratorio. Esto es bueno, Harry. Debería haberlo pensado, pero para eso te tengo. Me da esperanza y dará esperanza al concejal Pearlman.

—Bueno, no creo que debamos contárselo hasta que sepamos si merece la pena.

—Tienes razón. Veamos primero adónde nos lleva. De todos modos, realmente no es con Pearlman con quien hablo. Tengo a su jefe de gabinete siempre encima pidiendo resultados.

Bosch se dio cuenta de que Laffont se había equivocado respecto a con quién pasaba tiempo al teléfono Ballard. Se trataba de Hastings y no de Pearlman.

—Sí, Hastings —dijo—. Vi su nombre en el expediente. Tal vez esto lo calle.

—Harry, gracias —dijo Ballard—. Por eso te he traído al equipo. Y ya lo has conseguido.

—Todavía no. A ver qué dice el laboratorio.

—Bueno, creo que ahora puedes pasar al caso Gallagher si quieres.

—Está bien. Empezaré con eso.

—Deja que lo adivine, ¿ya has copiado los expedientes que todavía no tenías?

—Aún no.

—Entonces, ¿te veré mañana en Ahmanson?

—Sí, nos vemos mañana.

Ballard colgó, luego marcó la combinación de la puerta y entró en su edificio.

Después de dar de comer al perro y ponerse un chándal, pidió *cacio e pepe* para llevar en el Little Dom's de su calle. Tenía media hora antes de pasar a recoger la pasta, así que abrió el portátil en la mesa de la cocina y se puso a trabajar, tratando de encontrar un caso en el que se hubiera extraído ADN de huellas dactilares.

Se frustró al ver que una búsqueda básica no daba resultados. Cogió el teléfono de la encimera y llamó al móvil de Darcy Troy, la técnica de ADN asignada a los casos de la Unidad de Casos Abiertos.

—Hola, chica.

—Darcy, ¿qué tal?

—No puedo quejarme, a no ser que vengas a darme faena.

—Solo tengo una pregunta por el momento.

—Dispara.

—¿Has oído hablar de que se sacara ADN de una huella dactilar o palmar?

—He oído hablar de eso en conferencias de análisis pericial, pero ¿te refieres a si hay jurisprudencia?

—No, más bien de si se puede obtener ADN de huellas.

—Las huellas dactilares están formadas por el aceite de los dedos. Sigue siendo un fluido corporal.

—¿Las palmares también?

—Claro. Y, si tienes a alguien a quien le sudan las manos, aumentan las probabilidades.

—¿Sudorosas como cuando estás a punto de cometer un crimen como una violación y un asesinato?

—Ahí lo tienes.

—¿Te gustaría ser la primera en intentarlo en este departamento?

—No me vendría mal ese cambio de aires. ¿Qué tienes?

—No estoy segura de que tenga nada todavía, pero uno de mis hombres está con un caso del 94, allanamiento de morada, violación y asesinato, y sacaron media huella del alféizar de la ventana que se cree el punto de entrada del sospechoso.

—¿Cómo se recogió?

—La empolvaron con polvo gris y la pegaron a una tarjeta blanca.

—Mierda, eso no lo pone fácil. El polvo absorbería el aceite, y la cinta que usaron tampoco ayudará. Pero puedo echar un vistazo.

—Mañana a primera hora me pasaré por Huellas a retirarla.

—Si sigue allí, quieres decir.

—Debería. Es un caso abierto. No se ha eliminado el registro.

El departamento emitía ordenes de eliminación de registros a las unidades de pruebas cuando un caso se resolvía y se consideraba finalizado.

—Bueno, si la encuentras, tráemela. Ni siquiera lo contaré como tu acceso prioritario del mes. Pero solo porque esto es algo nuevo.

—Parece un trato que no puedo rechazar. Voy a colgar ahora antes de que cambies de opinión.

Las dos mujeres rieron.

—Te veo mañana, Darcy.

Ballard colgó y miró el reloj. Tenía que ir a recoger su comida. Salió en cuanto cogió la correa y la enganchó al collar de Pinto. Little Dom's estaba a solo dos manzanas de distancia. La gente del restaurante la conocía bien, porque una vez por semana iba a comer allí o a retirar pedidos. Era su restaurante de referencia desde que se había mudado al barrio. Tenía la comida esperando y todavía caliente. Y hasta había una galleta de perro para Pinto.

5

Bosch salió de su casa antes del amanecer porque quería llegar a su destino mientras el sol aún estaba bajo en el cielo. Llegó a la autovía 210 y se dirigió al este con un tráfico muy fluido hasta que se incorporó a la 15 y giró hacia el noreste, uniéndose a los coches que iban a Las Vegas. Sin embargo, al poco de cruzar la frontera del estado de Nevada se dirigió directamente al norte por la carretera del valle de la Muerte y se adentró en el desierto de Mojave. La carretera atravesaba una tierra estéril de matorrales y arena, con la salina a lo lejos, que brillaba blanca como la nieve bajo el sol de la mañana.

En el Viejo Sendero Español a Tecopa, Bosch se apartó de la carretera al llegar junto a una cabina telefónica del Departamento del Sheriff del Condado de Inyo y una torre de telefonía móvil alimentada por un panel solar. Se puso una gorra de los Dodgers y bajó del coche. Eran las 7 de la mañana y, según su teléfono, la temperatura ya alcanzaba los 26 grados. Pasó por delante de la cabina y se adentró unos diez metros en la maleza. Encontró el lugar con facilidad. El solitario mezquite seguía allí, dando sombra a las cuatro columnas de rocas apiladas para crear una especie de escultura que marcaba el lugar donde se había encontrado la sepultura. Tres de las columnas de rocas se habían desmoronado con el tiempo, derribadas por los vientos del desierto o los terremotos.

Para Bosch era otro lugar sagrado. Era el lugar donde había terminado una familia entera. Un padre, una madre, una hija y un hijo asesinados y luego enterrados bajo rocas y arena. Nunca habrían sido encontrados de no ser por una expedición geológica de la Universidad de California que estudiaba la salina cercana en busca de pruebas del cambio climático.

Bosch se dio cuenta de que una profusión de flores había brotado alrededor de las rocas y del tronco del mezquite. Cada flor tenía un botón central amarillo rodeado de pétalos blancos. Estaban a poca altura del suelo y probablemente obtenían agua y sombra del mezquite. Bosch sabía que las raíces del mezquite podían extenderse veinticinco metros a través de la roca, la arena y la sal para encontrar agua. Estaban hechos para mantenerse en pie en los entornos más hostiles.

Bosch no pensaba quedarse mucho tiempo, pero sabía que ese tenía que ser el punto de partida del trabajo que estaba comenzando. Antes de sumergirse una vez más en el abismo, tenía que encontrar sus raíces en el caso. El núcleo emocional. Y sabía sin ninguna duda que se encontraba ante ese núcleo. Los medios de comunicación y todos los demás lo llamaban el caso Gallagher. Bosch nunca lo hizo. No podía menoscabarlo de esa manera. Para él era el caso de la familia Gallagher. Una familia entera había sido asesinada. Los habían sacado de su casa por la noche y los habían encontrado allí por casualidad un año después.

En cuclillas entre las flores, Bosch comenzó a reconstruir las columnas de rocas, apilándolas cuidadosamente de nuevo en sólido equilibrio. Llevaba unos vaqueros viejos y botas de trabajo. Tuvo cuidado de no pillarse un dedo bajo las rocas más pesadas mientras las volvía a apilar. Sabía que la naturaleza acabaría deshaciendo su trabajo, pero sentía la necesidad de reconstruir el jardín de rocas al mismo tiempo que empezaba a reconstruir el caso.

Casi había terminado cuando oyó un vehículo en la carretera tras él y el ruido de arena y grava saltando de la carretera pavimentada antes de detenerse. Bosch miró por encima del hombro y vio lo escrito en el todoterreno: «DEPARTAMENTO DEL SHERIFF DEL CONDADO DE INYO».

Un hombre de uniforme se acercó por los matorrales hacia Bosch.

—Harry —dijo—. ¡Qué sorpresa!

—Beto —dijo Bosch—. Podría decir lo mismo. ¿Simplemente pasabas por en medio de ninguna parte?

—No, hace un par de años pusimos una cámara en el panel solar de la carretera. Recibo alertas. He visto que paraba un coche y luego he visto que eras tú. Ha pasado mucho tiempo, hermano.

—Sí, mucho tiempo.

Beto Orestes era el investigador del condado de Inyo que acudió en primera instancia cuando se encontraron los cadáveres en el desierto ocho años atrás. El funesto hallazgo dio lugar a una relación única entre Orestes y Bosch y sus departamentos. Los crímenes contra la familia Gallagher se habían cometido en Los Ángeles, pero los cadáveres se encontraron en el condado de Inyo. La policía de Los Ángeles se ocupó del caso, pero la investigación de la escena del crimen estuvo encabezada por Orestes y dirigida por su departamento. Una investigación auxiliar se centró en el motivo por el que se eligió ese lugar del desierto y en si fue completamente al azar o si se trató de una decisión que podría relacionarse con un sospechoso y ayudar a identificarlo. La investigación no llegó a ninguna conclusión, pero fue exhaustiva, y Orestes había impresionado a Bosch con su compromiso con el caso.

Con el paso de las semanas y luego de los meses, la participación del condado de Inyo fue disminuyendo. Los superiores de Orestes lo veían como un caso de Los Ángeles con una inconveniente ubicación en su jurisdicción. A Orestes se le asignaron otras investigaciones y responsabilidades. Mientras tanto, Bosch también fue retirado de la investigación a tiempo completo y se le asignaron otros casos sin resolver hasta que se retiró. Cuando los dos departamentos se retiraron y la Unidad de Casos Abiertos se disolvió, el crimen de la familia Gallagher se coló por las rendijas entre ellos.

—Llamé hace un año para ver qué tal estabas y me dijeron que te habías retirado —dijo Orestes—. Ahora te encuentro en el jardín de rocas que hicimos hace tantos años.

—Estoy otra vez con el caso, Beto —dijo Bosch—. Pensé que debía empezar aquí.

—¿Te han vuelto a contratar?

—Como voluntario.

—Bueno, cualquier cosa en lo que pueda ayudar, ya sabes dónde encontrarme.

—Lo sé.

Bosch se levantó y se sacudió el polvo de los pantalones. Ya había terminado. Orestes se agachó y cogió una de las flores.

—Es difícil creer que algo tan hermoso pueda existir en este lugar —dijo—. Y la gente dice que no hay Dios. Si me lo preguntas a mí, Dios está aquí.

Giró el tallo entre sus dedos, y la flor giró como un molinete.

—¿Sabes qué es? —preguntó Bosch.

—Claro —dijo Orestes—. Se llama estrella del desierto.

Bosch asintió. No estaba convencido de que fuera Dios en la tierra, pero le gustaba.

Iniciaron el regreso hacia sus vehículos.

—¿Y McShane? —preguntó Orestes—. ¿Asomó la cabeza en alguna parte?

—Que yo sepa, no —dijo Bosch—. Pero no he empezado a buscar de nuevo. Lo haré hoy.

—¿Qué significa «como voluntario», Harry?

—La Unidad de Casos Abiertos la dirige una detective, pero el resto somos voluntarios y a tiempo parcial.

—Sabes, siempre me has parecido el tipo de persona que lo haría aunque no le pagaran.

—Sí, bueno, supongo que sí.

Llegaron a la carretera y Orestes estudió la vieja Cherokee de Bosch.

—¿Este trasto va a llegar? —preguntó—. Tengo veinte litros de agua, por si quieres llenar el radiador.

—No, no hace falta —dijo Bosch—. El motor es resistente, pero el aire acondicionado no tanto. Por eso he salido temprano.

—Bueno, ya me contarás cómo va.

—Sí.

Orestes se dirigió a su todoterreno y lo saludó por encima de su hombro.

—Me gustaría ver esto resuelto antes de que lo deje —dijo.

—A mí también —dijo Bosch—. A mí también.

6

Cuando Ballard entró en el archivo de homicidios, esperaba encontrar a Bosch en su sitio, revisando el expediente del caso Gallagher. Estaba entusiasmada por ponerle al día sobre su viaje a Piper Tech y luego al laboratorio de ADN esa mañana. Pero no había rastro de Harry.

Paul Masser, Lou Rawls y Colleen Hatteras estaban en sus mesas y Ballard los saludó. Rawls había llegado un día antes de su jornada asignada. Ballard lo interpretó como una señal de que había encontrado una pista en uno de los casos en los que estaba trabajando o simplemente estaba ansioso por conocer al nuevo miembro del equipo, Harry Bosch. Decidió que probablemente se trataba de esto último, ya que su trabajo en los casos se desarrollaba a un ritmo geológico y las pistas eran esquivas. De hecho, era el primer miembro oficial del equipo, pero todavía no había cerrado ningún caso, ni siquiera uno fácil, como una coincidencia directa de ADN.

—Pensaba que íbamos a conocer a la nueva incorporación que mencionaste el domingo en el correo electrónico —dijo Masser.

—Sí —dijo Ballard—. O, al menos, era la intención. No estoy seguro de dónde está, pero dijo que vendría. ¿Por qué no empezamos con las actualizaciones de los casos y luego vemos qué ocurre con él?

Ballard pasó la siguiente hora escuchando a su equipo de voluntarios hablar de sus investigaciones. Era algo más que su supervisora. Como única agente jurada a tiempo completo de la brigada, no solo estaba a cargo del equipo, sino que también era la compañera de cada uno de los miembros a la hora de tomar decisiones que un día podrían ser cuestionadas en un tribunal o revisadas por un comité de apelaciones. Cuando los casos acabaran llegando al sistema judicial, era probable que ella se convirtiera en la principal investigadora y testigo de la acusación.

Lou Rawls empezó el primero y fue el más rápido, limitándose a informar de que seguía revisando los casos de la pila que Ballard le había entregado tres semanas antes y preparando las solicitudes de análisis de ADN. Era exactamente el mismo informe que había dado la semana anterior. Dado que Rawls era el único de la brigada al que Ballard se había visto obligado a aceptar, no dudó en expresar su decepción por la lentitud de su trabajo.

—Vamos, tenemos que entregar esto —le dijo cuando él acabó su informe—. Todos sabemos que el laboratorio está atascado. Hemos de poner los casos en marcha. El departamento y el ayuntamiento no van a esperar eternamente. Esta es una unidad basada en resultados. Decir que estamos esperando los resultados del laboratorio es mucho mejor que decir que estamos trabajando en ello.

—Bueno, si hiciéramos algún progreso con Sarah Pearlman, creo que todos nos sentiríamos menos presionados —replicó Rawls.

—Estamos haciendo progresos —dijo Ballard—. Hablaremos de eso más tarde, cuando Bosch esté aquí. ¿Algo más, Lou?

—No, eso es todo por mi parte —dijo Rawls.

Sonaba molesto porque Ballard le había llamado la atención sobre su informe.

—Bien, ¿quién quiere ser el siguiente? —preguntó Ballard, avanzando.

—Lo mío es rápido —dijo Masser—. Tengo una cita esta tarde con Vickie Blodget en la fiscalía. Como sabéis, ella es el enlace para los casos abiertos, y le pediré que renuncie a los casos de Robbins y Selwyn. Con suerte podrían ir en tu próximo informe a la dirección y al consejo.

En los casos que Masser había mencionado, el ADN conducía a sospechosos culpables, pero que nunca serían procesados debido a circunstancias excepcionales, como que el sospechoso hubiera fallecido o que ya estuviera cumpliendo cadena perpetua por otros delitos. Los casos no podían clasificarse oficialmente como resueltos o cerrados sin la revisión y aprobación de la fiscalía y su revisor designado. Con Vickie Blodget como responsable, ese proceso se había convertido en un mero trámite, pero seguía siendo un protocolo que había que cumplir. Los casos se clasificarían como «resueltos por otros medios» debido a la falta de procesamiento.

La coincidencia de ADN en el caso Robbins llevó hasta un hombre que había muerto en la cárcel de Colorado, donde cumplía cadena perpetua por otro asesinato. El caso Selwyn también era una coincidencia de ADN, pero el sospechoso seguía vivo. Tenía setenta y tres años y estaba en el corredor de la muerte de San Quintín. Nunca iba a ver la libertad. Aunque Ballard había ido a San Quintín para interrogarlo y obtener una confesión, el asesino negó su participación. Como se encontró su ADN en el cuerpo de su víctima de trece años, Ballard no se arredró. No tenía ninguna duda de que era el asesino y pedía a la fiscalía que presentara cargos pero aplazara la acusación. Era la forma más eficaz de proceder, dado que el asesino nunca saldría del corredor de la muerte, al menos vivo. La familia de la víctima estuvo de acuerdo con esa decisión, ya que no estaba interesada en revivir la horrible muerte de su ser querido cuarenta y un años después.

—En cuanto Blodget firme, quiero que se informe a las familias —dijo Ballard—. ¿Te encargarás de eso, Paul?

—Con mucho gusto —dijo Masser—. Tengo los contactos en los archivos.

Aunque, a primera vista, los autores de esos crímenes habían escapado a la verdadera justicia, Ballard había comprobado que esas llamadas a los seres queridos de las víctimas seguían siendo muy necesarias. Dar respuestas definitivas al misterio y al dolor que en muchos casos habían acompañado a una familia durante décadas era la noble vocación de la unidad. Ballard había dicho a los miembros de su equipo que ese era su mandato y su deber y que no debían tomarlo a la ligera.

—De acuerdo —dijo Ballard, con ganas de avanzar—. Colleen, ¿dónde estamos con Cortez?

—Seguimos trabajando las redes —dijo Hatteras—. Haciendo crecer el árbol. Acercándonos.

Ballard asintió. Hatteras estaba trabajando en un caso de genealogía: una violación y asesinato de 1986 con ADN extraído de los hisopos del protocolo de violación para el que no se encontró ninguna coincidencia en las bases de datos estatales y nacionales. El siguiente paso consistía en enviar las pruebas a las bases de datos de genealogía e intentar identificar a los parientes del depositante original del ADN. Hatteras llamaba a ese proceso «regar el árbol», y hasta el momento eso había conducido a una joven que vivía en Las Vegas y que Hatteras creía que podía ser una pariente lejana del asesino. Antes de ponerse en contacto directamente con la mujer, Hatteras se dedicaba a una exploración en las redes sociales que ayudaría a hacer crecer el árbol genealógico, llevándola de rama en rama y, finalmente, a la identidad de un sospechoso.

—¿Cuándo esperas ponerte en contacto directo con la descendiente? —preguntó Ballard.

—Hacia el final de la semana —dijo Hatteras—. Consígueme un billete a Las Vegas e iré a unir los puntos.

—Cuando estés lista, presentaré la solicitud —dijo Ballard, y comenzó a dar por concluida la reunión.

—Bien, buen trabajo de todos —dijo—. Seguid así y acordaos de pasarme vuestras horas. Aunque no os paguen por vuestro trabajo, tenemos que hacer un seguimiento de las horas para los jefes. Les encanta saber cuánto reciben gratis.

—¿Así que eso es todo? —dijo Rawls—. ¿Tenemos que esperar a que llegue el nuevo para enterarnos de esta nueva pista que el laboratorio tiene sobre Pearlman?

La pregunta reveló que Rawls ya había tenido noticias de Nelson Hastings, el jefe de gabinete del concejal Pearlman, a quien Ballard había puesto al día durante su viaje desde el centro de la ciudad. En la llamada, solo le había dicho a Hastings que había una nueva pista en el caso Pearlman, pero que no podía hablar de ella hasta que tuviera los resultados del laboratorio. Se sintió tentada de dar una respuesta que señalara a Rawls como un conducto directo y no autorizado con la oficina del concejal. Pero decidió contener esa confrontación y esperar un mejor momento.

—Estamos a la expectativa —dijo—. Pero, gracias a una idea muy original de nuestro nuevo miembro del equipo, tenemos una pista genética bastante sólida. Esta mañana, he sacado de los archivos de Piper Tech una tarjeta que contenía la huella parcial de la palma de la mano que se creía desde el primer día que había dejado el sospechoso. La he llevado al laboratorio y allí han retirado la cinta, han pasado un hisopo por la huella y han obtenido ADN. No es mucho, pero lo suficiente como para enviarlo a las bases de datos. A ver si hay suerte.

—Vaya —dijo Masser—. Sería estupendo que diera resultado.

Algo atrajo la atención de Ballard más allá de Masser, hacia el pasillo junto a los estantes con las carpetas de los expedientes. Harry Bosch caminaba hacia ellos. Llevaba unos vaqueros azules cubiertos de polvo, botas de trabajo con cordones y una camisa vaquera con manchas de sudor bajo los brazos.

—Y hablando del rey de Roma —dijo Ballard.

7

Bosch se acercó al espacio de Casos Abiertos con las miradas de cuatro personas, tres de ellas desconocidas, fijas en él.

—Harry —dijo Ballard—. Estaba poniendo al equipo al día del caso Pearlman. Han obtenido ADN de la huella palmar y les hemos metido prisa para que la analicen. Deberíamos tener un sí o un no al final de esta semana.

—Qué bien —dijo Bosch. Levantó una mano para saludar a los compañeros del espacio de trabajo que aún no conocía—. Hola a todos —dijo.

—Ah, sí —dijo Ballard—. Él es Harry Bosch.

Cuando Bosch se dirigió a su escritorio, Ballard presentó a Masser, Rawls y Hatteras. Masser y Rawls lo saludaron con la cabeza, mientras que Hatteras se levantó y le tendió la mano por encima de la mampara de separación para estrechársela. La sostuvo durante un par de segundos incómodos como si tratara de interpretar algo de él y luego se la soltó. Eso provocó que Rawls se levantara a tenderle la mano.

—Ha sido muy inteligente lo de la huella palmar —dijo.

—Oh, seguro que a alguien de aquí también se le habría ocurrido —dijo Bosch.

—El concejal estará impresionado —dijo Rawls.

—Bueno —dijo Ballard—. No nos adelantemos hasta que sepamos adónde nos lleva el resultado.

Bosch recordó que Rawls era la persona que Ballard no había elegido para el equipo. Se sentó tranquilamente en su cubículo, y Rawls y Hatteras hicieron lo mismo mientras Ballard continuaba.

—Bueno, estábamos teniendo una especie de reunión de equipo, Harry —dijo—. Lo que quiero es que hablemos de los casos en los que cada uno está trabajando, porque todos venimos de diferentes sitios y departamentos y creo que está bien ponerlo todo sobre la mesa. Nunca se sabe dónde puede aparecer una buena idea. Como lo tuyo con la huella palmar.

—Está bien —dijo Bosch.

Se sentía incómodo con todas las miradas posadas en él. Sentía que estaba a punto de que lo llamaran a la pizarra cuando no había hecho los deberes.

—Bueno —dijo Ballard—. Sé que todavía no has empezado con el caso Gallagher, pero ¿por qué no nos haces un resumen general de la primera investigación y nos cuentas tus ideas de adónde podrías querer llegar?

—Ah, de acuerdo —dijo Bosch con vacilación—. Supongo que antes que nada no quiero que se llame el caso Gallagher. Es el caso de la familia Gallagher porque es un cuádruple asesinato, una familia entera: madre, padre, hija de nueve años e hijo de trece.

—¡Qué espantoso! —exclamó Hatteras.

—Sí, la cosa se pone muy fea —dijo Bosch—. Hace falta cierta calaña de asesino para eliminar así a una familia.

Bosch se tomó un momento para ver si había más comentarios, luego continuó.

—Los Gallagher vivían en el valle de San Fernando, casi en la frontera entre Sherman Oaks y Van Nuys. Al principio se pensó que su desaparición fue voluntaria. Ninguno de los vecinos los vio marchar, pero, una vez que se estableció que no estaban, pensaron que simplemente se habían ido por cuestiones de negocios o económicas. En fin, que levantaron velas.

—¿Un negocio familiar? —preguntó Masser.

—La verdad es que no —dijo Bosch—. El señor Gallagher (Stephen Gallagher) era un contratista industrial. Tenía un par de almacenes bastante grandes y un taller de material en San Fernando Road, en Sylmar. Alquilaba grúas, elevadores hidráulicos y toda clase de material usado en construcción pesada. Uno de los almacenes era solo para andamiaje y esa clase de cosas.

—Y luego los encontraron muertos —dijo Hatteras—. Ahora lo recuerdo. En el desierto. Y allí es donde has estado esta mañana.

Bosch la miró un momento y asintió.

—Sí, los encontraron un año después. Un geólogo de la Universidad de California en Northridge y sus estudiantes estaban en el Mojave haciendo una especie de estudio sobre cambio climático y encontraron el cadáver del chico. Lo que quedaba de él. Los animales habían removido la sepultura. Coyotes o lo que fuera. Gracias a eso se encontraron e identificaron como los cuatro Gallagher. Usaron registros dentales: el chico, Stephen Jr., llevaba aparato.

—Entonces, ¿no tendría que ser un caso del condado de San Bernardino? —preguntó Masser.

—En realidad, la ubicación estaba en el condado de Inyo y fue una investigación conjunta —dijo Bosch—. Yo estaba en la primera Unidad de Casos Abiertos entonces, y nos tocó el caso porque creyeron que después de un año no habría pistas calientes. Yo era el responsable. Lo trabajé a fondo, pero nunca lo resolví. Luego me retiré y el caso fue retirado a un estante…

»Pero ahora estoy otra vez en eso. Y, sí, he ido allí esta mañana.

Bosch miró a Ballard para ver si había dicho suficiente.

—¿Por qué has ido allí? —preguntó.

Bosch sabía que ella ya conocía la respuesta. No le gustaba que lo pusieran bajo la lupa de esa manera, obligándolo a discutir o justificar sus movimientos.

—He pensado que era el lugar donde empezar —dijo—. Para tratar de coger impulso otra vez. Mientras estaba allí ha aparecido el investigador del Departamento del Sheriff del Condado de Inyo. Por ese lado tampoco ha pasado nada.

—¿Puedes hablarnos de Finbar McShane? —preguntó Ballard—. Cuanto más sepa el grupo, más fácil será que se nos ocurra algo.

—Stephen Gallagher nació en Irlanda —dijo Bosch—. En Dublín. Visitando Los Ángeles, conoció a una mujer estadounidense, Jennifer Clarke, y volvieron aquí y finalmente se casaron y montaron un negocio. La cuestión es que en un momento dado contrató a otro tipo irlandés, llamado Finbar McShane. Él era de Belfast, de Irlanda del Norte, y nunca se determinó si se conocían con anterioridad. McShane no era un socio, pero dirigía el negocio con Stephen. Después de la desaparición de los Gallagher, McShane se quedó el negocio y parte a parte empezó a vender el equipo. Para resumir, un año después se descubren los cadáveres que nunca deberían haberse encontrado. ¿Y sabéis qué? McShane ha desaparecido y los almacenes y el taller de equipo están vacíos. Fue una operación de reviente clásica.

—¿Qué significa eso? —preguntó Hatteras—. ¿Una operación de reviente?

—Es una estafa —dijo Bosch—. Una estafa en la que se vacía un negocio pidiendo productos y vendiéndolos; se vende todo hasta que no queda nada y el negocio quiebra, dejando a todos los proveedores sin cobrar y en situación precaria.

—¿Has visto *Los Soprano*? —preguntó Rawls—. ¡Qué buena serie! Lo hacían todo el tiempo.

—Así que McShane es tu sospechoso —dijo Masser, tratando de volver a la historia de Bosch—. ¿Alguna estimación de cuánto le supuso la venta de todo el equipo?

—Pudimos rastrear las ventas —dijo Bosch—. Fueron algo más de ochocientos mil.

—Cuatro vidas por ochocientos mil —dijo Rawls.

—Si lo hizo —dijo Hatteras.

—Háblales de la carta —intervino Ballard.

—Tenemos una carta dirigida a la policía de Los Ángeles, supuestamente suya —dijo Bosch—. Decía que era inocente y que se había ido porque no quería ser acusado falsamente.

—¿Matasellos? —inquirió Hatteras.

—Era local —dijo Bosch—. Lanzamos alertas sobre su pasaporte. Si salió del país y volvió a Belfast o se marchó a cualquier otro sitio, lo hizo sin su pasaporte.

—Creo que todavía está aquí —dijo Hatteras—. Puedo sentirlo.

Bosch la miró y luego dirigió su atención hacia Ballard.

—Habla de las pruebas —insistió Ballard—. ¿Cómo fueron asesinados?

—Los ejecutaron —dijo Bosch—. Con una pistola de clavos de uno de los almacenes de Gallagher. Estaba en la tumba con ellos. Y había pruebas de que la tumba había sido abierta con una pala excavadora.

—¿Una pala excavadora? —dijo Masser.

—Tiene dos bandas de rodadura y se puede llevar en la parte trasera de una camioneta —dijo Bosch—. Tengo aquí una foto que puedo enseñaros. La cuestión es que la fosa no se cavó con una pala manual. Era demasiado precisa, y estaba claro que habían partido algunas rocas con algo más fuerte que una pala o un pico. La fosa estaba lo suficientemente cerca de la carretera asfaltada como para poder llegar allí con la excavadora y utilizarla para entrar y salir con bastante rapidez. Y una de las primeras máquinas que McShane vendió tras la desaparición de la familia fue una pala excavadora. Podemos probarlo.

Bosch abrió una de las carpetas del caso que tenía en su escritorio y empezó a hojearla, buscando la foto de la excavadora. Habló mientras buscaba.

—Pudimos rastrear esa venta y el comprador nos dejó examinar la excavadora. Todavía había un trozo de roca alojado en una de las bandas de rodadura que coincidía con la creosota de la tumba.

—¿Los cuatro estaban en una misma tumba? —preguntó Rawls.

—Sí —dijo Bosch—. Habría sido la forma más rápida de hacerlo. La fosa era de metro ochenta por metro veinte, y metro veinte de profundidad. Primero tiraron a los padres, y luego a los niños encima de ellos. Junto con la pistola de clavos.

Bosch encontró un folleto de Shamrock Industrial Rentals que mostraba la excavadora en cuestión. Se lo entregó a Masser a través de la divisoria.

—Pero ese fue el único vínculo que establecimos con McShane, y no bastó para lograr una orden de detención —dijo Bosch.

—¿Fuiste al fiscal con esto? —preguntó Masser—. Yo habría estado tentado de presentar cargos.

—Lo hice, y creo que me gustaría haber acudido a ti —dijo Bosch—. El fiscal al que se lo llevé dijo que quería más. Que McShane vendiera la excavadora no era prueba de que la usara para enterrar a la familia. Había lagunas en la cadena de pruebas. El patio de material no estaba vigilado por la noche. Alguien pudo haber usado las llaves de Stephen Gallagher para abrir el patio y llevarse la excavadora.

—Eso es absurdo —dijo Masser.

—Yo sentí lo mismo —dijo Bosch—. Pero no era decisión mía. Me dijeron que consiguiera más pruebas… y no las conseguí. Así que el plan B era encontrar a McShane, encerrarlo en una habitación y hacer que la cagara. Pero eso nunca sucedió y él sigue libre. Y ahí estamos.

Terminado el resumen, Bosch esperó más preguntas y sugerencias. Solo hubo silencio hasta que finalmente habló Hatteras.

—¿Todavía tienes la carta original que escribió McShane expresando su inocencia? —preguntó.

—La tenemos —dijo Bosch—. Está escrita a mano con el membrete de la empresa.

—Me refiero a si la tienes ahí o si está en los archivos de pruebas —dijo Hatteras—. Me gustaría ver el original.

—Está aquí —dijo Bosch.

Abrió la carpeta más gruesa, porque sabía que contenía las fundas de plástico con las fotos del caso. La carta estaba en una de las fundas. Bosch abrió las anillas de la carpeta, sacó la funda con la carta de McShane y se la entregó a Hatteras.

Ella la miró un momento, sujetando la funda por los bordes con las dos manos.

—¿Puedo sacarla? —preguntó.

—¿Por qué? —preguntó Bosch—. Es una prueba.

—Quiero sostenerla —dijo Hatteras.

—Se procesó en su día, ¿verdad? —dijo Ballard.

—Sí —dijo Bosch—. No hay huellas, pero la firma coincidió con la de McShane. La envió él.

—Quiero decir que puede sacarla —dijo Ballard—. Se ha procesado.

—Supongo —dijo Bosch—. Como quieras.

Observó a Hatteras abriendo la funda y sacando el documento. Ella la sostuvo con las dos manos, sin guantes. Pero no la estaba leyendo. Bosch vio que tenía los ojos cerrados. Se volvió hacia Ballard, con expresión de desconcierto. Antes de que ninguno de los dos pudiera hablar, lo hizo Hatteras.

—Creo que dice la verdad —dijo.

—¿Qué? —preguntó Bosch.

—McShane —dijo Hatteras—. Creo que estaba diciendo la verdad cuando escribió esto, que era inocente pero no podía probarlo.

—¿De qué estás hablando? —dijo Bosch—. Ni siquiera la has leído…

Entonces Bosch lo entendió, pero Ballard habló antes de que él pudiera hacerlo.

—Harry, vamos a dejar esto de lado por el momento —dijo—. Creo que es mejor que cada uno vuelva a sus casos y yo terminaré de mostrar las instalaciones a Harry.

Masser devolvió el folleto a Bosch, y Hatteras le entregó la carta de McShane, de nuevo en su funda protectora.

Ballard se levantó.

—Empecemos con nuestra sala de interrogatorios —dijo.

Ballard empezó a caminar hacia el pasillo que conducía a la entrada de la sala de archivos. Bosch colocó otra vez el folleto y la carta con su funda en las anillas, las cerró y siguió a Ballard.

8

Ballard entró en la sala de interrogatorios, preparándose para lo que sabía que se avecinaba con Bosch, pero actuando como si todo fuera rutinario y normal. Bosch cerró la puerta después de seguirla al interior.

—¿Has puesto una vidente en el equipo? —dijo—. ¿Estás de broma? ¿Me has traído a un equipo con una vidente? ¿Vamos a hacer sesiones para hablar con los muertos y preguntarles quién mató a la familia Gallagher?

—Harry, cálmate —dijo Ballard—. Sabía que se te iría la pinza con Hatteras. No esperaba que ocurriera tan pronto. Y para que conste, ella se llama a ella misma «empática» y no «vidente», ¿vale?

Bosch negó con la cabeza.

—Da igual —dijo—. Sigue siendo una chorrada excéntrica. Sabes que nunca podrás usarla en un tribunal. La harán trizas y harán trizas el caso. No la quiero cerca de Gallagher. Lo manchará todo con su charlatanería.

Ballard no respondió al principio. Esperó a que Bosch se calmara y se callara. Luego apartó una de las sillas arrimadas a la mesa de interrogatorios y se sentó.

—Siéntate, Harry.

Bosch le hizo caso a regañadientes.

—Mira, no sabía nada de este rollo de la empatía hasta después de que llegara al equipo —dijo Ballard—. No es el motivo de que esté en la unidad y no es lo que hace aquí. Te dije que se ocupa del trabajo genealógico. Y su capacidad para interpretar a la gente, la llamada empatía, ayuda con la ingeniería social, que es una parte necesaria de ese trabajo.

—Como te he dicho, no la quiero cerca de los Gallagher y McShane. Porque voy a encontrar a McShane y nada va a mancillar el caso cuando lo haga.

—Está bien. No la dejaré estar cerca.

—Bien.

—Entonces, ¿puedes calmarte ya?

—Estoy calmado, estoy calmado.

—Bien. Tú mantente alejado de Colleen y me aseguraré de que ella no se te acerque. Pero tienes que recordar que, como tú, estas personas son voluntarias. Están entregando su tiempo y talento a esto, y Colleen hace un buen trabajo. No quiero perderla.

—Lo entiendo. Ella hace lo suyo y yo lo mío.

—Gracias, Harry. Volvamos.

Ballard se levantó. Bosch no lo hizo.

—Espera —dijo—. Háblame de la huella de la palma de la mano. Parece que ya se lo has dicho a todo el equipo.

—Sí, porque es la mejor pista del caso que hemos conseguido —dijo Ballard—. Darcy Troy, nuestra técnica de ADN, la ha examinado y ha dicho que había suficiente para un análisis completo. Está entusiasmada. Creo que quiere ser la primera en obtener ADN de una huella, así que la ha puesto la primera en la cola. Pronto sabremos algo, pero no hay mucho que decir hasta que se ponga en contacto conmigo. Y, cuando tenga noticias de ella, serás el primero en saberlo.

—De acuerdo.

—Entonces, ¿cómo vas a abordar el caso de la familia Gallagher?

—Investigar el expediente, revisar las pertenencias y las pruebas, ver si algo aparece todos estos años después. Gallagher tenía otros cuatro empleados además de McShane. Probablemente hablaré con ellos de nuevo. Y, ahora que tengo algo de autoridad, veré si puedo encontrar a McShane. Tenía familia en Belfast, no es que vayan a entregarlo. Pero tal vez haya salido a la superficie. Nunca se sabe qué puede caer cuando sacudes un árbol al cabo de unos años.

—Ya me dirás en qué puedo ayudar. No soy solo la administradora aquí. Quiero trabajar en los casos. En especial en este tipo de casos. Si no, mi único trabajo será cuidar a los demás.

—Es bueno saberlo.

—Lo digo en serio.

—Entendido.

—Bien.

Volvieron con los demás y cada uno se sentó en silencio en su cubículo. Bosch cogió la pila de carpetas del caso de la familia Gallagher y las extendió delante de él para poder ver las etiquetas de las portadas. Sabía que el volumen 1 contenía la cronología de la investigación, que sería la biblia del caso, una lista de varias páginas con los movimientos que él mismo había hecho durante la investigación original, cada entrada anotada con fecha y hora y con referencias a cualquier informe más amplio de seguimiento que hubiera redactado.

Iba a trabajar con la cronología para volver a situarse en el caso y buscar cualquier movimiento que no hubiera hecho la primera vez o cualquier interpretación de los hechos que debiera replantearse. Pero lo primero que quería ver era la foto de 8 × 10 de Emma Gallagher que estaba en una funda de plástico al principio del libro. La había colocado allí muchos años antes para que resultara inevitable toparse con ella cada vez que él o cualquiera que lo siguiera en el caso abriera la primera carpeta del expediente para controlar la cronología.

Sacó de la funda la foto de la niña de nueve años. Era una foto del colegio. Llevaba un jersey verde a cuadros de escuela católica, y una sonrisa que mostraba un diente permanente que apenas empezaba a llenar un hueco en la fila inferior. La foto lo entristeció. Había asistido a su autopsia y sabía que el diente nunca llegó a salir del todo.

Colgó la foto con una chincheta en la mampara que separaba su cubículo del espacio de trabajo de Colleen Hatteras. Cuando se inclinó hacia delante para hacerlo, ella miró por encima del tabique.

—¿Detective Harry?

—No me llames así —dijo Bosch—. Con Harry está bien.

—Harry, entonces. Solo quería que sepas que no pretendía molestarte con lo que he dicho.

—No te preocupes, no me ha molestado. No hay problema.

—Bueno, entonces solo quiero añadir que no creo que encuentres a Finbar McShane. No creo que esté vivo.

Bosch la miró durante un buen rato antes de responder.

—¿Por qué crees eso? —preguntó.

—No puedo explicarlo —dijo Hatteras—. Simplemente tengo esas sensaciones. La mayoría de las veces son ciertas. ¿Sabes con seguridad que sigue vivo?

Bosch desvió la mirada hacia el cubículo de Ballard. Ella estaba sentada y miraba la pantalla de su ordenador, pero Bosch se dio cuenta de que estaba escuchando. Volvió a mirar a Hatteras.

—De hecho, no —dijo Bosch—. La última confirmación de que estaba vivo fue tres años después de los asesinatos.

—¿Qué fue? —preguntó Hatteras.

—Stephen Gallagher tenía una administrativa, su primera empleada, la más antigua. Se llamaba Sheila Walsh. Entraron en la casa de Walsh en Chatsworth tres años después de los asesinatos. Alguien rebuscó en los archivos de su oficina y en su escritorio. Movieron un pisapapeles y dejaron huellas dactilares.

—Finbar McShane.

Bosch asintió.

—Para entonces yo estaba retirado de la policía de Los Ángeles y trabajaba en casos abiertos para San Fernando —dijo—. Pero me enteré del robo por mi antigua compañera Lucy Soto. Los detectives de la División de Devonshire se estaban encargando del caso. Sheila Walsh les dijo que no tenía ni idea de lo que podía estar buscando McShane. No creía que se hubieran llevado nada de verdadero valor de su despacho.

—Raro —dijo Hatteras.

—Sí. Así que estaba vivo entonces. Si lo está ahora, es solo una conjetura.

—Confío en mis instintos. No creo que lo encuentres vivo.

—¿Qué es lo que sientes ahora?

—¿Qué quieres decir?

—Detrás de ti está la biblioteca de las almas perdidas. Seis mil asesinatos sin resolver. ¿No te están hablando, enviando mensajes?

Antes de que Hatteras pudiera pergeñar una respuesta, irrumpió Ballard.

—Harry.

Fue lo único que dijo, su nombre en un tono que sonó como una madre advirtiéndole a su hijo que dejara de hacer lo que fuera que estuviera haciendo. Bosch la miró y a continuación volvió a mirar a Hatteras.

—Tengo trabajo que hacer —dijo.

Luego se encorvó sobre su escritorio para desaparecer de la línea de visión de ella y de Ballard. Abrió el volumen 1 del expediente del caso y revisó el índice. Los interrogatorios y declaraciones de los testigos estaban en el volumen 3. Lo abrió y encontró los resúmenes que había escrito tras tres conversaciones distintas con Sheila Walsh.

Sheila Walsh fue la primera empleada que Stephen Gallagher contrató cuando fundó su empresa de alquiler de maquinaria en 2002, y había continuado en la empresa durante su expansión en los años siguientes. Se había convertido en una pieza clave de la investigación en términos de contarle a Bosch cómo funcionaba el negocio, mostrarle los libros y rastrear el equipo que había vendido McShane.

Había otros tres empleados en Shamrock, pero Walsh era la más importante para la investigación. Los otros tres eran hombres que trabajaban en el almacén y en el taller de maquinaria. Walsh era una persona con información privilegiada, que trabajaba en las mismas oficinas que Gallagher y McShane.

Bosch releyó los resúmenes de los interrogatorios a Walsh y anotó su nombre, fecha de nacimiento y dirección en una página de un cuaderno de bolsillo. Luego miró a Ballard por encima de la mampara.

—¿Tengo acceso a Tráfico? —preguntó.

—Eh, no —dijo ella—. Solo los agentes jurados. ¿Qué necesitas?

Bosch arrancó la página del cuaderno y se la entregó a Ballard por encima de la mampara.

—¿Puedes buscarla? —preguntó—. Quiero saber si sigue en la misma dirección.

—Sí, espera —dijo Ballard.

Bosch la oyó teclear para abrir la base de datos de Tráfico e introducir el nombre y la fecha de nacimiento de Sheila Walsh.

—Su carnet actual tiene la misma dirección —le informó.

—Gracias —dijo Bosch. Se levantó y se inclinó sobre la mampara.

—¿Vas a ir a verla? —preguntó Ballard.

—Sí —dijo Bosch—. He pensado en empezar por ahí.

—¿Te parece bien ir solo?

—Claro. Pero tengo una pregunta. En su día, envié muchas cosas que recogimos en la casa de la familia y en la oficina al almacén de Custodia. ¿Tengo la autoridad para pedir que lo manden aquí, o tienes que hacerlo tú?

—Probablemente yo. Pero será más rápido si les decimos que lo saquen y luego tú o yo vamos a recogerlo. Depende de lo pronto que lo quieras. Recogiéndolo nosotros, probablemente puedas tenerlo mañana. La entrega aquí puede tardar hasta una semana.

—Lo recogeré si me dejan. Todavía no tengo ninguna credencial.

—Tengo el número de caso. Lo pediré y les diré que pasarás por la mañana a recogerlo. Basta con que les muestres tu identificación de retirado. Eso servirá por ahora. Tienes que ir a la recepción y pedir una cita para entregar la foto y las huellas. Entonces tendrás una identificación.

—De acuerdo. Gracias. Otra pregunta: ¿tengo acceso a los vestuarios? Quiero lavarme y cambiarme de camisa.

—¿Sigues llevando ropa de repuesto en el coche?

—Hoy sí. Sabía que iba a ir al desierto.

—Tienes acceso a los vestuarios y a las duchas. Pero no puedo prometerte que haya una taquilla libre para ti.

—Bueno, allí son cadetes de la policía, ¿no? No llevo pistola, ¿y quién me va a robar la cartera?

El uso principal del Centro Ahmanson era como una segunda academia para la formación de los reclutas de la policía. La mayor parte de la formación sobre el terreno se mantuvo en la academia original de Elysian Fields. El Ahmanson se destinaba a la formación en el aula, y a veces para cursos de perfeccionamiento. El archivo de carpetas de casos solo ocupaba una pequeña parte del campus.

—Puedes dejar tu cartera aquí y volver a por ella después de cambiarte —dijo Ballard.

—No hace falta —dijo Bosch.

—Entonces, que tengas una buena caza.

—Lo mismo digo.

Bosch se dirigió a la puerta, caminando junto a los estantes llenos de expedientes de casos. Al final de cada fila había una tarjeta de 8 × 13 que mostraba el rango de archivos por número de caso, que siempre comenzaba con el año en que se produjo el crimen. Era un sistema de clasificación decimal Dewey de los muertos.

Bosch pasó una mano por las tapas mientras caminaba. No creía en los fantasmas ni en los muertos que vienen del más allá. Pero tuvo una sensación de veneración y de empatía cuando pasó por su lado camino a la salida.

9

Ballard estaba terminando el sumario del caso que había compilado como parte de una solicitud a la Fundación Ahmanson para que subvencionara los costes de un caso genealógico que Tom Laffont había preparado y que tenía que llevar en colaboración con Hatteras.

—Colleen, Tom no está aquí, así que te voy a enviar esta solicitud de subvención —dijo sin apartar la vista de su pantalla—. Lee el sumario del caso y asegúrate de que está bien.

—Mándalo, lo miraré —dijo Hatteras.

—Quiero entregarlo hoy. A ver si consigo una respuesta rápida para que tú y Tom podáis poneros a trabajar.

—Ahora puedo, mándamelo.

Justo cuando Ballard cerró el documento, sonó el teléfono de su mesa. Vio en la pantalla que era Darcy Troy, del laboratorio de ADN. Respondió mientras abría un mensaje de correo y enviaba la documentación de la subvención a Hatteras.

—Darcy, ¿qué tienes para mí?

—Buenas y malas noticias sobre Sarah Pearlman.

—Cuéntame.

—La buena noticia es que conseguimos una coincidencia de ADN de la huella de la palma de la mano. La mala noticia es que es un resultado caso a caso.

Un resultado caso a caso significaba que el perfil de ADN de la huella palmar coincidía con el perfil de otro caso abierto, un caso en el que el donante-sospechoso era desconocido. Los resultados caso a caso eran lo que conducía a investigaciones genealógicas. En ese momento, Ballard se sintió decepcionada, porque estaba esperando un caso calle, una investigación que la obligara a salir a la ciudad, a llamar a las puertas, a buscar a un individuo concreto cuyo ADN estuviera en las bases de datos policiales. Eso era lo que Bosch esperaba con McShane y lo que ella misma deseaba. Era la razón de ser de los auténticos detectives.

Cogió un bolígrafo de la mesa y se preparó para escribir en una libreta.

—Bueno, es mejor que nada —dijo—. ¿Cuál es el nombre y el número de caso?

Troy recitó el número de caso original. Era un homicidio de 2005, lo cual significaba que había un lapso de once años entre el asesinato de Sarah Pearlman y el otro caso. El nombre de la víctima era Laura Wilson y tenía veinticuatro años en el momento de su asesinato.

—¿Algo más de tu lado? —preguntó Ballard.

—Bueno, es inusual desde un punto de vista científico —dijo Troy—. Incluso la forma en que consiguieron el ADN en el caso de 2005.

—¿Sí? Cuéntame.

—Conoces el viejo dicho «secreciones, no excreciones». Extraemos ADN de fluidos corporales: sangre, sudor y semen, principalmente. Pero no de desechos corporales, porque los enzimas destruyen el ADN.

—Ni caca ni pis.

—Sí, en general, pero aparentemente en este caso se extrajo de orina. Tendrás los detalles completos cuando retires el expediente, pero, según las pocas notas que tengo aquí, se recogió orina de la escena del crimen con la esperanza de encontrar espermatozoides. Si el tipo violó a la víctima antes de ir al baño, entonces podría haber esperma en la uretra y eso saldría en la orina. Pero no encontraron espermatozoides. Lo que encontraron fue sangre.

—Sangre en la orina.

—Correcto. La extracción se manejó con rapidez y no consiguieron un perfil completo, pero tuvieron lo suficiente para ponerlo en el CODIS. No obtuvieron resultados, pero acabamos de conectarlo con nuestro caso.

El CODIS era una base de datos nacional que contenía millones de muestras de ADN recogidas por agencias policiales de todo el país.

—¿Cómo sabían que la orina con la sangre era del asesino? —preguntó Ballard.

—No estaba aquí entonces, así que no lo sé —dijo Troy—. No aparece en las notas que tengo. Pero con suerte estará en el expediente del caso.

—Vale. Has dicho que no era un perfil completo. ¿Estás diciendo que no es una coincidencia plena con el caso Pearlman?

—No, es una coincidencia, eso seguro. Pero, en cuanto a ir al tribunal con ella, tendré que estudiar los números y eso requerirá tiempo. Pero básicamente significa menos ceros. No estaremos hablando de una coincidencia entre trece mil billones. Es algo menos, pero sigue siendo más que toda la población humana de los últimos cien años.

Ballard sabía que Troy tenía tendencia a perderse con las maravillas de los números. Pero había llevado suficientes casos de ADN para poder interpretar lo que estaba diciendo.

—Así que podrías testificar que este ADN es único.

—Bueno, para ser exacta, puedo testificar que ninguna otra persona en este planeta en los últimos cien años tuvo ese ADN.

—Entendido. Es todo lo que necesito. Nos falta encontrar al tipo. Voy a buscar el expediente ahora. Gracias por la rapidez, Darcy.

—Me alegro de poder ayudarte, ya me dirás cómo va.

—Claro.

Ballard colgó el teléfono y se levantó.

—¿Buenas noticias? —preguntó Hatteras.

—Eso creo —dijo Ballard—. Podría ser otro caso para ti. ¿Has leído esa solicitud de subvención?

—La he leído y te la he devuelto. Lista.

—Vale, gracias. La mandaré enseguida.

Ballard enfiló el pasillo que discurría junto a las góndolas, buscando la fila correspondiente a 2005. La encontró y giró la rueda para mover los estantes y abrir la fila. Pasó una uña por los lomos de las carpetas de expedientes hasta que encontró el caso 05-0243 y lo extrajo. El caso de Laura Wilson cabía en una carpeta muy llena, que Ballard sabía que recolocaría de inmediato en dos carpetas para que resultara más fácil pasar los documentos. Verificó una vez más que no hubiera cerca una segunda carpeta mal colocada durante la ordenación del archivo y vio que ninguna de las otras carpetas del estante llevaba el mismo número de caso.

Cerró otra vez mientras pensaba en el nombre que Bosch había puesto a los archivos: la «biblioteca de las almas perdidas». Si eso era cierto, tenía una de esas almas en la mano.

De regreso a su lugar de trabajo, Ballard envió la solicitud de subvención y luego abrió la gruesa carpeta que se había traído de los archivos. Como el origen del ADN obtenido en el caso era tan inusual, fue directamente a Criminalística para ver cómo se había extraído ADN de la orina.

Una declaración del investigador principal contaba la historia. La víctima fue asesinada en su casa, donde vivía sola. Los investigadores de la escena del crimen observaron que el asiento del inodoro del cuarto de baño situado junto al dormitorio estaba levantado, lo cual indicaba que lo había utilizado un hombre. Al revisar el asiento del inodoro y la palanca de la cisterna en busca de huellas dactilares, un criminalista observó gotas de orina en el borde de la taza. Esas gotas eran de color marrón rojizo, y eso indicaba la posibilidad de que hubiera células sanguíneas en la orina. Las gotas se recogieron con hisopos y la extracción de ADN se llevó a cabo el mismo día por temor a una posible descomposición del ADN. Se estableció un perfil parcial y se introdujo en la base de datos del CODIS, pero no se obtuvo ninguna coincidencia.

El informe decía a continuación que los análisis posteriores y la consulta médica de los investigadores determinaron que la orina procedía de alguien que padecía una enfermedad renal o de la vejiga, lo cual provocaba hematuria, término médico que designa la presencia de sangre en la orina.

Ballard estaba emocionada por lo que había leído y deseosa de ver si los investigadores utilizaron la confirmación de la enfermedad renal como ángulo de investigación. ¿Habían buscado un sospechoso entre los hombres que recibían tratamiento para enfermedades renales? Abrió el último cajón de su escritorio y sacó dos carpetas vacías. Retiró todos los documentos y las fundas de plástico de la carpeta original, dividió la pila y colocó cada mitad en las anillas de una nueva carpeta. Luego se levantó y fue a la cocina a por café antes de acomodarse para leer la cronología de la investigación del caso.

Laura Wilson era una joven afroamericana que intentaba triunfar como actriz y vivía sola en un apartamento que le pagaban sus padres desde Chicago. Se había trasladado a Los Ángeles dos años antes de su muerte y se había prometido a sí misma y había prometido a sus padres que triunfaría y sería autosuficiente en cinco años o, en caso contrario, volvería a casa. Tomaba clases de interpretación y se presentaba a audiciones para pequeños papeles en películas y programas de televisión. También se había unido a un grupo de actores que trabajaba en un teatro de veinte plazas en Burbank. Su apartamento estaba en Tamarind Avenue, cerca del Centro de Celebridades de la Cienciología en Franklin. Wilson se había unido a la organización y estaba tomando clases —también pagadas por sus padres— con la esperanza de hacer contactos que la ayudaran en la industria del entretenimiento.

Una amiga con la que debía ir a un seminario de la cienciología la encontró asesinada en la mañana del sábado 5 de noviembre de 2005.

La puerta de su apartamento estaba entreabierta, su amiga entró y halló a la víctima muerta en la cama. Se determinó que la causa del fallecimiento fue estrangulamiento manual: tenía un pañuelo de seda anudado al cuello.

—¿Qué es eso?

Ballard había estado tan inmersa en su lectura que no se había dado cuenta de que Rawls había rodeado la mampara y estaba mirando por encima de su hombro.

—El ADN que obtuvimos en el caso de Pearlman estaba vinculado a este caso del 2005 —dijo.

—Vaya, interesante —dijo Rawls.

Ballard cerró la carpeta y giró su silla para poder mirarle.

—¿Qué pasa, Lou? —preguntó.

—Me voy —dijo Rawls—. Tengo que apagar un incendio en mi tienda de Encino. Un cliente enfadado dice que hemos perdido un paquete que contenía una antigüedad de valor incalculable.

—Eso tiene que doler. ¿Volverás esta semana?

—No estoy seguro. Ya te diré.

—De acuerdo. Nos vemos cuando sea.

Rawls se marchó y Ballard volvió inmediatamente a la carpeta. Su mente ya estaba profundamente metida en el asesinato de Laura Wilson.

10

Bosch reconoció la casa de Sheila Walsh de la última vez que había acudido allí años antes. La mujer abrió enseguida, pero claramente no lo reconoció. Bosch era más viejo y tenía el cabello más gris y tal vez su mirada no era tan afilada como la última vez. Pero después de un buen rato consiguió situarlo, aunque no recordó su nombre. Sonrió.

—Detective —dijo—. ¡Qué sorpresa!

—Señora Walsh —dijo Bosch—. Esperaba que me recordara.

—No sea tonto, por supuesto que sí. Y llámeme Sheila. ¿Ha habido alguna novedad en el caso?

—¿Podemos hablar dentro?

—Sí, sí, pase, por favor.

Walsh dio un paso atrás para dejar entrar a Bosch. Estaba igual a como Bosch la recordaba. Ya cerca de los sesenta, tenía más arrugas en las comisuras de los ojos, pero seguía siendo una mujer atractiva con pinta de comer una vez por semana. Su cuerpo delgado, hombros estrechos y larga cabellera no habían cambiado en absoluto, confirmando la sospecha que Bosch había tenido entonces de que se trataba de una peluca.

—¿Quiere un café, agua, alguna cosa? —preguntó Walsh.

—No, gracias —dijo Bosch—. Pero podemos sentarnos en la cocina, si quiere. Recuerdo que nos sentamos allí la otra vez.

—Claro, vamos.

Ella lo condujo a través de un comedor —que claramente se utilizaba como oficina— hasta una cocina que tenía una mesita redonda de desayuno con cuatro sillas.

—Siéntese —dijo Walsh—. ¿Por fin ha aparecido Finbar McShane?

—Eh, no —dijo Bosch—. De hecho, esa iba a ser mi primera pregunta. ¿Ha tenido alguna noticia suya recientemente? ¿Alguna cosa?

—Oh, no. Le habría llamado. Pero creo que la última vez que lo vi me dijo que se iba a retirar.

—Me retiré, sí. Pero ahora he vuelto a trabajar en casos abiertos y, bueno, estoy investigando otra vez el caso de la familia Gallagher. Y tratando de encontrar a McShane.

—Ah, ya veo. Bueno, si quiere saber mi opinión, diría que está en Belfast o por ahí.

—Sí, ese es el consenso, pero no estoy tan seguro.

Bosch miró la puerta corredera que había detrás de ella y que daba al patio. Había una terraza y una piscinita excavada en el suelo. Unas lonas para mantener alejados a ciervos, coyotes y otros animales cubrían largos maceteros de madera que se utilizaban a modo de pequeño huerto. La casa estaba en Chatsworth, en el extremo noroeste del valle de San Fernando, y la fauna bajaba de las colinas cercanas por la noche. Más allá de los planteles se divisaban los afloramientos rocosos del parque de Stony Point en la distancia.

—Me quedé obsesionado con el allanamiento en su casa tres años después de los asesinatos —dijo Bosch—. Me desconcierta. ¿Qué estaba buscando aquí?

—Bueno, eso es un misterio que durará hasta que lo encuentre —dijo Walsh—. Porque yo estoy igual de desconcertada. No tenía nada suyo. No sabía nada del caso más allá de lo que le conté a la policía.

Bosch buscó en el bolsillo interior de la americana que se había puesto después de ducharse en el vestuario de Ahmanson. Sacó un documento, lo desdobló y lo miró antes de hablar.

—Este es el parte del incidente —dijo—, escrito antes de que las huellas se identificaran como las de McShane. Dice que el ladrón comió algo de la nevera, se llevó una caja de vinilos viejos, luego cogió dinero y un iPhone de su bolso.

—Exacto —dijo Walsh.

—Hurgó en el escritorio del despacho y movió el pisapapeles (un globo de cristal de Waterford) y fisgoneó su correo.

—Sí, pero no era un escritorio. Uso la mesa del comedor como escritorio. Y tenía el pisapapeles encima de la pila de cosas por hacer. Facturas y correo. Entonces estaba formándose como agente de viajes por internet. Después de la desaparición de Shamrock, algo tenía que hacer. Así que también había documentos y folletos de cruceros en la pila. Cosas que necesitaba para la formación en línea.

—¿Por qué iba a estar interesado en eso McShane?

—No lo sé. No lo sabía entonces y no lo sé ahora. Pero él no podía saber lo que había en esa pila hasta que miró, ¿no?

Bosch asintió y examinó el parte del incidente. Era una de las muchas preguntas que se había planteado sobre el caso. ¿Qué estaba buscando McShane?

—Es el único lugar donde se encontraron sus huellas —dijo Bosch—. Estaban sus huellas, las de su hijo y las de usted. Nada más.

—Eso lo recuerdo —dijo Walsh—. Recuerdo que también tenía esa teoría que les conté entonces a los agentes.

—¿Qué teoría?

—Bueno, el pisapapeles era de cristal de Waterford. Estaba hecho en Irlanda. Él era de Irlanda. Tal vez lo cogió por eso.

Bosch asintió como si pensara en esa teoría.

—Sí, está en el informe —dijo—. Pero Waterford está en Irlanda y McShane era de Irlanda del Norte. Y, si sabía que era de Waterford o tenía algún valor nostálgico para él, ¿por qué no se lo llevó?

—Bueno…, no lo sé —dijo Walsh—. Solo él lo sabe.

—Tal vez… Bueno, ¿cómo le va a su hijo?

—Está bien. Se ha mudado a Santa Clarita, trabaja en un campo de golf allí.

—Bien. ¿Es instructor o…?

—No, ni siquiera juega al golf. Dice que es muy aburrido. Pero le gusta estar al aire libre. Cuida los *greens* en Sand Canyon. Es un buen trabajo. Va a trabajar temprano y sale antes de que el tráfico aumente.

Bosch asintió y decidió terminar con la charla.

—Señora Walsh, aprecio su tiempo, sobre todo porque he venido sin avisar —dijo—. Pero me gustaría volver al año de los asesinatos y que piense otra vez en lo que estaba ocurriendo con el negocio y en la oficina entre Stephen Gallagher y Finbar McShane. ¿Le importa? ¿Puede dedicarme unos minutos más?

—Si cree que puede ser de alguna ayuda… —dijo Walsh—. Pero mi memoria probablemente ya no es la de entonces.

—No se preocupe. Es curioso, porque a veces después de una buena temporada la gente recuerda algunas cosas que no mencionó antes y olvida otras de las que dijo. Así que ayuda tamizar todo otra vez. Creo que la familia, en especial los dos niños, lo merecen.

—Claro que sí. Por eso estoy dispuesta a ayudar. Pienso en esos chicos todo el tiempo. ¡Qué horror!

—Gracias. Quiero volver al periodo anterior a los asesinatos, cuando parecía que había tensión en la relación entre Gallagher y McShane. Recuerdo que me contó que había habido discusiones entre ellos.

—Sí, las hubo. Pero siempre detrás de puertas cerradas. Sabe, podía oír que se levantaban la voz, pero no siempre entendía exactamente lo que decían.

—¿Eran muy frecuentes las discusiones?

—Bueno, durante un tiempo parecía que eran diarias.

—Pero a la empresa (según los libros que miramos) le iba bien. Me refiero a antes de que los Gallagher desaparecieran.

—Sí. Estábamos muy ocupados todo el tiempo. Sé que una de las cosas que quería Fin era contratar más gente y, bueno, expandirse.

Tal vez hacerse con otro terreno y llenarlo de maquinaria. Decía que más inventario significaba más negocio.

—Pero Stephen no quería expandirse.

—No, era muy conservador. Levantó la empresa desde cero. Así que era cauto y Fin siempre quería hacer más. Discutieron, pero Stephen era el dueño y tenía la última palabra. ¿Quién habría pensado que eso conduciría a lo que ocurrió? Esos pobres chicos... Quiero decir, si era una disputa de negocios, ¿por qué tenían que matarlos así?

Estaban pisando terreno ya hollado, pero Bosch necesitaba patearse el caso otra vez para orientarse. Interrogó a Walsh durante otra media hora, y ella no se quejó ni trató de acortarla. Tampoco aportó nada nuevo en cuanto a información significativa del caso. Sin embargo, su historia sobre los últimos días de Shamrock Industrial Rentals no había cambiado en los años transcurridos desde que Bosch la había escuchado por última vez, y eso tenía su importancia.

Bosch terminó la entrevista con preguntas sobre los meses posteriores a la desaparición de la familia Gallagher, cuando ella y McShane intentaron mantener el negocio a flote mientras presumiblemente esperaban el regreso de la familia y del propietario del negocio. Repitió que no sabía que McShane estaba publicando anuncios en Craigslist y vendiendo equipos en lugar de alquilarlos. Hasta que él también desapareció, dejando a la empresa con un almacén de materiales y maquinaria prácticamente vacío.

—Me engañó como engañó a todo el mundo —dijo Walsh—. Estábamos acostumbrados a que los andamios y las grúas y todo el equipo desaparecieran durante largas temporadas porque se utilizaban en proyectos de larga duración. No tenía ni idea de que el material no iba a volver nunca porque lo había vendido.

—¿Qué recuerda del día en que McShane desapareció? —preguntó Bosch.

—Fueron más bien días. Un día no se presentó y luego llamó y dijo que estaba enfermo, que probablemente estaría fuera un par de días.

—Pero no fue así.

—No, pasaron dos días y seguía sin aparecer, y vino un cliente que tenía un problema con un elevador JLG que le había vendido Fin. Dijo que Fin le había dado una garantía y que quería que se lo arreglaran. Fue entonces cuando descubrí que estaba vendiendo cosas. Llamé a su número y la línea estaba muerta. Desconectada. Sospeché, comprobé las cuentas bancarias y descubrí que estaban vacías. Se llevó todo y desapareció.

—Llamó a la policía.

—Llamé al tipo de Personas Desaparecidas al que había llamado cuando la familia desapareció y dijo que lo investigaría. Y entonces se encontraron esos cuerpos en el desierto y usted se hizo cargo del caso. ¿Averiguó adónde transfirió el dinero?

Bosch negó con la cabeza. No le gustaba ser él quien respondiera preguntas, pero esta sí la contestó.

—Se convirtió en criptomoneda —dijo—. El bitcóin era bastante nuevo en aquel entonces, pero no pudimos rastrearlo después. Había desaparecido.

—Qué pena —dijo Walsh.

—Sí, una pena. Así que ahora la dejaré tranquila. Gracias por su tiempo. Si tiene un papel, le daré mi número de móvil por si se le ocurre algo más. No tengo tarjetas de visita.

—Claro.

—A veces una conversación como esta puede despertar nuevos recuerdos.

Walsh se levantó y abrió un cajón de debajo de la encimera de la cocina. Sacó una libreta y un bolígrafo y Bosch le dio el número.

—¿Cree que esta vez lo atrapará? —preguntó ella.

—No lo sé —dijo Bosch—. Espero que lo hagamos. Por eso he vuelto.

—«El arco moral del universo es largo, pero se inclina hacia la justicia.»

—Martin Luther King, ¿verdad? Esperemos que tuviera razón.

Bosch salió de la casa y Walsh cerró la puerta. Bosch se detuvo en el escalón. Cuando era un joven detective que consumía dos paquetes de cigarrillos al día mientras trabajaba en la Unidad Especial de Homicidios del centro de la ciudad, tenía una rutina que seguía cada vez que salía de la casa de alguien después de una entrevista. Nunca se sabía cómo afectaría a un testigo o a un sospechoso la visita imprevista de un detective de la policía. Se paraba justo delante de la puerta principal y sacaba sus cigarrillos. Luego se encendía uno con un mechero que siempre tardaba en prender. Y se volvía ligeramente como para bloquear el viento, pero en realidad estaba orientando una oreja hacia la puerta. Escuchaba con la esperanza de oír las palabras que se pronunciaban en el interior tras su marcha. En más de una ocasión captó voces tensas, a veces enfadadas. Una vez incluso escuchó a alguien de dentro decir: «¡Sabe que lo hicimos!».

Habían pasado décadas desde su último cigarrillo. En lugar de un paquete de cigarrillos, sacó su teléfono mientras estaba en el porche de la casa de Sheila Walsh. Comprobó si había llegado algún mensaje mientras realizaba la entrevista. Solo había uno y era de Ballard:

Tengo noticias. Llámame cuando termines.

Se volvió ligeramente para ver si había algo que escuchar. Oyó la voz de Walsh. Era una conversación unilateral que indicaba que había hecho una llamada telefónica.

—Ese detective que estaba en el caso Gallagher acaba de estar aquí —dijo ella—. Ha aparecido de la nada…

No oyó nada más mientras la voz se apagaba y, aparentemente, Walsh se adentraba en la casa y se alejaba de la puerta de la calle.

Bosch salió del porche y se dirigió a su coche. Sonrió al recordar el caso en el que había escuchado la confesión desde la entrada de la casa. Y se preguntó a quién había llamado Sheila Walsh y si podría ser Finbar McShane.

11

Ballard llegó a Birds antes que Bosch. Él venía desde el otro lado del valle de San Fernando y tardaría un rato, aunque circulara en sentido contrario al tráfico de la hora punta. Pidió una cerveza, pero se contuvo de pedir comida. Estaba revisando el cronograma del expediente de Laura Wilson que había copiado antes de marcharse. Sabía que estaba infringiendo la norma de no hacer copias, pero sentía que romperla era su propia norma.

Era su tercera lectura de las cuarenta y cinco páginas de la cronología del caso. Una vez que el asesinato de Wilson se había relacionado con el caso Pearlman, Ballard necesitaba conocerlo como si fuera suyo. El lugar para obtener ese conocimiento era la cronología, un relato meticulosamente detallado del trabajo de los investigadores originales. Aunque su investigación no condujo a una detención y acusación, el camino que tomaron sería muy informativo.

Como joven aspirante a actriz, Laura Wilson tuvo un sinfín de interacciones con gente de toda la ciudad cuando iba a una prueba tras otra en estudios y productoras, desde Culver City a Hollywood o Burbank. Formaba parte de su trabajo construir una red social en la industria del entretenimiento que podría alertarla de posibles trabajos en la profesión que había elegido. Además de ese patrón, Wilson asistía con frecuencia a los centros de la cienciología y a eventos en Hollywood. También asistía a una clase de actuación de doce estudiantes dos veces por semana, y una vez al mes su grupo actuaba en un teatro de Burbank. Estas actividades le añadían muchas interacciones personales, y cualquiera de ellas podría haber sido con su asesino.

Como cabía esperar, la cronología detallaba los esfuerzos de los investigadores para comprender la vida de la joven mujer. Los detectives dividieron sus interacciones en grupos que llamaron Hollywood, Cienciología y Otros. Se interrogó a dos exnovios, uno de Los Ángeles y otro de Chicago, pero ambos contaban con coartadas que los exoneraban. Los investigadores pasaron semanas y luego meses con interrogatorios, examinando antecedentes y centrándose en conocidos que tenían historiales delictivos. Aun así, no emergió ningún potencial sospechoso y el caso finalmente se enfrió.

Las últimas entradas de la cronología eran las de diligencia debida, que simplemente atestiguaban que el caso permanecía abierto pendiente de nueva información.

Ballard volvió a juntar las hojas de la cronología y las dejó en la mesa. Estaba segura de que Bosch querría llevársela para leerla en casa. Estaba sacando su teléfono para llamarlo y ver si estaba muy lejos cuando recibió una llamada de Nelson Hastings.

—Hola, detective —dijo—. He oído que ha habido un gran avance en el caso de Sarah Pearlman. ¿Hay algo que pueda compartir con el concejal?

—¿Quién le ha dicho eso?

Sabía que había sido Rawls, pero quería escuchar la respuesta de Hastings. Eso iría a lo que Ballard llamaba la matriz de confianza. Detalles, acciones, reacciones y afirmaciones de aquellos con los que estaba en contacto se combinaban para establecer cuánta confianza podía depositar en ellos. Todavía estaba recopilando información sobre Hastings y su jefe, el concejal.

—Resulta que estaba hablando con Ted Rawls de camino a casa y lo ha mencionado —dijo Hastings—. Me ha sorprendido que él lo supiera y yo no hubiera sido informado. Pensaba que había accedido a mantenerme al tanto del caso.

—Bueno, creo que es prematuro llamarlo un gran avance y por eso no le he puesto «al tanto» —dijo Ballard—. Hemos conectado el asesinato de Sarah con otro asesinato que se produjo once años después. Pero ese otro caso permanece abierto y sin resolver, así que es difícil que lo considere un gran avance. Ahora simplemente tenemos dos víctimas en lugar de una.

—¿Cómo se ha hecho la conexión?

—Mediante ADN.

—Pensaba que no había ADN en el caso de Sarah.

—No lo había hasta ayer, pero lo hemos encontrado y nos ha conducido a este nuevo caso.

—¿Cuál es el nombre de la víctima?

—Laura Wilson. Era unos años mayor que Sarah. Pero hay similitudes en los casos. También fue agredida sexualmente y asesinada en su cama.

—Ya veo.

—Pero es todo lo que realmente tenemos por el momento, así que yo me relajaría, señor Hastings. Si surge algo de esto que el concejal Pearlman necesite saber, lo primero que haré será llamarlo.

—Gracias, detective.

Hastings colgó y, en cuanto Ballard levantó la cabeza, vio a Bosch entrando en el restaurante. Captó su atención saludándolo con la mano, y él se acercó y se metió en el reservado de la esquina.

—¿Cómo ha ido tu entrevista? —preguntó Ballard.

—Nada nuevo en realidad —dijo Bosch—. Pero era un buen punto de partida. Llamó a alguien justo cuando yo me fui, y eso es curioso.

—¿Hiciste ese truco que me contaste, de quedarte en el escalón y escuchar?

—Funciona a veces. Bueno, ¿qué pasa?

—Mira, gracias a ti y al ADN que sacamos de la huella palmar, ahora tenemos una coincidencia con otro caso.

—¿Dónde? ¿Cuándo?

—Aquí en 2005. De hecho, a la vuelta de la esquina, en Tamarind.

—Acabo de aparcar en Tamarind.

—Voy a acercarme a ver el sitio cuando nos vayamos. Aquí está la cronología. Puedes llevártela para leerla esta noche.

—Pensaba que no se sacaban copias de Ahmanson.

Ballard sonrió.

—Tú no te llevas copias. Yo soy la jefa. Puedo hacer copias.

—Entendido. Doble rasero…, llegarás lejos en el departamento.

—No tiene tanta gracia como crees.

—Vale, ¿qué más sabes del caso?

Ballard empezó a revisar lo que consideraba los puntos importantes que se había anotado en su lectura del expediente del asesinato de Wilson.

—El resumen es que, si no hubiera un vínculo genético entre estos casos, no los habría conectado —dijo ella—. Una víctima es blanca, otra negra; una adolescente, la otra de veintitantos; una estrangulada, otra apuñalada. Una asesinada en su casa, donde ella vivía con sus padres y hermano; la otra, en un apartamento, donde vivía sola.

—Pero las dos fueron agredidas sexualmente y asesinadas en sus camas —dijo Bosch—. ¿Has visto la escena del crimen? ¿Cubrió la cara de la segunda víctima?

—No, no lo hizo. Supongo que once años después de matar a Sarah Pearlman ya no estaba avergonzado de lo que había hecho.

Bosch asintió. Un camarero se acercó a la mesa y ambos pidieron platos de pollo asado y Bosch dijo que bebería lo mismo que Ballard.

—Once años entre casos —dijo él después de que el camarero tomara nota y llevara la comanda a la cocina—. Eso es improbable.

—Lo sé —dijo Ballard—. Tiene que haber otros.

—Estos dos fueron los errores.

—Donde dejó ADN.

—La otra cosa es que los dos casos están separados once años y los dos se produjeron en Los Ángeles.

—Los dos en Hollywood.

—No es viajero.

—Sigue aquí.

Bosch asintió.

—Seguramente —dijo.

Después de comer salieron del restaurante y caminaron por Tamarind Avenue. Doblaron a la derecha y siguieron por la avenida, donde a ambos lados se alineaban apartamentos de dos plantas de la posguerra con nombres como Capri o Royale. Ballard localizó el edificio de apartamentos de Laura Wilson (el Warwick) a media manzana, en el lado este.

Ella y Bosch se quedaron de pie uno junto a otra mirando en silencio la fachada del edificio, de estilo *streamline* y pintado en tonos aguamarina y crema. Parecía una construcción aerodinámica y segura. No había rastro de la violencia que se había producido allí muchos años antes.

Ballard señaló las ventanas del lado izquierdo del piso superior.

—Su casa estaba en la planta de arriba, con vistas a la calle —dijo—. En esa esquina.

Bosch se limitó a asentir.

—Voy a poner a todo el equipo en esto mañana —continuó Ballard—. Tenemos que atrapar a este tipo.

Bosch asintió otra vez.

—¿Estás de acuerdo en hacer una pausa con McShane? —preguntó Ballard.

—No —dijo Bosch—, pero la haré.

12

Desde su cubículo, Bosch observó que Ballard arengaba al equipo para que se centrara en los casos de Sarah Pearlman y Laura Wilson. La noche anterior le había dicho en Birds que planeaba llamar a todos menos a Rawls, porque no quería que filtrara a Nelson Hastings todo lo que estaban haciendo. En cambio, le enviaría un mensaje de texto a Rawls y le diría que se tomara el día libre si todavía necesitaba tiempo para apagar el incendio de su negocio. Basándose en lo que sabía de su ética laboral como investigador, Ballard predijo que Rawls respondería con un emoticono de pulgar hacia arriba y no aparecería. Hasta el momento había acertado.

Ballard asignó tareas a cada uno de los investigadores del grupo con la esperanza de que las diversas miradas frescas abrieran nuevos caminos para encontrar el nexo en el que las dos víctimas se cruzaron con el mismo asesino. Las dos jóvenes estaban separadas por la edad, la raza, la situación económica y la experiencia, pero en alguna parte de sus vidas había una conexión. Ballard puso a Bosch a revisar la escena del crimen, mientras que a otros del equipo se les asignó revisar las declaraciones de familiares, amigos y testigos. Tom Laffont se encargaría de la parte médica. No parecía que los detectives originales hubieran perseguido el potencial ángulo de investigación que les daba la sangre en la orina. La sangre en la orina era un indicio de una posible enfermedad de los riñones o de la vejiga que estaba siendo tratada o que llegaría a un punto en el que necesitaría ser tratada.

—También significa que nuestro sospechoso podría estar muerto —advirtió Laffont.

—Podría ser —dijo Ballard—. Pero todavía tenemos que identificarlo y resolver estos casos. No tengo que recordaros a todos que el concejal Pearlman es nuestro santo patrón en el ayuntamiento. Si podemos obtener respuestas sobre lo que le ocurrió a su hermana, podremos mantener esta unidad viva durante años.

Aunque a Bosch no le gustaban las maquinaciones políticas inherentes al caso, comprendía perfectamente la necesidad de respuestas de una familia. Había tardado más de treinta años en obtener respuestas sobre el asesinato de su propia madre cuando él era niño. Las respuestas no le proporcionaron un cierre, pero sus esfuerzos siempre tuvieron una gran determinación. En ese sentido, entendía perfectamente lo que Jake Pearlman buscaba y necesitaba. El hecho de que estuviera utilizando su poder político para conseguirlo era comprensible. Si hubiera tenido ese poder, Bosch habría hecho lo mismo en el caso de su madre. En cambio, él había utilizado el poder de su placa.

Ballard había llegado temprano y había hecho paquetes de copias individuales correspondientes a las tareas de cada investigador. Los repartió al final de la reunión. A Harry le entregó copias de un par de centímetros de grosor de los informes forenses y las fotos de la escena del crimen del caso Wilson.

Antes de empezar con la tarea, Bosch quería hacer algo que le había estado incordiando desde su conversación con Sheila Walsh. Se había pasado casi toda la noche despierto pensando en que había echado a perder el caso de la familia Gallagher por haber omitido algo sobre el robo en la casa de Walsh.

Cuando Ballard se sentó de nuevo en su sitio, Bosch se levantó y se acercó al extremo del cubículo.

—Necesito unos antecedentes —dijo—. ¿Puedes buscarme un nombre?

—¿En el caso Wilson? —preguntó ella—. ¿Ya?

—No, en el de Gallagher.

—Harry, quiero que trabajes en Wilson y Pearlman. Creía que lo habíamos acordado anoche, y acabo de terminar de decirle a todo el mundo lo importante que es para nosotros.

—Empezaré hoy mismo, pero me quedé despierto toda la noche pensando en esto, así que solo quiero ponerlo en marcha y ver lo que tengo para volver después a Wilson. ¿De acuerdo?

—¿Cuál es el nombre?

Bosch tenía en sus manos el informe de las huellas dactilares del robo en casa de Sheila Walsh. Ballard abrió el portal de la base de datos del Centro Nacional de Información sobre el Crimen y Bosch le leyó el nombre del individuo cuyos antecedentes penales quería comprobar.

—Jonathan Boatman, nacido el 1 de julio del 87.

Ballard lo tecleó y esperó mientras se buscaban coincidencias en la base de datos.

—¿Quién es? —preguntó.

—El hijo de Sheila Walsh —dijo Bosch—. Probablemente sea un hijo de un matrimonio anterior y ella se cambió el nombre cuando se divorció o se volvió a casar.

—¿Y nunca buscaste sus antecedentes?

—Lo hice en su día y estaba limpio. Está en el expediente. Pero ahora quiero ver si siguió limpio.

—¿Y qué te hace pensar que no lo hizo?

—Porque ayer fue la primera vez que eché un vistazo al parte del incidente del robo en la casa de Sheila Walsh. Se encontraron las huellas de McShane y se asumió que fue él quien entró. Para entonces yo estaba retirado y Devonshire se encargó de ello. Me enteré por Lucy Soto y yo mismo lo tomé como una señal de que McShane estaba vivo y seguía en la zona. Ayer cambié de opinión.

—¿Por qué?

—Por el parte del incidente. Dice que se llevaron comida de la nevera, vaciaron un bolso, robaron un teléfono móvil y una colección de discos antiguos. Fue una acción de aficionado. Como el trabajo de un yonqui que da un palo rápido: conseguir comida, dinero en efectivo y algo que pudiera vender para pagarse un chute.

—Los discos. Recuerdo que había tiendas por todo Hollywood que compraban vinilos. Amoeba y algunas otras.

—Se encontraron las huellas del hijo, pero se descartaron porque la madre (Sheila Walsh) dijo que visitaba la casa con regularidad.

—Ya veo adónde quieres llegar con esto. Los drogadictos suelen robar a sus familias antes de meterse en delitos graves, porque saben que la familia no los va a denunciar. Al menos al principio.

—Exacto.

—Así que, si el hijo cometió el robo, que las huellas de McShane estuvieran allí adquiere un nuevo significado.

—Eso es lo que estaba pensando. Además, la llamada que hizo después de que me fui ayer. Esperaba que fuera a McShane, pero tiene más sentido que llamara a su hijo.

—Pero ¿por qué iba a denunciar el robo si pensaba que podría haberlo hecho su hijo?

—Tal vez no se dio cuenta de que era él hasta más tarde. Mucha gente en esa situación no quiere creer que su hijo o su hija haría algo así.

Los resultados de la búsqueda comenzaron a aparecer en la pantalla de Ballard.

—Ahora Boatman tiene antecedentes —anunció Ballard.

Bosch apoyó una mano en la mesa de Ballard mientras se inclinaba para leer la pantalla. Jonathan Boatman tenía antecedentes por posesión de drogas, conducción bajo los efectos del alcohol y alteración del orden público. Todas las detenciones se produjeron después de los asesinatos de la familia Gallagher, cuando Bosch habría buscado su nombre de forma rutinaria, así como después del robo. Desde entonces, Boatman había seguido el camino de la adicción y la delincuencia. El cargo de posesión de drogas lo llevó a aceptar declararse culpable para librarse de la cárcel a cambio de ingresar en un programa de rehabilitación de seis meses en el Centro Médico del Condado-USC. El informe del Centro Nacional de Información sobre el Crimen se completaba con fotografías de las fichas policiales de las detenciones, y en ellas quedaba claro que Jonathan Boatman había entrado en una espiral descendente. Su rostro iba desmejorando de foto en foto hasta aparecer demacrado. La última imagen mostraba manchas en la piel y una llaga supurante en el labio inferior y, lo más revelador de todo, una mirada inerte que no mostraba ninguna reacción al hecho de que estaba siendo absorbido por el sistema de justicia penal.

—Viendo las fotos de las fichas, supongo que es metanfetamina —dijo Ballard.

—Sí —dijo Bosch, señalando la pantalla—. Todas las detenciones se produjeron después del robo. Si todavía hubiera estado trabajando en el caso en ese momento, tal vez lo habría detectado.

—Pero no estabas en el caso. Estabas retirado. Así que no te fustigues por eso. Quizá ahora nos lleve a algo.

—Tal vez.

Aun así, Bosch seguía sintiendo que, de alguna manera, había cometido un error y le había fallado a la familia Gallagher. Si hubiera seguido con el caso en lugar de retirarse, habría visto que el robo y McShane no estaban relacionados y que había otra razón para que sus huellas estuvieran en el pisapapeles de cristal.

Como si leyera sus pensamientos, Ballard intentó absolver a Bosch de nuevo.

—Solo recuerda —dijo— que Sheila Walsh no lo vio como lo que era y llamó a la policía. Así que no eres el único.

—Es una madre —dijo Bosch—. Yo soy policía. Era policía.

—Te digo que no...

—¿Puedes enviarme ese informe? Con las fotos de la ficha.

—Harry, vamos. Es exactamente por esto por lo que revisamos los casos. Para ver con nuevos ojos. Para ver lo que no se vio antes. Así que acepta esta victoria. Tienes un nuevo ángulo para trabajar.

—¿Me lo envías?

—Sí, te lo estoy enviando. Pero no salgas corriendo con esto. Te necesito con Pearlman y Wilson. Lo digo en serio.

—No te preocupes, tendrás mi opinión sobre la escena del crimen y los indicios forenses al final del día.

Bosch volvió a su ordenador para esperar el mensaje de correo electrónico. Cuando le llegó el informe del Centro Nacional de Información sobre el Crimen en su pantalla, lo envió a la impresora. Observó que la última detención de Boatman se había producido dos años antes. Era posible que se hubiera desenganchado desde entonces y que se hubiera mantenido limpio, al menos ante la ley. El hecho de que aparentemente tuviera un trabajo de jardinero era un claro indicio de rehabilitación.

Bosch miró las fotos de las fichas que formaban parte del paquete y memorizó la cara de Boatman. Luego buscó en Google la dirección del Sand Canyon Country Club y la introdujo en la aplicación GPS de su teléfono.

Cerró el portátil y se levantó para ir a la impresora y luego a su coche.

—Harry, ¿te vas? —preguntó Ballard mientras cruzaba por detrás de ella.

—A la impresora —dijo Bosch—. Luego voy a dar un paseo en coche.

—¿Un paseo en coche? ¿Adónde?

—No te preocupes, ya volveré.

Notó que Ballard lo miraba fijamente mientras seguía adelante.

Mientras se estaba abrochando el cinturón del Cherokee unos minutos después, recibió un mensaje de Ballard. Estaba enfadada.

Socavas mi autoridad cuando te marchas de esa manera. Por favor, no lo vuelvas a hacer.

Bosch se sintió a la vez arrepentido y molesto. Estaba tratando de resolver el asesinato de una familia, y para él eso tenía prioridad sobre todo lo demás en el mundo. Le devolvió el mensaje, pero se contuvo de decir algo que pudiera agravar la situación.

Lo siento. Ya sabes cómo me pongo con los casos. No volverá a ocurrir.

Esperó a ver si había respuesta. Cuando vio que no la había, arrancó el coche y se dirigió a la salida del aparcamiento.

Unos minutos más tarde, estaba en la 405 en dirección norte en medio de un tráfico moderado de media mañana. La autovía elevada tenía una buena vista de las torres de Century City a su derecha y de las montañas de Santa Mónica. Su aplicación de GPS le dijo que tardaría cincuenta y ocho minutos en llegar al Sand Canyon Country Club. Sintonizó KJazz en la radio y pilló al Shelly Berg Trio interpretando *Blackbird,* el viejo tema de los Beatles.

Subió el volumen. Era buena música para conducir.

13

Ballard se propuso a sí misma no enfadarse con Bosch. Sabía que ponerlo en un equipo no lo convertía en un jugador de equipo. Eso no estaba en su ADN. Se levantó y fue al espacio de trabajo de Harry. El paquete del caso Wilson que había reunido para él estaba sobre la mesa. Harry le había dicho que le entregaría su revisión al final del día, pero no iba a poder hacerlo si no tenía consigo los registros para revisar. Ballard recogió la pila y volvió a su cubículo. Lo trabajaría ella si Bosch no lo hacía.

En el reparto de tareas del caso, Ballard se había reservado los medios digitales asociados a Laura Wilson. Los investigadores originales habían descargado los datos del ordenador portátil y del teléfono móvil de la víctima en unidades de memoria USB que introdujeron en el bolsillo de la cubierta interior de la carpeta del caso. Ballard había revisado antes el material de cada unidad y había planeado una inmersión más profunda. Pero decidió dejar de lado ese trabajo digital y revisar primero el material que le había entregado a Bosch.

Como ya había estudiado con detenimiento los informes forenses y las fotos de la escena del crimen después de relacionar los casos de Wilson y Pearlman, decidió enfocar esa nueva revisión de otra manera. Ya fuera en persona en la escena del crimen o bien al mirar las fotos, el investigador siempre se focaliza en el centro: el cadáver. Las fotos eran tan horribles de ver como las de Sarah Pearlman. El cuerpo de una mujer joven violado de muchas maneras. Una naturaleza muerta de esperanzas y sueños arrebatados. Ballard decidió dejarlas de lado y trabajar desde fuera hacia dentro.

El fotógrafo de la escena del crimen había sido minucioso y había tomado decenas de fotos «ambientales» que mostraban toda la casa de la víctima —dentro y fuera— en el momento del asesinato. Entre ellas había fotos del contenido de los armarios y cajones y de las fotos enmarcadas y colgadas en las paredes. Todo ello permitía a los investigadores del caso acceder al entorno completo del lugar donde se había cometido el crimen. También les permitía conocer mejor a la víctima al ver cómo había organizado su casa. Les daba una idea de las cosas que eran importantes para ella en la vida.

Aunque el apartamento de Wilson solo tenía un dormitorio, había mucho espacio para guardar la ropa y otras pertenencias. Ballard se movió lentamente por las fotos, centrándose en las zonas que le interesaban a medida que avanzaba. La ropa del vestidor indicaba que o bien Wilson dedicaba una gran cantidad de sus ingresos a su ropa, o bien el dinero para su vestuario formaba parte de la ayuda que recibía de sus padres u otros conocidos. En ninguno de los registros había nada que mostrara la existencia de un novio. Tenía cuentas en dos aplicaciones de redes sociales incipientes en ese momento —MySpace y Facebook—, pero la revisión que Ballard había hecho anteriormente en ellas no mostraba a Wilson como una chica aficionada a las fiestas de Hollywood. Parecía ir bastante en serio con su plan de cinco años, y el rico surtido de ropa y zapatos que había en su apartamento probablemente formaba parte de ello. Algunas audiciones grabadas en su ordenador mostraban que a menudo hacía pruebas para papeles de mujeres jóvenes pero sofisticadas en el cine y la televisión. En cada una de ellas se había vestido de forma adecuada, y en ese momento Ballard estaba mirando el vestidor donde Laura había reunido esos conjuntos. Había algo deprimente en ello: que esa joven hubiera tenido un plan, que hubiera trabajado con tesón en él, que se hubiera preparado para ello, que se hubiera puesto delante del espejo de la puerta del armario y se hubiera asegurado de tener el aspecto adecuado para un papel, y que le hubieran arrebatado toda esa ambición en una horrible noche de violencia. Ballard se prometió a sí misma que nunca volvería a dejar ese caso en la estantería. Que, pasara lo que pasara, trabajaría en él mientras siguiera en activo.

Sintió una gran emoción que la hizo ir a la carpeta del expediente para encontrar la página de contactos. Los familiares más cercanos eran los padres, Philip y Juanita Wilson, de Chicago. En las descripciones breves, Philip figuraba como miembro del comité del decimocuarto distrito, y Juanita, como maestra de escuela. Ballard sabía que estaría abriendo viejas heridas al llamar, pero también que los padres nunca superaban la muerte de un hijo a la edad que fuera. Ballard quería que supieran que el caso ya no estaba en una estantería y que estaban trabajando en él.

Llamó al número, que seguía siendo válido después de diecisiete años. Contestó una voz de mujer mayor. Si Laura Wilson siguiera viva, tendría más de cuarenta años, lo que situaba a sus padres al menos en la sesentena o probablemente más.

—¿Señora Wilson?

—Sí, ¿es la policía de Los Ángeles?

Ballard se dio cuenta de que su teléfono de escritorio probablemente incorporaba una identificación genérica de la policía de Los Ángeles.

—Sí, señora, me llamo Renée Ballard. Soy detective de la policía de Los Ángeles. Estoy a cargo de la Unidad de Casos Abiertos.

—¿Han atrapado al hombre que mató a mi pequeña?

—No, señora, todavía no. La llamo para decirle que hemos reabierto la investigación y estamos siguiendo nuevas pistas. Solo quería que lo supiera.

—¿Qué nuevas pistas?

—No puedo entrar en eso ahora mismo, señora Wilson. Pero, si ocurre algo y efectuamos una detención, su marido y usted serán las primeras personas a las que llame. Por ahora, solo quería presentarles mi…

—Mi marido está muerto. Se contagió de covid y murió hace dos años. Cuando empezó todo.

—Lo lamento mucho.

—Ahora está con Laura. Al final no podía respirar. Murió como ella, sin poder respirar.

Ballard no estaba segura de cómo escapar de la llamada. Pensó que daría esperanzas a los padres de Laura Wilson, pero se dio cuenta de que solo estaba siendo un recordatorio del trauma continuo de la familia.

—Puedo decirle una cosa, señora Wilson, y esto por ahora queda entre usted y yo. Hemos conectado el caso de Laura con otro caso y esperamos que investigarlos conjuntamente nos ayude a dar con el hombre que hizo esto.

—¿Qué otro caso? ¿Se refiere a un asesinato?

—Sí, un caso que ocurrió antes. El ADN coincide.

—¿Quiere decir que antes de que Laura fuera asesinada por este hombre, él mató a otra persona? ¿Otra chica? ¿Pusieron una advertencia?

—La conexión solo se hizo a través del ADN, y los aspectos del crimen eran lo suficientemente diferentes como para que no se hiciera ninguna conexión cuando sucedieron estos crímenes. ¿Tiene algo para anotar mi nombre? Le daré mi número de móvil directo por si tiene preguntas o surge algo más.

Fue una transición torpe, pero Ballard esperaba que sirviera para poner fin a la llamada. Juanita Wilson anotó su nombre y su número de móvil. Ballard terminó la llamada con una invitación a Wilson para que llamara en cualquier momento si tenía preguntas o se le ocurría algo que pudiera ser útil para la nueva investigación.

Después de que Ballard devolviera el teléfono a su soporte, Colleen Hatteras asomó la cabeza por encima de la mampara.

—¿La madre? —preguntó.

—Sí —dijo Ballard.

Le molestó que Hatteras hubiera escuchado la conversación.

—¿El padre está muerto? —preguntó Hatteras.

—Sí —dijo Ballard—. Nunca vio justicia para su hija.

—¿Covid?

—Sí.

Ballard levantó la vista hacia ella, preguntándose si eso era una cábala educada o una percepción empática. Decidió no preguntar.

—¿Cómo vas con las declaraciones de los testigos? —preguntó.

A Hatteras le había tocado ocuparse de las declaraciones de las personas relacionadas profesional o socialmente con Laura Wilson para determinar si alguna era incoherente o debía ser investigada. Ese seguimiento sería una posibilidad remota, ya que el asesinato se había producido mucho tiempo atrás y las personas interrogadas podrían tener pocos recuerdos de ese periodo.

—Hasta ahora no ha aparecido nada —dijo Hatteras—. Pero no he terminado.

—De acuerdo —dijo Ballard—. Avísame.

—¿Pediste las pruebas de Custodia?

—Sí. Lo he dicho en la reunión. Deberían llegar hoy o mañana. ¿Por qué?

—¿Puedo ver la lista de pertenencias?

—Claro.

Ballard la encontró fácilmente en la carpeta, abrió las anillas y pasó la hoja por encima de la mampara a Hatteras.

—¿Qué estás buscando? —preguntó Ballard.

Hatteras no respondió hasta que hubo examinado la lista de pertenencias y pruebas almacenadas en 2005.

—Solo quería ver lo que había —dijo Hatteras—. Guardaron su camisón y la ropa de cama.

—Cierto —dijo Ballard—. Habría sido una prueba para el tribunal de haberse presentado un caso.

—A veces puedo obtener una comunicación de este tipo de pruebas.

—¿Qué quieres decir con «una comunicación»?

—No sé, como una sensación. Un mensaje.

—Colleen, no creo que vayamos a tomar ese camino. Tengo que salvaguardar nuestras investigaciones para que no puedan ser impugnadas con éxito en los tribunales. ¿Entiendes? Creo que, si vamos por la vía psíquica, y, por favor, no te lo tomes como algo personal, nos encontraremos con problemas de credibilidad.

—Ya lo sé. Lo entiendo. Es solo una idea, algo a considerar si nos topamos con un muro en la investigación.

—Está bien, lo tendré en cuenta. Pero dijiste que a veces obtienes una comunicación a partir de pruebas como esta. ¿Cuándo has hecho eso antes?

—Bueno, no lo he hecho oficialmente antes. Pero a veces me han llamado familias porque han oído hablar de mi don. Así fue como me metí en el campo de la genealogía. Por familias que querían respuestas.

Ballard se limitó a asentir. Lamentó que Hatteras no lo hubiera mencionado durante el proceso de la entrevista.

—Voy a volver con esto, Colleen —dijo.

—Claro —dijo Hatteras—. Yo también.

Hatteras se perdió de vista detrás de la mampara y Ballard trató de dejar de lado la creciente convicción de que había elegido mal al incorporarla al equipo. Volvió a mirar las fotografías de la escena del crimen. En el vestidor de la habitación de Laura Wilson había una cómoda junto al zapatero. El fotógrafo había abierto cada uno de los seis cajones y había fotografiado su contenido sin alterarlo. Los cuatro primeros cajones empezando por abajo estaban repletos de ropa doblada, ropa interior y calcetines. Los dos cajones más pequeños, que ocupaban el nivel superior de la cómoda, estaban llenos, sobre todo de joyas, cintas para el pelo y otros accesorios. Uno de esos cajones también parecía ser el cajón de los trastos. Había recibos, cajas de cerillas, postales, monedas sueltas, auriculares, cargadores de teléfono, caramelos de Halloween y otras cosas.

Pero había una cosa en ese cajón que llamó la atención de Ballard de manera especial. Era una chapa blanca redonda con letras naranjas que decía «¡JAKE!» En el borde inferior había dos trozos cortos de cinta con rayas rojas, blancas y azules.

Esto hizo que Ballard reflexionara y se dirigiera rápidamente al ordenador para abrir Google y buscar el nombre de Jake Pearlman. Aunque el concejal no era un político conocido internacionalmente, tenía una página en Wikipedia que recogía su trayectoria hacia el poder en Los Ángeles. La página documentaba su primera candidatura al ayuntamiento en 2005. Se había presentado para el escaño de Hollywood que quedó vacante cuando un concejal dimitió tras una acusación federal por infringir la legislación de contribuciones a la campaña. Jake Pearlman perdió las elecciones, pero siguió participando en política y, más de una década después, ganó el mismo escaño en el ayuntamiento de Hollywood.

Ballard no sabía que Pearlman se había presentado antes a las elecciones, pero reconoció la chapa de la campaña, porque el concejal había utilizado el mismo estilo sencillo en las elecciones más recientes.

Ballard se recostó en su silla y pensó en ello. Las elecciones de 2005 se celebraron el 8 de noviembre, justo tres días después del asesinato de Laura Wilson. En algún momento de esa campaña ella había cogido o le habían dado una chapa que acabó en su cajón de los trastos. ¿Qué significaba eso, si es que significaba algo? ¿Era una coincidencia que acabara con una chapa que apoyaba a un candidato cuya hermana había sido asesinada once años antes por el hombre que también mataría a Wilson?

Tenía que considerar que no era una coincidencia y que la conexión significaba algo para el caso. Tenía que investigar y obtener más información.

Y tenía que hablar con Harry Bosch.

14

Bosch no era golfista. El golf era un deporte que requería más dinero del que podía permitirse de chico, y de adulto siempre había estado demasiado ocupado con su trabajo como para participar en salidas de cinco horas en un campo de golf. Además, el golf costaba más dinero del que podía ahorrar y no le gustaba llamar deporte a una actividad que implicara beber y fumar. Dejando todo eso de lado, sabía lo suficiente de golf como para sospechar que era probable que los cuidadores de los *greens* trabajaran temprano, haciendo gran parte de su trabajo en el campo antes de que llegaran los jugadores con sus cochecitos eléctricos, sus palos y sus puros.

Llegó al Sand Canyon Country Club poco antes de las once y no tardó en encontrar el recinto oculto donde se guardaba la maquinaria para el cuidado del campo y donde los cuidadores tenían una larga mesa de descanso bajo las extensas ramas de un viejo pino de la arena. Bosch no iba vestido para jugar al golf, por lo que los trabajadores enseguida comprendieron que no había venido en busca de una bola perdida. Distinguió el rostro de Boatman entre los muchos que se volvieron hacia él y lo saludó con la mano.

—Jonathan, me preguntaba si podría hablar contigo unos minutos —dijo.

—¿Hablar conmigo de qué? —dijo Boatman—. ¿Quién es usted?

—Harry Bosch. Ayer hablé con tu madre y pensé que te iba a decir que pensaba pasarme hoy.

—¿Con mi madre? No me ha dicho nada. Es mi rato de descanso. No puede venir aquí sin más.

Bosch miró a su alrededor como si buscara una salida. Lo hizo para que su chaqueta se abriera, revelando la placa sujeta a su cinturón. La placa era auténtica, pero en la parte inferior del escudo ponía «RETIRADO» donde durante muchos años había puesto «DETECTIVE». Creyó que estaba lo suficientemente lejos de la mesa como para que ni Boatman ni ninguno de los otros pudieran leerla.

—De acuerdo —dijo—. Solo pensaba ahorrarte algo de tiempo. Pero volveré a la oficina de la sede del club y lo arreglaré.

Comenzó a caminar de vuelta hacia la puerta abierta en la valla por la que había entrado. Como era de esperar, Boatman lo detuvo. No le convenía meter a la dirección en ese asunto.

—Vale, espere, espere —dijo.

Bosch se volvió y vio que Boatman se estaba deslizando para salir del banco. Rodeó la mesa y se acercó a Bosch. Harry notó que tenía la piel más clara y la cara menos chupada que en las fotos de la ficha policial. Parecía que estaba limpio. Según los informes de detención que Bosch había revisado, Boatman tenía treinta y cinco años. Tanto si había dejado de consumir como si no, sus años de adicción habían añadido años a su aspecto y a su porte. Parecía tener al menos cuarenta años, con el pelo castaño y los hombros encorvados. Y aunque sus brazos estaban bien bronceados por el trabajo al aire libre bajo el sol, su tez era cetrina. Lo más revelador de todo era que su mirada seguía muerta.

—¿De qué se trata? —preguntó—. No es necesario involucrar a la dirección.

—¿Hay algún lugar donde podamos hablar en privado? —preguntó Bosch.

—No exactamente. Pero salgamos de aquí. Joder, esto es una mierda. Quiero decir, yo trabajo aquí y no necesito que venga la maldita policía.

Boatman condujo a Bosch por el recinto de mantenimiento del campo hasta una zona situada bajo un toldo hinchado por el viento que protegía el césped nuevo para que no se quemara por el sol. Había palés con terrones cuadrados de césped en pilas de más de un metro, listos para trasladarlos a cualquier lugar del campo donde fuera necesario replantar.

Se volvió bruscamente para mirar a Bosch.

—Muy bien, ¿ahora qué pasa? —preguntó—. Estoy totalmente limpio. Llevo así dos años, cuatro meses y seis días.

—No me importa si estás limpio o no, Jonathan —dijo Bosch—. No se trata de tu historia con las drogas.

—Entonces, ¿de qué se trata y qué tiene que ver mi madre con esto?

—¿Recuerdas el robo en la casa de tu madre? Ayer estuve hablando con ella sobre el tema y surgió tu nombre, y pensé en consultarte a ver qué recordabas.

Boatman puso los brazos en jarras y adoptó lo que le pareció una postura intimidatoria. Era casi diez centímetros más alto que Bosch y pensó erróneamente que su altura y su edad le proporcionaban ventaja.

—¿Ha venido hasta aquí para hablar de eso? —dijo—. ¿Un robo de hace diez años en el que se llevaron un puto teléfono?

—Más bien hace seis años —dijo Bosch con calma—. Y se llevaron algo más que un teléfono.

—Da igual. ¿A quién le importa? Yo ni siquiera estaba allí. ¿Por qué viene a mi lugar de trabajo y me pregunta esta mierda? ¿Está intentando que me despidan, hijo de puta? No me importa la edad que tenga, le abriré la puta cabeza…

Antes de que terminara la amenaza, Bosch le golpeó con el puño izquierdo por debajo de la barbilla, en la garganta. Boatman se comió la última palabra, dio un paso atrás y se inclinó, tratando de respirar a través de la tráquea. Bosch le puso la mano en el hombro para estabilizarlo.

—Está bien —le dijo—. Relájate y respirarás. Relájate.

A Boatman le fallaron las piernas y cayó de culo. Bosch lo acompañó suavemente para que quedara tumbado boca arriba.

—Has perdido el aliento, eso es todo —dijo—. Tranquilízate y respirarás.

Boatman tenía la cara casi morada, pero entonces Bosch vio que su piel empezaba a ponerse colorada y su respiración empezaba a volver a la normalidad.

—Ya está —dijo—. Estás bien. Sigue respirando.

—Vete a la mierda —soltó Boatman.

Sus palabras salieron estranguladas y agudas.

—Me estabas amenazando y tuve que detenerlo —dijo Bosch.

—No estaba… —dijo Boatman.

Dejó de hablar, dándose cuenta de que era demasiado pronto. Bosch estaba arrodillado a su lado, listo para atacar de nuevo si Boatman era lo bastante tonto como para intentar contraatacar.

No lo hizo. Se relajó y acabó por girar la cabeza para ver si alguno de sus compañeros había visto que un viejo lo noqueaba.

—¿Qué coño quieres? —preguntó finalmente.

—Quiero saber si fuiste tú el autor del robo.

—¿Por qué iba a robar a mi propia madre?

Boatman empezó a levantarse, pero Bosch le puso una mano en el pecho y lo empujó hacia abajo.

—Quédate en el suelo —le dijo—. Robaste para conseguir dinero para la droga. Era metanfetamina, ¿verdad?

—No voy a hablar contigo, tío —dijo Boatman—. No te voy a decir una mierda.

—¿Estás seguro? Ya no tiene importancia, el delito ha prescrito. Si yo hubiera sido policía entonces, las cosas podrían haber sido diferentes. Pero tuviste suerte y te saliste con la tuya. Ahora no pueden acusarte. Así que puedes decírmelo.

—Ya te he dicho que no te voy a contar una mierda.

Apartó la mirada de Bosch.

—Está bien, Jonathan —dijo Bosch—. Acabas de hacerlo.

—Te equivocas, imbécil —dijo Boatman.

—Entonces, ¿qué dijo tu madre ayer cuando te llamó después de que me fui?

—Dijo que eras un gilipollas.

—¿En serio? Eso duele.

—Sí, bueno.

Bosch le dio una palmadita en la mejilla.

—Pórtate bien ahora, Jonathan —dijo.

Sus rodillas crujieron al levantarse. Tropezó un poco al recuperar el equilibrio y trató de ocultar lo cansado que lo había dejado el enfrentamiento. Se apartó de Boatman y comenzó a regresar hacia el aparcamiento.

—¡Vete a la mierda, viejo!

Boatman lo había gritado, pero sin mucha convicción. Bosch ni siquiera se molestó en mirar hacia atrás. Su reconocimiento fue un simple saludo con la mano y luego hizo un giro y se perdió de la vista de Boatman.

Sabía que Boatman probablemente hablaría por teléfono con su madre en pocos minutos. A Bosch también le pareció bien. Quería que Sheila Walsh supiera que no había terminado. Ni mucho menos.

15

Ballard quería salir de Ahmanson para pensar. Condujo por Abbot Kinney en Venice y pidió un bol de verduras en Butcher's Daughter. Desde que había roto con Garrett Single, el técnico de ambulancias, había preferido la comida vegetariana cuando estaba sola. Single se enorgullecía de su talento con la barbacoa, y eso había sido una parte importante de su relación. Ballard había pasado los últimos tres meses purificándose de él y de todas las carnes rojas. En ese momento prefería el rábano sandía al *brisket* y, como la hija del carnicero, no se veía volviendo a la carne.

Estaba preparando mentalmente una lista mientras comía. Entonces recibió una llamada de una de las primeras entradas de la lista. Nelson Hastings.

—Solo para fichar —dijo—, para ver si hay algo que pueda presentar al concejal hoy.

—Iba a llamarlo —dijo Ballard.

—¿En serio? ¿Qué pasa?

—Quería preguntarle hasta dónde se remontan los registros de campaña del concejal.

—Si se refiere a los IDC cuatrimestrales, los tenemos desde el primer día. ¿De qué se trata?

—¿Qué es un IDC?

—Informe de donación de campaña. Los presentamos según dicta la ley. Pero, repito, ¿de qué se trata, detective?

Su voz tenía una urgencia y un tono más agudo de lo habitual. Ballard suponía que el lugar más probable en el que los políticos electos se desviaban de la ley era el área monetaria. Trató de calmar su preocupación con rapidez.

—Esto no tiene nada que ver con contribuciones de campaña —dijo—. Me preguntaba por el personal, los voluntarios, esa clase de cosas. ¿Desde cuándo guardan registros?

—Bueno, guardamos algunos —dijo Hastings—. Tendría que mirarlo. ¿Hay algo específico que debería buscar?

Ballard señaló que su voz había vuelto a un tono regular, modulado.

—Laura Wilson —dijo Ballard—. Tenía una chapa de campaña de «¡JAKE!» en un cajón y me estaba preguntando si podría haber sido voluntaria para él. No creo que tuviera suficiente dinero para hacer una donación, pero sus padres eran activos en política en Chicago. Pensaba que podría haberse implicado cuando vino aquí.

—Pensaba que me había dicho que la mataron once años después que a Sarah —dijo Hastings—. Eso sería ¿el 2005? ¿El 2006? A Jake no lo eligieron concejal hasta hace seis años.

—Sí, pero se presentó sin éxito en unas elecciones parciales de 2005 para cubrir ese mismo escaño que ahora ocupa. Laura vivía en el distrito donde él se presentaba, así que tal vez...

—Bueno, eso fue antes de mi tiempo. Tendría que mirar qué registros tenemos. ¿Qué significaría si fuera el caso y ella hubiese formado parte de la campaña?

—Todavía no lo sé. Estamos buscando conexiones entre las víctimas y, si ella trabajó para Jake, esa es una conexión muy interesante. Tendríamos que ver adónde nos lleva.

—Sí, ya entiendo lo que quiere decir. Déjeme que haga una cosa: veré lo que tenemos en nuestros registros y volveré a llamarla en cuanto pueda. ¿De acuerdo?

—Eso sería genial. No estoy en la oficina ahora mismo, pero cuando vuelva podría enviarle una foto de ella por si sirve de algo.

—Podría ser, pero creo que el concejal se acordará. Nunca olvida la cara de un partidario.

—Bien. Si puede comprobar el nombre con él...

—No se preocupe, lo haré.

—Gracias.

Ballard colgó e inmediatamente llamó a Darcy Troy al Laboratorio de ADN. Sabía que podría estar pisando el terreno a Tom Laffont, ya que le había asignado que se ocupara del aspecto médico, pero quería mantener el impulso.

—Darcy, soy Renée. ¿Has tenido noticias de Tom Laffont hoy?

—Eh, no, ¿se supone que debería haberlas tenido?

—No necesariamente, pero pensé que podría haber llamado. Sobre el caso Wilson, ¿puedes ver si todavía conservan las muestras de las que obtuvieron el ADN?

—Puedo comprobarlo. Deberían estar ahí a menos que hubiera una orden de destrucción de la fiscalía, y se supone que eso solo ocurre cuando se cierra un caso.

—Bien. ¿Puedes ver lo que hay? Y luego necesito un favor.

—Quieres más análisis.

—Sí. Quiero saber más sobre la sangre. En el 2005, solo estaban interesados en encontrar ADN. Quiero saber por qué este tipo tenía sangre en la orina. Los informes del expediente son muy generales. Podría ser una enfermedad del riñón, podría ser de la vejiga. Pienso que, pasados todos estos años, podríamos obtener más información de analíticas serológicas, ¿no crees?

—Sí, veré lo que tenemos.

—¿Cuánto tiempo?

—Yo no me ocupo de esto, pero creo que puedo conseguir algo, si es que todavía hay material. A veces se agota todo en el procesamiento de ADN.

—Crucemos los dedos. Gracias, Darcy.

—De nada.

Ballard colgó y se recordó a sí misma que debía decirle a Laffont que ya había puesto todo en marcha. Metió todo lo que tenía en la mesa en su mochila, dejó dinero para pagar la cuenta y salió del restaurante.

Tardó veinte minutos en volver al Centro Ahmanson. Mientras salía de su coche, recibió una llamada de Nelson Hastings.

—¿Ha averiguado algo, Nelson?

—Nada que crea que pueda ser útil para la investigación. Nuestros registros de personal, IDC y listas de donantes están completos desde que Jake Pearlman obtuvo su escaño en las municipales de hace seis años. Todo lo anterior aparentemente no se guardó, porque perdió las elecciones. Pregunté en la oficina e incluso indagué con el concejal para ver si alguien se acordaba de Laura Wilson y no encontré nada.

—Era una posibilidad remota. ¿Tenía el concejal un director de campaña en 2005? Tal vez él o ella recordaría si Wilson fue voluntaria o algo así.

Mientras Ballard hacía la pregunta, vio que el Cherokee verde de Bosch entraba en el aparcamiento de Ahmanson.

—Le conseguiré el nombre y la información de contacto —dijo Hastings—. Pero creo que si alguien que trabajaba en su campaña fue asesinado el concejal lo recordaría. Y, para ser sinceros, también se habría acordado de una voluntaria o simpatizante afroamericana.

Ballard asintió.

—Creo que probablemente tiene razón —dijo—. Gracias por sus esfuerzos. Si pudiera enviarme un mensaje de correo electrónico con el nombre y el número del director de la campaña de 2005, sería estupendo.

Ballard vio que Bosch abría el portón de su coche y empezaba a sacar cajas. Sabía, por la cinta roja que llevaban, que eran cajas de pruebas de la División de Custodia. Empezó a caminar en esa dirección.

—Detective Ballard, ¿puedo plantearle un asunto delicado? —dijo Hastings al teléfono.

—Eh, claro —dijo Ballard—. ¿Qué pasa?

—Parece que va por el camino de conectar la muerte de esta mujer con el concejal o la campaña, y solo quiero advertirle que se mueva con precaución. Cualquier insinuación de que el concejal podría haber estado involucrado en esto es ridícula y estoy seguro de que estará de acuerdo, pero, si se filtra a los medios de comunicación, podría estallar. Así que tenga cuidado, detective Ballard. Lo que tiene es una chapa de campaña de diez centavos de las que probablemente se imprimieron cientos, si no miles.

Ballard se detuvo en medio de un carril de estacionamiento para responder. Vio que Bosch se había dado cuenta de que se acercaba y esperaba en la parte trasera del Cherokee.

—Por supuesto que estamos procediendo con precaución y cautela, Nelson. Y mi pregunta sobre esto no se refiere en absoluto al concejal. Puede decírselo.

—Lo haré, detective.

Hastings colgó y Ballard continuó hacia Bosch, que le leyó la cara mientras se acercaba.

—¿Qué? —inquirió.

—Nada —dijo Ballard—. Solo más tonterías del perro guardián del concejal. Veo que has pasado por Custodia.

—Sí, y me dieron una caja del caso Wilson. Dijeron que la habías pedido y que podía ahorrarme una carrera de mensajería si la entregaba. ¿Puedes llevar una caja?

—Claro.

Ballard se colgó la mochila al hombro y se inclinó hacia la parte trasera del Cherokee para coger la caja de la investigación original de Wilson. Era de 60 × 60 × 60 y no pesaba. La levantó y luego la dejó en el parachoques y miró a Bosch.

—¿Has hablado con el adicto a la metanfetamina? —le preguntó.

—Sí —dijo Bosch—. Ahora está limpio, pero admitió que cometió el robo en la casa de su madre. Ahora que sé que fue él, cambia mi forma de pensar en McShane. Podría haber estado en esa casa en cualquier momento entre los asesinatos y el robo.

—Mira, Harry, no puedes hacer esto.

—¿Hacer qué?

—Desaparecer en tu caso favorito cuando te dije específicamente que te necesitaba en Wilson.

—¿Mi caso favorito? Una familia entera, cuatro personas asesinadas y enterradas en un agujero en el desierto, y eso es cuestión de favoritismo.

—Mira, es un gran caso; es un caso importante. Pero Wilson ha de tener prioridad en este momento. No te impido que trabajes en Gallagher, pero te necesito a corto plazo en Wilson. Y no quiero ser una especie de arpía dándote órdenes. ¿No puedes hacer esto por mí?

—Estoy aquí. Estoy listo para trabajar. Lo que he hecho hoy hará que Sheila Walsh piense: «¿Qué está haciendo Bosch? ¿Qué está tramando?». Dejaré que eso vaya calando mientras trabajo con Wilson y luego volveré. Estoy jugando a largo plazo con ella. Bueno, ¿qué quieres que haga?

—Vamos a cargar estas cosas y luego hablamos.

—Vale.

—Bien.

Ballard levantó su caja y dio un paso atrás para que Bosch, equilibrando una pila de dos cajas con una mano, pudiera usar la otra para cerrar el portón.

—Dejemos esto en la oficina, pero luego tú y yo iremos a algún sitio a hablar —dijo Ballard—. Quiero tu opinión sobre un par de cosas.

—Recibido.

—Tienes que dejar de decir eso. Todo el mundo tiene que dejar de decirlo.

—¿Qué tiene de malo?

—Cuando los *influencers* lo dicen en TikTok, es del pleistoceno.

—No he entendido ni una palabra.

—Eso es bueno. ¿Puedes con eso?

Le pareció que a Bosch le costaba cargar con sus dos cajas.

—Claro —insistió él.

—¿Quieres tomar un café? —preguntó Ballard.

—Me has leído el pensamiento.

—De acuerdo. Hay una sala de descanso en el segundo piso que nadie del equipo conoce todavía. Es para los instructores de la academia, pero hoy están todos en Elysian en una graduación. Iremos allí.

—Recibido.

16

Después de dejar las cajas, Ballard y Bosch subieron a la sala de descanso del segundo piso. Mientras tomaban café, Ballard puso a Bosch al corriente de lo que ocurría en el caso Wilson. Le mostró la foto del cajón de los trastos en el vestidor de la víctima y le pidió su opinión al respecto. Bosch vio más allá de su expresión de cautela al mencionarlo: sabía que, por debajo de la neutralidad con la que comunicó la información, había algo que la entusiasmaba en ese aspecto de la investigación.

—Bueno, no creo en las coincidencias a no ser que no haya otra explicación —dijo—. Hay que comprobarlo. ¿Has…?

—Le he pedido al jefe de gabinete de Pearlman que lo mire —dijo Ballard—. No ha encontrado ningún registro de su candidatura fallida al ayuntamiento. El propio Pearlman dijo que no recordaba a Laura, y ningún miembro de su personal actual estaba entonces. Hastings dijo que me haría saber quién era el director de la campaña de Pearlman en el 2005, y haré un seguimiento de eso. Tengo la idea de que fue una operación improvisada, una forma de que Pearlman diera a conocer su nombre, pero sabía desde el principio que no tenía muchas posibilidades de ganar.

—¿Qué me dices de Wilson? ¿Algo más en su casa que mostrara que estaba involucrada o motivada políticamente?

—En el apartamento, no. Pero, según el expediente, su padre era miembro del comité de distrito en Chicago. Así que la política formaba parte de su educación. Podría haberse interesado por la política aquí. Su apartamento estaba en el distrito en el que se presentaba Pearlman.

Bosch no respondió. Tomó un sorbo de café y pensó en cómo proceder con ese ángulo y si valía la pena el gasto de tiempo cuando había otros ángulos que seguir. Sin embargo, al igual que le ocurría a Ballard, había algo que le resultaba intrigante en la chapa de campaña. Once años después del asesinato de la hermana de Pearlman, la chapa de su campaña está en la casa de una mujer asesinada por el mismo autor.

Podría ser fácilmente una coincidencia. Ballard dijo que entonces se distribuyeron cientos de esas chapas. Pero no parecía una coincidencia, y Bosch comprendía muy bien la corazonada de Ballard.

—Cuando hables con el director de la campaña, tal vez recordará cuántas chapas se hicieron —dijo—. Y, como el padre de Wilson se dedicaba a la política, tal vez quieras preguntarle si su hija mencionó haberse involucrado aquí.

—Su padre está muerto —dijo Ballard—. Covid. Hablé con su madre, pero eso fue antes de que surgiera esto. Volveré a llamarla y preguntaré por el tema de la política. También preguntaré quién vació el apartamento de Laura después de su muerte. Es bastante improbable, pero quizá alguien tenga todas sus cosas.

Bosch asintió. No se le había ocurrido. A menudo, los padres que perdían a sus hijos guardaban cualquier recuerdo de ellos.

—Buena idea —dijo—. ¿Algo nuevo en cuanto a la sangre y el ADN?

—Nada todavía —dijo Ballard—. Pero, al volver de comer, he recibido un correo de Darcy Troy, del laboratorio. Ha comprobado la cámara frigorífica de serología y los hisopos del caso Wilson, los del retrete, siguen ahí. Queda suficiente material para hacer más pruebas. Espera volver mañana con más información sobre lo que le pasaba exactamente a nuestro asesino.

—Eso es bueno —dijo Bosch.

—No fue algo que estudiaran en su día.

—Puede ser que simplemente se alegraran de sacar el ADN.

—Bueno, su descuido podría jugar a nuestro favor. Es evidente que la tecnología ha avanzado desde 2005, y puede que seamos capaces de detectar cosas que ellos no podrían haber detectado.

—Tenme al corriente.

—Recibido. Mierda, ahora lo he dicho yo.

Bosch sonrió mientras Ballard se levantaba y tiraba su taza vacía a la basura. Bajaron por la escalera y volvieron a sus cubículos. Al acercarse, Bosch vio que la caja de pertenencias que Ballard había dejado en su escritorio estaba abierta y Colleen Hatteras estaba de pie sobre ella, sosteniendo lo que parecía un camisón rosa. No había nadie más en el cubículo.

—Colleen, ¿qué estás haciendo? —preguntó Ballard.

—Necesitaba verlo —dijo Hatteras—. Sentirlo.

—En primer lugar, no deberías haber hecho eso después de lo que hablamos antes. Y, en segundo lugar, y lo más importante, deberías haberte puesto guantes.

—Con guantes no se puede.

—¿Qué?

—Necesito poder sentirla.

—Ponlo otra vez en la caja. Ahora.

Hatteras hizo lo que se le pidió.

—Vuelve a tu mesa —ordenó Ballard.

Hatteras se apartó de mal humor del cubículo de Ballard. Se dio la vuelta y volvió al suyo.

Ballard lanzó una mirada a Bosch. Él nunca la había visto tan alterada. Se dirigió a su escritorio, comprobó la cinta roja de las cajas del caso de la familia Gallagher y vio que no habían sido manipuladas. Se sentó, pero notó que Ballard seguía demasiado agitada para sentarse.

—Colleen, quiero que te vayas a casa —dijo ella.

—¿Qué? —dijo Hatteras—. Estoy en medio de la búsqueda genealógica.

—No me importa. No quiero verte más por hoy. Tienes que irte y yo tengo que pensar en esto.

—¿Pensar en qué?

—Te he dicho esta mañana que no quería ir por ese camino, pero no me has hecho caso. Esto es un equipo, yo estoy a cargo del equipo, y tú directamente has desobedecido mi orden.

—No creía que fuera una orden.

—Lo era. Vete. Ahora.

Ballard desapareció de la vista de Bosch cuando se sentó. Él no pudo ver a Hatteras, pero la oyó abrir y cerrar bruscamente un cajón del escritorio y luego cerrar enérgicamente una cremallera de lo que supuso que era un bolso. A continuación, entró en su campo de visión y se dirigió hacia la salida. Ballard no dijo nada mientras ella pasaba por el extremo del cubículo.

Hatteras estaba a medio camino del pasillo que conducía a la salida cuando hizo una pirueta y volvió hacia Ballard.

—Por si sirve de algo, está cerca —dijo—. Su asesino está muy cerca.

—Sí, también dijiste eso de McShane —dijo Ballard—. Lo tendré en cuenta.

—No dije que McShane estuviera cerca. Esto es muy típico.

—Vete a casa, Colleen. Hablaremos mañana.

Hatteras hizo otra pirueta y se dirigió a la salida. Una vez que se fue, Ballard se sentó erguida en su silla para poder mirar a Bosch por encima de la mampara.

—¿Qué hago con ella? —preguntó.

Bosch negó con la cabeza.

—No lo sé —dijo—. No sé hasta qué punto es valioso lo que hace con las genealogías.

—Es muy valioso —dijo Ballard.

—¿Puedes conseguir a otra persona? ¿Lilia?

—Colleen conoce este asunto como la palma de su mano. Pero esta mierda psíquica es un problema. ¿Ha abierto tus cajas?

—No, están a salvo.

—Esto acabará mal. Todo esto de ser jefa es un incordio. Solo quiero investigar casos.

—Lo entiendo.

Ballard se fue agachando hasta perderse de vista, pero al poco tiempo volvió a levantarse.

—Tengo que salir de aquí, Harry —dijo—. Me voy al valle y necesito un compañero.

Bosch se levantó, listo para irse.

17

Tomaron el coche oficial de Ballard y llevaban ya un buen rato en la 405 Norte antes de que Bosch preguntara qué estaban haciendo.

—Hice una lista del caso durante el almuerzo y hay una entrevista que quiero tachar —dijo Ballard—. Diligencia debida, como cualquier otra cosa, y ahora es tan buen momento como otro. Necesitaba salir de ahí.

—Bien —dijo Bosch—. ¿Con quién vas a hablar?

—Con un tipo llamado Adam Beecher. Él y Laura Wilson estaban en el mismo grupo de teatro en Burbank. Por aquel entonces, los DO se centraron en el director del teatro, un tipo llamado Harmon Harris, porque oyeron que él y Wilson habían tenido una aventura un año antes de su muerte. Pensaron que tal vez había mala sangre entre ellos. Harris negó la relación y lo dejaron en paz cuando ofreció a Beecher como coartada.

Ella sabía que Bosch conocía el significado de DO en la jerga de Casos Abiertos: detective original.

—Beecher confirmó que estuvo con él la noche del crimen —dijo Harry.

—Exacto —confirmó Ballard—. Y yo lo habría dejado ahí, pero resulta que he buscado en Google a estos tipos durante el almuerzo, y resulta que hace unos años a Harmon Harris lo marginaron de la industria por el #MeToo. Aparecía en una serie del *L. A. Times* sobre la industria del entretenimiento. Las denuncias de acoso y agresión sexual contra Harris provenían tanto de hombres como de mujeres. Supongo que era un auténtico jugador de Hollywood y eso mancha un poco la excusa del «soy inocente porque soy gay».

—Correcto.

—El artículo del *Times* también aseguraba, a través de fuentes anónimas, que Harris extorsionaba a los actores gais que pasaban por sus clases y su teatro y no habían salido del armario. Los amenazaba con hacer descarrilar sus carreras haciendo correr la voz sobre su homosexualidad.

—Así que estás pensando que tal vez extorsionaron a Beecher para que confirmara la coartada. ¿Harris aún dirige el teatro?

—No, está muerto. Accidente de coche el año pasado, un mes después de quedar desenmascarado. Se estrelló contra un contrafuerte de la 101.

—¿Suicidio?

—Seguramente. De todos modos, como te he dicho, solo espero tachar esto de la lista. No quiero un «resuelto por otros medios». No quiero decirle a Jake Pearlman que hemos encontrado al asesino, pero que está fuera del alcance de la ley terrenal.

—Lo entiendo. ¿Qué hay de los DO de Wilson? ¿Has hablado ya con ellos? Vi en la cronología de Pearlman que los originales de ese caso están muertos.

—Lo he intentado con los de Wilson. Uno está muerto. El otro no me ha devuelto la llamada. Vive en Idaho.

Muchos agentes retirados de la policía de Los Ángeles se mudaban lo más lejos posible del lugar donde habían trabajado siempre que pudieran permitírselo. Idaho era uno de los sitios preferidos. Muchos lo llamaban el Cielo Azul por su baja criminalidad, su aire limpio, su política conservadora y la tendencia de sus habitantes a no inmiscuirse en nada. Una de las razones por las que a Ballard le gustaba Bosch era su decisión de quedarse en la ciudad a la que había dedicado tantos años.

—Le he dejado dos mensajes —dijo—. Creo que es uno de esos tipos que no llaman. Si él no pudo resolverlo, nadie puede. Odio esa mierda.

No era la primera vez que Ballard se encontraba con ese problema al trabajar en casos sin resolver, y no podía entenderlo: anteponer el orgullo de un detective a la justicia hacia una víctima y una familia que había perdido algo precioso. También creía que tenía algo que ver con el sexo. A algunos de esos viejos toros no les hacía gracia la idea de que una mujer detective retomara su investigación fallida y resolviera el caso. Tuvo que reconocerse a sí misma que, en parte, era por esa razón por la que no perseguía enérgicamente al DO de Idaho.

—¿Cómo se llama el tipo? —preguntó Bosch—. Tal vez lo conocí en su día.

—Dale Dubose —dijo Ballard.

—No lo recuerdo. Pero déjame intentarlo. Preguntaré por ahí, a ver si alguien lo conoce y puede hacer una llamada que tenga respuesta.

—Gracias. No estoy segura de que nos sirva, pero nunca se sabe. A veces estos viejos se llevan cosas después de retirarse. No deberían, pero lo hacen.

—Es curioso. ¿Dubose estaba en Hollywood o en Robos y Homicidios? No recuerdo para nada ese nombre.

—No, el caso lo transfirieron al noreste. Aparentemente a Hollywood ya le habían caído dos homicidios ese día y todo el mundo estaba a fondo con ellos. El teniente de detectives se lo pasó al noreste.

Las divisiones de Hollywood y del noreste eran contiguas. No era raro que los casos se transfirieran en una u otra dirección, dependiendo de la carga de trabajo y de la disponibilidad de personal.

—Muy bien, voy a ver si puedo localizar a Dubose —dijo Bosch—. Quiero preguntarle por qué no hicieron nada con la sangre en la orina.

—En cierto modo eso tiene un pase —dijo Ballard—. No había mucho que pudieran sacar de la serología en aquel entonces. Aunque tuvieran una lista de todas las personas de Los Ángeles con enfermedades renales y de la vejiga, ¿qué se puede hacer con eso? Serían miles.

—Al menos podrían haber buscado antecedentes penales, delincuentes sexuales, reducir esos miles.

—Es cierto. Pero recuerda que trabajaban en noreste, no en la Unidad Especial de Homicidios en el centro. Eran de segundo nivel.

—No importa. Yo era de segundo nivel, y todo el mundo cuenta. ¿Sabes qué es lo que pasa? Ella era negra y no fueron hasta el fondo. Pásame el número de ese tipo en Cielo Azul. Voy a llamarlo.

—¿Para decirle qué? Te saldrá el buzón de voz.

—Voy a decir que, si no me devuelve la llamada, iré a verlo. Y eso no le va a gustar.

—De acuerdo, Harry. Gracias. Te enviaré el número después de esta entrevista.

Ballard se incorporó a la 101 y bordeó la ladera norte de las montañas de Santa Mónica antes de salir en Studio City. Puso rumbo a la dirección que había sacado del carnet de conducir de Adam Beecher, una casa en Vineland, en la falda de la montaña.

De repente se dio cuenta de algo.

—Maldita sea. Lo siento, Harry —dijo—. Acabo de reparar en que deberíamos haber venido por separado. Estamos casi en tu barrio, y ahora tendrás que volver hasta Ahmanson para coger tu coche.

—No pasa nada —dijo Bosch—. Tienes que ponerme al corriente del caso.

—Y hacer que te enfades con Dubose. Bueno, escucha, después de la entrevista, puedo dejarte en casa y mañana vendré a buscarte antes de entrar.

—Bueno…, decidamos eso cuando terminemos. Tengo que pensar si necesito mi coche esta noche.

—Vale. ¿Una cita?

—Oh, no. Pero, hablando de citas, iba a preguntarte: ¿cómo te va con el bombero?

—Es técnico de ambulancia, en realidad, y ya no estamos juntos.

—Oh, lo siento, no lo sabía. Espero que haya sido decisión tuya.

—Lo fue.

—¿Demasiadas horas separados?

—No, todo lo contrario, en realidad. Él tenía tres días de trabajo y cuatro libres, y lo único que quería hacer cuando no estaba de servicio era preparar una barbacoa y sentarse a ver reposiciones de *Chicago en llamas.*

—Hum —dijo Bosch.

Ballard sabía que podía contarle más detalles a Bosch, pero no siguió. Quería concentrarse en el caso y en la entrevista con Adam Beecher.

Se detuvo frente a una casa construida en un terreno con una pendiente tan pronunciada de derecha a izquierda que un lado de la casa tenía dos plantas y el otro solo una. La puerta principal se encontraba al final de unos escalones de piedra que conducían al nivel superior.

—Harry, ¿podrás subir? —preguntó Ballard.

—Claro —dijo Bosch—. ¿Así que este tipo sigue siendo actor?

—No, ya no. Lo busqué en IMDb y tuvo algunos papeles en la televisión por cable hace diez o doce años. En todos sus créditos recientes dice «Departamento de Localizaciones» en varias series rodadas aquí en Los Ángeles.

—Tiene que ser muy bueno en eso. Este barrio es fácilmente de siete cifras.

—Puede que esté de alquiler. ¿Vamos?

Ballard abrió la puerta del coche. La pendiente era tan grande que la puerta se cerró inmediatamente por su propio peso. Lo intentó de nuevo, sacando el pie para aguantarla. Bosch también salió, no sin esfuerzo, y luego se acercó a la parte trasera del coche oficial.

—¿Sabe que venimos? —preguntó.

—No —dijo Ballard—. Quería pillarlo de improviso.

Bosch asintió con la cabeza en señal de aprobación.

—Espero que esté en casa —dijo Ballard—. Era mucho más fácil encontrar a la gente en casa durante el confinamiento.

Ballard llegó a la puerta y luego esperó a que Bosch le diera alcance. Había subido los escalones lentamente y estaba resoplando cuando llegó a ella.

—¿Estás bien? —preguntó ella.

—Nunca he estado mejor.

Ballard pulsó el timbre, sabiendo que había una cámara. No pasó mucho tiempo antes de que respondiera un hombre con tejanos y camisa vaquera.

—¿Señor Beecher? —preguntó Ballard.

—Sí —dijo—. ¿En qué puedo ayudarles?

Ballard mostró su placa, se identificó e identificó a Bosch como su compañero.

—Nos gustaría entrar y hacerle algunas preguntas —dijo.

—¿Sobre qué? —inquirió Beecher—. La verdad es que estoy trabajando y tengo que prepararme para una reunión en Zoom dentro de unos veinte minutos.

—No tardaremos mucho tiempo, señor. ¿Podemos?

—Supongo.

Dio un paso atrás y les abrió la puerta. Entraron en una sala de estar pulcra y costosamente amueblada, con un comedor y una cocina más allá y un pasillo hacia la parte trasera de la casa. Había grandes lienzos enmarcados en madera en las paredes, todos estudios de la figura masculina.

—¿Se trata del robo? —preguntó Beecher.

—¿Qué robo es ese? —preguntó Ballard.

—Los Tilbrooks, aquí al lado. Robaron en su casa hace unas noches. La primera vez que van al cine en más de dos años, y les roban en casa mientras están fuera. ¡Qué ciudad!

—No es eso, estamos investigando un homicidio.

—¿Un homicidio? Mierda. ¿Quién?

—¿Podemos sentarnos, señor?

—Claro.

Beecher señaló el sofá y las sillas colocadas alrededor de una mesa de café con un tablero de cinco centímetros de grosor de lo que parecía madera de secuoya. Había una pequeña escultura sobre la mesa. Un ángel sentado en reposo, con un ala quebrada en el suelo a sus pies. Ballard se sentó en el centro del sofá, en el borde del cojín, y sacó una libretita del bolsillo de su chaqueta deportiva Van Heusen. Bosch ocupó un sillón de cuero negro situado junto a una esquina de la mesa de centro, y eso dejó a Beecher el segundo sillón a juego.

Ballard comenzó el interrogatorio.

—Señor Beecher, hemos reabierto una investigación sobre el homicidio de Laura Wilson en 2005. Usted la conocía, ¿correcto?

—Oh, Laura, sí, estuvimos juntos en el teatro. Dios mío, pienso en ella todo el tiempo. Me inquietó mucho que nunca atraparan a nadie. No puedo imaginar por lo que ha pasado su familia.

—El detective Dubose habló con usted entonces. ¿Lo recuerda?

—Lo recuerdo, sí.

—Le dijo al detective Dubose que estuvo con Harmon Harris la noche del asesinato.

Ballard observó que Beecher apartaba la mirada al tiempo que se le ensombrecía el rostro. Evidentemente, no pensaba en Harmon Harris de la manera afectuosa en que pensaba en Laura Wilson.

—Sí, así es —dijo.

—Estamos aquí porque queremos darle la oportunidad de retractarse de esa declaración si lo desea —dijo Ballard.

—¿Está insinuando que mentí?

—Lo que quiero decir es que, si no es cierto que estuvo con él, ahora es el momento de aclarar las cosas, señor Beecher. Este es un homicidio sin resolver. Necesitamos conocer la verdad.

—No tengo nada que aclarar.

—¿Sigue en el teatro, señor Beecher? ¿Es actor?

—Rara vez actúo. Estoy demasiado ocupado con mi otro trabajo.

—¿Qué trabajo es ese?

—Me dedico a buscar localizaciones para producciones en Los Ángeles. Es más trabajo del que puedo manejar, a decir verdad.

Ballard reparó en que no era capaz de reconocer que no había conseguido ser actor. Prefería asegurar que otra cosa lo apartó de ese trabajo.

—Sabe que Harmon Harris está muerto, ¿verdad?

—Sí —dijo Beecher—. Fue una tragedia.

—Se estrelló contra un pilar de hormigón en la autopista un mes después de que se destapara que había abusado de sus estudiantes y empleados en el teatro. Fue un artículo del *Los Angeles Times*. ¿Eso también lo sabía?

Beecher asintió enérgicamente. Tenía las manos apretadas en el regazo.

—Sí, lo sabía —dijo.

—El artículo citaba anónimamente a tres hombres diferentes que decían que Harris amenazaba con hacer correr la voz en la industria de que eran homosexuales si no mantenían relaciones con él. Eso también lo leyó, ¿verdad?

—Sí.

—Usted también es gay, señor, ¿me equivoco? Su coartada para él fue que estuvieron juntos la noche en que Laura Wilson fue asesinada.

—Sí, todo eso es cierto, pero ¿qué tiene que ver con la nueva investigación?

—¿De alguna manera Harris lo extorsionó para que le proporcionara una coartada?

—¡No!

—¿Fue usted una fuente anónima para ese artículo del *Times*?

—¡No lo fui! Creo que tienen que irse. Tengo un Zoom.

Beecher se levantó, pero Ballard y Bosch no lo hicieron.

—Por favor, siéntese, señor Beecher —dijo Ballard—. Tenemos más preguntas.

—Mi Zoom es dentro de unos cinco minutos —se quejó Beecher.

—Cuanto antes se siente, antes llegará a su Zoom.

Beecher se había situado detrás de su silla y había puesto las manos sobre ella como para apoyarse. Inclinó la cabeza y luego la levantó con rabia.

—Quiero que se vayan —dijo.

—Siéntese —dijo Bosch—. Ahora.

Las primeras palabras de Bosch en la casa hicieron que Beecher se sobresaltara y mirara a Bosch como si estuviera asustado.

—Por favor —añadió Ballard a la orden de Bosch.

—Oh, da igual —dijo Beecher.

Se acercó a la silla y se dejó caer en ella.

—El padre de Laura murió de covid el año pasado —dijo Ballard—. Nunca vio justicia para su hija. Su madre sigue viva y espera que se haga justicia. Necesitamos su ayuda, señor Beecher. Necesitamos la verdad.

Beecher se pasó las manos por su espeso cabello oscuro, desordenando lo que había sido un tupé cuidadosamente peinado.

—Están meando fuera del tiesto —dijo.

Ballard se inclinó unos centímetros hacia delante. No era una negación ni una admisión de que había mentido, pero lo tomó como una indicación de que había una nueva historia que contar.

—¿Cómo es eso?

—Harmon no mató a Laura —dijo Beecher—. Es imposible que ocurriera eso.

—¿Por eso le dio una coartada?

—Tenía una coartada, pero no podía usarla.

—¿Cuál era?

—Estaba con otra persona, no conmigo. Pero esa persona no podía ir a la policía. Era un tipo famoso y no podía arriesgarse a que se supiera que no era heterosexual. Su carrera habría terminado.

—¿Conocía a ese hombre?

—En ese momento sabía quién era. Mucha gente lo conocía. Así que Harmon me hizo decir que era yo quien estaba con él esa noche, fin de la historia.

—¿Quién estaba realmente con él esa noche?

—No se lo voy a decir. Hoy corre el mismo riesgo que entonces. Sigue siendo una estrella. No voy a arruinar su carrera.

—Lo mantendríamos como información confidencial. Ni siquiera lo pondríamos en papel.

—No. Nada es un secreto para siempre y, si se lo dijera, sería una traición. No solo a él, sino a todos nosotros.

Ballard asintió poco a poco. Instintivamente adivinó que habían obtenido todo lo que podían de Beecher. Había admitido que mintió, pero confirmó la coartada de Harmon Harris.

—Bien, déjeme preguntarle esto —dijo Ballard—. Si no estuvo con Harris, ¿cómo sabe que en realidad estuvo con esta otra persona? Este señor X, estrella de cine.

—Porque se lo pregunté.

—¿Se lo preguntó al señor X?

—Sí, no iba a creer en la palabra de Harmon y mentir a la policía. Fui a verlo y se lo pregunté. Me lo confirmó. Fin de la historia, y ahora tienen que irse.

—Sabe que podríamos acusarlo por mentirnos entonces.

—¿Después de diecisiete años? Lo dudo mucho.

Ballard sabía que su amenaza había sido contraproducente casi en cuanto la pronunció. No se le ocurrió otra forma de obtener el nombre que necesitaba de Beecher.

—¿Sigue en contacto con el señor X? —preguntó.

—No, en realidad no —dijo Beecher—. Se ha hecho tan grande que no podría ni acercarme para decirle «oye, ¿te acuerdas de mí?».

—¿Podría contactar con él para que nos llame de forma anónima? Solo quiero confirmarlo y seguir con la investigación.

—No. Es imposible que sea anónimo. Sabría con quién está hablando a los diez segundos.

Ballard asintió y miró a Bosch. Era su señal para que hiciera cualquier pregunta que pudiera tener. Pero él hizo un ligero movimiento de cabeza. No tenía nada que preguntar que no se hubiera planteado ya.

—Muy bien, señor Beecher, gracias por su colaboración —dijo Ballard—. Voy a dejarle mi tarjeta, y espero que me llame si se le ocurre alguna otra información que compartir conmigo.

—De acuerdo —dijo Beecher—. Pero no creo que la llame.

Los tres se levantaron y se dirigieron hacia la puerta. Beecher la abrió y luego retrocedió para dejar salir a Ballard y a Bosch. Cuando Bosch pasó a su lado, Beecher se dirigió a él.

—No habla demasiado, ¿verdad?

—Normalmente no tengo que hacerlo —sentenció Bosch.

18

Bosch estaba escuchando el álbum en directo de King Curtis, grabado en el Fillmore West pocos meses antes de que fuera asesinado en 1971. Subió el volumen dos veces para escuchar *A Whiter Shade of Pale* y pensó en toda la música que no grabó el saxofonista debido a su prematura muerte en una pelea frente a su apartamento en Nueva York. Parker, Coltrane, Brown, Baker..., la lista de los que abandonaron el escenario a media canción era larga. Eso hizo que Bosch pensara en la familia Gallagher y en todo lo que se perdió con ellos. Los chicos ni siquiera tuvieron la oportunidad de dejar una canción para la posteridad.

Se oyó un breve bocinazo desde fuera de la casa y Bosch levantó la aguja del disco y apagó el equipo de música. Cogió las llaves y salió a la calle. Ballard estaba en su coche oficial en la acera, con la puerta del pasajero ya abierta. Eso indicó a Bosch que tenía prisa esa mañana. Se subió rápidamente y se puso el cinturón de seguridad.

—Buenos días —dijo.

—Buenos días —dijo Ballard—. ¿Era Procol Harum lo que estaba sonando?

Lo dijo en tono de sorpresa mientras arrancaba y enfilaba hacia Cahuenga.

—Casi —dijo Bosch—. Era una versión de King Curtis.

—A mi padre le encantaba esa canción —dijo Ballard—. Se sentaba en la playa después de surfear y la tocaba con una flauta de juguete que tenía.

—La primera vez que la escuché fue con una armónica. Un tipo en Vietnam. Me pareció una canción fúnebre. Y ese tipo nunca volvió a casa.

Eso puso fin a la conversación y Bosch se sintió cohibido por acabar así con el entusiasmo de Ballard. Ella lo rescató entregándole un papel que Bosch sabía que provenía de su cuaderno.

—¿Qué es esto?

—Mi lista del caso. Mírala y elige algo que hacer. Elige más de una cosa.

Bosch estudió la lista. Había varias entradas, pero algunas ya habían sido tachadas como completadas.

—¿Foto a NH? —preguntó.

—Tenía que enviar a Nelson Hastings una foto de Laura Wilson —dijo Ballard—, pero ya preguntó por ella en la oficina antes de que pudiera hacerlo.

—Aun así, la enviaría. A veces una cara se recuerda más que un nombre.

—Sí, pero nadie en la oficina actual estaba durante esas primeras elecciones. Tengo que recordarle a Hastings que tiene que conseguirme el nombre del director de campaña. Veré si quiere la foto entonces.

—«Juanita»… ¿Es la madre de la víctima?

—Sí, vive en Chicago. Tenemos que averiguar qué pasó con las pertenencias de Laura, ver si se puede localizar la chapa de campaña.

—Bien, qué tal si hablo con ella y también voy a contactar con Dale Dubose.

—Genial.

—¿Qué más?

—Cuando lleguemos, quiero llamar a Darcy Troy. Me ha enviado un mensaje de texto cuando venía. Tiene alguna información preliminar sobre la salud de nuestro sospechoso que quiere compartir. No quería hacerlo mientras conducía y quiero que lo escuches.

—¿Por eso tienes prisa?

—No he dicho eso, pero, sí, quiero averiguar lo que tiene y te quiero allí. Podemos ir a la sala de interrogatorios y llamarla. Tú puedes ocuparte de Juanita después, ¿vale?

—Vale.

Habían llegado a la 101 y se dirigían al sur, con los rascacielos del centro de la ciudad ante ellos, asomando entre la niebla. Acabarían tomando tres autovías para llegar a Westchester y al Centro Ahmanson.

—Entonces… —dijo Bosch—. Has tenido una noche para consultarlo con la almohada. ¿Qué opinas de Beecher?

—Bueno, realmente no me gusta no poder confirmar su historia —dijo Ballard—. Pero no iba a entregar al señor X y no teníamos ninguna palanca para obligarlo.

—¿Qué te dice el instinto?

—El instinto me dice que es verdad. Y tengo que decirte que anoche me metí en una madriguera de internet, tratando de comprobar asociaciones y puntos de cruce entre Harmon Harris y gente del negocio del nivel del que hablaba Beecher.

—¿Vas a decirme que Brad Pitt es gay?

—No, voy a decirte que perdí dos horas que podría haber aprovechado para dormir. No se me ocurrió nada ni nadie con quien pudiera hacer ni siquiera una conjetura. ¿Qué dice tu instinto?

—Citando a Beecher, creo que estamos meando fuera de tiesto. Teníamos que hacerlo, la diligencia debida y todo eso, pero no veo a Harmon Harris cometiendo esos crímenes y Beecher me parece creíble.

—Entonces hemos terminado con eso. Seguimos adelante.

Llegaron al Centro Ahmanson a las ocho en punto y fueron los primeros miembros de la Unidad de Casos Abiertos en hacerlo. Tras una parada en la sala de descanso, se llevaron los cafés a la sala de interrogatorios y cerraron la puerta para poder hablar con Darcy Troy en privado.

—¿Crees que Colleen va a venir hoy? —preguntó Bosch.

—No me importa, siempre y cuando mantenga las manos fuera de las cajas de pertenencias.

Ballard hizo la llamada en su móvil y lo puso en altavoz. Troy contestó enseguida.

—Hola, Renée —dijo.

—Darcy —dijo Ballard—. Gracias por ocuparte de esto. Estoy aquí con Harry Bosch, que es uno de los investigadores de casos sin resolver que trabaja conmigo.

—Hola, Harry —dijo Troy.

—Hola —dijo Bosch—. Encantado de conocerte.

—Oh, ya nos conocemos —dijo Troy—. Fue hace muchos años, cuando yo empecé en el laboratorio de ADN.

—Ah, de acuerdo —dijo Bosch, ligeramente avergonzado—. Entonces me alegro de encontrarte de nuevo.

—¿Tienes alguna novedad para nosotros? —preguntó Ballard.

—Sí —dijo Troy—. Yo llamaría a esto preliminar porque podemos hacer más cosas, pero sabía que ibas con prisa, así que déjame que te cuente lo que tenemos en este momento. Ya sabes que no hicieron gran cosa con esto cuando el caso llegó por primera vez, hace ¿qué, diecisiete años? Pero había suficiente muestra almacenada aquí para permitir más análisis.

—Hemos tenido suerte —dijo Ballard.

—Sí —dijo Troy—. Así que hemos hecho una prueba básica de citología de orina con lo que teníamos, y muestra altos niveles de albúmina y células epiteliales renales. Eso son signos claros de lesión en alguna parte de los riñones, la vejiga o el tracto urinario. La mayoría de las veces señala lo que se llama carcinoma renal de células claras. Este hombre probablemente tenía un tumor en uno o posiblemente ambos riñones, pero por supuesto no podemos estar seguros, ya que no lo tenemos para examinarlo.

—¿Habría sabido que tenía cáncer? —preguntó Ballard.

—Tarde o temprano —dijo Troy—. Pero con lo que tenemos no podemos confirmar lo que sabía.

—¿Habría sido fatal? —preguntó Ballard.

—Sin tratamiento, sí —dijo Troy—. Pero, si se detecta a tiempo, se puede tratar. Y, si está contenido en un solo riñón, se puede extirpar el órgano dañado. Después de todo, tenemos dos.

—¿Y un trasplante? —preguntó Bosch.

—Eso también —dijo Troy—. Pero, en realidad, no se considera el trasplante de órganos en casos de cáncer a menos que se detecte muy pronto. El trasplante se sopesa normalmente cuando los riñones están dañados por una enfermedad que no es el cáncer. Tengo que decir que no soy ninguna experta en esto ni mucho menos. La mayor parte de lo que digo lo investigué anoche.

—Te lo agradecemos de verdad, Darcy —dijo Ballard.

—Las chicas tenemos que mantenernos unidas, Renée —dijo Troy—. No te ofendas, Harry.

—No me ofendo —dijo Bosch—. ¿Cuál podría ser la causa de este cáncer?

—Oh, bueno, ahora estás abriendo la caja de Pandora —dijo Troy—. De nuevo, tenemos un sujeto desconocido y no sabemos nada de su vida y experiencias. Podría tratarse de una predisposición hereditaria, o podría haber sido algún tipo de exposición tóxica. Sé que estáis tratando de identificar a este sujeto. Yo diría que podría ser alguien que trabajó en una industria donde sufrió una exposición prolongada a carcinógenos. Sé que eso no os ayuda mucho, pero es lo mejor que tengo considerando lo que sabemos, que no es mucho.

—Bueno, sabemos mucho más de lo que sabíamos antes de esta llamada —dijo Ballard—. ¿Has dicho que hay algo más que puedes hacer con esto?

—Solo zambullirme un poco más, más análisis de la muestra que tenemos —explicó Troy—. Tal vez podamos concretar más qué enfermedad tenía esa persona. Pero esta vez no será rápido. Tendría que encontrar un laboratorio de oncología y enviarlo. Tengo que hacer algunas llamadas más tarde, pero es probable que sea en el County-USC.

—Te lo agradezco mucho, Darcy —volvió a decir Ballard.

—No hay de qué —dijo Troy.

Los tres se despidieron. Ballard tomó un sorbo de café y luego le preguntó a Bosch qué pensaba de la nueva información.

—Es un buen material, pero es *a posteriori* —dijo—. Dubose y su compañero perdieron la oportunidad de elaborar una lista de personas con enfermedades renales en el momento del asesinato. No veo cómo podríamos hacerlo ahora. Así que después de que detengamos al tipo, lo usaremos para vincularlo. Pero eso ya lo podremos hacer con el ADN.

—Entonces, ¿no hay manera de usar esto para identificarlo? —preguntó Ballard.

—Esa es la parte difícil, porque no sabemos cuándo buscó tratamiento, ni siquiera si lo buscó. Quizá nunca lo supo y enfermó y murió.

Ballard asintió.

—¿Y tú qué opinas? —preguntó Bosch.

—Solo creo que tiene que haber una manera de utilizar esto como herramienta de búsqueda —dijo Ballard—. Puede que los demás tengan algunas ideas cuando los pongamos al corriente.

—Tal vez Colleen pueda decirte si el tipo está vivo o muerto.

—Harry, por favor. No tiene gracia. No sé qué voy a hacer con ella. Creo que voy a pedirle a Lilia que se encargue de la parte de genealogía en este caso.

—Pero dijiste que Hatteras era la mejor de tu equipo.

—Lo es, pero no puedo permitir que desobedezca órdenes directas. Las tonterías psíquicas las puedo aguantar. Pero, si le digo que no manipule las pertenencias y las pruebas y ella hace justamente eso, tengo que hacer algo.

—Supongo que sí.

Ballard se puso de pie, lista para irse.

—De acuerdo —dijo Bosch—. Voy a llamar a Juanita Wilson. ¿Tienes su contacto?

—Tengo su número —dijo Ballard—. Te lo enviaré por mensaje de texto.

Salieron de la sala de interrogatorios y volvieron a sus mesas. Hatteras, Masser, Aghzafi y Laffont estaban en sus puestos. Bosch supuso que llevaban trabajando varios días porque sabían de la importancia del caso para la pervivencia de la unidad. Se sentó en su sitio y llamó a Chicago en cuanto Ballard le envió el número de Juanita Wilson. La llamada fue contestada de inmediato.

—¿Señora Wilson?

—Sí.

—Me llamo Harry Bosch. Estoy en el Departamento de Policía de Los Ángeles. Ayer habló con mi colega Renée Ballard.

—Sí. ¿Han hecho alguna detención?

—Todavía no, señora Wilson, pero estamos trabajando sin descanso en el caso. Quería saber si podía hacerle algunas preguntas más.

—Sí, por supuesto. Estoy muy agradecida de que siga habiendo una investigación. Pensé que se habían rendido.

—No, señora, no nos rendimos. Sé que debe de ser muy difícil para usted pensar en esos momentos horribles, pero, después de la muerte de su hija, ¿recuerda qué pasó con todas sus propiedades y pertenencias que estaban aquí en Los Ángeles?

Hubo un largo silencio antes de que Juanita Wilson respondiera.

—Bueno, déjeme ver —dijo—. Mi marido y yo fuimos a Los Ángeles para traerla a casa. Y cuando estuvimos allí, nos permitieron entrar en su apartamento después de que la policía hubiera terminado. Metimos todas sus cosas en cajas y las enviamos aquí. Y algunos de los muebles los pusimos delante de su edificio como un pequeño mercadillo y los vendimos.

Bosch trató de controlar su expectación, pero la primera respuesta de Juanita le dio esperanzas.

—¿Cuántas cajas enviaron a Chicago? ¿Se acuerda?

—Oh, fueron bastantes. Por eso las enviamos, eran demasiadas para llevarlas en avión.

—¿Y qué hicieron con las cajas cuando llegaron a Chicago?

—Sabe, durante mucho tiempo no fui capaz de abrirlas y de rebuscar entre sus cosas. Así que se quedaron en el armario de su habitación durante mucho tiempo. Y luego empecé a echar un vistazo de vez en cuando, solo para sentirla.

—¿Todavía tiene las cajas?

—Por supuesto, no podría tirar esas cosas. Eran de mi hija.

—Lo entiendo. Señora Wilson, el fotógrafo de la escena del crimen tomó lo que llamamos «fotografías ambientales» del apartamento de su hija. Son fotos que no corresponden a la escena del crimen, sino al resto del apartamento. Como lo que había en la nevera de Laura y en los cajones de su escritorio, cosas así. Y tenemos una foto que muestra una chapa de campaña de un hombre que se presentaba a concejal aquí en ese momento. Creemos que podría ser importante para el caso.

—¿Cómo podría ser importante?

—En realidad, no puedo hablar de eso en este momento, pero me pregunto si estaría dispuesta a buscar en las cajas que tiene y ver si la encuentra. Es una posibilidad remota, pero nos ayudaría si pudiera comprobarlo. Si me da una dirección de correo electrónico, podría enviarle la foto que se hizo entonces. ¿Cree que puede hacerlo?

—Podría, sí.

—¿Cuándo podría?

—En cuanto cuelgue. Si cree que ayudará a la investigación, lo haré ahora mismo.

Le dio a Bosch su dirección de correo electrónico y él la anotó.

—Deme diez minutos y luego revise su correo electrónico —dijo Bosch—. Le enviaré la foto y marcaré la chapa para que sepa exactamente lo que estamos buscando.

Describió el objeto mientras miraba la foto de este.

—Envíemela —dijo Juanita—. Estaré esperando.

—Una cosa, señora Wilson —dijo Bosch—. Si tenemos la suerte de que la chapa sigue ahí, no quiero que la toque. Solo identifíquela y luego llámeme y hablaremos de cómo conservarla. Pero, por ahora, solo quiero que la busque, pero no la toque, ¿de acuerdo? Eso es importante.

—De acuerdo. ¿Enviará el correo electrónico?

—Sí, primero tengo que escanear la foto, así que puede que tarde unos minutos.

—Bien.

—Gracias.

Bosch colgó. Pensó que solo había una pequeña posibilidad de que Juanita Wilson encontrara la chapa de campaña, pero sintió que su disposición a trabajar con él le levantaba el ánimo. Creía que la energía positiva a menudo daba frutos.

19

Ballard había llevado a Colleen Hatteras a la sala de interrogatorios para hablar con ella en privado sobre la difusa línea que había entre su trabajo en genealogía genética aplicada a la investigación y la capacidad empática que reivindicaba. Aunque era la primera vez que tenía un cargo de supervisora, Ballard comprendía instintivamente el paradigma jefe-empleado: elogiar en público, criticar en privado. Sabía que había roto esa regla no escrita cuando, visiblemente enfadada, había mandado a Hatteras a su casa delante de Bosch, pero ya estaba calmada y haciendo lo que debía.

—Los casos son demasiado importantes —dijo Ballard—. Estamos tratando con víctimas y familias. Lo siento, pero no puedo arriesgar los casos. Si vas a seguir en el equipo, necesito que dejes a un lado ese asunto psíquico-empático.

—No lo entiendo —protestó Hatteras—. ¿Cuál es el riesgo?

—Colleen, vamos. Sabes de qué estoy hablando. Si reunimos pruebas a través de la genealogía, entonces ese investigador, muy probablemente tú, tendrá que testificar ante un jurado sobre cómo llevó a cabo las conexiones y la identificación del sospechoso. Eres civil. Nunca has estado en la policía. Cualquier abogado defensor inteligente tratará de destruir tu credibilidad. Y, si te destruyen a ti, destruyen el caso. Se llama «matar al mensajero».

—¿Estás diciendo que no tengo credibilidad porque tengo estas percepciones?

—Estoy diciendo que un abogado defensor cuestionará tu credibilidad. Y no importa que tus percepciones no tengan nada que ver con el caso. El abogado te matará a preguntas. Aquí va una: «Responda a esto, señora Hatteras: ¿se comunicó con la víctima en este caso?».

Hatteras se tomó un momento para componer una respuesta.

—No, no lo hice —dijo finalmente.

—«Pero usted se llama a sí misma psíquica, ¿no es así?» —insistió Ballard

—No, nunca me llamo así.

—«¿De verdad? Pero ¿no recibe mensajes de los muertos?»

—Mensajes, no.

—«¿Impresiones?»

—Bueno...

—«Cuando sostuvo el camisón que llevaba la víctima de este caso la noche de su asesinato, ¿obtuvo una impresión psíquica? ¿Puede compartirla con el jurado?»

Hatteras frunció los labios. Se le pusieron los ojos vidriosos cuando empezaron a formarse lágrimas. Ballard habló en voz baja y compasiva.

—Colleen, no quiero que te pase eso. No quiero que pase eso en un caso en el que una familia ha esperado durante años a que se haga justicia. Te protejo a ti tanto como protejo los casos. Tienes que mantener esa parte de ti fuera de tu trabajo aquí. Eres genial en genealogías y eso es lo que necesito de ti. ¿Lo entiendes?

—Supongo que sí.

—Realmente necesito un sí o un no, Colleen.

—Sí, sí.

—Bien. ¿Por qué no vuelves al trabajo? Voy a quedarme aquí para hacer una llamada.

—Claro.

Hatteras se levantó y salió, cerrando la puerta tras de sí. Ballard miró la lista del caso que había dejado sobre la mesa. Tachó la entrada sobre hablar con Hatteras y examinó lo que quedaba. La primera entrada era hablar con el director de la campaña de Jake Pearlman en 2005. Sacó su teléfono para contactar con Nelson Hastings, pero llamaron a la puerta antes de que se estableciera la conexión. Colgó.

—Está abierto.

Bosch entró y cerró la puerta.

—¿Qué le has hecho? —preguntó.

—¿A quién?

—A Colleen. Acaba de salir y parecía que estaba a punto de llorar.

—Le he dicho que tenía que guardarse ese rollo psíquico o estaba fuera del equipo.

Bosch asintió como si reconociera que había que hacerlo.

—Debe de ser divertido mandar —dijo.

—Es una pasada —contestó Ballard—. ¿Qué necesitas, Harry?

—Ir a Chicago. Juanita ha encontrado la chapa.

—Joder, ¿dónde?

—Después del asesinato ella y su marido vaciaron el apartamento de Laura. Metieron todos los efectos personales en cajas y los enviaron a Chicago. Ha estado en una caja desde entonces.

—¿La ha tocado?

—Hoy no, no. Le dije que no lo hiciera. Y no recordaba haberla manipulado nunca en el pasado. Así que está ahí, y quiero ir a buscarla.

—¿Por qué? Pide a la policía de Chicago que la recoja alguien.

—Eso tardaría una eternidad. Primero que vayan y luego que lo envíen aquí. Sé que es poco probable que haya una huella utilizable o un resto de ADN en la chapa, pero si lo hubiera tendrías problemas con la cadena de custodia en el juicio. Habría que traer a testificar a cada policía de Chicago involucrado en la recogida y el envío. Si voy yo, solo tienes que llamarme a mí. Es una buena gestión del caso. Pero en realidad, nada de eso importa porque Juanita me dijo que no dejaría entrar a la policía de Chicago en su casa para recoger la chapa. Vive en el distrito catorce. ¿Recuerdas lo que pasó allí?

—No, ¿qué?

—Hace unos años un policía disparó a Laquan McDonald. ¿Te acuerdas? Dieciséis tiros por la espalda. Lo encubrieron hasta que salió un vídeo y el policía fue a la cárcel.

—Otra manzana podrida que nos hace quedar mal a todos.

Bosch asintió.

—He buscado en las compañías aéreas. Podría llegar esta noche, ir a ver a Juanita por la mañana, y estar de vuelta aquí mañana por la tarde.

—No voy a conseguir la aprobación o un bono de viaje hoy, Harry. Si presento la solicitud, tendré suerte si me responden para el fin de semana.

—Ya lo sé. Voy a ir por mi cuenta. Ya lo he reservado.

—Harry, espera. No quiero que uses tu propio dinero para…

—Yo voy, consigo la chapa, tú presentas una solicitud de gastos. Si te la aprueban, perfecto. Si no, estoy dispuesto a asumir el riesgo que corro.

Ballard no dijo nada. Estaba pensando y llegando a la conclusión de que el plan de Bosch era el mejor.

—Si voy, tengo que llegar al aeropuerto en una hora —dijo Bosch.

—No te da tiempo a pasar por casa, hacer la maleta y volver al aeropuerto —dijo Ballard.

—Tengo una maleta en el coche.

—Harry, ¿qué edad tienes, setenta años? ¿Y conduces con una bolsa de viaje?

—La puse esta semana. Para este trabajo. Nunca sabes adónde te va a llevar un caso. Entonces, ¿estamos de acuerdo? Necesitaré guantes, cinta adhesiva y una bolsa de pruebas. Probablemente un kit de huellas también.

—Calma, calma. Quiero asegurarme de que esto es legal.

Ballard se levantó y se dirigió a la puerta. Llamó a Paul Masser y le pidió que viniera a la sala de interrogatorios.

Masser entró y Ballard lo invitó a ocupar la silla que quedaba libre. Le explicó la idea de que Bosch fuera a Chicago y le preguntó si él, como exfiscal, veía algún problema de procedimiento o algún posible traspié en el plan.

—Déjame pensar un segundo —dijo Masser—. A primera vista, me parece… correcto. Harry es un miembro voluntario de la unidad. Tiene una inmensa experiencia en casos y en la búsqueda y recogida de pruebas. Si la defensa intenta impugnar esto, creo que podría basarme en la experiencia de Harry para evitar cualquier sugerencia de impropiedad o incompetencia. ¿Irías tú solo?

Bosch y Ballard se miraron y luego Ballard asintió.

—Sí —dijo—. Solo. No quiero perder a dos personas en esto. Francamente, es agarrarse a un clavo ardiendo.

—Entonces te pediría que documentes la recogida de pruebas —dijo Masser—. Grábalo y señala la fecha y la hora y todo eso.

—No hay problema —dijo Bosch.

—Pues creo que estás cubierto —dijo Masser.

—Perfecto —dijo Ballard—. Gracias, Paul.

Masser se levantó y salió de la habitación.

—Tengo los guantes y las otras cosas en mi coche —dijo Ballard—. Saldré contigo.

Sonó su teléfono. En la pantalla aparecía el nombre de Nelson Hastings.

—Déjame contestar primero —dijo Ballard.

—Estaré en mi escritorio —dijo Bosch—. Recuerda que tengo que irme enseguida.

Ballard contestó mientras salía por la puerta.

—Nelson, estaba a punto de llamarle, pero he recibido…

—El concejal está en camino. Visita sorpresa.

Hastings colgó.

—Mierda —dijo Ballard.

Una de las cosas que ayudó a Jake Pearlman a ser elegido y luego mantener el cargo en un segundo mandato era su rutina de hacer las denominadas visitas sorpresa a personas y lugares de su distrito. Esas visitas, por supuesto, eran para que los medios de comunicación, que siempre estaban invitados, hicieran fotos. Y Ballard sabía que el aviso de Hastings era para darle tiempo a prepararse para lo que en realidad era una visita sorpresa sin sorpresa.

Salió para avisar al equipo de lo que se avecinaba.

20

Debido a un gran proyecto de construcción de una línea de metro hasta la terminal del LAX, dos de los seis aparcamientos estaban cerrados y Bosch tuvo que dejar el coche en Century Boulevard y tomar un autobús lanzadera a la terminal de American Airlines. Cuando llegó a su puerta, el embarque ya estaba en marcha y Bosch fue el último pasajero al que se le permitió subir.

Esperaba disponer de algo de tiempo libre en la terminal para hacer algunas llamadas y reservar una habitación de hotel para esa noche, y también para ver quién tocaba en los clubes de jazz de Chicago.

Su asiento estaba en la mitad de la zona económica y no había espacio en los compartimentos superiores para su maleta de mano. La metió debajo del asiento de la ventanilla, lo cual apenas le dejó espacio para los pies. Apretado y encajonado, tuvo que ponerse de lado en su asiento para sacar el móvil del bolsillo. Hacía casi tres años que no se subía a un avión, y se dio cuenta de que no lo había echado de menos en absoluto.

Su hija trabajaba en el segundo turno, así que supuso que estaría despierta, pero todavía no habría entrado a trabajar. Cuando se disponía a llamarla para informarle de su viaje, recibió una llamada de un número desconocido.

—Bosch.

—Deje a mi hijo en paz.

Era una voz de mujer y Bosch supo inmediatamente a quién pertenecía. Se volvió hacia la ventana y habló en voz baja para que no lo oyeran.

—¿Señora Walsh? Su…

—No lo meta en esto, ¿entiende? ¡Le dio un puñetazo! ¡Le dio un puñetazo a mi hijo!

—Porque se lo buscó. Mire, sé que fue él quien entró en su casa. Él se lo confesó o usted lo descubrió después, pero para entonces ya había llamado a la policía. Así que cuando aparecieron las huellas de McShane se alegró de atribuirle el robo para que la policía no viniera a buscar a su hijo.

—No sabe de qué está hablando.

—Creo que sí, Sheila. Y estoy en otra cosa ahora mismo, pero hablaremos muy pronto. Quiero saber la verdad sobre cómo llegaron las huellas de McShane.

—No se acerque a mí y no se acerque a mi hijo. Tengo un abogado y lo demandará hasta que no le quede nada.

—Escúcheme, Sheila…

La mujer colgó.

Bosch pensó en volver a llamarla, pero decidió dejarlo. Que hubiera abordado a su hijo obviamente la había asustado y eso era precisamente lo que quería. Dejaría que eso macerara durante un tiempo y luego llamaría a su puerta, con o sin abogado.

Bosch miró a su alrededor. El avión aún no se había movido y no había ningún asistente de vuelo en el pasillo para decirle que dejara de usar el teléfono. Llamó a su hija rápidamente.

—Hola, papá.

—¿Qué tal, Mads?

En ese momento, se oyó un anuncio por un altavoz. El piloto se dirigió a los pasajeros y dio los detalles del plan de vuelo y la llegada.

—Lo siento, espera —dijo Bosch.

El piloto explicó que era un vuelo de cuatro horas que llegaría a Chicago O'Hare a las ocho de la tarde, hora central, contando las dos horas de diferencia horaria.

—Vale —dijo Bosch—. Lo siento.

—¿Estás en un avión? —preguntó su hija.

—Sí, voy a Chicago. Estamos a punto de despegar.

—¿Qué hay en Chicago?

—Estoy en un caso. Renée Ballard me ha reclutado para la resucitada Unidad de Casos Abiertos.

—Me estás tomando el pelo. ¿Por qué no me lo habías dicho?

—Bueno, acabo de empezar esta semana. Quería ver primero cómo iba antes de contártelo.

—Papá, ¿estás seguro de que deberías hacer esto? Me gustaría que me lo hubieras dicho antes de aceptarlo.

—Sí, estoy seguro. Esto es lo que hago, Mads. Ya lo sabes.

—Y ya te ha mandado a Chicago por un caso.

—En realidad es solo un recado. Voy a recoger una prueba. Solo voy a estar fuera una noche, pero quería llamarte para ver cómo te iban las cosas.

—¿Está Renée contigo?

—No, voy solo. Voy a hacer una recogida y luego volveré. Nada peligroso. Ni siquiera llevo un arma.

—Aun así, no deberías hacer estas cosas por tu cuenta. ¿Por qué no puede enviártelo la policía de Chicago?

—Es una larga historia, pero, en realidad, no es nada importante, Maddie. Ir y volver. Ni siquiera me quedaría a dormir si pudiera haberlo programado antes. Así que no te preocupes por mí. ¿Qué pasa contigo? ¿Cómo te va en la UPE?

Recientemente había sido asignada a la Unidad de Problemas Especiales de la División de Hollywood. La unidad seguía una estrategia policial consistente en atacar los puntos calientes de la delincuencia inundando de patrullas la zona problemática y otras tácticas dirigidas a la tendencia delictiva específica. Era una de las asignaciones preferidas por los agentes jóvenes, porque no siempre tenían que ir de uniforme. En ocasiones, había que hacer vigilancia de paisano y participar en operaciones de señuelo. Bosch sabía que su hija estaba especialmente orgullosa de haber conseguido esa misión menos de un año después de haberse graduado en la academia de policía.

—Todo bien —dijo Maddie—. He estado haciendo de señuelo toda la semana en Melrose. Hay un problema con ladrones de bolsos. Pero hasta ahora, nada.

Bosch se imaginó a su hija caminando por las aceras de la zona comercial de moda con un bolso colgado del hombro, esperando a que los ladrones pasarán en coche, dieran un tirón y se fueran.

—Bien. ¿Solo tú, o hay otros señuelos?

—Solo yo y un par de equipos de seguimiento.

Bosch se alegró de saber que ella era el único señuelo. No quería que los equipos de seguimiento se concentraran en nadie más.

El avión dio una sacudida cuando empezó a separarse de la puerta.

—Creo que tengo que colgar, estamos rodando.

—De acuerdo, papá. Cuídate y avísame cuando vuelvas.

—Tú también. Envíame un mensaje cuando cojas a los malos, ¿vale?

—Lo haré.

Colgaron.

Bosch enseguida hizo una llamada más, marcando el número de teléfono que Ballard le había proporcionado del detective retirado Dale Dubose en Coeur d'Alene, Idaho. Sabía que la llamada probablemente no sería contestada, así que no le preocupaba iniciar una conversación mientras el avión despegaba. La mayoría de los aviones que salían del aeropuerto de Los Ángeles pasaban unos quince minutos rodando por la pista antes de recibir el permiso para despegar.

Como esperaba, la llamada fue al buzón de voz. Bosch colocó una mano sobre la boca y el teléfono para que nadie lo oyera y dejó un mensaje.

—Dale Dubose, soy Harry Bosch de la Unidad de Casos Abiertos de la policía de Los Ángeles. Necesito que me llame por el caso de Laura Wilson o me encontrará en la puerta de su casa. Le daré un día y luego iré para allá. Y me cabrearé bastante si tengo que volar hasta ahí para una conversación que se puede solucionar por teléfono.

Bosch repitió dos veces su número de móvil y luego colgó. Esperaba que el tono de su voz en el mensaje transmitiera a Dubose que no hacer caso de la llamada no era una opción.

Luego apagó el teléfono y se lo guardó en el bolsillo.

Quince minutos más tarde, estaban en el aire y Bosch miraba por la ventanilla el frío y oscuro Pacífico mientras el avión se inclinaba tras el despegue y empezaba a virar hacia el este.

21

Tras recibir el aviso de recepción, Ballard salió a la entrada del archivo de homicidios para recibir al concejal Jake Pearlman y su séquito. Llegaron por el pasillo principal, cuatro en paralelo —dos hombres, dos mujeres—, además de un cámara y dos periodistas. Ballard aún no conocía a Pearlman en persona, ya que la mayoría de sus interacciones habían sido llamadas telefónicas o por Zoom o bien a través de Nelson Hastings.

—¿Detective Ballard? —dijo Pearlman al acercarse.

El concejal le tendió la mano y Ballard se la estrechó. Pearlman iba bien afeitado y tenía el pelo oscuro y rizado. Su apretón de manos fue firme. Era más alto y más delgado de lo que ella esperaba. La impresión que le habían dado los vídeos de Zoom era que sería bajo y achaparrado. Probablemente se debía a que utilizaba una cámara de vídeo fija que lo captaba en ángulo, desde arriba. Pearlman lucía su aspecto habitual de campaña: vaqueros azules, zapatillas negras y una camisa blanca con el cuello abotonado y las mangas arremangadas hasta los codos.

—Bienvenidos al Centro Ahmanson y al archivo de homicidios —dijo Ballard—. Gracias por venir.

—Bueno, tenía que verlo —dijo Pearlman—. Y tenía que conocerla en persona por fin.

El concejal presentó a su séquito. Ballard ya conocía a Hastings. Era un poco más bajo que Pearlman, con el pelo castaño bien cortado y porte militar. Las mujeres eran Rita Ford, asesora política del concejal, y Susan Aguilar, su asesora de programa. Ambas eran treintañeras y atractivas, vestidas con trajes profesionales y confortables. Ballard pensó que política y programa podrían ser lo mismo o al menos solaparse en términos de asesoramiento, pero no hizo ninguna pregunta.

—Bueno, si quieren acompañarme, les enseñaré lo que estamos haciendo —dijo.

—Por supuesto —dijo Pearlman—. Y quiero escuchar lo último sobre el caso de Sarah. No se imagina lo que significa para mí saber que se están haciendo progresos.

—Estaré encantada de sentarme con usted después de la visita.

—Adelante, pues, la seguimos.

Entraron en el archivo y Ballard condujo lentamente al grupo por las filas de estantes con carpetas de expedientes de casos y les contó las sombrías estadísticas y los hechos que ellos ya conocían, puesto que, gracias a su presión sobre el departamento de policía, la Unidad de Casos Abiertos había renacido.

Finalmente, llegaron a la zona de escritorios y Ballard presentó a cada uno de los investigadores del equipo y explicó cuál era su especialidad. También señaló el lugar vacío de Bosch e indicó que su investigador más experimentado estaba en la calle, sin mencionar que había extendido la calle hasta Chicago.

Mientras hacía las presentaciones, vio que Hastings se acercaba por detrás de la silla donde estaba sentado Ted Rawls y le ponía fugazmente las manos sobre los hombros. Eso, sumado al hecho de que Rawls había llegado al trabajo minutos antes que Pearlman, confirmó lo que Ballard ya sabía: Rawls era íntimo de Hastings y, por extensión, de Pearlman. Lo más probable era que Hastings también hubiera advertido a Rawls de la visita sorpresa. Y seguramente incluso antes que a ella.

El concejal planteó algunas preguntas a los investigadores, principalmente para la cámara, y luego Hastings dijo que era hora de continuar.

—La agenda del concejal es muy apretada —dijo—. Y sé que quería unos minutos a solas con la detective Ballard para ponerse al día.

Ballard hizo girar la silla del escritorio de Bosch hacia su cubículo e invitó a Pearlman a sentarse. Hastings se situó unos pasos por detrás de ellos, siempre vigilante, mientras Ford y Aguilar entablaban una conversación con Hatteras sobre su papel como especialista del equipo en genealogía genética.

Aunque a Ballard le preocupaba que Hatteras empezara a hablar de sus sentimientos empáticos, dejó de lado la distracción para concentrarse en su reunión informativa con Pearlman.

—Antes de decirle en qué punto de la investigación estamos, quiero empezar con un par de preguntas —dijo Ballard—. No recuerda que una joven llamada Laura Wilson tuviera alguna participación en su campaña de 2005, ¿correcto?

—Sí, eso es lo que le dije a Nelson —dijo Pearlman—. No recuerdo el nombre y no recuerdo a una mujer afroamericana entre nuestros voluntarios de entonces. Ahora tengo un gran apoyo en la comunidad negra, pero aquella primera campaña, bueno, no estuvo muy bien pensada ni ejecutada.

Ballard abrió la carpeta del caso de Laura Wilson, donde había colocado una de las fotos de primer plano de 20 × 25 con el currículum impreso en el reverso. Le entregó la foto a Pearlman.

—Es Laura Wilson —dijo.

Pearlman cogió la foto y Ballard estudió la reacción del concejal mientras la miraba. No vio ningún reconocimiento en sus ojos y entonces Pearlman sacudió lentamente la cabeza.

—Qué triste —dijo—. Era muy guapa, pero no, no la reconozco.

—¿Quién dirigía su campaña entonces? —preguntó Ballard.

Hastings se acercó al cubículo y se inclinó para hablar en voz pausada.

—Pensé que esto iba a ser una puesta al día por su parte —dijo—. No un interrogatorio. El concejal tiene que volver al ayuntamiento en una hora.

—Lo siento —dijo Ballard—. Esa era mi última pregunta, y luego puedo ponerlo al día.

—Vamos directamente con la puesta al día —insistió Hastings.

—No pasa nada, Nelson —dijo Pearlman—. Yo no lo llamaría una gran campaña, pero lo que hubo lo dirigió nuestro amigo Sandy Kramer.

—¿Kramer ya no trabaja con ustedes? —preguntó Ballard.

—No, dejó la política hace mucho tiempo —dijo Pearlman—. Lo último que supe es que vendía esmóquines en Century City.

—¿Todavía tiene su número? —preguntó Ballard.

—Estoy seguro de que podríamos encontrarlo —dijo Pearlman—. Pediré a Nelson que busque en el viejo Rolodex. Ahora, dígame, ¿está cerca de resolver este caso y hacer algo de justicia a mi hermana y mi familia?

Ballard no le contó a Pearlman todo sobre sus progresos, pero le dio suficientes detalles para que supiera que el caso tenía lo más importante a su favor: el impulso.

—Tenemos varias cosas entre manos y tengo la esperanza de que podamos identificar a un sospechoso pronto —concluyó.

Nada más decirlo se dio cuenta de que acababa de hacer una promesa política y que lo más probable era que hubiera consecuencias si no la cumplía.

—Me gusta oír eso —dijo Pearlman—. Espero con impaciencia una llamada telefónica. Llevo muchos años esperándola.

Hastings volvió al cubículo y puso una mano en el hombro de Pearlman, un recordatorio silencioso de que se acababa el tiempo. El concejal no le hizo caso y planteó otra pregunta.

—Entonces, la chapa de campaña —dijo—, ¿es solo una coincidencia? Porque me parece un poco raro.

—Bueno, no podemos descartarla todavía —dijo Ballard—. De hecho, hemos localizado la chapa y vamos a ver qué nos aporta. Ahí es donde está mi detective en este momento.

—Fantástico —dijo Pearlman—. Téngame al corriente. Mientras tanto, ¿tiene todo lo que necesita? ¿Hay algo que pueda hacer?

—Se lo agradezco, concejal —dijo Ballard—. La única cosa que he encontrado desde que empezamos aquí es que necesitamos un lugar de almacenamiento seguro. Traemos pruebas y pertenencias de casos antiguos y no hay ningún lugar para mantenerlas protegidas. Hemos estado utilizando la segunda sala de interrogatorios para guardar algunas cosas y, por supuesto, esto es una instalación policial, así que todo debería estar bastante seguro aquí, pero la mayoría de las brigadas tienen un lugar para guardar las cosas bajo llave y de forma segura.

Antes de que Pearlman pudiera responder, Hastings se inclinó para hacer otro recordatorio, esta vez verbal.

—Jake, en serio, tenemos que irnos —dijo.

Pearlman se levantó y Ballard lo siguió.

—¿Se refiere a una caja fuerte o algo así? —preguntó Pearlman.

—Sí, una caja fuerte para pruebas estaría bien —dijo Ballard.

Pearlman se volvió hacia Hastings.

—Nelly, recuerda eso —dijo—. Tenemos que ponerles una caja fuerte.

—Lo recordaré —dijo Hastings.

Pearlman se volvió hacia Ballard y le tendió la mano. El cámara les enfocó las manos mientras se saludaban.

—Gracias por lo que está haciendo, detective —dijo Pearlman—. Significa mucho para mí, pero lo que es más importante es que significa mucho para esta ciudad y esta comunidad. No podemos olvidar nunca a nuestras víctimas.

—Sí, señor —dijo Ballard, obediente.

Acompañó al grupo a la salida y luego volvió a su espacio de trabajo, esperando que los demás se acercaran para hacer preguntas sobre la visita de alto nivel. Sin embargo, solo Colleen Hatteras asomó la cabeza por encima de la mampara.

—¿Cómo ha ido? —preguntó.

—Supongo que bien —dijo Ballard—. Solo tenemos que cerrar el caso de su hermana y estaremos de lujo.

—Lo haremos.

—¿Alguna novedad con la GGI?

—Tengo una coincidencia a través de GEDmatch hasta ahora. Un primo lejano de nuestro sospechoso desconocido. Voy a contactar con él hoy, pero espero que consigamos algo mejor. Algo más cercano.

—Bien. Ya me contarás.

Hatteras se perdió de vista y Ballard se puso a trabajar. Como no creía que Hastings o cualquier otro miembro del equipo de Pearlman se moviera con rapidez para conseguirle un número de contacto de Sandy Kramer, empezó a buscar por su cuenta. Supuso que Sandy era un apodo o un diminutivo de un nombre de pila como Alexander. Como esperaba, los registros del Departamento de Tráfico no la ayudaron. Había demasiados Alexander Kramer para que pudiera elegir con seguridad. También había varias entradas con Sandy u otras alternativas, como Sandor y Sundeep.

Su siguiente paso fue buscar en Google tiendas de esmóquines en Century City y empezar a llamar por teléfono. Cuando agotó todos los listados de internet y no dio con un vendedor llamado Kramer, pasó a Beverly Hills, que estaba junto a Century City.

En la tercera llamada sacó el premio, en una tienda de Beverly Drive llamada Tux by Lux. Le dijeron que un vendedor llamado Alexander Kramer estaba en su día libre, pero que volvería a las diez de la mañana del día siguiente. Ballard supuso que la venta de esmóquines en Beverly Hills requería un nombre más formal que Sandy.

Colgó el teléfono. Pensaba estar en Beverly Hills a la mañana siguiente cuando Kramer llegara al trabajo.

22

Bosch tenía los ojos entrecerrados por culpa de la luz intensa de la mañana y una leve resaca mientras trataba de distinguir el número correspondiente a la dirección que buscaba en una pequeña casa de ladrillo claro en la esquina de South Keeler y la calle 43 Oeste. Estaba lejos del DoubleTree, a orillas del lago, donde había pasado la noche. Y aún más lejos de Los Ángeles. Estaba sentado en el asiento trasero de un Uber en un barrio mixto de casitas y almacenes y pequeños talleres de una sola planta.

—Tiene que ser esto —dijo el conductor.

—No veo ningún número —dijo Bosch.

—Sí, pero tiene que ser aquí. Mi GPS lo dice, y esto es lo mejor que puedo hacer por usted, señor.

—Está bien, me bajaré aquí. ¿Quiere esperarme? No creo que tarde más de treinta minutos y luego voy a la terminal de American en O'Hare. Le pagaré por la espera. No quiero perder el avión.

—No, señor, yo no espero por aquí.

—¿Seguro? Cincuenta dólares, solo por esperar media hora. Y luego la carrera al aeropuerto.

Bosch vio los ojos del conductor en el espejo. Estaba considerando la oferta. Según la aplicación, se llamaba Irfan. Bosch no estaba seguro de por qué se sentía incómodo en el barrio. Desde luego, era un barrio de ingresos medios o bajos, pero no había nada que indicara un posible peligro. No había grafitis ni pandilleros pasando el rato en las esquinas.

—Que sean ochenta, Irfan —dijo Bosch—. En efectivo.

El conductor lo miró por el retrovisor.

—Que sean cien —dijo—. Y una calificación de cinco estrellas.

Bosch asintió.

—Hecho —dijo—. ¿Quiere que rompa un billete de cien como se hace en las películas? ¿Le doy la mitad y me quedo con la otra mitad?

—No, pero me paga en cuanto vuelva al coche —dijo Irfan—. En efectivo. O lo dejo aquí, y buena suerte para que consiga otro viaje. Nadie vendrá aquí y perderá su avión.

—Trato hecho. De todos modos, solo tengo billetes de veinte.

Irfan no pareció verle la gracia. Bosch abrió la puerta. Estaba a punto de salir con la mochila cuando dudó.

—Irfan, ¿qué tiene de malo este barrio para que ningún conductor quiera venir? —preguntó.

—Demasiadas armas —dijo Irfan.

Bosch pensó que eso podría ser un problema en la mayoría de los barrios de la mayoría de las grandes ciudades, pero lo dejó pasar y bajó del coche.

El exterior de la casa, el césped delantero y los arbustos se mantenían ordenados y limpios. El ladrillo claro daba una sensación de robustez, como si la casa fuera una fortaleza contra el frío y el calor.

Juanita Wilson lo estaba esperando y abrió la puerta antes de que él llegara. La señora mayor esbozó una leve sonrisa.

—¿Señora Wilson? —preguntó Bosch—. Soy Harry Bosch. Hemos hablado por teléfono.

—Sí, soy yo, Juanita —dijo ella—. Pase, por favor.

Bosch entró y le estrechó la mano. Parecía delgada y frágil y lucía un vestido suelto para disimularlo. Llevaba el pelo oculto en una especie de turbante de tela de rayas rojas, negras y verdes. Aun así, Bosch vio un parecido con la foto que Ballard tenía de Laura Wilson. Los ojos coincidían.

Le dio las gracias por su ayuda y por permitirle entrometerse con tan poco tiempo de antelación. Le explicó que, cuanto antes volviera a Los Ángeles, antes se podría examinar la chapa de la campaña para buscar huellas dactilares y ADN, y la investigación podría continuar. Por esa razón, había reservado un vuelo de regreso a media tarde.

—En otras palabras, tengo un poco de prisa —dijo—. Quiero recuperar esto y que nuestros técnicos lo revisen lo antes posible.

—Lo entiendo —dijo Juanita.

Lo guio por la pequeña casa hasta el dormitorio que había sido de su hija. Era pequeño, pero tenía un agradable resplandor del sol que entraba a través de una ventana con las cortinas descorridas.

A Bosch le pareció que habían conservado la mitad de la habitación tal y como la había dejado Laura y la otra mitad la habían remodelado como despacho doméstico. En una mesa plegable con una silla de escritorio había pilas de correo sujetas con gomas, junto con otros papeles variados.

—Mi marido se instaló aquí después de que Laura se fue a Los Ángeles —dijo Juanita—. Pero mantuvimos el resto para cuando viniera a casa de visita o en caso de que renunciara a su sueño y quisiera volver. Y luego... lo dejamos.

Bosch asintió para expresar que lo entendía. Vio una caja de cartón sobre la cama y la señaló.

—¿Es ahí donde encontró la chapa? —preguntó.

—Sí, en esa caja —dijo Juanita—. Había algo de ropa en la parte superior y unos guiones con los que creo que estaba trabajando en ese momento. Pero cuando los levanté, vi enseguida la chapa en una caja de zapatos.

Bosch sacó su teléfono y encendió la cámara de vídeo.

—Señora Wilson, ¿puede mostrarme la chapa sin tocarla? —le preguntó.

La siguió con la cámara mientras ella se dirigía a la caja, abría las solapas de cartón y luego señalaba el interior. Bosch se acercó y vio que había una caja de zapatos dentro de la caja más grande. La tapa estaba levantada y había diversos pequeños objetos que Bosch reconoció de la foto del cajón de los trastos de Laura Wilson tomada en la escena del crimen. Bajó el teléfono y luego hizo *zoom* en la chapa de «¡JAKE!».

—Si le doy mi teléfono, ¿podría grabarme mientras cojo la chapa, señora Wilson? —preguntó Bosch.

—Si quiere —dijo Juanita—. No soy muy buena con la cámara.

—Estará bien. Solo quiero poder documentar la cadena de custodia.

—¿Cadena de custodia?

—Quién estuvo en posesión del objeto y cuándo. Para demostrar que, una vez recogido, se mantuvo bajo control policial.

—Entiendo.

Bosch le pasó el teléfono y Juanita Wilson lo grabó mientras él se ponía los guantes de goma de su mochila y abría una bolsa de plástico para recoger pruebas. Luego metió la mano en la caja y sacó la chapa de campaña de la caja de zapatos. La metió en la bolsa, y luego cerró esta y se la guardó en el bolsillo lateral de su americana.

Cogió el teléfono, dijo en voz alta la fecha y la hora del día y apagó la grabación. Reprodujo el principio del vídeo para comprobar que Juanita había conseguido lo que necesitaba.

—Con esto debería bastar —dijo—. Gracias.

—¿Qué más puedo hacer? —preguntó Juanita.

Bosch dudó. Tenía un kit de huellas y unos hisopos en su mochila. Ballard se los había dado al salir del Centro Ahmanson. Según los protocolos de pruebas, debía tomar las huellas dactilares de Juanita y obtener su ADN con un hisopo para poder excluirla de cualquier cosa que pudiera encontrarse en la chapa. Pero no quería hacer pasar por ese trance a esa frágil mujer negra y posiblemente hacerla sentir víctima de la investigación del asesinato de su propia hija. Decidió no hacer caso de los protocolos.

—Ha dicho que ni siquiera ha tocado la chapa, ¿verdad? —preguntó.

—No, la vi ahí y no me acerqué, como me dijo —explicó Juanita—. ¿Pasa algo?

—No, en absoluto. Todo está bien. Entonces creo que ya está y ya no me verá el pelo.

—¿Qué pasará ahora?

—Bueno, vuelvo a Los Ángeles y, como le he dicho, llevaré esto a Criminalística hoy mismo. Si tenemos suerte, conseguiremos una huella que no sea la de su hija y la analizaremos, veremos quién manipuló la chapa, quizá averigüemos quién se la dio. La detective Ballard o yo la mantendremos informada de nuestros progresos.

—De acuerdo. Porque no estoy segura de cuánto más puedo esperar, ¿sabe?

—Sé que es difícil. Ha esperado mucho, mucho tiempo y, créame, sé lo que es eso.

—No, no lo entiende. Se me acaba el tiempo, detective Bosch. Tengo cáncer. Un cáncer terminal y quiero saberlo antes de... el final.

Bosch se dio cuenta de que la mujer no era una anciana, como había pensado al principio. Estaba enferma. Adivinó que el tocado probablemente ocultaba una calvicie que era resultado de la brutal agresión de un tratamiento contra el cáncer. Inmediatamente se sintió avergonzado por su metedura de pata al decir que ya no le vería el pelo.

—Lo siento —susurró Bosch.

—Me había rendido y estaba preparada para morir —dijo Juanita—. Entonces me llamó esa mujer detective y me dio esperanzas. Aguantaré, detective Bosch, hasta que pueda darme una respuesta.

—Lo entiendo. Actuaremos con rapidez. Es todo lo que puedo prometer.

—Eso es todo lo que necesito. Gracias.

Bosch asintió. Juanita lo acompañó a la puerta, donde se dieron la mano y se despidieron. Desde la entrada, Bosch no vio ningún coche esperando en la calle.

—Mierda —susurró—. No hay estrellas para ti, Irfan.

Bajó las escaleras y sacó su teléfono para abrir la aplicación e intentar conseguir otro coche. Un movimiento en su visión periférica captó su atención y al levantar la cabeza vio el coche de Irfan deslizándose hasta detenerse junto a la acera. La ventanilla estaba bajada.

—He ido a repostar —dijo en voz alta.

Bosch subió al asiento trasero y le pasó al conductor cinco billetes de veinte.

—Espere aquí un segundo —dijo.

Irfan hizo lo que se le indicó. Bosch se colocó los auriculares y puso la música que había descargado en su teléfono la noche anterior. Había ido a ver al Pharez Whitted Quintet en el Winter's Jazz Club, cerca del Navy Pier. El concierto había sido un tributo a Miles Davis y Bosch lo había disfrutado y se había quedado hasta muy tarde. Pero quería escuchar la música original de Whitted y había descargado tres álbumes al volver a su habitación de hotel. En ese momento una canción titulada *The Tree of Life* sonó en sus oídos mientras miraba hacia la casa de la que había salido Laura Wilson.

Decir que era modesta era quedarse corto. Pensó en los humildes comienzos de Laura en la casa de ladrillo claro y en el sueño que la llevó a Los Ángeles, solo para que le arrebataran todo lo que tenía y anhelaba. Eso enfureció a Bosch. Sintió que un viejo fuego familiar empezaba a arder en su interior.

—Gracias, Irfan —dijo finalmente—. Lléveme al aeropuerto.

23

Tux by Lux estaba en Beverly Drive, al sur de Wilshire, lo cual lo situaba en el lado más económico de Beverly Hills. Parecía un negocio que movía mucho producto, a diferencia de los salones de cita previa obligada de Rodeo Drive, orientados a clientes que iban a la gala de los Óscar y a la fiesta posterior de *Vanity Fair*.

Ballard estaba sentada en su coche oficial, tomando un café de Go Get Em Tiger mientras esperaba a que se abriera la puerta de cristal de Tux by Lux. Eran las 9:50.

Su teléfono sonó y vio que era Bosch. Atendió la llamada, pero no perdió de vista la puerta de cristal.

—Dando señales de vida —dijo Bosch—. Tengo la chapa de campaña y estoy en el aeropuerto listo para embarcar.

—Qué bien —dijo Ballard—. ¿Cómo estaba Juanita?

—Totalmente cooperativa, pero enferma. Se está muriendo.

—¿Qué?

—Cáncer terminal. No sé cuánto tiempo le queda, pero parece que no mucho. No es por poner más presión, pero me dijo que está aguantando porque le diste esperanzas. Quiere vivir para ver a alguien acusado.

—Oh, genial, nada de presión. ¿Qué tipo de cáncer?

—No he preguntado. Del tipo que te marchita al final.

—Dios. Bueno, lo único que podemos hacer es hacer lo que podemos. Espero que presentemos cargos y que ella siga viva para saberlo.

—¿Estás en el coche? Oigo el tráfico.

Ballard le contó lo que estaba haciendo y, mientras hablaba, vio que un hombre de cuarenta y tantos años se acercaba a la puerta de cristal de la tienda de esmóquines, abría el candado de abajo y entraba.

—Creo que acaba de abrir la tienda —dijo la detective—. Debería entrar antes de que llegue algún cliente.

—Ya te dejo —dijo Bosch—, pero, cuando vuelvas a Ahmanson, ¿puedes preparar a Criminalística para lo que está en camino? Tal vez puedan enviar un coche de huellas para hacerlo allí mismo y así sabremos si esto ha sido una completa pérdida de tiempo.

—Lo haré.

—Buena suerte.

Ambos colgaron y Ballard bajó del coche. Estaba satisfecha de no haber contestado con un «recibido» a la petición de Bosch sobre Criminalística.

Ballard entró en la tienda con una carpeta que contenía dos fotos. Los esmóquines estaban colgados en percheros en la pared de la derecha, y había estantes de suelo a techo llenos de camisas blancas en la de la izquierda. En la parte trasera había una zona de probadores con espejos, y en la parte delantera, una caja. Dos vitrinas con pajaritas en una y gemelos variados en la otra se extendían a ambos lados del mostrador de la caja.

No había rastro del hombre al que Ballard había visto abrir y entrar en la tienda.

—¿Hola? —dijo en voz alta.

—¿Hola? —respondió una voz—. Estaré con usted en un momento.

Ballard se acercó al mostrador de cristal y examinó los gemelos. Iban desde los de buen gusto y exquisitos hasta los chocantes y chabacanos. Se inclinó sobre un par que eran siluetas plateadas de una mujer sentada posando con los brazos hacia atrás y sacando pecho, una imagen familiar de los guardabarros de vehículos de dieciocho ruedas.

—¿En qué puedo ayudarla?

Ballard se volvió y vio al hombre que había abierto la tienda. Sacó su placa del cinturón y se la mostró.

—Renée Ballard, policía de Los Ángeles. Busco a Sandy Kramer.

Él levantó las manos.

—¡Me ha pillado!

Acto seguido bajó los brazos y juntó las muñecas para que lo esposaran. Ballard esbozó una leve sonrisa. No era la primera vez que alguien a quien mostraba la placa reaccionaba así, creyendo que se hacía el listo.

—Necesito hacerle unas preguntas sobre una investigación de homicidio —dijo.

—Oh, mierda, lo siento —dijo Kramer—. Supongo que no debería haber bromeado, ¿eh? ¿Quién ha muerto?

—¿Hay algún lugar donde podamos hablar en privado? Preferiría no estar en mitad de la conversación cuando entre un cliente.

—Eh, tenemos una sala de descanso en la parte de atrás. Es un poco pequeña.

—Servirá.

—No tengo ninguna cita hasta las once. Podría poner un cartel en la puerta y cerrar. ¿Cuánto tiempo llevará esto?

—No tanto.

—Pues vamos.

Kramer pasó detrás del mostrador, sacó un cartel para anotar instrucciones, y escribió «Vuelvo a las 10:45». Con un trozo de cinta de dobladillar que sacó de un cajón de sastre, pegó el cartel al cristal delantero. A continuación, se agachó y cerró la puerta.

—Sígame —dijo.

Pasaron a la zona de probadores al otro lado de una cortina y entraron en un espacio que era mitad almacén y mitad sala de descanso. Había una mesa con dos sillas y Kramer le ofreció una a Ballard. Ella la apartó y se sentó. Kramer hizo lo mismo.

—Bueno, ¿de qué asesinato se trata? —preguntó.

—Ya llegaremos a eso —dijo Ballard—. Primero, dígame, ¿cuándo fue la última vez que habló con Jake Pearlman?

—Dios mío, ¿Jake ha muerto?

Su sorpresa le pareció genuina a Ballard. Había querido saber si Pearlman o cualquier otro miembro de su equipo le había avisado de la investigación.

—No, no ha muerto —dijo Ballard— ¿Recuerda la última vez que habló con él?

—Eh, bueno, ha pasado un tiempo —dijo Kramer—. Lo llamé cuando ganó las elecciones. Así que eso fue hace… ¿cuatro años?

—Lo eligieron hace seis años.

—Vaya, el tiempo vuela. Bueno, cuando fuera, lo llamé y lo felicité. Recuerdo que le dije que tendría que ir a muchos actos de etiqueta y le ofrecí un descuento aquí. Pero eso fue todo. Nunca vino.

—¿Qué me dice de Nelson Hastings? ¿Ha hablado con él últimamente?

—¿Hastings? Olvídelo. No tengo ninguna razón para hablar con él. No puedo recordar cuándo fue la última vez.

—Pero ¿lo conoce?

—Más bien lo conocía. Fuimos juntos al instituto. Al Hollywood High.

Se rio al pensar en esa época. Pero era una risa nerviosa. Ballard se dio cuenta de que hablaba de Hastings en un tono que rozaba la enemistad.

—¿Tuvo algún problema con Hastings? —preguntó.

—Más bien él tuvo un problema conmigo. Quería a Jake para él y al final me echó. No soy tan competitivo. Así que ahora él dirige la carrera de Jake y yo estoy aquí.

Ballard asintió.

—Volvamos a 2005 —dijo—. Usted dirigió su campaña en aquel entonces, ¿correcto?

—Sí —dijo Kramer—. Pero no estoy seguro de si hay que llamarlo campaña. Suena a algo grande y planificado, y la nuestra no tuvo nada de eso.

—¿Era una campaña modesta?

—Cuando Jake se presentó a delegado de la clase superior en el Hollywood High, probablemente teníamos una maquinaria más potente. Quiero decir que la campaña de 2005 se mantuvo unida con alfileres. No sabíamos lo que estábamos haciendo y fracasó como se merecía. Jake se quedó en la política, se preparó mejor, y luego volvió y logró ese escaño. Para entonces yo ya me había ido. Así que, dígame, quién ha muerto y qué tiene que ver conmigo. Me estoy preocupando.

—Laura Wilson murió. Fue asesinada. ¿Le suena ese nombre?

—Laura Wilson... No lo creo. Déjeme pensar un minuto.

—Claro.

Kramer pareció meditar sobre el nombre, pero no se tomó el minuto que había pedido.

—¿Está diciendo que ella tuvo algo que ver con la campaña? —preguntó.

—Estoy tratando de averiguarlo —dijo Ballard—. ¿Conocía a todos los voluntarios?

—En aquel entonces, sí. Los recluté yo. Pero no había muchos y no recuerdo a ninguna Laura Wilson.

—Déjeme mostrarle algo.

Abrió la carpeta que había sobre la mesa y le ofreció la fotografía de 20 × 25 de Laura Wilson. Kramer se inclinó para mirarla sin tocarla.

—No, no la reconozco —dijo Kramer.

—¿Es posible que fuera una voluntaria? —insistió Ballard.

—Siendo una chica negra, la recordaría. Nos habría venido bien, pero no teníamos ninguna.

—Está seguro.

Kramer señaló con énfasis la foto.

—Esta chica no formó parte de la campaña —dijo—. Yo recluté a todos los voluntarios y ella no era una voluntaria.

—De acuerdo —dijo Ballard—. Eche un vistazo a esta foto.

Deslizó a través de la mesa una copia de 20 × 25 de la foto del cajón de los trastos de Laura.

—¿Ve la chapa de la campaña ahí? —preguntó.

—Sí, justo ahí —dijo Kramer—. Es una belleza.

—¿Las encargó usted?

—Por supuesto. Eran las de lujo, con las cintas de la libertad. Recuerdo que debatimos el gasto extra, pero a Jake le gustaron las cintas. Hacían que la chapa destacara.

—¿Quién las compró?

Bueno, las teníamos en la oficina para la gente que entraba. Y también fuimos de puerta en puerta en el distrito. No le dimos una chapa a todo el mundo, pero sí a la gente que expresó su apoyo a Jake.

—¿Cuántas mandó hacer? ¿Lo recuerda?

—Creo que fueron mil, pero no las repartimos todas. Recuerdo que, cuando todo terminó, me quedaron un par de bolsas y las tiré. De hecho, creo que la última vez que hablé con Nelson fue cuando me llamó para preguntarme por las chapas porque Jake iba a presentarse otra vez. Le dije que las había tirado hacía años y me colgó. Gran tipo, ese Nelly.

—En 2005, ¿recuerda si la campaña envió a gente de puerta en puerta en la zona de Franklin Village? Más concretamente, en Tamarind Avenue, en ese barrio.

—Si estaba en el distrito, estoy seguro de que lo hicimos. Salíamos todas las noches. Todo el personal y todos los voluntarios que pudimos conseguir. Nos reuníamos en ese restaurante de Sunset... No consigo recordar el nombre. Tenía como cien años, pero cerraron definitivamente durante la pandemia.

—Greenblatt's.

—Exacto, Greenblatt's, qué pérdida. Me encantaba ese lugar. Tenían una sala en el piso de arriba y nos reuníamos allí todas las tardes a las seis. Pedíamos sándwiches y una cerveza con cargo a la campaña y luego nos repartíamos los barrios para que no hubiera solapamientos. Repartíamos chapas y tarjetas para que rellenaran con sus datos y luego nos dividíamos para ir a llamar a las puertas. Eso era patearse el terreno. La verdad es que no tenía ni idea de cómo llevar una campaña, pero era divertido.

—¿Quién se encargó de Tamarind Avenue?

—Oh, buf, de eso no me acuerdo. Lo único que puedo decirle es que tratamos de ir a cada barrio al menos dos veces. Pero no tengo registros, y eso fue hace demasiado tiempo como para recordar quién fue a qué calle. ¿Está tratando de decir que alguien de la campaña mató a esta mujer?

—No, no estoy diciendo eso. En realidad, solo estoy investigando un cabo suelto. Esta foto es de su apartamento. Fue asesinada allí el sábado antes de las elecciones y esa chapa estaba en un cajón con otros trastos. Eso me dice que alguien de la campaña probablemente llamó a su puerta en algún momento antes de las elecciones. Puede que no signifique nada en absoluto, pero tenemos que hacer preguntas y seguir las pistas a donde nos lleven.

—Entendido. Ojalá pudiera ayudarla más.

Ballard volvió a guardar las fotos en la carpeta y la cerró.

—Supongo que ya ha hablado con Jake y Hastings —dijo Kramer.

—Sí, lo hemos hecho —dijo Ballard—. Los vi a los dos ayer. No le cae nada bien Hastings, ¿eh?

—Se nota, ¿no?

—Sí, pero ¿en algún momento todos fueron buenos amigos?

—Lo fuimos, sí. Estábamos muy unidos. Pero Nelson se interpuso entre Jake y yo y nos separó. Comenzó durante la campaña, y después de que perdimos, me culparon. No Jake, pero sí Nelson, y eso siempre me molestó, porque él solo era el chófer. No escribía nada, no hacía estrategias de propaganda en medios. No hacía nada más que conducir, y luego me echó toda la culpa a mí, dijo que fui la razón por la que perdimos.

Ballard se quedó de piedra. Intentó no mostrar lo que ocurría detrás de sus ojos, pero estaba segura de que, cuando había hablado con Hastings sobre la campaña de 2005 y la chapa en el cajón de Laura Wilson, él había dicho que las elecciones eran anteriores a su época en el equipo de Pearlman.

—Un momento —dijo—. ¿Nelson Hastings fue el chófer de Pearlman durante la campaña de 2005? ¿Estaba allí en aquel tiempo?

—Sí, estaba allí —dijo Kramer—. Acababa de volver de Afganistán y había salido del ejército y Jake dijo que necesitaba un chófer. No le pagamos nada. Era un voluntario.

—¿Él se encargó de ir puerta por puerta?

—Todos lo hicimos. Incluso Jake. Era necesario.

La adrenalina empezaba a correr por la sangre de Ballard. Había captado una contradicción, posiblemente incluso una mentira descarada, en la red que había lanzado. Sintió que la investigación tenía de repente una dirección nueva y sólida.

—Antes de irme, quiero preguntarle algo —dijo—. En el instituto, ¿conocía a la hermana de Jake?

—Claro —dijo Kramer—. Todos conocíamos a Sarah. Fue horrible, simplemente horrible.

—¿Era usted alguien cercano a la familia cuando la asesinaron?

—Sí, lo era. Jake era mi amigo. Pero ¿qué podría decir? Fue una pesadilla.

—¿Qué otros amigos suyos eran cercanos a Jake?

—Bueno, estaba yo. Y Nelly. Y otro tipo, Rawls, que se hizo policía, también formaba parte de nuestro grupo.

—¿Rawls formaba parte de ese grupo que estaba tan unido?

—Sí. Y tratamos de hacer lo que pudimos, pero no sabíamos cómo ayudar. Éramos unos críos.

—Lo entiendo. ¿La policía de entonces habló con todos ustedes?

—Creo que sí. Hablaron conmigo, eso seguro. Yo había salido una vez con Sarah, pero fue mucho tiempo antes. Pero, aun así, me hicieron un tercer grado. ¿Estos casos están conectados de alguna manera? ¿Sarah y la chica que tenía la chapa?

—No lo sabemos. Probablemente sea una sombría coincidencia. Tenía curiosidad por saberlo. Sigue siendo algo importante para Jake.

—Y siempre lo será, estoy seguro. Sarah era fantástica. Era inteligente y guapa y lo tenía todo para que le fuera bien. Nunca entendí por qué alguien querría quitarle todo eso.

Ballard asintió.

—Bueno, ya casi es la hora de su primera cita —dijo—. Creo que dejaré que se prepare. Le agradezco su tiempo, señor Kramer. ¿Podría hacer algo más por mí?

—Claro —dijo Kramer—. ¿Qué necesita?

—Necesito que mantenga esta conversación entre nosotros. ¿Cree que podrá hacerlo?

—Por supuesto, detective.

Ballard le dio a Kramer su número de móvil y le pidió que la llamara si se le ocurría algo más que debiera saber. Estaba casi hiperventilando cuando volvió a su coche. Arrancó el motor y puso el aire acondicionado. Se recompuso y se acercó al asiento del copiloto para coger la lista del caso. La estudió un momento, tratando de modular su respiración. Se centró en una de las entradas del papel.

Hastings. Enviar foto de L. W.

Se dio cuenta de que nunca había llegado a hacerlo. Y eso planteaba una gran pregunta.

Miró el reloj del salpicadero, echó cuentas y comprendió que Harry Bosch estaba en el aire y que aún pasarían unas horas hasta que pudiera hablar con él. Sabía que tenía mucho que hacer antes de eso.

Puso el coche en marcha y se alejó.

24

Bosch entró en el aparcamiento norte del centro comercial Hawthorne y localizó el coche de Ballard con facilidad. Era el único vehículo en el vasto mar de asfalto que rodeaba el centro comercial abandonado. Condujo directamente hacia ella y aparcó de forma que las ventanillas del conductor quedaran una junto a la otra y pudieran hablar sin salir de sus vehículos. En el argot de la policía de Los Ángeles, se llamaba «reunión 69» por la posición de los coches.

La ventanilla de Bosch ya estaba bajada porque el aire acondicionado del viejo Cherokee no servía de mucho para suavizar el clima en el interior del coche. La ventanilla de Ballard se deslizó hacia abajo a su llegada.

—Harry, ¿qué tal el vuelo?

—Bien. He escuchado buena música. ¿Por qué el código sesenta y nueve?

—No quería hablar en Ahmanson. Rawls ha estado hoy y es un canal directo para Hastings y Pearlman. De hecho, ha venido mucho esta semana y creo que es porque Hastings quiere saber qué movimientos estamos haciendo.

—¿En serio? ¿No puede Hastings llamarte cuando quiera?

—Podría, sí. Pero quiere ocultar la atención que presta, porque Hastings es nuestro hombre.

—¿Qué quieres decir? ¿El asesino?

—Me apostaría la placa, Harry. Conseguimos su ADN, y va a coincidir.

—Dime cómo has llegado hasta ahí.

Ballard contó la conversación que había tenido esa mañana con Sandy Kramer y cómo una de sus últimas preguntas al vendedor de esmóquines le reveló que Hastings le había mentido al decir que el asesinato de Laura Wilson había ocurrido antes de que él trabajara para Jake Pearlman.

—Ha estado con Pearlman todo el tiempo —dijo ella—. Y eso no es una pequeña mentira. Es una mentira para despistarme. Eso la convierte en una gran mentira.

—Vale, lo entiendo —dijo Bosch—. Eso es sospechoso, pero no te lleva a las esposas. ¿Tienes algo más?

—Sí, lo tengo. Después de hablar con Kramer, me puse a repasar mis interacciones con Hastings en este caso. Siempre ha sido el hombre clave. Es el que llama y pide actualizaciones, supuestamente para Pearlman. Pero ahora creo que estaba tratando de ver si estábamos cerca de él.

—Todavía no hay esposas.

—Mira esto.

Ballard le entregó una hoja de cuaderno. Bosch miró y se dio cuenta de que era su lista del caso.

—Tu lista —dijo—. Ya la había visto.

—Ya lo sé —dijo Ballard—. Pero nunca envié a Hastings una foto de Laura Wilson y no lo taché de la lista.

—¿Y eso qué significa?

—Mira, he tenido dos conversaciones telefónicas con Hastings esta semana sobre el caso Wilson. He estado repasando mentalmente la primera conversación. Le pregunté si conocía el nombre de Laura Wilson y le pedí que comprobara qué registros de campaña podía haber sobre ella trabajando como voluntaria o haciendo una donación o lo que fuera. También le pedí que lo comprobara con el personal de campaña, incluido el concejal. Estoy segura al noventa y cinco por ciento de que nunca le dije que Laura fuera negra. El plan era escanear una foto y enviársela. Pero nunca lo hice. Me olvidé.

—Entendido.

—Y en la siguiente conversación, me informa de que no hay registros y de que nadie, ni siquiera Jake, recuerda a una Laura Wilson como voluntaria o lo que fuera. Y, para subrayar esto, me contó que Jake dijo que habría recordado a una mujer afroamericana si la hubiera tenido en el personal o como voluntaria.

—Pero estás segura de que no le dijiste que Laura era negra.

—Exactamente. Y, luego, cuando Jake vino ayer a la unidad, dijo lo mismo: que se habría acordado de una afroamericana en la campaña.

Bosch asintió. Ballard le había dicho, antes de salir para el aeropuerto, que la habían avisado de que Pearlman estaba de camino para una visita sorpresa a la unidad.

—¿Podría Hastings haber averiguado por su cuenta que ella era negra? —preguntó.

—Bueno, todo es posible —dijo Ballard—. Pero yo no se lo dije. Estoy segura.

—Aparte de eso, ¿cómo fue la visita sorpresa?

—Él y su séquito estuvieron media hora como máximo. Les mostré el lugar, grabaron varios vídeos, y tuve unos cinco minutos con Pearlman para preguntarle sobre Laura. Y eso es otra cosa, Hastings no dejó de interrumpir diciendo que Jake tenía una agenda apretada y tenía que irse. Otra señal de que está tratando de bloquear la investigación. Está claro que no quería que hiciera preguntas a Pearlman.

Bosch se dio cuenta, por su tono urgente, de que Ballard nadaba en adrenalina. Él también estaba empezando a sentir la corriente.

—¿Qué opinas, Harry? —preguntó Ballard—. ¿Cuáles son los movimientos?

—Sencillo. Conseguimos su ADN —dijo Bosch—. Eso es lo que estás pensando, ¿verdad? Si el ADN coincide, se acabó el juego. Esposas.

Ballard asintió.

—Lo hacemos en secreto —dijo—. Recogida subrepticia. No podemos dejar que nadie se entere de esto. Rawls es un topo de Hastings y, cuanta más gente lo sepa, más cosas pueden salir mal. Por eso quería reunirme contigo fuera de Ahmanson.

—Entendido —dijo Bosch.

Ambos guardaron silencio durante un largo momento hasta que Bosch volvió a hablar.

—Yo lo haré —dijo.

—¿Harás qué? —preguntó Ballard.

—Seguiré a Hastings y conseguiré su ADN.

—¿Tú solo?

—Tú no puedes hacerlo. Tienes que dirigir la unidad y Hastings te conoce. A mí no me conoce. No estuve en la visita sorpresa. Lo observaré y haré la recogida. Si coincide, se la jugamos. Lo traemos para ponerlo al día del caso y lo grabamos diciendo que no conocía a Wilson y que nunca había estado en su apartamento.

—Eso suena bien. ¿Cómo explico que no estés en tu sitio trabajando en el caso? Cuando dejes de aparecer, los demás me harán preguntas.

—Entonces se la jugamos a ellos también. Yo tengo la chapa de la campaña. La traigo y tú te subes por las paredes porque me he ido a Chicago sin permiso. Ya has demostrado que estás dispuesta a mandar a casa a cualquiera que meta la pata.

Ballard hizo una pausa mientras sopesaba ese posible escenario.

—Eso podría funcionar —dijo.

—Un momento, Masser sabe que me enviaste —dijo Bosch.

—Ahora no está. Tuvo que ocuparse de algo y se fue.

—Entonces vamos a hacerlo. Quiero estar encima de Hastings cuando se vaya esta noche y comience su fin de semana.

—Hay otra cosa.

—¿Qué?

—Cuando todo esto empezó a apuntar a Hastings, lo busqué. Pearlman tiene un sitio web para sus electores y hay una sección sobre su personal. Fotos, breves biografías y su ámbito de funciones, todo eso. En el caso de Hastings, la biografía dice que es un veterano discapacitado, y yo pensaba en la sangre en la orina y el cáncer. Kramer me dijo que cuando Hastings se incorporó a la primera campaña, acababa de salir del ejército.

Bosch pensó que eso podría llevar a otra forma de relacionar a Hastings con el caso.

—Conozco a un tipo en los archivos militares de San Luis —dijo—. Él podría sacar sus registros de servicio y así vemos qué hay allí.

—Entonces, ¿también te encargarás de eso? —preguntó Ballard.

—Creo que todo lo que tiene que ver con Hastings hay que gestionarlo lejos de Ahmanson.

—Bien.

—¿Qué más?

—Eso es todo lo que sé.

—Entonces mejor que vuelvas a Ahmanson y yo me pasaré después. Me sentaré aquí y llamaré a San Luis primero. ¿Tenemos la fecha de nacimiento de Hastings?

—Te la mandaré. He buscado sus datos en Tráfico hoy porque quería saber su dirección.

—¿El tipo del esmoquin dijo en qué cuerpo estuvo Hastings?

—Dijo que en el ejército, pero puede que lo dijera en genérico.

—Le diré a mi contacto que empiece por ahí.

Ballard estaba buscando en su teléfono la fecha de nacimiento de Hastings. Después de enviársela a Bosch, miró a través del parabrisas. Estaba frente al centro comercial abandonado.

—¿Qué pasa con este sitio? —preguntó.

—Lleva abandonado más de veinte años —le contó Bosch—. Después de que las compañías aeroespaciales se fueran de esta zona y del aeropuerto de Los Ángeles, pasó por momentos difíciles. Lo cerraron y se quedó aquí vacío. Ahora lo usan para rodar películas.

—Es extraño, un centro comercial tan grande, así vacío.

—Sí.

—Te veré en Ahmanson.

—Allí estaré.

Ballard arrancó y se marchó, atravesando el aparcamiento vacío hasta la salida.

Bosch sacó el teléfono y buscó entre sus contactos el número de Gary McIntyre, un investigador del Centro Nacional de Registros de Personal de Misuri. Había contactado con McIntyre en varios casos a lo largo de los años. Bosch sabía que McIntyre estaría dispuesto a ayudarlo si aún seguía allí.

Una voz femenina respondió a la llamada.

—Estaba llamando a Gary McIntyre —dijo.

—Gary ya no está aquí —dijo la mujer—. Soy la investigadora Henic. ¿En qué puedo ayudarlo?

—Soy Harry Bosch, del Departamento de Policía de Los Ángeles. Normalmente trato con Gary. Necesito conseguir la hoja de servicios para un sospechoso que tenemos aquí en una investigación de doble homicidio.

—Gary hace mucho que se fue. ¿Me repite su nombre?

—Harry Bosch.

Déjame ver si tiene su nombre en los contactos que me dejó. Debería estar ahí.

Bosch oyó escribir en un teclado; luego hubo unos segundos de silencio antes de que Henic informara de sus hallazgos.

—Aquí lo tiene. Dice que trabajaba para la policía de San Fernando.

—Estuve allí un par de años, luego volví a la policía de Los Ángeles. Ahora trabajo en casos abiertos.

—¿En qué puedo ayudarlo?

—Quiero conseguir el expediente de un tipo llamado Nelson Hastings, fecha de nacimiento dieciséis del tres del setenta y seis.

—Bien, lo he anotado.

En ese momento venía la parte difícil. Bosch necesitaba la información más pronto que tarde y tenía que lograr la cooperación de Henic.

—¿Ha dicho que se llama Henic? —preguntó—. Quiero actualizar mis contactos.

—Sí, señor —dijo ella.

—¿Podría deletrearlo? Quiero asegurarme de que no me equivoco.

—Hotel-Eco-Noviembre-India-Charlie.

—Gracias. ¿Y un nombre de pila?

—Sarah con h.

—Entonces, Sarah con h, ¿de qué plazo estamos hablando? El tiempo apremia en este caso.

—Bueno, ahora está en la lista. Normalmente nos ponemos con ello en orden de llegada. ¿Cuánta prisa tiene?

—Si estamos en lo cierto sobre este tipo, es un asesino en serie. Hemos de atraparlo antes de que mate a alguien más. Y necesito el historial militar para ver si se le puede situar en ciertos lugares durante determinados años. Si conseguimos eso, podemos empezar a cerrar la red y sacarlo de la calle antes de que haga daño a alguien más. Nadie quiere tener eso en su conciencia. ¿Sabe a lo que me refiero?

Hubo un momento de silencio antes de que Henic respondiera.

—Lo entiendo —dijo finalmente—. Deme veinticuatro horas y me pondré en contacto con usted. Gary tiene su número y su correo electrónico aquí. ¿Siguen siendo los mismos?

—Sí —dijo Bosch—. Entonces…, mañana es sábado. ¿Ese plazo de veinticuatro horas nos traslada al lunes o cree que podré saber algo mañana?

—Mañana estoy de guardia. Debería tener noticias mías.

—Muchas gracias, Sarah con h.

Bosch colgó y puso en marcha el coche. Luego cruzó el aparcamiento y volvió al Centro Ahmanson.

25

Ballard estaba otra vez en su espacio de trabajo, tomando notas sobre su conversación con Kramer, cuando Bosch se acercó por detrás de su silla y dejó la bolsa de pruebas que contenía la chapa de campaña.

—¿Qué es esto? —preguntó.

—Pruebas —dijo Bosch—. Tienes que llevarla al laboratorio de huellas en cuanto puedas.

—Ya sé lo que es. ¿Cómo la has conseguido?

—No he querido esperar a que giraran las ruedas de la burocracia. He ido a Chicago a buscarla.

Ballard levantó la voz.

—¿Has ido a Chicago?

—Acabo de decírtelo.

Ballard tiró el bolígrafo que tenía en la mano sobre el escritorio. Fue un movimiento que, junto con su voz alzada, seguramente llamaría la atención.

—Harry, acompáñame.

Se levantó y se dirigió a la sala de interrogatorios para mantener una conversación privada. Bosch la siguió, con la cabeza gacha, como un condenado. Entraron y Ballard cerró la puerta con fuerza. Inmediatamente se llevó una mano a la boca para reprimir una carcajada.

—Ha estado muy bien —susurró—. Todos estaban mirando.

—Bueno, pero sí que tienes que llevar esa chapa a los de Criminalística —dijo Bosch.

—Lo haré. ¿Has llamado a tu hombre en San Luis?

—Sí, pero ya no está allí. Ahora hay una mujer. He hablado con ella y me ha prometido responder en veinticuatro horas. Ya veremos. Mi otro chico lo habría dejado todo por ayudarme, y confiaba en mí lo suficiente como para no censurar nada. A ver qué pasa con ella.

—Vale, ya me contarás. ¿Estás listo para volver a salir?

—Sí. Pero deberías levantar la voz una vez más, ¿no crees?

Ballard sonrió y volvió a llevarse la mano a la boca antes de que la sonrisa se convirtiera en una carcajada. Entonces dejó caer la mano y habló lo suficientemente alto como para que se oyera desde el otro lado de la puerta.

—Vete a casa. ¡Ahora!

Bosch asintió y susurró.

—Eso debería funcionar.

Abrió la puerta y salió, adoptando el mismo semblante con la cabeza gacha. Ballard observó desde el umbral de la puerta cómo pasaba junto a su escritorio y se dirigía directamente a la salida. Sacudió la cabeza como si estuviera sumamente frustrada por la infracción de Bosch.

Cuando Bosch se hubo ido, volvió a su espacio de trabajo, pero se quedó de pie mientras guardaba el portátil y la bolsa de pruebas en la mochila. Era consciente de que Colleen Hatteras la observaba.

—Colleen, si alguien me busca, me voy al centro, al laboratorio —dijo.

—De acuerdo —dijo Hatteras—. ¿Vas a volver?

—Probablemente no.

—Quería ponerte al día sobre la genealogía.

—¿Hiciste una conexión?

—No, todavía no.

—Entonces, veamos qué tienes el lunes por la mañana. Tengo que ir al laboratorio.

Hatteras frunció el ceño. No quería esperar.

—Quizá tengamos algo para entonces, Colleen —dijo Ballard—. Hablaremos el lunes a primera hora.

—De acuerdo —dijo Hatteras—. ¿Acabas de despedir a Bosch?

En cuanto Hatteras soltó la última frase, Ballard se alegró de saber que la jugada de la sala de interrogatorios había funcionado.

—Todavía no estoy segura —dijo.

—Creo que en el fondo es un buen hombre —dijo Hatteras—. Lo presiento.

—Bueno, tiene que trabajar mejor en equipo o está fuera.

—Estoy segura de que lo hará. Mi sensación es que lo sabe.

—Mejor.

Ballard lanzó una correa de la mochila sobre su hombro y miró a las otras mesas. Todos tenían la cabeza baja y actuaban como si estuvieran concentrados en su trabajo y no hubieran escuchado la escaramuza con Bosch.

—Hola a todos —dijo—. Solo quiero decir que agradezco todas las horas y días que habéis dedicado esta semana. Habéis estado por encima de lo esperado y debéis saber que eso no me pasa desapercibido. Que paséis una buena noche.

Con eso se dio la vuelta y se dirigió a la salida.

26

Bosch aparcó junto al bordillo en Los Angeles Street, a media manzana de la puerta de salida del aparcamiento municipal. Ballard también había buscado los vehículos de Nelson Hastings y le había pasado una descripción y el número de matrícula de su vehículo personal. Por desgracia, Bosch estaba esperando un Tesla Model 3 negro de 2020 y era muy consciente de que el color, la marca y el modelo que buscaba eran muy populares en las calles de Los Ángeles. Tendría que confirmar que elegía el coche correcto por el número de matrícula, y ya había seguido a dos Tesla que salían del garaje, solo para darles alcance y tener que descartarlos.

Eran ya las 18:40. Llevaba dos horas esperando y vigilando y le preocupaba haberse perdido la salida de Hastings. Sacó el teléfono, hizo una búsqueda en internet y luego hizo una llamada. Contestó una mujer.

—Oficina del concejal Jake Pearlman, ¿en qué puedo ayudarle? —preguntó.

—Sí, ¿está Nelson todavía ahí? —preguntó Bosch.

Bosch lo dijo con una voz desenfadada que esperaba que transmitiera familiaridad.

—Está aquí, pero está en una reunión con el concejal —dijo la mujer—. ¿Puedo tomar su nombre y preguntar de qué se trata?

—No, es solo un asunto de alumbrado público —dijo Bosch—. Ya sabe de qué se trata. Volveré a llamar el lunes.

Colgó. Al menos sabía que no se había perdido la salida de Hastings. Se acomodó para esperar un poco más, sin perder de vista el espejo retrovisor por si se acercaba un agente de tráfico que ya le había dicho en una ocasión que estaba en una zona prohibida para aparcar y que tenía que circular.

Al cabo de otros veinte minutos de vigilancia, Bosch recibió una llamada y reconoció el prefijo 208 de Coeur d'Alene, Idaho. Aceptó la llamada.

—Bosch.

—Soy Dubose. Me dejó un mensaje.

—Sí. Y mi compañera dejó dos antes. Eso hizo que nos preguntáramos por qué la jubilación lo mantiene tan ocupado que no puede encontrar tiempo para devolver una llamada de su antiguo departamento.

—A la mierda mi antiguo departamento, Bosch. Nunca le importé una mierda. Ahora estoy devolviendo las llamadas. ¿Qué quiere?

—Quiero resolver el caso de Laura Wilson.

—Trabajamos mucho en ese caso. Pero a veces la suerte no está de tu lado. Nunca lo resolvimos, fin de la historia.

—No para su familia. La historia no termina nunca.

—Sí, es una pena. Pero todo lo que hicimos, todo lo que sabíamos sobre el asesinato, está en el expediente. No tengo nada que añadir. Adiós.

—No cuelgue.

—No puedo ayudarle, Bosch.

—Eso no lo sabe. No hasta que me escuche. Hay otro asesinato.

Dubose no dijo nada y Bosch esperó.

—¿Cuándo? —preguntó finalmente Dubose.

—Fue once años antes, en realidad —dijo Bosch—. Acabamos de conectarlo mediante el ADN.

—¿Dónde?

—En la División de Hollywood. Al pie de las colinas, como Wilson.

—¿Una chica negra?

—Blanca. ¿Eso cambia algo?

—No, solo estaba tratando de tener más detalles.

—¿Cree que la raza tuvo algo que ver con el asesinato de Wilson?

—No que supiéramos.

—¿Influyó en la investigación?

—¿Qué está diciendo, Bosch?

—Nada. Solo estoy haciendo preguntas. Dígame algo sobre la investigación que no esté en el expediente del caso.

—No hay nada.

—Siempre lo hay. Informes no escritos, callejones sin salida no explicados. ¿Por qué no siguieron la pista de la sangre en la orina?

—¿El qué?

—Ya me ha oído. Sacaron el ADN de la sangre en la orina. Eso significaba que había una enfermedad, pero no hay nada en el expediente sobre un seguimiento.

—¿Me está tomando el pelo? ¿Qué se supone que teníamos que hacer? Eso podría haber significado cualquier cosa. Un puñetazo en la tripa hace que haya sangre en la orina. ¿Se suponía que íbamos a ir a todos los hospitales y clínicas de diálisis de la ciudad y decirles: «Queremos una lista de sus pacientes»? Váyase a la mierda, Bosch. Cumplimos con la diligencia debida en el caso y…

—Nelson Hastings. ¿Alguna vez surgió ese nombre?

—¿Nelson qué?

—Hastings. El nombre no está en el expediente. Tenía alrededor de treinta años en ese momento, recién salido del ejército. ¿Le dice algo el nombre?

—No, nunca he oído hablar de él.

—¿Cree que se acordaría si hubiera aparecido?

—Si hubiera aparecido, su nombre estaría en el expediente. No dejamos nada fuera. ¿Hemos terminado?

—Sí, claro, Dubose. Hemos terminado.

—Bien.

Dubose colgó.

Bosch había mantenido la mirada en la salida del garaje durante la llamada. No vio salir ningún Tesla negro. Empezó a reflexionar sobre la conversación con Dubose. El hecho de que el detective retirado hubiera mencionado la comprobación de hospitales y clínicas de diálisis indicó a Bosch que Dubose y su compañero probablemente habían considerado esa vía de investigación y la habían descartado. Su enfado con Bosch se basaba probablemente en su culpabilidad por no haberla seguido. Bosch sabía que los detectives se llevaban la culpa y el arrepentimiento hasta la tumba.

Estaba a punto de llamar a Ballard y contarle la llamada de Dubose cuando vio una rápida procesión de coches saliendo del garaje del ayuntamiento. El tercero en la fila era un Tesla negro. Bosch dejó el teléfono, apartó el coche de la acera y lo siguió. En el semáforo en rojo de la calle Uno le dio alcance y confirmó el número de la matrícula. Era el coche de Hastings, pero los cristales estaban demasiado oscuros para poder confirmar que se trataba del hombre cuya fotografía aparecía en la página web del concejal.

El Tesla giró a la derecha en la Uno y se dirigió hacia el norte para salir de la ciudad. El conductor eligió las calles de superficie en lugar de la autovía de Hollywood, atascada por la hora punta. Seguir a alguien con un solo coche siempre era difícil, sobre todo cuando el único coche era un Cherokee de treinta años con una característica forma cuadrada. Bosch se mantuvo lo más atrás posible, pero sabía que, si se saltaba un semáforo, podía perder fácilmente a Hastings. Había conseguido la dirección de su casa a través de Ballard, pero esperaba que hubiera una parada en algún lugar del camino que diera lugar a un depósito de ADN en una taza de café, un envoltorio de comida o un resto de pizza. Las células de la piel desprendida contenían el ADN necesario. Todo lo que Hastings tenía que hacer era manipular un objeto y dejarlo atrás para que él pudiera recogerlo.

El Tesla llegó hasta Sunset Boulevard y luego se dirigió al oeste, hacia el sol poniente. Bosch sabía por los datos que Ballard había enviado que Hastings vivía en Vista, cerca de la entrada inferior del parque Runyon Canyon. Le decepcionó que el destino del Tesla pareciera ser su casa. Eso significaba que probablemente no habría recogida de ADN esa noche.

Pero entonces el Tesla pasó por Vista sin hacer el giro. Unas manzanas más tarde, se detuvo en la acera delante de la tienda Almor Wine & Spirits. Bosch paró a media manzana y vio que un hombre bajaba del coche y entraba rápidamente en la tienda. Se metió en el aparcamiento por el lado donde el conductor del Tesla no vería su coche al salir. Se puso una gorra de los Dodgers, bajó del Cherokee y entró en la tienda. La gorra le daría cierto grado de camuflaje, pero contaba con que Hastings no lo hubiera visto antes o hubiera buscado una foto cuando se enteró por Ballard de la última incorporación a la Unidad de Casos Abiertos. Aunque hubiera visto una foto, habría sido una antigua de su ficha en la policía de Los Ángeles.

Una vez en la tienda, Bosch confirmó que el conductor era Hastings y se sintió, al menos momentáneamente, aliviado de no haber malogrado la vigilancia.

Hastings estaba de pie delante de los estantes de vino tinto. Bosch entró en la tienda y se situó cerca de un expositor de vinos blancos. Por encima del expositor, vio que Hastings cogía una botella de tinto y la sostenía en la palma de la mano mientras leía la etiqueta posterior. Enseguida devolvió la botella a su estante y cogió otra. También leyó la etiqueta de esta y pareció gustarle lo que vio. Se volvió y se dirigió al mostrador para comprarla.

Bosch tomó nota de la ubicación de la primera botella que Hastings había manipulado. Sabía que podía volver a por ella. Pero de momento quería estar bien situado para continuar siguiendo a Hastings. Se volvió y salió de la tienda para volver a su coche.

Bosch sabía que era probable que Hastings se dirigiera simplemente a su casa cercana para empezar el fin de semana con una botella de vino. Pero no podía arriesgarse a perderlo si no era así. Era importante saber dónde se encontraba Hastings en caso de que se decidiera a confrontarlo o incluso detenerlo durante el fin de semana. Bosch tenía que continuar con la vigilancia.

Unos minutos más tarde, Hastings salió de la tienda, agarrando la botella por el cuello. No miró hacia atrás en dirección a Bosch y subió a su coche. Bosch solo alcanzó a ver la parte posterior del Tesla pasando junto a la esquina delantera de la tienda. Cuando Hastings se incorporó al tráfico y desapareció, Bosch salió del aparcamiento y lo siguió.

Hastings no se fue a casa. Siguió hacia el oeste por Sunset, cruzando Fairfax y Crescent Heights y luego recorriendo todo el Strip hasta llegar a Sunset Plaza y girar de nuevo hacia el norte, hacia las colinas. Pronto giró en St. Ives e inmediatamente aparcó delante de una casa.

Bosch pasó de largo St. Ives y dejó atrás varias casas de la colina antes de efectuar un giro de ciento ochenta grados y volver a bajar a la esquina. Se mantuvo en una posición en la que tenía una vista estrecha y parcial del Tesla y de la entrada de la casa frente a la que estaba aparcado. Esperó y observó, pero Hastings no se bajó del coche. Bosch empezó a preguntarse si se trataba de una estratagema de Hastings para determinar si lo estaban siguiendo.

Pero entonces la puerta del garaje de la casa empezó a abrirse y Bosch vio un coche que subía por Sunset Plaza con el intermitente encendido. Bajó rápidamente la visera del coche y se frotó la frente con una mano mientras el coche giraba delante de él hacia St. Ives. Se fijó en la matrícula al pasar y observó cómo el coche entraba en el garaje. Hastings bajó del Tesla y se dirigió al garaje con la botella de vino en la mano. Entró y al cabo de unos segundos el portón del garaje se cerró.

Bosch cogió rápidamente una libreta y un bolígrafo de la consola central y anotó el número de la matrícula. Luego llamó a Ballard.

—Harry.

—¿Dónde estás?

—En casa. ¿Qué pasa?

—¿Puedes comprobar una matrícula por mí? Hastings no ha ido a su casa. Ha comprado una botella de vino y se la ha llevado a una casa en Sunset Plaza. He visto un coche entrar en el garaje. Tengo la matrícula.

—Dámela y te llamaré.

Bosch colgó después de leer el número en la libreta. Controló la casa y no vio ninguna actividad detrás de las cortinas cerradas. Su instinto le decía que Hastings había llegado para una cena romántica con alguien y que probablemente se quedaría a dormir. Sabía que existía la posibilidad de que Ballard quisiera continuar la vigilancia por la mañana y posiblemente durante el fin de semana.

Recordaba que había un concesionario de alquiler de vehículos Midway en Sunset, cerca de Book Soup. Lo buscó en su teléfono y llamó para reservar un coche. Continuar siguiendo a Hastings con un Cherokee verde cazador de 1992 sería tentar la suerte. Necesitaba un cambio.

Ballard había llamado mientras estaba al teléfono con Midway y él no hizo caso. Volvió a llamarla después de hacer la reserva del alquiler.

—¿La casa de la que hablas está en St. Ives? —preguntó ella.

—Sí —dijo Bosch—. ¿Qué has conseguido?

—La placa está registrada a nombre de Rita Ford en St. Ives. Es la asesora política de Pearlman. Bajita, blanca, pelo largo y oscuro… ¿Es ella?

—No la vi, porque entró por el garaje. Solo pude leer la matrícula.

—Bueno, parece que tenemos una pequeña relación romántica en el trabajo. Me pregunto si Pearlman lo sabe. Podría estallar contra él si se desvía o se hace público.

Bosch no dio su opinión. No le importaba algo que para él equivalía a un cotilleo.

—Mi instinto me dice que Hastings pasará aquí la noche —dijo—. Puede que se vaya a casa más tarde, pero mi opinión es que probablemente no. No si están bebiendo una botella de vino.

—Bien pensado —dijo Ballard.

—Entonces, ¿quieres que me quede o que continúe por la mañana? Acabo de alquilar un coche. Tendré un aspecto diferente mañana en caso de que te preocupe el Cherokee.

—Eso es inteligente. Tú decides. Vete si quieres.

—Lo he visto sosteniendo una botella de vino en la tienda. Podría volver a buscarla y dejarla para que busquen una huella palmar por la mañana.

—Vaya, sí. Ve a por esa botella, Harry, y esperemos que nadie se te adelante.

Bosch dudó un momento, pero luego puso palabras a otra cosa que había estado contemplando.

—Y, ya que está aquí con ella…

Se detuvo.

—¿Qué? —preguntó Ballard.

—Estaba pensando en su casa —dijo Bosch—. Tal vez podría ver si hay algo allí.

—Harry, ni se te ocurra. Ya no eres un detective privado y tenemos que hacer esto según las reglas. Hay reglas para la recogida subrepticia. El objeto recogido debe ser desechado en público. No entres en su casa. Lo digo en serio.

—¿Y si me paso por allí y solo busco en los cubos de basura? Los tribunales han dictaminado que la basura es juego limpio.

—Si está en una calle pública, sí. Así que, Harry, no te acerques a su casa. Quiero oírte decir que no lo harás.

—No pasaré por su casa, ¿vale? Era solo una sugerencia.

—Una mala sugerencia.

—Vale, ¿entonces estarás en casa? Voy a ir a buscar esa botella de vino.

—Estaré aquí.

Veinticinco minutos más tarde, Bosch se detuvo delante del complejo de apartamentos de Ballard en Los Feliz. Ballard estaba esperando en la calle porque la había avisado. Tenía a su perro, Pinto, con una correa a su lado.

Bosch le entregó la botella de Portlandia Pinot Noir por la ventana. Estaba en una bolsa de papel marrón de Almor Wine & Spirits.

—Diles que podría haber una huella palmar en la etiqueta delantera —dijo—. Lo tenía en la palma de la mano cuando leía la contraetiqueta.

—Entendido.

Ballard abrió la bolsa, levantó la botella por el cuello y estudió la etiqueta frontal.

—Parece bueno —dijo.

—Debe de serlo —dijo Bosch—. Pero demasiado caro para él. Se fue con algo más barato.

—Rita Ford no vale lo bueno; me pregunto si ella lo sabe.

—Probablemente hay muchas cosas que ella no sabe de Hastings.

—Gracias por esto, Harry. Veré quién trabaja mañana y lo llevaré a primera hora. Tal vez tengan algo en la chapa de la campaña para entonces.

—Avísame.

—Y añadiré esto a tu informe de gastos.

Ella sonrió y Bosch asintió.

—Sí, ponlo ahí —dijo.

Ballard dio un paso atrás y Bosch se marchó.

Estaba en el barrio de su hija. Decidió pasar por su casa, aunque supuso que todavía estaba trabajando en el segundo turno. La casita que compartía con su novio estaba a oscuras. Bosch se detuvo unos instantes, siguió conduciendo y sacó el teléfono para llamarla.

La llamada se convirtió en un mensaje.

—Hola, Mads, solo quería decirte que he vuelto a Los Ángeles. Estoy por aquí si necesitas algo o quieres tomar un café o una cerveza o cenar. Cuídate. Te quiero.

Colgó, sabiendo que probablemente ella no le devolvería la llamada ni aceptaría su oferta. Siguió conduciendo en la noche.

27

Ballard entró en el coche, bajó la ventanilla y se recompuso.

—Mierda —dijo.

Sacó el teléfono y llamó a Bosch, que contestó enseguida. Ballard oyó ruido de tráfico de fondo.

—Harry, soy yo. ¿Dónde estás?

—En el coche de alquiler, siguiendo a Hastings al ayuntamiento.

—¿Al ayuntamiento? ¿Estás seguro? Es sábado.

—No estaré seguro hasta que llegue allí, pero parece que va camino del centro. Ha salido de la casa de Rita Ford sobre las ocho, ha pasado por casa y ha salido al cabo de un rato con ropa informal de sábado.

—¿Qué significa eso?

—Chaqueta, camisa de vestir, sin corbata.

—¿No ha hecho más paradas?

—Hasta ahora no. ¿Algo del laboratorio?

—Acabo de salir. Y no es bueno.

—¿No hay huellas en la chapa?

—Hay una huella, pero es de Laura Wilson.

—Bien. ¿Y la botella de vino? ¿Pudiste…?

—Es una mancha. No sirve.

—¿Y el ADN?

—He dejado la botella y la chapa en serología. Darcy no trabaja, pero la he llamado. Ha dicho que vendría a tomar una muestra.

Pero no te hagas ilusiones. Me ha explicado que tuvimos suerte con la huella de la palma de la mano en el alféizar porque el tipo estaba nervioso y sudando. Dudo que Hastings haya sudado mucho eligiendo una botella de vino.

Bosch no respondió.

—¿Estás ahí, Harry?

—Sí, solo estoy pensando. No quieres revisar su basura hasta que esté en la calle. Así que tal vez deberíamos traerlo.

—¿Qué? ¿Detenerlo? No tenemos nada.

—No, hacer que vuelva a Ahmanson. No sé, nos inventamos algo, le decimos que tiene que venir a que lo pongamos al día.

—¿Y estás seguro de que vendrá corriendo hasta Westchester en su día libre?

—Dile que tiene que ser en persona por algo sensible que descubrimos sobre el concejal. Sabemos que su prioridad número uno es proteger a Pearlman. Vendrá. Y entonces lo ponemos en un sillón con reposabrazos para tener huellas de sus palmas cuando se levante. Le damos una taza de café, ponemos algo para picar y un paquete de chicles en la mesa. Le damos algún documento para que lo lea, no para que lo guarde. Hacemos toda la charada, luego él se va y con suerte tenemos su huella palmar y su ADN.

Ballard consideró la idea durante unos instantes.

—¿Qué te parece? —la apremió Bosch.

—Podría funcionar, pero, si es nuestro hombre, se dará cuenta si tratamos de venderle la moto —dijo Ballard—. Tenemos que inventar algo lo suficientemente importante como para atraerlo, pero luego también tiene que creer lo que le contemos.

—Dijiste que Hastings y el tipo del esmoquin no se hablan, ¿verdad?

—Kramer. Desde hace años. Hastings lo echó del universo Pearlman, y Kramer sigue amargado.

—Bien, entonces ahí es donde construimos la historia. Es algo que te contó Kramer. Una acusación o una historia que perjudicaría políticamente a Pearlman si saliera a la luz. Falsificamos una declaración jurada de Kramer.

Ballard asintió mientras Bosch hablaba, aunque estaban conversando por teléfono.

—Y será poco probable que Hastings lo compruebe con Kramer, porque no se hablan —dijo Ballard—. Podríamos decir que Kramer guardó registros de esa primera campaña y que hay algo ahí que conecta a Pearlman con Laura Wilson. Podría ser una nota, un mensaje telefónico o algo así. Lo pensaremos antes de reunirnos.

Arrancó el coche y se dirigió de nuevo hacia la autovía 10.

—Entonces, ¿lo prepararás tú? —preguntó Bosch.

—Trataré de hacerlo venir a Ahmanson hoy —dijo Ballard—. Nos viene bien que sea sábado. No habrá nadie más por ahí. Le diré que tenemos que mantenerlo en privado.

—¿Y qué pasa si quiere que vayas tú a verlo? ¿Cuál es la posición de repliegue?

—Simplemente diré que no. Pearlman también podría venir un sábado. Así que tiene que ser en Ahmanson. Si se resiste a Ahmanson, le propondré una cafetería y llegaré tarde para que se tome un café antes y tire el vaso cuando terminemos de hablar.

—Bien. Acaba de entrar en el garaje del ayuntamiento. ¿Quieres que me quede con él, por si vuelve a salir?

—No, reunámonos en Ahmanson y preparemos la historia. Podemos organizar el encuentro.

—No creo que me haya visto seguirlo. Pero, por si acaso, no creo que deba participar en la reunión con Hastings. Me quedaré atrás.

—Sí, vayamos sobre seguro.

—De acuerdo, te veré allí.

Ballard colgó. Tardó cuarenta minutos en atravesar el centro de la ciudad y llegar a Westchester. Cuando finalmente entró en su despacho, encontró a Colleen Hatteras en su puesto.

—Colleen, es sábado. ¿Qué haces aquí?

—Quería trabajar en esto antes de la puesta al día del lunes.

—¿Qué puesta al día?

—Recuerdas que íbamos a reunirnos a primera hora para repasar la genealogía en Pearlman-Wilson?

—Ah, claro.

—¿Qué estás haciendo aquí?

—Solo... trabajar. Tenía que pasar por el laboratorio esta mañana y he venido a escribir unos informes y comprobar algunas cosas. Déjame ir a por un café y luego podemos hablar de la genealogía. Te sacaré de aquí para que puedas disfrutar de tu fin de semana.

—De acuerdo. Probablemente tendría más información el lunes, pero está bien. ¿Qué tal el laboratorio? ¿Buenas noticias?

—No, no son buenas noticias. Por eso espero que GGI nos ayude.

—¿Qué pasa con Harry? ¿Va a volver?

—En realidad, sí. Hablé con él y lo ha entendido. Ya está todo bien.

—Bien. Me gusta Harry. Es un alma buena.

—Sí. Ahora vuelvo. Prepara lo que quieras enseñarme.

Ballard dejó la mochila en el suelo junto a la silla y fue a la sala de descanso. Nadie había hecho café, y eso le daba una razón legítima para mantenerse alejada de Hatteras. Empezó a preparar una cafetera y luego sacó el teléfono para enviarle un mensaje a Bosch.

Espera, Harry. Colleen está en la oficina. Intentaré deshacerme de ella. Te enviaré un mensaje cuando esté despejado.

Cuando la cafetera de cristal estuvo llena, Ballard se sirvió una taza y volvió a su sitio. Colleen ya había acercado una segunda silla de escritorio a su mesa para que Ballard pudiera sentarse junto a ella y ver la pantalla.

—Dame un minuto más —dijo Ballard—. Tengo que escribir un mensaje de correo rápido.

Ballard sacó el portátil de la mochila y lo abrió en su escritorio. A continuación, compuso un mensaje de cebo para Hastings que esperaba que condujera a una reunión en persona.

Nelson, ha surgido algo. Sé que es sábado, pero he encontrado registros de la primera campaña de J. P. y hay algo de lo que tenemos que hablar. ¿Hay alguna posibilidad de que venga a Ahmanson o de que se reúna conmigo en algún sitio fuera del ayuntamiento? Avíseme.
R. B.

Ballard leyó el mensaje y se dio cuenta de que la referencia al ayuntamiento revelaba que sabía que estaba trabajando allí un sábado. Lo corrigió y lo envió a Hastings. A continuación, cogió un cuaderno y un bolígrafo para ir a la reunión de GGI con Hatteras. Pero, antes de que pudiera levantarse de la silla, recibió una llamada al móvil de Hastings.

—Detective Ballard, ¿de qué estamos hablando? —preguntó.

—Eh, no quiero discutirlo por teléfono —dijo Ballard—. ¿Podemos vernos hoy?

—Hoy estoy en el trabajo. Tendrá que venir al centro.

—No, no quiero estar en el ayuntamiento por esto. Puede haber otras personas alrededor y yo no…

—Lo entiendo. Puedo salir de la oficina a las dos. ¿Conoce el Grand Central Market en Broadway?

—Claro. Podemos vernos allí.

—Hay un G&B Coffee justo en la entrada lateral de Hill Street. Nos vemos allí a las dos y cuarto.

—De acuerdo.

—¿Seguro que no podemos discutir esto por teléfono ahora mismo?

—Prefiero no hacerlo. Entenderá por qué.

—De acuerdo, entonces. Nos vemos a las dos y cuarto en G&B.

Hastings colgó. Ballard se sentó un momento, sintiendo la creciente presión de tener tres horas para idear una historia que no hiciera sospechar a Hastings de la necesidad de una reunión cara a cara.

—¿Estás lista? —preguntó Hatteras desde el otro lado de la mampara.

—Ya voy —dijo Ballard mientras se levantaba.

Caminó hasta el siguiente cubículo y se sentó junto a Hatteras, que tenía su portátil conectado a una pantalla LG de 28 pulgadas. Eso le permitía trabajar en un gran lienzo digital cuando miraba los árboles genealógicos de ADN y cambiaba los gráficos codificados por colores de los cromosomas y la procedencia geográfica estimada de una persona.

—Pareces tensa —dijo Hatteras.

—No intentes interpretarme, Colleen —respondió Ballard, a la defensiva—. No estoy de humor. Solo dime lo que tienes.

Hatteras asintió con la cabeza y pareció dolida.

—De acuerdo —dijo—. Ya hemos discutido previamente los fundamentos de la GGI, ¿verdad? Los centimorgans, las coincidencias compartidas, los antepasados comunes más recientes, todo lo que utilizamos para encontrar posibles orígenes de nuestro ADN de muestra.

—Sí, me acuerdo de todo eso. Pero no soy genetista ni genealogista, así que, por favor, hazlo de forma sencilla y dime si te acercas a algún pariente potencial de nuestro sospechoso.

—Bueno, nos estamos acercando. Eso seguro.

Durante los siguientes veinte minutos, Hatteras repasó sus hallazgos y lo que podían significar. El perfil de ADN obtenido de la huella de la palma de la mano encontrada en el alféizar de la ventana de la habitación de Sarah Pearlman se había cargado en la base de datos de GEDmatch. A continuación, GEDmatch generó comparaciones con cientos de miles de archivos de datos de ADN autosómico de otros usuarios, que se habían subido a varias plataformas de genealogía en el mercado, como 23andMe, AncestryDNA y otras.

Hasta el momento, había cuatro coincidencias con usuarios que compartían al menos algo de ADN con el hombre que había dejado la huella parcial de su palma en el alféizar.

—Eso significa que ahora tenemos cuatro posibles pistas de nuestro sospechoso —dijo Hatteras—. El siguiente paso normalmente sería empezar a construir un árbol genealógico en torno a uno o a todos ellos para ver cómo podrían estar relacionados con él. Pero aquí es donde tenemos suerte. Una de estas personas ya ha iniciado un árbol genealógico y está a nuestra disposición. También parece que incluye a las otras tres personas cuyas coincidencias tenemos. Cuando empiezas a construir un árbol genealógico, puedes mantenerlo en privado o ponerlo a disposición de otros usuarios que puedan estar buscándote. Este es público, de momento.

Hatteras señaló su gran pantalla. Un árbol genealógico genético se parecía más a un diagrama de flujo corporativo que a un árbol real. Ese se titulaba Árbol Genealógico de Laughlin y la sección que Hatteras había ampliado tenía forma de reloj de arena compuesto por iconos de antepasados masculinos y femeninos con nombres, fechas de nacimiento y de defunción, ubicaciones geográficas y, en algunos casos, fotografías en miniatura. Algunos iconos aparecían en blanco, ya que los parientes de las ramas lejanas del árbol aún no estaban identificados. Era, sin duda, un trabajo en curso que se había estancado por falta de nuevas conexiones.

—No parece que aparezca nadie en Los Ángeles —dijo Ballard.

—He dicho que hemos tenido suerte, pero no tanta —dijo Hatteras—. Este árbol refleja claramente un asentamiento familiar del Medio Oeste. Muestra parientes genéticos conocidos en Kansas, Misuri, Ohio y lugares intermedios. Pero, espera, no está todo perdido. A juzgar por el número de centimorgans que comparten estas personas, supongo que se trata de primos segundos o terceros de nuestro sospechoso desconocido. Y algunos de estos desconocidos que ves aquí arriba bien podrían ser el miembro de la familia que se fue a la Costa Oeste.

—Pero ¿no habrías conseguido una coincidencia desde aquí?

—Solo si un pariente de aquí enviara su ADN y permitiera compartirlo con GEDmatch. Solo podemos trabajar con lo que se ha introducido en las plataformas de ADN. Por eso es importante una conexión personal. Puedes preguntar directamente si han oído hablar en la tradición familiar de alguien como un abuelo o un tío abuelo que se haya mudado aquí hace tiempo.

—¿Has contactado ya con alguno de ellos?

—He mandado mensajes a los cuatro coincidentes a través del portal GEDmatch y he obtenido respuesta de tres. No está nada mal, porque te sorprendería la cantidad de personas que no responden o que responden una vez y luego simplemente te hacen luz de gas porque estás relacionada con la policía. Es un poco irónico, porque en la mayoría de estas plataformas tienes que hacer clic en una casilla que te permite entrar en las búsquedas policiales. Pero luego, cuando llamas, algunos no te hacen caso. Así que tres de cuatro no está nada mal.

—Entonces, los tres que respondieron, ¿qué dijeron cuando preguntaste por la Costa Oeste?

—Eso es lo que estaba comprobando hoy. Solo he recibido una respuesta a esa pregunta hasta ahora y fue negativa.

—¿Qué quiere decir?

—Que no conocía a ningún pariente en Los Ángeles o California. Pero dijo que intentaría averiguarlo.

—Eso no nos ayuda mucho.

—En realidad, en cierto modo sí. Hay una lectura clara de lo que tenemos aquí. Este grupo de cuatro parientes de ADN están en un ámbito geográfico bastante reducido. No hay mucha dispersión en el país a lo largo de las décadas, como suele ocurrir. Eso me dice que probablemente estamos buscando a un miembro de la familia que se mudó a la Costa Oeste hace al menos una o dos generaciones. Tenemos dos crímenes separados por once años, y eso me lleva a concluir que no se trataba de un turista, sino más bien de un residente aquí, pero con raíces en el Medio Oeste.

—Bien. Entonces, ¿cómo intentará averiguar más la persona que te respondió si no está aquí?

—Mira el árbol, esta es la persona que me respondió. Shannon Laughlin. Aquí ves que ella tiene una abuela viva. Es su abuela materna. Edith McGrath. Es probable que acuda a ella y le pregunte si alguien que conozca en su línea, un hermano, un primo, cualquiera, se trasladó al oeste.

Ballard notó que el teléfono vibraba en su bolsillo.

—Espera un segundo —dijo.

Sacó el teléfono y leyó el mensaje. Era de Bosch.

Estoy aquí. Me acaban de llamar de San Luis. Tenemos que hablar.

Ballard escribió rápidamente una respuesta.

Ve a la sala de descanso de arriba. Nos vemos allí en cinco minutos.

Guardó el teléfono y volvió a prestar atención a Hatteras.

—Entonces, ¿vas a hacer un seguimiento con Shannon Laughlin sobre su abuela?

—Sí.

Ballard señaló la pantalla.

—Y, mientras tanto, lo único que sabemos con seguridad es que nuestro sospechoso tiene raíces en el Medio Oeste —dijo.

—Eso es —dijo Hatteras—. Y voy a seguir con eso.

—¿Y cómo te identificas con esta gente?

—Digo que soy una genealogista que investiga casos sin resolver para el departamento de policía. Ya sabes que últimamente hay mucho sentimiento antipolicial, así que estoy tratando de ir despacio y con cuidado y espero ganarme su confianza. Creo que es mejor que no diga abiertamente que soy de la policía de Los Ángeles.

—Me parece bien. Pero ten en cuenta que en realidad no eres de la policía de Los Ángeles. Eres una voluntaria civil.

—Lo entiendo.

—Bien, Colleen, buen material. Sigue así y avísame cuando hagas el siguiente enlace.

Como el encuentro con Hastings iba a ser en el centro de la ciudad, Ballard no vio la necesidad de sacar a Hatteras del edificio. Podía trabajar ahí todo el día si quería.

—Lo haré —dijo Hatteras—. ¿Y esto, Renée?

—¿Qué? —dijo Ballard.

—¿Está pasando algo que el resto de nosotros debamos saber? La sensación es un poco como de que estamos en el instituto... La forma en que tú y Harry hacéis equipo y estáis susurrando todo el tiempo. Y esa pelea que supuestamente tuvisteis ayer. Pareció un espectáculo que montasteis para todos nosotros.

—No, Colleen, no hay nada que nadie deba saber. En este caso hay algunos aspectos sensibles... políticamente. Además, Harry Bosch y yo hemos trabajado en casos desde hace años, así que tenemos unos códigos y un nivel de confianza que ya está construido. ¿Está bien?

—Eh, claro, sí. Solo tenía curiosidad. No quería decir...

—De acuerdo, sigue con esto y consígueme algunos resultados, Colleen. Y gracias por ponerme al día. Ahora voy a salir.

—Pensé que habías dicho que tenías que escribir algunos informes.

—He cambiado de opinión. Lo haré desde casa. Tú también deberías irte a casa. Es fin de semana, Colleen.

Ballard se levantó y volvió a su puesto de trabajo, devolvió el portátil a la mochila y se dirigió hacia la salida. No volvió a mirar a Hatteras, pero se sintió observada durante todo el camino.

28

Bosch estaba sentado a la mesa, mirando el teléfono, cuando Ballard entró en la sala de descanso del segundo piso. Bosch fue el primero en hablar.

—¿Has echado un cebo a Hastings? ¿Va a venir?

—No, hemos quedado en el centro a las dos y cuarto. En el Grand Central Market. ¿Qué has conseguido de los archivos militares?

—Acabo de enviarte por correo electrónico dos archivos. Abre el que se llama «San Luis».

Ballard se sentó y abrió el portátil. Mientras escribía la contraseña y accedía al correo electrónico, Bosch le contó lo que le había enviado Henic. Intentó contener la energía que sentía que se acumulaba en su interior.

—La nueva mujer de los archivos militares de San Luis llamó al tipo con el que solía tratar —dijo—. Respondió por mí, dijo que era de confianza. Así que conseguí todo el expediente militar de Hastings, sin nada tachado.

Ballard estaba al otro lado de la mesa y miraba la pantalla.

—Bien, ¿qué estoy buscando? —preguntó.

—Primero, tienes sus destinos, y luego en la página cuatro tienes un informe de acciones en el campo de batalla —dijo Bosch—. Perdió parte de un pie en Afganistán. Y eso es lo que le valió su condición de veterano discapacitado. Fue dado de baja con honores en el año 2004.

—Así que estaba aquí cuando mataron a Wilson.

—Correcto.

—Le falta la mitad del pie...

—Debe de llevar una prótesis. Por lo que vi anoche y hoy, no cojea.

Ballard entrecerraba los ojos mientras miraba la pantalla.

—Necesitas gafas, Renée —dijo Bosch.

—No, no las necesito —dijo ella—. ¿Qué fue, un artefacto explosivo improvisado?

—El informe no lo aclara. Cuando estuve en Vietnam, algunos tipos se disparaban para poder salir de allí.

—¿En el pie?

—La mayoría de las veces.

—Debían de tener muy claro que querían salir. ¿Es eso lo que crees que hizo Hastings?

—No tengo ni idea. Solo hablaba de Vietnam.

—Tanto si lo hizo como si no, ¿qué tiene que ver eso con Sarah Pearlman y Laura Wilson?

—Nada. Ahora abre el segundo archivo.

Mientras Ballard lo hacía, Bosch le contó cómo había conseguido el segundo expediente.

—¿Recuerdas que dije que conseguí el archivo militar sin tachaduras? El número de la seguridad social y el número militar de Hastings estaban en el primer expediente. Los utilicé para acceder a su archivo del Departamento de Veteranos, y eso es lo que tienes ahí.

—Maldita sea, Harry, no deberíamos tener esto. Deberíamos haber conseguido una orden de registro primero.

—Nadie va a saber nunca que lo tenemos, y nunca aparecerá en el tribunal. Baja hasta el 2008.

—Mierda, no puedo creer que estemos haciendo esto.

Fue la última protesta de Ballard antes de seguir sus indicaciones. Bosch se levantó y rodeó la mesa para ver la pantalla.

—Bien, 2008 —dijo Ballard—. Dice que vino al hospital de veteranos de Westwood para un análisis de orina. No puedo leer estos resultados.

—No significan nada —dijo Bosch—. Desde el 2008, ha venido anualmente para un análisis de orina.

—¿Se trata de una enfermedad renal?

—Se trata de esto.

Bosch se inclinó sobre el hombro de Ballard y señaló una palabra en las notas sobre el tratamiento de Hastings en la visita de 2008.

—Nefrectomía —leyó Ballard—. ¿Qué es eso?

—He tenido que buscarlo —dijo Bosch—. Es el procedimiento quirúrgico para extirpar un riñón.

Ballard se apartó de la pantalla para mirarlo.

—Harry —dijo—. Es él.

29

Ballard estaba en la acera de la Uno, cerca de la esquina del edificio del Grand Central Market. Estaba en un punto ciego donde Hastings no podría verla. Eran las 14:25 y estaba esperando la orden de Bosch. En un mensaje de texto anterior le había informado de que estaba en posición y tenía vigilado a Hastings, quien había pedido y recibido un café y estaba mirando su teléfono mientras la esperaba.

La clave era asegurarse de que Hastings no se fuera con su vaso de café. Lo necesitaban para obtener su ADN.

Ballard se paseaba junto a la pared del aparcamiento del GCM mientras repasaba la historia en su cabeza. La noticia de que a Hastings le habían extirpado un riñón en 2008 había dado un nuevo impulso a la silenciosa investigación que ella y Bosch estaban llevando a cabo. Lo que estaba en juego había crecido exponencialmente en las últimas horas y ahora estaba segura de que muy pronto estaría sentada tomando un café con un asesino en serie. Debía tener cuidado de no despertar ninguna sospecha en Hastings, nada que lo hiciera huir o actuar después de su conversación.

A las 14:31 llegó el mensaje de luz verde de Bosch.

Se ha tomado medio vaso. Ya puedes entrar.

Ballard guardó el teléfono y dobló inmediatamente la esquina de Hill Street. A la izquierda se hallaba la entrada abierta al enorme recinto de puestos de comida y bebida y de carnicerías y tiendas de fruta y verdura. Al otro lado de la calle estaba el acceso inferior a Angels Flight, el funicular que subía y bajaba a los pasajeros por la empinada Bunker Hill. Ballard vio a Hastings sentado a una pequeña mesa de acero inoxidable, de espaldas a ella.

Le tocó el hombro.

—Siento llegar tarde —dijo—. El tráfico del aeropuerto. ¿Quiere más café?

Tuvo que hacer la pregunta, aunque esperaba un no.

—Ni siquiera debería tomar café a estas horas del día —dijo Hastings—. No podré dormir en toda la noche.

—Vale, ahora vuelvo —dijo Ballard.

No había cola a esa hora. Ballard pidió rápidamente un café solo en el mostrador. Mientras esperaba, miró disimuladamente a su alrededor y vio a Bosch junto a una mesa, al lado del mural de neón de la pared este del mercado. Estaba en un punto ciego de Hastings, aunque no había ninguna prueba que sugiriera que Hastings sabía quién era Bosch.

Café en mano, Ballard se sentó a la mesa con Hastings. Se dio cuenta de que él casi había terminado el suyo. El camarero había escrito «Nelson» en el lateral del vaso de papel, lo que facilitaría su identificación en caso de que lo tirara a la basura. Sin embargo, al igual que su propio vaso, tenía una funda de papel corrugado alrededor. Aunque eso sería un impedimento para recoger las huellas dactilares del vaso, Ballard calculaba que al menos podrían recoger el ADN de Hastings a través de la saliva y las células epiteliales.

—Gracias por recibirme tan pronto —dijo.

—No hay problema —dijo Hastings—. Bueno, ¿qué es tan importante que solo podía decírmelo cara a cara?

Ballard asintió y tomó un sorbo de café caliente para ganar tiempo mientras repasaba mentalmente el guion que había elaborado con Bosch.

—Como he dicho, es un asunto delicado —empezó—. Soy muy consciente de que la Unidad de Casos Abiertos existe solo gracias al concejal Pearlman y que cualquier indicio de escándalo podría perjudicarlo tanto a él como a la unidad.

—¿Qué indicio de escándalo, detective? —presionó Hastings.

—Hablé con Sandy Kramer. Y, aunque quedó bastante claro que ustedes dos no se llevan bien, Kramer sigue siendo leal a Jake Pearlman.

—Exactamente, no nos llevamos bien. ¿Por qué habló con ese imbécil?

—Esto es una investigación de homicidio. Va a donde va.

—¿Habló con él de la chica que tenía la chapa en el cajón?

—La mujer, sí. Laura Wilson.

—La mujer. Bien, ¿qué dijo Kramer?

—Bueno, cuando le pregunté por Laura y le mostré la foto, dijo que la recordaba.

—¿Eso fue todo?

—No. Dijo que pensaba que ella podría haberse ofrecido como voluntaria y que debería preguntarle a Jake, porque él también la conocía.

Hastings apartó inmediatamente el vaso a un lado de la mesa como si hubiera terminado con ella. Y negó con la cabeza.

—De ninguna manera —dijo—. Lo habría visto. No sé cómo es ahora, pero en aquella época Kramer era un borracho. Por eso al final tuvo que irse cuando Jake se puso serio con la política.

—¿Cómo puede saberlo con seguridad? —preguntó Ballard—. Usted no estaba allí entonces.

—Yo estaba allí, y le digo que no había ninguna Laura Wilson.

—Me dijo que las elecciones de 2005 fueron antes de su época con Pearlman.

—No, lo que dije, o al menos lo que quise decir, es que fue antes de mi época como jefe de gabinete. Yo estaba allí entonces. Era el chófer de Jake. Acababa de salir del Departamento de Veteranos y necesitaba rehacer mi vida, y él dijo que necesitaba un chófer. Créame, si Laura Wilson hubiera formado parte de la campaña, lo habría sabido, porque, en primer lugar, era una campaña pequeña y, en segundo lugar, era negra.

Ballard se detuvo un momento. No recordaba las palabras exactas de la conversación telefónica de principios de semana, cuando Hastings utilizó la frase «antes de mi tiempo. Pero acababa de corregir el registro y coincidía con lo que le había dicho Kramer. Eso hizo que se saliera temporalmente del guion.

—Cuando hablé con el concejal sobre Laura, me dijo que no la conocía —dijo Ballard—. Pero, de alguna manera, sabía que era negra incluso antes de que le enseñara su foto.

—Porque se lo dije yo —dijo Hastings.

—Vale, ¿y cómo lo sabía? No llegué a enviarle la foto.

—Sé que no lo hizo. Pero hice lo que cualquier buen jefe de personal haría. No voy a ninguna reunión con mi jefe sin estar preparado. No me envió una foto, así que me conecté a internet y busqué en Google «Laura Wilson asesinato Los Ángeles». ¿Y qué apareció? Una foto de ella que salió en el *Times*. La pobre chica acabó por hacerse famosa como víctima de un asesinato. Había un artículo completo sobre ella.

Ballard había visto el recorte de periódico, incluida la foto, en el expediente de Laura Wilson. Hastings había vuelto a salir bien parado de una de las incoherencias que habían despertado su sospecha. Sintió que la conversación se desmoronaba y que Hastings hacía lo único que ella no quería. Estaba empezando a sospechar. Intentó una vez más ponerlo a la defensiva.

—Cuando le pregunté si Pearlman tenía un director de campaña en su primera candidatura, dijo que me daría el nombre y el contacto. Pero en ese momento ya sabía que era Kramer y no me lo dijo. ¿Por qué?

—Le acabo de decir por qué —dijo Hastings—. Kramer es un imbécil. Un borracho. Y me preocupaba que quisiera vengarse por la forma en que lo sacamos de en medio. Resulta que mis preocupaciones estaban bien fundadas. Le ha contado un montón de mentiras que la han desviado por completo.

—Se lo dije, va a donde va. Si Kramer está mintiendo, me encargaré de él.

—¿De qué se trata realmente, Ballard? ¿Está tratando de hacer algún tipo de jugada con Jake? ¿Está tratando de amenazarlo? ¿Es usted o es el departamento?

—Puedo asegurarle que no es ninguna jugada. No es una amenaza. Estoy llevando a cabo una investigación de campo completa. No se escatiman esfuerzos. ¿Por qué cree que quería reunirme lejos de mi equipo y del suyo? Pensé que apreciaría…

—¿Entonces qué quiere Sandy Kramer?

Antes de que Ballard pudiera responder, un hombre se acercó a la mesa. Llevaba un delantal y guantes y portaba un cubo de basura. Llevaba una mascarilla sobre la boca y la nariz, como todavía hacían otros empleados del mercado.

—¿Ha terminado, señor? —Señaló el vaso de café de Hastings.

Ballard levantó la vista y vio que el hombre detrás de la mascarilla era Bosch. Hastings apenas levantó la cabeza hacia él.

—Lléveselo —dijo—. Ya he terminado.

La segunda frase iba dirigida a Ballard. Bosch tomó el vaso de café en su mano enguantada y se alejó de la mesa. Hastings miró fijamente a Ballard.

—¿Sabe qué? —dijo—. Ni siquiera me importa lo que quiera Sandy Kramer. Puede irse a la mierda, y usted también, Ballard, si cree que va a hacer un movimiento contra Jake o contra mí. Esto es absurdo y me voy de aquí.

Se levantó y empezó a caminar.

—Está completamente equivocado —dijo Ballard tras él.

Hastings no se detuvo.

30

Bosch cogió la llave de la rueda trasera del Defender de Ballard, abrió el vehículo y colocó el paquete de pruebas en el suelo del asiento trasero. Volvió a cerrar el vehículo y guardó la llave. Se dirigía de nuevo al mercado cuando recibió una llamada de Ballard.

—Se ha ido —dijo—. ¿Dónde estás?

—En tu coche —dijo Bosch—. He puesto el vaso en el suelo del asiento trasero.

—Me he salido del guion y se ha cabreado. Ha salido por el mercado. ¿Puedes localizarlo?

—Espera.

Bosch cambió de dirección en la calle Tres. En lugar de ir hacia Hill, bajó a Broadway y esperó en la esquina para ver si Hastings salía del lado sur del mercado que ocupaba toda la manzana.

—No lo veo —dijo.

—Debería estar saliendo —dijo Ballard—. Acaba de irse hace menos de un minuto.

Bosch sabía que en el mercado no había pasillos de paso. Era un laberinto de tiendas y puestos de comida abarrotados, y Hastings tendría que moverse entre la gente y cambiar de un pasillo a otro mientras se abría camino. No había pasado el tiempo suficiente para que llegara a Broadway.

—¿Qué ha pasado? —preguntó.

—Te lo contaré más tarde —dijo Ballard—. Vamos a ver si…

—Lo tengo.

Hastings había salido del mercado y estaba cruzando Broadway en rojo. Bosch vio que iba hablando y que en ese momento se llevaba una mano a la oreja. Bosch vio el auricular y supo que había hecho una llamada.

—Acaba de hacer una llamada —dijo Bosch.

—Probablemente está tratando de encontrar a Kramer —dijo Ballard—. Todo esto acaba de estallar.

—Parece bastante cabreado.

—¿Te vas a quedar con él? Puede que intente enfrentarse a Kramer.

—Lo tengo. Dondequiera que vaya.

—Bien, déjame ir a mi coche y pasarme por el laboratorio. Si tengo suerte, podré pillar a Darcy antes de que se vaya. Quédate con Hastings y te llamaré.

Colgó sin esperar respuesta de Bosch. Harry se mantuvo a casi media manzana mientras seguía a Hastings en la caminata de cuatro manzanas de regreso a su oficina en el ayuntamiento. Hastings bajó por la Tres hasta Spring y giró a la izquierda. Al doblar la esquina, Bosch vio que se llevaba la mano al auricular de nuevo. Estaba recibiendo una llamada.

Bosch aceleró el ritmo y empezó a trotar hasta llegar a la esquina. Giró y caminó a paso ligero para situarse lo suficientemente cerca como para escuchar la parte de Hastings de la conversación telefónica.

En el cruce de la calle Dos, Hastings tuvo que detenerse y esperar a que el semáforo se pusiera en verde. El Centro Cívico estaba prácticamente desierto porque era fin de semana y todas las oficinas municipales y los juzgados estaban cerrados. Cuando alcanzó a Hastings, Bosch logró camuflarse tras dos peatones que esperaban en el semáforo.

Al principio, Hastings se quedó en silencio, como si estuviera escuchando o esperando a que alguien hablara. Luego empezó a hablar en ráfagas apretadas y furiosas. Como era consciente de que otros estaban esperando para cruzar con él, bajó tanto la voz que Bosch no oyó nada. Pero, en cuanto el semáforo se puso verde y él entró en el paso de peatones, su voz recuperó el tono agudo de mando.

Y Bosch pudo escuchar casi todo lo que dijo.

—Escucha, hijo de puta, llámala y dile que has mentido.

Hubo otra pausa, durante la cual Hastings extendió una mano en un gesto despectivo.

—Y una mierda, tú eres el mentiroso. Llámala y dile lo que te he dicho o te destruiré. ¿Lo entiendes, imbécil?

Hubo un momento de silencio y luego Hastings se despidió con una palabra.

—Bien.

Hastings se llevó el dedo a la oreja para terminar la llamada y continuó hacia el ayuntamiento. Bosch se quedó atrás una vez más y finalmente detuvo la vigilancia cuando vio a Hastings subir los escalones de piedra del histórico edificio. Llamó a Ballard para informarle de lo que había visto y oído.

—Ha vuelto al ayuntamiento —dijo—. Por el camino, creo que hizo que alguien encontrara a Kramer y lo llamara. No le he oído decir el nombre, pero estaba enfadado y le dijo a alguien que «la llamara» y cambiara la declaración.

—Era Kramer —dijo Ballard—. Me ha llamado y me ha dicho que acababa de hablar con Hastings. Estaba furioso.

—También lo estaba Hastings. ¿Se lo has explicado a Kramer?

—Sí, le he dicho que solo estábamos tratando de cabrear a Hastings. Creo que le parece bien. No le gusta el tipo, ¿lo recuerdas?

—¿Hasta dónde te has salido del guion?

—Estoy llegando al laboratorio y tengo a Darcy Troy esperándome. Dejo esto y luego te llamo. O, si quieres, podemos quedar en algún sitio.

—Tengo hambre. Quedemos en Traxx.

—¿Han vuelto a abrir?

—Sí. ¿Quieres algo?

—Beberé algo. Ya he comido.

Bosch tardó diez minutos en llegar a Union Station y al restaurante situado en su inmenso vestíbulo. Ya había pasado la hora del almuerzo y el restaurante no estaba lleno, pero la sala de espera estaba repleta de viajeros que abrazaban un mundo pospandémico, tanto si la amenaza de la pandemia había terminado realmente como si no.

Bosch estaba comiendo un sándwich de queso a la parrilla con guarnición de patatas fritas cuando Ballard se deslizó en el reservado de la ventana frente a él. Cogió una patata frita de su plato con el mismo movimiento fluido. Bosch empujó su plato hacia el centro de la mesa.

—Come, come —dijo—. No puedo acabarme todo esto.

Ballard cogió otra patata frita mientras la camarera se acercaba a la mesa.

—Solo quiero un té helado y un poco de kétchup —dijo.

Bosch dejó que se tomara un respiro antes de ir directamente al caso.

—¿Así que Darcy tiene el vaso?

—Lo tiene y se va a dar prisa. Creo que he utilizado los próximos tres meses de favores con ella. Especialmente haciendo que venga hoy.

—Merecerá la pena cuando atrapemos a este tipo. ¿Cuándo lo sabrá?

—Espera que la secuenciación esté hecha para mañana y luego la pondrá en el CODIS y verá si hay una coincidencia.

—¿No puede comparar directamente lo que obtenemos del vaso con lo que obtuvieron de la huella palmar?

Ballard negó con la cabeza.

—Protocolo legal dictado por la fiscalía —dijo—. Es más difícil impugnar en los tribunales si no te sales de los límites del procedimiento habitual. Saltárselo e ir a una comparación uno a uno puede dar la impresión de trampa. Un abogado defensor como tu hermano, Mickey, podría reventar eso en el tribunal.

—Hermanastro. Así que mañana lo sabremos.

—Si tenemos suerte.

Bosch asintió y dio otro mordisco a su sándwich. Habló con la boca llena.

—Así que te saliste del guion con Hastings.

—Sí. Me ha pillado cuando ha derribado los tres golpes que tenía contra él.

—¿Qué golpes?

—Corrigió lo que quiso decir cuando me contó que el asesinato de Wilson fue antes de su tiempo con Pearlman. Ahora dice que se refería a su tiempo como jefe de gabinete. Hoy ha reconocido que era el chófer de Pearlman por aquel entonces. Así que me salí del guion y le pregunté cómo sabía que Wilson era negra si yo no se lo había dicho.

—¿Y?

—Tenía una respuesta para eso. No le envié una foto, así que la buscó en Google y encontró un artículo del *Times* sobre su asesinato que tenía su foto. Tenía razón. El mismo recorte está en el expediente.

—Mira, nada de eso importa ahora con el riñón perdido. En cuanto tengamos la coincidencia de ADN lo atraparemos.

—Lo sé, lo sé, pero es bueno. Cambió la conversación, así que, cuando volví al guion y saqué el tema de Kramer y el hecho de que no me diera el nombre del director de campaña cuando claramente lo sabía, se puso furioso.

—Sí, he oído la versión de Hastings. ¿Kramer te ha contado lo que le ha dicho a Hastings por teléfono?

—Me ha dicho que negó que dijera que Pearlman conocía a Laura Wilson, pero Hastings no lo ha creído. Solo le ha gritado y ha amenazado con destruirlo.

—Creo que tienes que llamarlo.

—¿A quién?

—A Hastings. Dile que Kramer acaba de llamarte y ha cambiado su versión. Tal vez eso lo calme. Hemos tirado a Kramer a los pies de los caballos con esto. Hastings debería saber que no tiene por qué sentirse amenazado.

—¿Ahora?

—Sí, llámalo, a ver si responde. Tenemos que proteger a Kramer.

Ballard sacó el teléfono y llamó a Hastings. Cuando contestó, ella le explicó que ya estaba al corriente de que su información era errónea. Se disculpó por no haber confirmado o desmentido la información antes de comunicársela a él. Antes de colgar, todavía tuvo que escuchar en silencio a Hastings, durante casi un minuto, sin que este le diera la oportunidad de responder.

—Parece que ha ido bien —dijo Bosch.

—Correcto —dijo Ballard—. Digamos que espero que tengamos los resultados de ADN antes de que pueda hacer que me despidan el lunes.

Bosch asintió.

—Esperemos que Darcy lo consiga —dijo.

Ballard se echó hacia atrás y miró por la ventana hacia el vestíbulo. Union Station era una de las bellezas perdurables de la ciudad.

—Piensa en cuánta gente ha pasado por este lugar para llegar a esta ciudad, Harry —dijo—. Gente como Laura Wilson, trayendo sus esperanzas y sueños.

—¿Vino desde Chicago en tren? —preguntó Bosch.

—Llevaba un diario. Estaba en la carpeta. Tomó el tren para ahorrar dinero. Tardó dos días y vio las Montañas Rocosas. Luego llegó aquí y la mataron. ¿No es una puta injusticia?

—El asesinato nunca es justo. Me gustaría leer ese diario.

—Lo tengo en mi escritorio, en Ahmanson.

Bosch se unió a ella y ambos miraron por la ventana hacia el vestíbulo. Decenas de personas de todas las clases sociales se movían por el suelo de baldosas de estilo español, ya fuera para alejarse de Los Ángeles o tras haber llegado a su destino con maletas y sueños en la mano. Se imaginó a Laura Wilson llegando y avanzando con los ojos bien abiertos por el gran vestíbulo hasta las puertas que se abrían a la Ciudad de Los Ángeles. No podía saber que ese era su destino final.

31

El océano estaba tan liso como la sábana ajustable de una cama. Ballard se había traído tanto la tabla de surf como la de surf de remo, así que estaba preparada para cualquier tipo de superficie. Había encontrado un hueco para aparcar en Pacific Coast Highway, en el extremo oeste de la playa de La Costa, en Malibú, y estaba lo bastante cerca del agua como para saber que era un día de remo. Estaba bien. Significaba que Pinto podría ir con ella en lugar de quedarse atado a una piqueta de tienda de campaña mientras ella surfeaba las olas más grandes.

Era domingo, pero lo bastante temprano como para que la playa no estuviera abarrotada. Ballard abrió el portón del Defender y se sentó en la parte de atrás para ponerse el traje de neopreno. Pinto seguía en su transportín junto a ella.

Estaba a punto de meter el móvil en la funda impermeable cuando empezó a sonar. A Ballard se le aceleró el pulso cuando vio que llamaba Darcy Troy.

—Darcy, dame la buena noticia —dijo Ballard.

La respuesta fue el silencio.

—¿Darcy? ¿Hola?

—Estoy aquí. Y no tengo buenas noticias, Renée. Tenemos una buena muestra del vaso, y lo siento, pero no coincide con los dos casos anteriores.

Esta vez fue Ballard la que guardó silencio. Lo había apostado todo a que Hastings era su hombre.

—Renée, ¿sigues ahí?

—No lo entiendo. Tiene que ser él. Ha perdido un riñón. Sus historias son inconsistentes. No puedo creerlo. ¿Estás segura, Darcy? ¿Podría haber algún tipo de error?

—No, ningún error. Lo siento. Pero ¿a qué te refieres cuando dices que perdió un riñón?

—Tenemos sus registros militares. Tres años después del asesinato de Laura Wilson, se sometió a una nefre-no-sé-cuántos radical.

—Nefrectomía. Extirpación de un riñón. Pero eso no significa que tuviera una enfermedad renal. Podría haber donado un riñón. Quiero decir, tendría que mirar los registros médicos o pedir que lo mire alguien más cualificado, pero…

—Oh, mierda. No…, tengo que llamar a Harry Bosch. Darcy, eres un genio. Te llamaré más tarde. Y muchas gracias por renunciar a tu fin de semana por esto.

Ballard colgó. Inmediatamente llamó a Bosch y empezó a bajarse la cremallera del traje de neopreno mientras esperaba que contestara.

—Ballard. ¿Qué pasa?

—Buenas y malas noticias. El ADN de Hastings no coincide con el del caso.

—¿Eso es la noticia buena o la mala?

—La mala. La buena noticia es que podría haber donado un riñón a un amigo o un familiar. Y esa persona sería la que tiene la enfermedad renal y podría ser nuestro nuevo sospechoso.

Bosch se quedó en silencio.

—¿Harry?

—Solo estoy pensando. No tenemos muchas opciones. Tenemos que acudir a Hastings.

—Sigue el riñón.

Ballard sonrió, pero no oyó ninguna reacción por parte de Bosch.

—Se suponía que era un chiste, Harry.

—Sí, ya lo sé. Entonces, ¿dónde estás?

—Bueno, estaba a punto de ir a remar. Estoy en Malibú.

—¿Quieres esperar hasta mañana?

—En realidad, no. Tenemos un nuevo impulso. Vamos a verlo.

—Si podemos encontrarlo.

—Bueno, sabemos dónde vive y trabaja y con quién pasa la noche. También puedo llamarlo.

—Creo que sería mejor que no sepa que vamos a ir. Nunca se sabe, podría llamar a alguien si sabe por qué venimos.

—De acuerdo.

—¿Cuándo?

—Puedo volver en una hora. Me cambiaré, dejaré al perro y luego iré a buscarte. Digamos que al mediodía.

—Estaré listo.

Los dos colgaron y Ballard terminó de quitarse el traje de neopreno. Miró a Pinto en su cajón.

—Lo siento, chico —dijo—. Mamá tiene que ir a trabajar. Volveremos la semana que viene y nos meteremos en el agua. Lo prometo.

Tiró el traje de neopreno en la parte trasera del todoterreno y se puso el chándal por encima del bañador. Se dio la vuelta y miró hacia el océano. Vio la silueta de la isla de Santa Catalina emergiendo en el horizonte a través de la neblina marina. Iba a ser un día claro y caluroso.

—Maldita sea —dijo.

32

Ballard y Bosch fueron primero a la casa de Hastings, pero no encontraron a nadie. Desde allí, se dirigieron al oeste, a Sunset Plaza y a la casa de Rita Ford. El Tesla negro que Bosch había seguido anteriormente estaba allí, aparcado en el mismo lugar junto a la acera de St. Ives donde lo había visto antes.

—Premio —dijo Bosch.

Aparcaron en el sendero de entrada. Rita Ford abrió la puerta.

—Detective Ballard, qué sorpresa —dijo—. ¿Qué les trae por aquí?

—Necesitamos ver a Nelson Hastings.

—¿Por qué cree que podría estar aquí?

Ballard señaló la calle.

—Porque ese es su coche y porque sabemos que está —dijo—. Tenemos que hablar con él, Rita. Es importante.

—Un momento —dijo Ford.

Cerró la puerta. Ballard miró a Bosch. Ya se esperaban una bienvenida fría.

Cuando la puerta se volvió a abrir, Hastings estaba allí de pie.

—¿Qué están haciendo aquí? —preguntó.

—Necesitamos su ayuda —dijo Ballard.

—¿Quieren mi ayuda? Por Dios, hace un minuto era el sospechoso número uno, ¿y ahora quieren mi ayuda?

—¿Qué le hace decir que sospechábamos de usted?

—Vamos, detective. ¿Qué me dice de esa farsa de ayer, cuando me contó una historia de mierda de Kramer después de intentar pillarme en contradicciones en declaraciones anteriores? No soy estúpido. Se le había metido en la cabeza que alguien del círculo de Jake mató a Laura Wilson y a Sarah Pearlman y que ese alguien fui yo.

—No pensamos eso, Nelson. ¿Podemos entrar? Realmente necesitamos que nos ayude con esto.

Hastings señaló a Bosch.

—Y usted, sé quién es —dijo—. Me siguió desde el G&B. Sí, lo vi. Supongo que es Bosch. Pues la cagó, Bosch; y ella también, y mañana ya no estarán.

—La he cagado yo —dijo Bosch—, no Renée. Y, si nos deja entrar, podremos explicarlo y podrá ayudarnos a atrapar al asesino de la hermana de su amigo.

Hastings pasó la mirada de Bosch a Ballard, pero no se movió ni dijo nada. Luego volvió a centrarse en Bosch. Hastings sacudió la cabeza como si no pudiera creer lo que estaba a punto de hacer y se apartó de la puerta.

—Diez minutos —dijo—. Ese es el tiempo que tienen para convencerme de que no haga que los despidan a los dos y quizá incluso los procesen.

Bosch estuvo a punto de decirle que no podían despedirlo porque era un voluntario, y que la fiscalía se reiría de Hastings y de cualquier intento de acusarlo a él o a Ballard de un delito.

Pero lo dejó pasar. Siguieron a Hastings al interior de la casa, y este los condujo a un salón amueblado en naranjas y amarillos brillantes. Rita Ford estaba sentada en el sofá tapizado de rayas blancas y amarillas.

—Tenemos que hablar en privado con Nelson —dijo Ballard.

—De acuerdo —dijo Ford en tono de afrenta.

Se levantó y salió de la habitación. Hastings hizo un gesto hacia el sofá vacío, y Bosch y Ballard se sentaron. La habitación tenía una pared acristalada con una vista que se extendía por encima de las tiendas de Sunset Boulevard, una manzana más abajo, y por todo West Hollywood.

Hastings permaneció de pie, con los brazos cruzados.

—Bueno —dijo—. Para que quede claro, detectives, es evidente que ustedes dos me han estado siguiendo e investigando y sospechando que he asesinado a la hermana de mi mejor amigo. ¿Lo admiten?

—Me gustaría saber cómo sabe todo eso —preguntó Ballard con franqueza.

—¿Qué importa eso? —dijo Hastings—. ¿Es cierto o va a sentarse ahí y negarlo?

—Hastings, ¿por qué no se sienta y se tranquiliza? —dijo Bosch.

—No me diga lo que tengo que hacer, abuelo —replicó Hastings.

—Mire, lamentamos que se haya molestado porque estuviéramos haciendo nuestro trabajo —dijo Bosch—. Claro que lo estábamos investigando, y por unas buenas razones que podemos contarle, si es que le interesa escucharnos. Así que, repito, ¿por qué no se sienta y nos ayuda a atrapar a un asesino? ¿No querría eso su mejor amigo?

Hastings levantó la mano para detener toda discusión. Cerró brevemente los ojos y realizó una especie de ejercicio para calmarse. Luego abrió los ojos y se sentó en un sillón con cojines anaranjados.

—¿Qué quieren? —dijo.

Bosch miró a Ballard y ella asintió. Ella era la jefa.

—Le extirparon un riñón en 2008 —dijo—. ¿Por qué?

Hastings negó con la cabeza como si no pudiera comprender qué tenía que ver la pregunta con el tema que estaban tratando.

—En primer lugar, ¿cómo lo saben? —preguntó.

—Somos detectives, señor Hastings —dijo Ballard—. Averiguamos cosas. Usted perdió un riñón. ¿Por qué?

—Bien. Miren, no perdí un riñón —dijo Hastings—. Lo doné.

Ballard asintió.

—Lo siento, he elegido mal mis palabras —dijo—. Donó a alguien un riñón. Fue algo muy desinteresado. Tuvo que ser alguien muy cercano a usted. ¿Un familiar?

—Me sorprende que no lo sepa ya —dijo Hastings—. Se lo di a Ted Rawls.

En las películas, los detectives siempre se miran entre sí para subrayar ante el espectador la importancia de la revelación de un testigo. Ballard y Bosch no pudieron evitar intercambiar una mirada, y eso subrayó el significado para Hastings.

—¿Qué? —dijo—. ¿Están diciendo que fue Ted? De ninguna manera.

—No estamos diciendo eso —dijo Ballard—. Solo que no sabía que Ted tuviera ese problema de salud. De haberlo sabido, habría cuestionado por qué el concejal lo quería en nuestro equipo.

—Toda su vida quiso ser policía —dijo Hastings—. La policía de Los Ángeles no lo aceptó, pero Santa Mónica sí. Luego enfermó y se vio obligado a dejar la profesión que había elegido. Así que sí, le di un riñón. Tenía uno de más.

—¿Qué problema en los riñones? —preguntó Ballard.

—Cáncer —dijo Hastings—. Perdió los dos riñones y el bazo. Estuvo a punto de morir. Pero luchó para recuperarse, abrió un pequeño negocio y lo hizo prosperar. Es increíble. Pero nunca renunció al sueño de ser detective. Así que, cuando vio la conferencia de prensa en la televisión en la que Jake anunció que el equipo de casos sin resolver volvería a funcionar, vino a mí y me dijo: «Quiero participar». Hablé con Jake, nos pusimos de acuerdo y Jake se puso en contacto con usted.

—Y, convenientemente, omitió su historial médico —dijo Ballard—. Debe saber que, de haberlo conocido, la policía de Los Ángeles no habría asumido esta responsabilidad.

—Jake no quería darles ninguna razón para rechazarlo —dijo Hastings—, así que ahora Ted forma parte del equipo. ¿Y ahora dice que tuvo algo que ver con Sarah y esa chica, Wilson? Eso es ridículo.

—Le repito que no estamos diciendo eso —dijo Ballard.

—Entonces, ¿qué están diciendo? —dijo Hastings—. ¿Por qué todas estas preguntas sobre Ted?

Ballard se detuvo un momento y volvió a mirar a Bosch. Este comprendió que ella estaba tratando de decidir si confiar en Hastings y que este no transmitiera lo que acababa de contarle a sus amigos Jake Pearlman y Ted Rawls. Bosch asintió para darle su visto bueno.

—Le dije que el ADN del caso de Laura Wilson coincidía con el del asesino en el caso de Sarah Pearlman —empezó Ballard.

—Sí, me lo contó —dijo Hastings—. Y Wilson tenía una chapa de «¡JAKE!». Es muy poco, detective Ballard.

—La muestra de ADN del caso Wilson procedía de la sangre encontrada en orina del asiento del inodoro de su apartamento —dijo Ballard—. La sangre también nos dijo algo más: que el asesino tenía una enfermedad renal.

A pesar de ser un firme defensor de Rawls, incluso Hastings parpadeó ante la revelación. Se quedó callado unos instantes y luego habló con voz cauta.

—Así que, cuando descubrieron que me faltaba un riñón… —dijo, con la voz entrecortada.

—Además, pensé que había mentido cuando me dijo que la campaña del 2005 fue antes de su tiempo —dijo Ballard.

Hastings asintió.

—Y sabía que Laura Wilson era negra antes de que me lo dijera —añadió él.

Ballard le dejó que sopesara eso un momento y luego continuó.

—¿Cuándo fue la última vez que habló con Ted Rawls? —preguntó.

—Ayer —dijo Hastings—. Me… Lo llamé porque estaba molesto por nuestra conversación. Me dijo que probablemente era una trampa, que estaban obteniendo mi ADN. Y me acordé del tipo que se acercó y tomó mi vaso. Usted, ¿verdad?

Miró directamente a Bosch, que asintió.

—Siento haberle llamado abuelo —dijo Hastings—. Eso no ha estado nada bien.

—No se preocupe por eso —dijo Bosch—. Soy viejo.

—¿Qué más le dijo Ted? —preguntó Ballard.

—Realmente, no lo recuerdo —dijo Hastings—. Como que me quedé bloqueado cuando dijo: «Ballard te está investigando, tío, y será mejor que tengas cuidado».

—¿Algo más que pueda recordar? —presionó ella.

—No, solo quería colgar el teléfono —dijo Hastings—. Me enfadé mucho cuando me di cuenta de lo que había sido realmente ese encuentro entre nosotros.

—¿Con quién más ha hablado de esto? —preguntó Bosch—. ¿Se lo ha contado al concejal?

—No, se lo iba a contar todo mañana cuando le dijera que había que despedirlos —dijo Hastings—. Hablé con Rita de esto, pero no se lo ha contado a nadie.

Sostuvo la mirada de Ballard durante un largo momento.

—No puede hablar con nadie más sobre esto —dijo Ballard—. Ni con el concejal ni, desde luego, con Ted Rawls. Tampoco con Rita.

—¿Nos callamos mientras ustedes hacen qué? —preguntó Hastings.

—Continuar con la investigación —dijo Ballard—. Estamos muy cerca, y usted y el concejal serán los primeros a los que llamaremos cuando lo logremos.

—¿Y si me llama Ted? —dijo Hastings—. ¿Qué le digo?

—Simplemente no coja la llamada —dijo Bosch—. Si habla con él, podría darse cuenta de que sabe algo.

—Dios mío —dijo Hastings—. No puedo creerlo.

Ballard se levantó y Bosch hizo lo mismo. Sabía que ella entendía que tenían que ponerse en marcha con Rawls, si es que no era ya demasiado tarde.

Hastings permaneció sentado. Parecía estar sumido en sus pensamientos.

—Acabo de darme cuenta de algo —dijo.

—¿De qué? —preguntó Ballard.

—Le di mi riñón al tipo que mató a Sarah —dijo Hastings—. Y a Laura Wilson y quién sabe a quién más. Mantuve a este tipo vivo para que hiciera eso.

—Nelson, eso no lo sabemos todavía —dijo Ballard—. Vamos paso a paso. Ha sido de gran ayuda, pero tenemos que continuar nuestro trabajo. Le prometo que lo mantendré informado personalmente.

Hastings tenía la mirada perdida en la nada.

—¿Está bien, Nelson? —preguntó Ballard.

—Sí —dijo Hastings con voz plana—. Estupendo.

Lo dejaron allí con sus pensamientos. Bosch miró a su alrededor en busca de Rita Ford mientras salían de la casa, pero no la vio. Parecía que Hastings estaba solo en ese momento.

33

Lo primero que hizo Ballard después de que ella y Bosch volvieran a su coche oficial fue llamar a Paul Masser al móvil.

—Paul, necesito que vengas —dijo ella.

—¿De verdad? —dijo él—. Es domingo, ¿qué pasa?

—Necesito una orden de registro y quiero que sea férrea. Que no pueda volverse contra nosotros en los tribunales.

—¿Y la necesitas hoy?

—La necesito hace diez minutos. ¿Puedes venir? La tendré preparada para ti. Te prometo que será cosa de entrar y salir.

—¿No puedes enviármela por correo electrónico? ¿Puedo repasarla en mi teléfono?

—No, te quiero en la oficina para que lo hagamos juntos.

—De acuerdo. Dame una hora y estaré allí.

—Gracias. Y, Paul, no le digas a nadie del equipo que vienes a trabajar. A nadie.

Ballard colgó antes de que él pudiera preguntarle qué estaba pasando. Comenzó a conducir por la colina hacia Sunset.

—No me necesitas para esto, ¿verdad? —dijo Bosch—. Tú y Paul lo escribiréis.

Ballard lo miró.

—Supongo —dijo—. Pero tú has escrito más órdenes de registro que Paul y yo juntos. ¿Adónde tienes que ir?

—Estaba pensando en coger mi coche e ir a vigilar a Rawls —dijo Bosch—. Si puedo encontrarlo.

Ballard asintió. Era el movimiento correcto.

—Buena idea —dijo—. Puedo conseguir la dirección de su casa en los archivos de mi equipo. También tiene una oficina encima de una de sus tiendas, la primera que abrió en Santa Mónica. Es el buque insignia y dirige todas las demás desde allí. Puedes buscar esa dirección. Se llama DGP Mailboxes and More.

—¿Y su coche? —preguntó Bosch.

—Tengo copias de todo el papeleo que rellenó cuando se incorporó al equipo, incluida una descripción del coche y el número de matrícula para la seguridad en Ahmanson.

—Bien, consígueme eso también. Déjame en Sunset y cogeré un Lyft para volver a mi casa. Te ahorrarás un rato de conducir.

—¿Seguro?

—Mi coche está en la dirección opuesta a Ahmanson. Tienes que llegar allí y empezar a escribir.

Ballard tenía el semáforo en verde y realizó el giro desde Sunset Plaza hacia Sunset Boulevard. Se detuvo en la acera frente a una agencia inmobiliaria. Bosch hizo una pausa antes de bajarse mientras miraba el escaparate del negocio.

—¿Qué? —preguntó Ballard.

—Nada —dijo Bosch—. Trabajé en un caso relacionado con ese lugar cuando era una joyería de alta gama. Dos hermanos fueron asesinados en la trastienda.

—Oh, me acuerdo.

—Ese también acabó siendo un caso de policías corruptos.

Bosch bajó del coche y volvió a mirar a Ballard antes de cerrar la puerta.

—Te llamaré cuando vea a Rawls.

—Reci…, quiero decir, bien.

—Casi casi.

—Me he contenido.

—Buena suerte con la orden.

Bosch cerró la puerta, y Ballard se incorporó al tráfico, provocando el bocinazo de un conductor que consideró que ella le había cortado el paso. Miró el retrovisor y vio a Bosch de pie en la acera mirando el teléfono. Estaba buscando un coche que lo llevara.

Una hora más tarde, Ballard se encontraba en su cubículo en Ahmanson. Estaba dando los últimos toques a la declaración de causa probable que se incluiría en la solicitud de una orden de registro que le permitiera tomar una muestra de ADN de la boca de Ted Rawls.

Llegó Paul Masser. Llevaba pantalones cortos y un polo metido por dentro.

—Oh, mierda, ¿te he sacado del campo de golf? —dijo Ballard.

—No pasa nada —dijo Masser—. Estaba en el *green* del diecisiete de Wilshire cuando llamaste. Así que jugué el último hoyo, me di una ducha rápida y vine directamente aquí.

Señaló el traje de golf que llevaba puesto.

—Lo compré en la tienda de golf porque no tenía nada para cambiarme en la taquilla.

—Bueno, tengo la declaración de CP. La imprimiré y podrás empezar.

Una orden de registro se basaba en la declaración de causa probable. Tenía que convencer a un juez de que había suficiente causa legal para permitir el registro e incautación de la propiedad de un ciudadano. Todo lo demás en una orden de registro era en gran medida un cliché. El juez al que se presentaba probablemente se saltaba todo eso y pasaba directamente a la CP.

—¿Quién está de guardia hoy? —preguntó Masser—. ¿Ya lo has comprobado?

—No —preguntó Ballard—. ¿Por qué no lo haces tú mientras recojo esto de la impresora?

Masser estaba preguntando qué juez de la sala de lo penal del tribunal estaba de guardia para ocuparse de las solicitudes de órdenes de registro en festivo. Se trataba de una cuestión clave, porque los jueces tenían puntos de vista y prácticas particulares que terminaban por ser conocidas, tanto por los abogados que comparecían ante ellos como por los policías que acudían a ellos para que aprobaran las órdenes de registro. Algunos jueces eran fervientes defensores de las protecciones de la Cuarta Enmienda contra el registro e incautación ilegal. Otros eran fervientes defensores de la ley y el orden que nunca veían una solicitud de orden de registro que no les gustara. Además, eran elegidos para el cargo. Aunque se les encomendaba ejercer su poder sin prejuicios personales o políticos, raro era el que no miraba de vez en cuando por debajo de la proverbial venda de la justicia para calibrar las posibles ramificaciones electorales de una decisión, como la de permitir a las autoridades tomar una muestra de ADN de un expolicía sospechoso de ser un asesino.

Ballard volvió de la impresora y le entregó a Masser la declaración de dos páginas de causa probable justo cuando colgaba el teléfono de su mesa.

—El juez Canterbury está de guardia —dijo—. Y eso no es bueno. Es muy estricto con los registros e incautaciones.

—Me he enterado —dijo Ballard—. Puede que tenga otro camino.

La mayoría de los detectives se esforzaban por establecer una relación con un juez con cuya comprensión pudieran contar cuando se trataba de cuestiones de causa probable. Era una forma de mercadeo de jueces, pero se practicaba ampliamente. Ballard, desde sus años en el último turno en la División de Hollywood, había despertado a más de un juez en plena noche para conseguir la firma de una orden de registro. Tenía algunos nombres en su lista de contactos a los que podía llamar si ella y Masser no querían acudir al juez Canterbury.

Ballard señaló el documento que tenía Masser en la mano.

—Te va a sorprender lo que vas a leer —dijo—. Y no quiero que repitas nada de eso a nadie. ¿Está claro?

—Sí, claro —dijo Masser—. Ahora no puedo esperar.

Ballard lo dejó en su cubículo y volvió al suyo. Mientras Masser revisaba el documento de CP, abrió una de las carpetas del caso Pearlman y empezó a hojear las transcripciones de los interrogatorios realizados por los detectives originales. Su memoria no le engañaba. Aparentemente nadie habló con Nelson Hastings o Ted Rawls. Y eso se extendía a los informes originales del laboratorio. Tampoco se había comparado la huella palmar de ninguno de ellos con la encontrada en el alféizar de la ventana de la habitación de Sarah Pearlman.

Eso fue un grave error en la investigación original. Hastings y Rawls eran amigos íntimos de Jake Pearlman y conocían a su hermana. Deberían haber sido interrogados y deberían haberles tomado las huellas, como ocurrió con Kramer. El hecho de que no hubieran sido interrogados contradecía lo que a Ballard le había parecido una investigación rigurosa y exhaustiva. Dado que los detectives originales del caso habían fallecido, Ballard pensó que solo había una persona con la que podía hablar para aclarar esa cuestión.

Llamó a Nelson Hastings.

—¿Lo han detenido? —preguntó él de inmediato.

—No, y todavía no hemos llegado ahí —dijo Ballard—. Estamos procediendo con cautela.

—Entonces, ¿qué necesita de mí? —preguntó Hastings.

—Estoy revisando las transcripciones de los interrogatorios de la investigación original. No hay ningún interrogatorio con usted ni con Ted Rawls. No lo entiendo. Eran amigos de Jake y supongo que ambos conocían a Sarah. ¿Recuerda eso? ¿Por qué no los interrogaron?

—Yo estaba fuera de la ciudad con mis padres cuando la asesinaron —dijo Hastings—. Hablaron con mis padres y lo confirmaron, así que nunca hablaron conmigo. Y Ted no estaba entonces.

—¿Qué quiere decir?

—Quiero decir que no estaba tan unido como Jake, Kramer y yo. Era una especie de chico nuevo. Era nuestro último año y estábamos a punto de graduarnos. Habíamos recibido nuestras cartas de aceptación en la universidad y los tres entramos en la UCLA. Luego, ese verano, nos enteramos de que Ted también había entrado, así que empezamos a contar con él. Lo tomamos bajo nuestra tutela porque íbamos a ir juntos a la universidad. Solo que eso no sucedió.

—¿Por qué no?

—Bueno, para empezar, cambié de opinión, me alisté en el ejército y nunca fui a la UCLA. Y Ted tampoco. Algo pasó y terminó yendo al colegio universitario de Santa Mónica, y luego ingresó en la policía allí mismo.

—¿Podría haber mentido sobre lo de entrar en la UCLA? ¿Que dijera que había entrado para poder acercárseles?

—No lo sé, tal vez. ¿Se refiere a que se nos enganchara para poder enterarse de cosas sobre Sarah y la investigación? Eso es enfermizo.

—Es posible. Pero, en el momento del asesinato, ¿no estaba lo bastante cerca de Jake como para que los detectives quisieran hablar con él?

—Sí, exactamente.

—¿Conocía a Sarah?

—Puede que sí. Ella iba a una escuela de chicas, así que venía a nuestros bailes y reuniones para conocer chicos. Jake la traía. Así que Ted podría haberla conocido allí, o al menos saber quién era.

Ballard se dio cuenta de que Masser se había colocado a su lado. Vio que había marcado en rojo su declaración de causa probable. Levantó un dedo, indicando que casi había terminado su llamada.

—Tengo una pregunta más —dijo Ballard—. En el 2005, Rawls era policía en Santa Mónica. No formó parte de la campaña de Pearlman, ¿verdad?

Hubo otro silencio antes de que Hastings respondiera.

—Está pensando en la chapa de campaña —dijo Hastings—. La respuesta es que sí. Era un voluntario. Kramer lo reclutó. Hacía su turno en Santa Mónica y luego se reunía con nosotros en Greenblatt's, donde reuníamos a todos los voluntarios antes de salir a hacer campaña. Lo hizo varias veces. Fue puerta a puerta.

—Así que podría haber llamado a la puerta de Laura Wilson y haberle dado la chapa —dijo Ballard.

Era una afirmación, no una pregunta.

—Sí.

—Gracias por su tiempo —dijo Ballard—. Estaré en contacto.

Colgó y le tendió la mano a Masser para que le diera el documento.

—No lo tienes, Renée —dijo—. Lo siento.

Ballard miró el documento. Masser había trazado un recuadro rojo alrededor de la declaración de los hechos en apoyo del registro.

—¿Qué tiene de malo? —preguntó ella.

—Es débil —dijo Masser—. El ADN recogido en el caso Wilson indicaba una enfermedad renal. Rawls recibió un riñón de Hastings porque tenía una enfermedad renal, pero no hay ningún vínculo entre Rawls y Wilson. Que tuviera una chapa de la campaña de Pearl no significa nada. Podría ser una casualidad. Probablemente había miles de esas chapas. Y me temo que así es como lo verá Canterbury o cualquier otro juez. Pides una muestra de su ADN para registrar su casa, su coche, incluso su escritorio de aquí. Quieres la luna, Renée. Y lo siento, pero, si aún fuera fiscal, no te dejaría ir con esto a un juez.

—Bueno, para eso estás aquí.

—Pensemos solo en el ADN. ¿Has pensado en una recogida subrepticia?

—Es policía y ya sabe que lo hicimos con Hastings. Ahora será muy cuidadoso. Ve a mirar su escritorio. Está tan limpio que parece que nadie se sienta allí. Probablemente vino aquí ayer y lo limpió después de descubrir lo que estábamos haciendo con Hastings.

—Bueno, cuesta entenderlo. ¿Estás segura de que no te equivocas de persona?

—Estamos seguros de que es un sospechoso, pero para eso necesitamos la orden de registro. Para reunir pruebas que demuestren o desmientan la sospecha.

—¿Estamos?

—Harry Bosch está trabajando en esto conmigo. Debería estar vigilando a Rawls ahora mismo. Así que... ¿qué pasa si...?

No terminó porque todavía lo estaba pensando.

—¿Qué? —dijo Masser.

—Estaba hablando con Hastings —dijo Ballard—. Él confirmó que Rawls fue voluntario de la campaña en el 2005. Fue puerta a puerta y repartió esas chapas.

—¿Dijo Hastings si llamó a la puerta de Laura Wilson o al menos si estuvo en su edificio? ¿Algo que conecte directamente a Rawls con Wilson?

—No, nada así de concreto. Pero se unió al círculo social de Jake Pearlman casi inmediatamente después del asesinato de su hermana.

Masser sacudió la cabeza.

—Son puntos a sumar al documento —dijo—. Pero no basta para llevarlo a Canterbury. ¿Tienes algún juez de referencia? El mío se jubiló hace dos años.

Ballard pensó un momento antes de responder. Tenía un juez en mente, pero era complicado. El juez Charles Rowan solía estar más interesado en Ballard como mujer que como detective. Ir a su casa para que le firmara una orden de registro la obligaría a un baile que a ella no le entusiasmaba ni le enorgullecía. Antes de Rowan, había tenido una jueza de referencia con la que no era necesario bailar. Pero Carolyn Wickwire había perdido la reelección cuando un popular exfiscal se presentó contra ella, alegando que era débil ante el crimen.

—Tengo un juez al que podría acudir, creo —dijo finalmente Ballard.

—Bueno, añadamos lo que tienes de Hastings y rellenemos esto un poco —dijo Masser—. Y veremos qué pasa.

34

La tienda insignia de DGP de Ted Rawls estaba en Montana Avenue, en Santa Mónica. Bosch pasó lentamente por delante y vio a un hombre dentro, abriendo un buzón con una llave. Miró por el retrovisor y se detuvo para observar un momento. Ya había pasado por la casa de Ted Rawls en la cercana Harvard Street, pero no parecía haber nadie allí.

La tienda DGP se encontraba en la planta baja de una estructura de dos pisos llamada simplemente Montana Shoppes & Suites. Ocupaba toda la manzana, con tiendas al por menor en la planta baja y pequeñas oficinas en el segundo nivel. Unas escaleras en los extremos este y oeste permitían el acceso a la pasarela peatonal que recorría la fachada del edificio.

La tienda DGP estaba dividida en dos secciones. Justo detrás del escaparate de cristal había una serie de buzones privados a los que los clientes podían acceder las 24 horas del día a través de una puerta con llave de tarjeta. Más allá de la sala de buzones estaba el centro de envío y embalaje, con un mostrador y un expositor con cajas de cartón y material para hacer envíos.

Bosch vio que el hombre sacaba un paquetito, cerraba su buzón y se marchaba. Entonces vio aparecer a otro hombre desde la parte trasera del negocio y tomar asiento detrás del mostrador. No era Ted Rawls, pero eso no significaba que Rawls no estuviera allí o en el despacho que tenía justo encima de la tienda.

Bosch volvió a circular y giró a la izquierda en la calle Dieciséis. A continuación, volvió a girar a la izquierda en el callejón que recorría la parte de atrás del centro comercial. Avanzó despacio, leyendo los nombres de los negocios en las puertas traseras. No había coches en el callejón y las señales de prohibido aparcar estaban espaciadas cada quince metros más o menos, al igual que los contenedores de basura colocados contra las paredes posteriores de los negocios. Bosch comprobó si había cámaras de seguridad, pero no vio ninguna ahí atrás.

Cuando llegó a la puerta marcada como DGP, redujo aún más la velocidad y miró las ventanas de la oficina de la planta superior. No ofrecían ninguna pista sobre si Rawls estaba dentro. Las persianas venecianas estaban bien cerradas detrás de los cristales.

Aceleró y continuó hasta el final del callejón en la calle Diecisiete, luego giró a la izquierda y volvió a salir a Montana. Vio que quedaba libre una plaza de aparcamiento en la calle y la aprovechó con rapidez, metiendo el Cherokee detrás de una furgoneta. El lugar le ofrecía una buena vista de las tiendas y de la pasarela que conducía a las oficinas de la planta superior. Decidió que era lo mejor que podía hacer por el momento. Rawls lo conocía. No podía entrar en la tienda ni en la oficina de DGP sin correr el riesgo de revelarse ante el sospechoso. Decidió que esperaría hasta tener noticias de Ballard sobre la orden de registro y saber cuál debía ser el siguiente movimiento.

Puso la emisora KKJZ y escuchó una versión de Ed Reed de la vieja canción de Shirley Horn *Here's to Life*. Reed la cantaba pausadamente, con una voz que transmitía la experiencia de sus años.

Tuvo que bajar el volumen de la radio cuando sonó su teléfono y vio que era Ballard.

—Harry, ¿qué está pasando? —preguntó.

—Todavía no he encontrado a Rawls —dijo Bosch—. Parecía que no había nadie en su casa. No hay coche ni señales de vida. Ahora estoy vigilando la oficina en Montana. No lo he visto a él ni he visto su coche. ¿Y tú? Parece que estás conduciendo.

—Voy a Brentwood.

—¿Qué hay en Brentwood?

—Charlie Rowan. Tengo la solicitud de la orden de búsqueda. Masser me ha ayudado a redactarla.

Bosch sabía que se refería al juez del Tribunal Superior del condado de Los Ángeles, Charles Rowan.

—¿Rowan está de guardia o es tu juez? —preguntó.

—Es mi juez de cabecera —dijo Ballard—. Masser cree que va a ser complicado y espero poder usar mis encantos con Rowan para llevarlo hasta la línea de meta.

—Sí, recuerdo que en su día tenía una reputación. ¿Quieres que nos encontremos allí?

—Gracias, Harry, pero no eres mi padre. Tratar con tipos como Rowan no es nada nuevo. Puedo ocuparme de él.

—Siento haber preguntado.

—Puedo pasarme yo después. Brentwood está cerca.

—Primero tenemos que averiguar si Rawls está aquí. Puede que se haya dado cuenta, después de hablar con Hastings, de que estamos a pocos movimientos de llegar a él.

—Eso es lo que estaba pensando. Cuando tenga esto firmado, iremos a llamar a las puertas y averiguaremos si ha volado del gallinero.

—Vale, aquí estaré.

Colgaron. Bosch miró al otro lado de la calle, a la tienda DGP. Tenía un ángulo de visión a través de la ventana frontal hacia el mostrador de envíos, donde parecía que el empleado estaba leyendo un libro mientras esperaba al siguiente cliente.

A Bosch le gustaba el punto de vigilancia que tenía y no estaba seguro de que la plaza de aparcamiento estuviera disponible si la dejaba para dar otra vuelta alrededor del edificio. Montana era una zona comercial importante y las plazas de aparcamiento no duraban mucho. Pero aquella puerta trasera le preocupaba. No sabía si había una escalera interior que conectara la tienda con la oficina de arriba. En todo caso, era imposible que un solo par de ojos vigilara por completo el negocio y la oficina. Esperaba que Ballard llegara pronto con una orden de registro firmada.

35

Al juez Charles Rowan se le iluminaron los ojos cuando vio a Ballard ante la puerta de su casa.

—¡Renée! Mi detective favorita de la ciudad. ¿Cómo estás, querida?

—Estoy bien, señoría. ¿Cómo está usted?

—Mejor ahora que puedo verte. ¿Qué me has traído?

El juez incluso dio un paso atrás para contemplarla mejor, y su mirada se detuvo en ella durante demasiado tiempo. Ballard se sintió asqueada, pero mantuvo su fachada de seriedad.

—Creo que lo sabe —dijo—. Tengo una orden de registro sobre un caso que se está resolviendo mientras hablamos. ¿Puedo hablarle de él?

—Por supuesto —dijo Rowan—. Pasa, pasa.

Rowan retrocedió un poco más, pero abrió la puerta solo lo suficiente para que Ballard tuviera que pasar cerca de él al entrar. Su nivel de incomodidad subió otro peldaño.

Rowan tenía más de sesenta años, al menos veinte años más que Ballard. Tenía todo el cabello gris plateado y una barba a juego. El abundante pelo de sus orejas también era del mismo color.

Ballard ya había estado en la casa de Rowan y sabía que vivía solo tras varios matrimonios fallidos. También sabía que debía doblar a la derecha, donde se encontraba el comedor, en lugar de entrar en la sala de estar, donde el juez podría intentar sentarse demasiado cerca de ella en el sofá.

—¿No quieres ponerte cómoda en el salón? —preguntó Rowan.

Pero Ballard ya se dirigía al comedor.

—La mesa de aquí está bien, señoría —dijo—. Mi compañero está solo y no quiero dejarlo colgado. Podría ser peligroso. Así que, si le echara un vistazo a esto, podría volver a irme.

—Por supuesto —dijo Rowan—. Pero lo primero es lo primero. ¿Qué puedo ofrecerte? Un vaso de té helado, un *chardonnay*, ¿qué te apetece?

—En realidad, señoría, lo que me gustaría es que leyera la orden judicial y, con suerte, comprobara que todo cuadra y está correcto.

Le dedicó la sonrisa más ganadora que pudo lograr dadas las circunstancias. Luego dejó la solicitud de orden judicial sobre la mesa y apartó una silla para que el juez se sentara. Ella iba a quedarse de pie.

Rowan la miró y pareció captar el mensaje de que aquello no iba a convertirse en una visita social. Se acercó a la silla y se sentó.

—Bueno, déjame ver lo que tienes aquí —dijo.

—Puedo contárselo —dijo Ballard—. Pero, si solo quiere leerlo, todo está ahí.

—¿Has pasado por la Oficina del Fiscal del Distrito con esto?

—No exactamente. Ahora dirijo la Unidad de Casos Abiertos, señoría, y en la unidad tenemos asignado un ayudante de fiscal jubilado que revisa y nos ayuda a redactar nuestras órdenes. Hoy ha venido desde su casa para trabajar en esto porque sabía que el tiempo era esencial.

—¿En serio? ¿Cómo se llama este ayudante?

—Paul Masser. Trabajó en Delitos Graves en la Fiscalía.

—Lo conozco. Un fiscal competente.

—Lo es.

—Vamos a ver…

El juez comenzó a leer la primera página y Ballard sintió que se le apretaban las tripas. Las primeras cuatro páginas de la solicitud eran un texto legal estándar que era prácticamente idéntico en todas las órdenes que se presentaban a un juez. Rowan podría haber leído en diagonal esas páginas hasta llegar al meollo de la solicitud: el resumen del caso y la declaración de causa probable. Sin embargo, el juez no estaba haciendo eso, y Ballard pensó que era porque ella había rechazado su intento de convertir su visita en una visita social, si no en algo más.

Aun así, no dijo nada por miedo a enfadar al juez y hacer que rechazara la orden. Cambió el peso del cuerpo de una pierna a la otra y se limitó a observar.

Rowan permaneció en silencio hasta que pasó a la tercera página y habló sin levantar la vista del documento.

—¿Estás segura de que no quieres tomar nada, Renée?

—No, señoría, gracias. Mi compañero está esperando ahí fuera.

—Entiendo. Voy lo más deprisa que puedo. Tengo que ser concienzudo. No quiero que esto se vuelva en mi contra en un tribunal de apelación, si es que considero oportuno firmarlo y dejar que siga su camino.

—Por supuesto, señoría.

—Charlie. Somos viejos amigos, Renée.

—Charlie…, entonces.

Finalmente, llegó a la declaración de hechos del caso y luego a la declaración de causa probable. Ballard miró su reloj. Estaba preocupada por lo que podía ocurrir con Bosch mientras esperaba que ella llegara a Montana Avenue.

—Mirar el reloj no ayuda —dijo Rowan—. Puede que tú tengas prisa, pero yo no puedo tenerla. No cuando estamos considerando el registro e incautación de las propiedades de un hombre.

—Lo entiendo, señoría —dijo Ballard—. Quiero decir, Charlie.

Ballard ya estaba segura de que Rowan iba a rechazar la orden porque ella lo había rechazado a él. Estaba persiguiendo a un asesino en serie, y ese juez sería tan mezquino como para frustrar ese esfuerzo porque su orgullo estaba herido. Ballard deseó haberse arriesgado con Canterbury.

—Renée, ¿podrías ir al salón? —preguntó de repente Rowan.

—¿Por qué, Charlie? —preguntó Ballard.

—Porque en el salón hay una puerta que da acceso a mi despacho. En el escritorio encontrarás mi sello y la almohadilla de tinta. ¿Podrías traerlos para que pueda firmar y sellar esta orden de registro?

—Por supuesto.

Sorprendida y aliviada, Ballard cruzó rápidamente el vestíbulo de entrada y atravesó el salón hasta llegar a unas puertas dobles que daban a un despacho. En el escritorio encontró el sello del Tribunal Superior encima de una almohadilla de tinta.

De vuelta al comedor, oyó el zumbido de su teléfono. Era Bosch. No cogió la llamada. Quería que el juez firmara y sellara la orden de registro y alejarse de él. Después llamaría a Bosch.

36

El presentador de KJAZZ envió sus mejores deseos a Ron Carter por su octogésimo quinto cumpleaños, celebrado en el Carnegie Hall de Nueva York la semana anterior. A continuación, puso «A Song for You», una versión del álbum *At His Best,* de Carter, publicado cuando el gran bajista era un joven de cincuenta y nueve años.

La canción duró ocho minutos y, cuando terminó, Bosch apagó la radio para poder llamar de nuevo a Ballard y ver si ya se dirigía a Montana Avenue. Pero, antes de que pudiera hacer la llamada, vio que cambiaba la luz en el interior de la tienda DGP. Los recovecos de detrás del mostrador de envíos se iluminaron momentáneamente y Bosch adivinó que alguien acababa de abrir la puerta trasera de la tienda y había entrado la luz del día. Inmediatamente arrancó el motor y salió de la codiciada plaza de aparcamiento.

Esta vez pasó por la entrada occidental del callejón en lugar de girar hacia dentro. Eso le permitió echar un vistazo de dos segundos y vio un coche aparcado a mitad del callejón, lo cual lo situaba en las proximidades de la tienda DGP. El coche tenía el maletero abierto, y eso le impidió identificar la marca o ver si la matrícula coincidía con la de Rawls.

Siguió hasta Idaho Avenue, giró a la izquierda por un barrio residencial y bajó hasta la Diecisiete, donde volvió a girar a la izquierda y llegó al otro extremo del callejón. Esta vez pudo ver la parrilla característica de BMW y el acabado de pintura azul metalizado del capó. Ballard le había enviado antes un mensaje de texto con la descripción de un BMW Serie 5 azul de 2021 con una matrícula personalizada que decía DGP1. El coche estaba demasiado lejos en el callejón para que pudiera leer la matrícula en el parachoques delantero, pero se dio cuenta de que solo tenía cuatro caracteres. Estaba seguro de que era el BMW de Rawls y de que él estaba dentro de la tienda.

Como el BMW estaba orientado al este, Bosch supuso que Rawls saldría del callejón hacia ese lado. Dio marcha atrás y retrocedió por la calle 17 hasta la entrada de la primera casa al sur del callejón. El lugar le proporcionaba una vista directa de la salida de este.

Acababa de poner la transmisión en P cuando recibió una llamada de Ballard.

—Rawls está aquí —dijo—. Su coche está en el callejón detrás de la tienda y creo que podría estar a punto de salir. ¿Dónde estás? ¿Tienes la orden?

—La tengo firmada —dijo Ballard—. Acabo de salir.

—Si se va, va a ser difícil seguir con un solo coche a un tipo que probablemente esté esperando que lo sigan.

—Lo entiendo. Voy para allá.

Bosch colgó y centró su atención en la salida del callejón. No le gustaba no contar con una visión directa del BMW, pero tampoco quería salir de su vehículo y arriesgarse a que Rawls lo viera o a perderlo si se alejaba y Bosch se separaba de su coche.

Como estaba mirando a la derecha a través del parabrisas, no vio al hombre que se le acercó por el lado izquierdo y golpeó con el puño el techo del coche. Bosch se sobresaltó y se volvió.

—No quería asustarlo —dijo el hombre—, pero ¿le importaría decirme qué está haciendo aquí?

—Estoy esperando a alguien —dijo Bosch.

Bosch se volvió para examinar el callejón, luego volvió a mirar al hombre.

—¿Alguien que vive en este barrio? —preguntó el hombre.

—No es de su incumbencia —dijo Bosch.

—Bueno, voy a hacer que sea de mi incumbencia. Esta es mi entrada, y quiero saber por qué está aquí plantado.

—Lo siento. Saldré a la calle.

Puso en marcha el motor.

—Eso no es suficiente —dijo el hombre—. Si va a quedarse merodeando, necesito saber por qué o voy a llamar a la policía.

—Señor, yo soy la policía —dijo Bosch.

Apartó la vista del hombre y puso el coche en marcha. Salió a la calle y giró a la derecha. Pasó lentamente por el callejón y echó un vistazo rápido hacia el BMW.

No estaba allí.

Su mirada captó unas luces de freno que se encendían al final del callejón cuando un coche giraba a la derecha en la calle Dieciséis.

—Mierda.

Bosch pisó el acelerador y condujo hasta Montana. Al llegar a la señal de stop, asomó el morro del coche y miró a su izquierda. Vio que el BMW azul salía a Montana y se dirigía al oeste. Bosch hizo lo mismo y empezó a seguirlo, manteniéndose a una distancia de una manzana y media del BMW. Supuso que Rawls se dirigía a Lincoln Boulevard, que a su vez lo llevaría a la autovía 10 y luego a cualquier lugar al que quisiera ir.

Volvió a llamar a Ballard.

—Está en movimiento —dijo—. Creo que va a la autovía.

—¿Adónde voy?

—Si pilla la diez, irá hacia la 405.

—Estoy justo al lado de la 405.

—Pues entra en dirección sur. Te llamaré cuando vayamos hacia allí. Si lo conseguimos, te lo cedo. Creo que me ha calado.

—¿Cómo lo sabes?

—Ha dado la vuelta en el callejón para no tener que pasar por delante de mí.

—Mierda.

—No se puede seguir a alguien con un solo coche, ¿qué quieres que te diga?

—Lo sé, es culpa mía.

—No, no es culpa tuya. Simplemente es lo que es.

—¿Y si solo se va a casa?

—Eso sería perfecto, pero no creo que ocurra. Las calles de la universidad están al este de aquí. Está tomando un camino indirecto si es que va a su casa.

Más adelante, Rawls giró hacia el sur por Lincoln, como era de esperar. Bosch llegó al cruce, y, al hacer el mismo giro, no vio el BMW delante. Al pasar por el siguiente cruce, redujo la velocidad y miró rápidamente a un lado y al otro. No vio el BMW por ninguna parte.

—Mierda —dijo—. Creo que ya lo he perdido.

—¿Qué? —dijo Ballard—. ¿Dónde?

—Ha girado en Lincoln y, cuando lo he seguido, se ha ido. Estoy mirando en las calles laterales, pero no veo su coche por ninguna parte.

—Tenemos que conseguir esa muestra.

—Ya lo sé. Así que ahora es culpa mía.

—No te estoy culpando, Harry. Solo estoy cabreada. ¿Adónde crees que iba?

—A la autovía y, desde allí, ¿quién sabe? Tal vez iba al aeropuerto, o podría estar conduciendo hacia el sur, hacia México, o hacia el norte, hacia Canadá.

Bosch había pasado ya por tres cruces y no había visto el BMW azul.

—¿Adónde voy ahora? —preguntó Ballard.

—Sigue hasta la 405 y dirígete al sur. Yo haré la…

No terminó la frase. Su teléfono salió volando de su mano cuando notó un fuerte impacto en la esquina trasera del coche. De repente se encontró girando en sentido contrario a las agujas del reloj. El Cherokee se deslizó lateralmente a través de un cruce y luego arrancó una señal de stop antes de chocar con un coche aparcado y detenerse bruscamente.

Bosch se quedó aturdido por un momento y luego un dolor agudo en su rodilla derecha atravesó el aturdimiento y le aportó claridad. Se agarró la rodilla y miró a su alrededor, tratando de orientarse y determinar lo que acababa de suceder. A través del parabrisas vio el BMW azul que había estado buscando. Estaba en medio de Lincoln Boulevard, con el faro delantero del lado del pasajero destrozado por el impacto.

Bosch se hizo rápidamente una idea de lo que había pasado. Rawls había golpeado su coche por detrás con una conocida maniobra policial concebida para hacer girar un coche, al golpear una esquina trasera, cambiando la dirección de su impulso y haciéndolo girar de forma descontrolada.

El BMW, solo ligeramente dañado, no huyó. Permaneció detenido en medio de la calle hasta que la puerta del conductor se abrió de golpe y salió Rawls. Rodeó la parte delantera del coche, y al principio Bosch pensó que iba a comprobar los daños de su coche. Pero ni siquiera miró la parte delantera del BMW, sino que caminó tranquilamente hacia el coche de Bosch.

Bosch pudo ver que llevaba una pistola al costado.

—No me jodas —dijo Bosch.

Se inclinó sobre la consola central y gimió al sentir dolor en las costillas. Abrió la guantera, metió la mano y empuñó su propia pistola. Inclinándose hacia atrás en el asiento, sostuvo el arma en el muslo. No tenía ni idea del tipo de enfrentamiento que estaba a punto de producirse.

Rawls siguió avanzando y, al acercarse, levantó repentinamente el arma en posición de disparo.

—No, no, no, no —dijo Bosch.

Levantó el arma para apuntar, pero Rawls disparó primero y Bosch sintió un dolor punzante que le atravesó el cerebro.

37

La voz de Bosch se cortó por un fuerte sonido de choque, seguido por el chirrido de los neumáticos sobre el asfalto y luego un último sonido metálico.

—¡Harry! —gritó Ballard al teléfono.

No obtuvo respuesta.

—¿Harry? ¿Estás ahí?

No hubo ninguna respuesta, y entonces oyó su voz, pero apagada y distante. No pudo distinguir las palabras.

—¿Harry? ¿Puedes oírme?

Entonces lo oyó claramente, aunque también era obvio que Bosch no estaba hablando al teléfono.

—No, no, no, no.

Y a continuación sonaron los disparos. Claros, nítidos. Primero un disparo, seguido de la rotura de cristales, luego una ráfaga. Demasiados disparos en muy pocos segundos para contarlos. Y luego un último disparo, amortiguado y espaciado lo suficiente después de los otros para ser el golpe de gracia, el disparo mortal.

—¡Harry! —gritó Ballard.

Dio un volantazo para hacer un giro de ciento ochenta grados. Puso la sirena y las luces de código 3 ocultas en la parrilla delantera y salió en dirección a Santa Mónica.

Segunda parte

Tierra sagrada

38

Bosch estaba sentado de costado en la camilla de exploración. Se resistía a tumbarse, porque eso podría conducir a que lo ingresaran y a que tuviera que pasar allí la noche, y no tenía ninguna intención de quedarse más que lo mínimo indispensable. El UCLA Santa Mónica seguramente era un gran hospital, pero él quería volver a casa, a su propia cama.

Necesitaba llamar a su hija, pero no tenía su teléfono. Había salido volando cuando su coche fue golpeado por detrás. Estaba esperando a que el médico de urgencias abriera la cortina, le hiciera una última revisión y le entregara una receta antes de darle el alta.

Sus heridas eran leves, aunque técnicamente le habían disparado. Tenía costillas magulladas, una contusión en la rodilla y varias pequeñas laceraciones provocadas por los cristales que salieron despedidos, y una bala le había rozado la hélice de la oreja izquierda. Realmente había escapado por un pelo. Si la bala hubiera ido un par de centímetros más a la derecha, habría pasado la noche en el depósito de cadáveres. Por eso estaba agradecido. Por lo demás, se sentía sobre todo molesto. Ted Rawls estaba muerto y los secretos que guardaba probablemente habían muerto con él.

El médico de urgencias le había limpiado la herida y se la había suturado con hilo negro, y le había advertido innecesariamente que no durmiera con esa oreja apoyada en la almohada. Bosch oía mucha actividad y conversaciones médicas en las otras salas de exploración con cortinas, pero hacía más de veinte minutos que nadie venía a verle. Decidió esperar un cuarto de hora más antes de separar las cortinas y decirle a la enfermera supervisora que tenía que volver al trabajo.

Pero no hizo falta llegar a ese extremo. Cinco minutos antes de su plazo autoimpuesto, se abrió la cortina y entró Maddie, todavía de uniforme. Estaba muy lejos de su zona de trabajo.

—¡Papá!

Bosch se levantó mientras ella se apresuraba hacia él. Se abrazaron con fuerza mientras él hacía lo posible por proteger su oreja herida.

—¿Estás bien? Me ha llamado Renée.

—Estoy bien. No pasa nada. De verdad.

Maddie se apartó y miró primero la cara y luego la oreja de su padre.

—Eso tiene que doler.

—Al principio sí, pero ahora está bien. El médico me ha dicho que no hay muchas terminaciones nerviosas ahí.

El médico no le había dicho semejante cosa, pero Bosch no quería que su hija se preocupara.

—Y el tipo, ¿está muerto? —preguntó Maddie.

—Por desgracia, sí —dijo Bosch—. Queríamos hablar con él y ahora...

—Bueno, no es culpa tuya. ¿Has hablado ya con la DIUF?

La División de Investigación del Uso de la Fuerza de la Policía de Los Ángeles investigaría sus acciones, aunque el tiroteo se había producido en la ciudad de Santa Mónica. El Departamento de Policía de Santa Mónica también llevaría a cabo su propia investigación.

—Me hicieron unas preguntas preliminares en la escena —dijo Bosch—. Pero sé que habrá más. Probablemente todavía están en la escena, buscando testigos y cámaras y todas esas cosas.

—¿Tienes que pasar la noche aquí? —preguntó Maddie.

—No. Estoy esperando a que venga el médico y me dé el alta. En cuanto lo haga me iré de aquí. ¿No se supone que estás de patrulla en Hollywood?

—El capitán me ha dejado irme cuando nos hemos enterado de lo que ha pasado. Me alegro de que estés bien.

—Gracias, Mads. Pero te diré que mi coche sigue en el lugar de los hechos y no creo que lo recupere en un tiempo. Si puedo salir de aquí, ¿crees que puedes llevarme a casa?

—Claro, pero Renée está en la sala de espera, y ha dicho que iba a necesitar hablar contigo después de mí. Cosas del caso.

—Vale, entonces le pediré a ella que me lleve y podremos hablar en el coche.

—¿Seguro?

—Sí, no te preocupes. Y, si tienes que volver, podemos hablar más tarde.

—Te llamaré.

—Ni siquiera sabía que trabajabas los domingos.

—Sí, ahora trabajo de jueves a domingo.

—Genial. Quizá podamos comer mañana o el martes. Tengo la sensación de que mi rodilla estará demasiado dolorida para que quiera sentarme detrás de un escritorio.

—Claro.

Maddie parecía recelosa de comprometerse.

—Es que no te he visto mucho últimamente —dijo Bosch.

—Ya lo sé —dijo ella—. Y es culpa mía. Estoy muy ocupada. Pero, sí, claro. Veré qué tal estás por la mañana y, si te duele mucho, iremos el martes.

—Me encantaría, Maddie.

—Adiós, papá. Te quiero. Me alegro de que estés bien. —Lo abrazó de nuevo.

—Yo también te quiero —dijo Bosch.

—Iré a buscar a Renée y le diré que estás bien —dijo Mads.

Y luego se fue.

Bosch se quedó esperando al médico y a Ballard. Se llevó un dedo a la oreja para ver si podía doblarla sin notar latigazos de dolor en el cerebro.

—No se toque.

Bosch se volvió y vio que había entrado el médico de urgencias. El hombre fue a lavarse las manos y se acercó a Bosch. Le miró las suturas de la oreja.

—Esto va a tener un aspecto bastante desagradable durante un tiempo, pero algo me dice que no le importará —dijo.

—Lo único que me importa ahora mismo es salir de aquí —respondió Bosch.

—Bueno, es libre de irse. Le he dejado una receta preparada en la farmacia del hospital. Tómelo solo para controlar el dolor. Si no hay dolor, no lo tome. Manténgase alerta.

—Entendido. Y gracias, doctor. Se lo agradezco.

—Hago mi trabajo, igual que usted hacía el suyo. Pero debería volver en un par de días y dejar que le eche un vistazo para asegurarnos de que no hay infección.

—Lo haré. Gracias. ¿Y los puntos?

—Los revisaremos entonces, pero creo que tendremos que mantenerlos más tiempo. No querrá que esa oreja le cuelgue como la de mi perro.

—Bien.

Al cabo de diez minutos, Bosch estaba en el coche de Ballard, saliendo del aparcamiento de vehículos frente a la entrada de urgencias. Había decidido no recoger la receta y controlar el dolor con medicamentos que podían comprarse sin receta.

—Vamos a llevarte a casa —dijo Ballard.

—Pasa primero por la escena —dijo Bosch—. Quiero verlo.

—Harry, no van a querer que estés allí.

—Solo quiero que pasemos por delante. Nos desviaremos cinco minutos, como mucho.

—Está bien. Pero sin parar.

—¿La DIUF o Santa Mónica quieren hablar contigo?

—Ya lo han hecho. Habrá más mañana, pero me han autorizado a salir. Maddie me ha dicho que tenías algo que contarme.

—Sí, la caja.

—¿Qué caja?

—Había una caja en el maletero del BMW.

—El maletero estaba abierto cuando vi el coche en el callejón. Puede que hubiera una caja allí, pero no la vi. ¿Qué tamaño tiene?

—Cuarenta por cuarenta por quince, lo decía en la caja. Es una caja de cartón como las que venden en su tienda.

—Podría haberla pasado por alto. ¿Qué hay en la caja?

—Está llena de recuerdos. De sus asesinatos. Hubo más víctimas, probablemente entre Pearlman y Wilson, y después. Probablemente muchas, y estaremos revisando la caja durante mucho tiempo.

—Maldita sea.

—Y probablemente por eso se pegó un tiro al final.

—Un momento, ¿qué?

—Se suicidó.

—No, yo le di. Lo vi.

—Le diste, pero ese no fue el disparo fatal. Lo derribaste delante de su coche. Pero entonces se puso la pistola en la boca. Fue su última bala.

Bosch pensó en el intercambio de disparos. Había sido tan rápido e intenso que le resultaba difícil recordar cada microsegundo de detalle. Sabía que el primer tiro de Rawls destrozó el parabrisas y le atravesó la oreja. Él devolvió el fuego y vació medio cargador. El parabrisas se hizo añicos, permitiendo que los disparos restantes no encontraran ningún obstáculo mientras Rawls devolvía los disparos. Rawls cayó cuando una de las balas lo alcanzó en el hombro derecho. Quedó fuera de su campo de visión, y Bosch recordó haber oído el último disparo, pero no se dio cuenta de que fue autoinfligido.

Él había abierto la puerta del coche y se había dejado caer al suelo. La sangre le corría por un lado de la cabeza y, en ese momento, pensó que tenía una herida más grave. Cojeando por el golpe en la pierna y sin estar seguro de lo que le quedaba en el cargador, se movió con cautela alrededor de su coche y se acercó a la parte delantera por el lado del pasajero. Vio a Rawls muerto en el suelo y pensó que lo había matado.

—Los chicos de la DIUF no me han dicho eso —dijo.

—Bueno, eso es lo que me han contado a mí —dijo Ballard.

Bosch se quedó en silencio y miró por la ventana mientras Ballard conducía. Al cabo de un rato, ella se preocupó.

—¿Estás bien, Harry? —le preguntó—. No vomites en mi coche.

—No voy a vomitar —dijo Bosch—. Estaba pensando en esa tienda y en las otras que tenía Rawls.

—¿Qué pasa con las tiendas?

—Sabemos que puso en marcha su negocio después de dejar la policía y que consiguió un nuevo riñón y una nueva oportunidad en la vida, ¿verdad?

—Sí.

—Entonces, ¿por qué ese negocio? ¿Qué tiene que ver con lo que realmente estaba haciendo?

—¿Crees que lo ayudó de alguna manera? ¿Tal vez a encontrar víctimas?

—No lo sé, pero deberíamos investigarlo. La gente alquila esos buzones privados y la mayoría son legítimos, pero apostaría a que algunos no lo son. Muchos de ellos lo hacen porque tienen vidas secretas o al menos compartimentadas. Quieren tener un lugar donde puedan recibir algunas cosas en privado. Cosas que no quieres que te envíen a casa porque tu mujer o tu marido podrían verlas.

—Y él tenía acceso a todo eso —dijo Ballard.

—Eso era lo que estaba pensando. Estaba al otro lado de ese muro de palcos privados y podía ver los asuntos de todo el mundo. No sé si eso lo ayudó en su propia vida secreta de captación de mujeres, y supongo que es otra cosa que nunca sabremos, porque está muerto.

—Creo que lo descubriremos cuando empecemos a identificar a otras víctimas. Y, por lo que sé, no me molesta demasiado que esté muerto. Sé que la gente pensará que se salió con la suya durante mucho tiempo y se preguntará dónde estaba la justicia. Pero creo que hay incontables vidas ahí fuera que ahora se han salvado.

—Supongo que sí.

—No es una suposición, Harry. Es la verdad.

Estaban ya en Lincoln, y el cruce donde se había producido el tiroteo estaba bloqueado por policías de tráfico. Bosch vio que habían subido su Cherokee verde a una grúa de plataforma para remolcarlo a un garaje de la policía. Por lo que él sabía, su teléfono seguía en el coche.

Los agentes de tráfico les hicieron señas para que entraran en una calle lateral y no llegaron a acercarse lo suficiente como para que Bosch pudiera ver lo que ocurría tras las vallas naranjas. Ballard siguió conduciendo.

—¿Has hablado ya con el concejal? —preguntó Bosch.

—He hablado con Hastings —dijo Ballard— para que sepa lo que ha pasado. Pero no quiero hablar con Pearlman hasta que tengamos una coincidencia de ADN con Rawls. Lo mismo con la madre de Laura Wilson. Pasaré por la oficina del forense por la mañana, recogeré sangre y huellas, y luego iré al laboratorio. Darcy Troy estará esperando para saltar sobre la sangre. No tengo ningún contacto para las huellas, así que veremos cómo lo hacemos.

—¿Y qué pasa con los jefes? ¿Te van a culpar por tener a este tipo en el equipo de Casos Abiertos?

—Claro que no. Si intentan culparme, tengo los mensajes de correo de Hastings pidiéndome directamente que incluyera a Rawls en el equipo. Eso no me preocupa. Estoy más preocupada por ti, Harry.

—¿Conmigo? ¿Por qué?

—Te traje al equipo, ¿y ahora qué? En apenas una semana, ya te han disparado y te han herido, además de que tu coche está destrozado.

—No está destrozado. Ese trasto es un tanque.

—Bueno, espero que alguien pueda encontrarte un parabrisas nuevo en alguna parte.

—Hay muchas piezas por ahí.

—Entonces, bien. Me gustas en ese coche, Harry. Como una pieza cuadrada en un mundo de agujeros redondos.

Bosch pensó en eso un momento, luego le contó su plan a Ballard.

—Creo que voy a tomarme un par de días de descanso. Descansaré la rodilla lo más posible. Luego quiero volver a ponerme con la familia Gallagher.

—Parece un buen plan.

39

Ballard tuvo que pasarse treinta y cinco minutos en la sala de espera antes de que finalmente le dijeran que el concejal podía recibirla. Era martes por la tarde y la historia de Rawls se había mantenido en las noticias desde el domingo por la noche. Lo que la mantenía a flote era el misterio. Se habían filtrado pocos detalles al discurso público, en gran medida porque la policía de Los Ángeles estaba esperando la confirmación del vínculo genético entre Rawls y los asesinatos de Sarah Pearlman y Laura Wilson. Hasta el momento, la noticia se había centrado en el hecho de que un investigador de la Unidad de Casos Abiertos había intercambiado disparos con un sospechoso de asesinato en la vía pública, con el resultado de un hombre muerto y el otro herido. Hasta el momento no se había publicado ni filtrado ningún nombre. Pero todo eso cambiaría en unas horas, cuando el jefe de policía diera una rueda de prensa en la plaza situada frente al Edificio de Administración de la Policía. El trabajo de Ballard consistía en poner al concejal al corriente de lo que el jefe iba a anunciar.

Entró en el despacho de Pearlman y encontró al concejal esperando con Nelson Hastings y Rita Ford. A la derecha del gran escritorio del concejal había una zona para sentarse formada por dos sofás enfrentados, separados por una mesa de centro con tablero de cristal. Pearlman y Hastings ocupaban las dos esquinas de uno de los sofás, mientras que Ford estaba una esquina del sofá opuesto. A Ballard le indicaron que se sentara en la esquina restante.

—Detective Ballard, he estado esperando una puesta al día —dijo Pearlman—. ¿Qué puede explicarnos?

—Gracias por recibirme, concejal —comenzó Ballard—. A las cuatro de la tarde, el jefe de policía dará una rueda de prensa. Anunciará que el ADN y la huella de la palma de la mano de Ted Rawls han coincidido con los asesinatos de su hermana y de Laura Wilson. Esto cerrará esos casos, pero la investigación de Rawls y las pruebas recogidas en su coche y en otros lugares continúan. Es posible que esté vinculado a más casos. Varios más.

Pearlman negó con la cabeza.

—Oh, Dios mío —dijo—. ¿Ha terminado por fin?

—En cuanto al caso de su hermana, sí, señor —dijo Ballard—. El fiscal del distrito revisará y aprobará nuestra resolución del caso. Sé que no existe eso que llaman un cierre, pero tal vez esto le dé algo de paz.

—¿Y el otro caso? —dijo Pearlman—. ¿La conoció o la eligió porque estaba yendo puerta a puerta por mí?

—Eso parece —dijo Ballard.

Hubo una pausa y luego habló Hastings.

—Esto no puede volverse contra el concejal —dijo.

—No estoy segura de lo que quiere decir —dijo Ballard.

—Esa última parte, detective —dijo Hastings—. No tiene prueba de que Rawls conociera o se centrara en Laura Wilson mientras hacía campaña para un candidato. Tiene una chapa de campaña que ella podría haber conseguido en cualquier sitio. Así que no ponga esa conjetura en los medios de comunicación. Si su jefe decide hacerlo, ya no gozará del apoyo de esta oficina.

—Llevaré ese mensaje a relaciones con los medios —dijo Ballard—. Ellos sacarán el comunicado de prensa después de que el jefe hable.

—¿Cómo van a gestionar la inclusión de Rawls en la Unidad de Casos Abiertos? —preguntó Hastings.

—¿A qué se refiere? —preguntó Ballard.

—Creo que puede contar con que algunos periodistas inteligentes pregunten cómo terminó Rawls en la brigada —dijo Hastings—. Y una pregunta de seguimiento será plantear qué tipo de verificación de antecedentes se realizó.

—Bueno, asumo que ese tipo de pregunta no se me planteará a mí —dijo Ballard—. Pero, si me lo preguntaran, no voy a mentir a los medios de comunicación ni a nadie. Usted me dijo que el concejal lo quería en el equipo. Hablé con mi capitán al respecto e hicimos lo que se nos pidió. Todavía tengo sus mensajes de correo.

Quería asegurarse de que entendiera que, si intentaba echarla a ella o a la policía de Los Ángeles a los pies de los caballos, probablemente se volvería en su contra.

—Sí, los mensajes de correo eran míos —dijo Hastings—. Yo le pedí que lo pusiera en el equipo. No el concejal. Esa es la verdad y eso es todo lo que tiene que revelar si se le pregunta.

Hastings estaba dispuesto a sacrificarse para proteger a Pearlman. Ballard admiró el valor del acto, algo raro de encontrar en política. Su respeto hacia Hastings aumentó en ese mismo momento.

—Lo entiendo —dijo.

—¿Cuándo da la rueda de prensa el jefe? —preguntó Ford.

—A las cuatro —dijo Ballard.

—Deberíamos convocar la nuestra justo después —dijo Ford—. Así estaremos en el mismo ciclo de noticias.

—Excelente idea —dijo Hastings—. Detective, una pregunta para usted. ¿Estaría dispuesta a sentarse al lado del concejal y confirmar que él tuvo un papel decisivo en la reapertura de la Unidad de Casos Abiertos y que eso condujo a la identificación del asesino y a la resolución de estos dos casos?

—Tendría que obtener la aprobación del departamento —dijo Ballard.

—Entonces, por favor, hágalo —dijo Hastings—. Nos encantaría contar con usted, y estoy seguro de que querrá mostrar el respeto que tiene hacia el hombre que encabezó los esfuerzos para restablecer la unidad después de muchos años.

—Lo consultaré con mi capitán y se lo comunicaré —dijo Ballard.

Ballard sintió que la reunión había terminado y se levantó. Pearlman pareció salir de su aturdimiento y se levantó también. Fue entonces cuando Ballard vio lágrimas en su rostro. Mientras ella había estado haciendo guantes con Hastings y Ford, Pearlman aparentemente había estado pensando en su hermana fallecida y en tener que aceptar que fue alguien de su entorno, un amigo, quien la había matado.

—Detective, gracias —dijo—. Cuando impulsé la reinstauración de la unidad, fue porque no quería que se olvidara el caso de mi hermana. Saber que hemos resuelto el caso valida todo lo que dije sobre la importancia de la unidad. Ese es el mensaje que transmitiré en mi conferencia de prensa. No puedo estarle más agradecido, y me aseguraré de decirlo también. Espero que nos acompañe.

Tendió la mano y Ballard se la estrechó.

—Gracias, señor —dijo.

Mientras caminaba por Spring Street la media manzana que separaba el ayuntamiento del EAP, Ballard repasó las respuestas que había dado durante la intensa reunión y creyó que había salido bien parada. No tenía intención de pedir permiso para sentarse junto al concejal Pearlman en una rueda de prensa, ni aunque él fuera a cantar alabanzas de ella y de la unidad. Eso sería mezclar la política con el trabajo policial, y eso era una receta para un posible desastre. No lo permitiría.

Cuando llegó al EAP, vio varios equipos de televisión instalados frente a un atril con una gran réplica dorada de la insignia de la policía de Los Ángeles. En la insignia estaba la imagen del ayuntamiento, el emblemático edificio del que Ballard acababa de salir, el Viejo Fiel, como lo llamaban los residentes del Centro Cívico. Cuando el jefe ocupara el atril para la rueda de prensa, la torre de veintisiete pisos se reflejaría tras él en la fachada de cristal del edificio policial. Sería un recordatorio de que la política y el trabajo policial nunca podían estar realmente separados.

Ballard entró en el edificio mostrando su placa y tomó el ascensor a la décima planta, donde estaba programada una reunión previa a la conferencia de prensa en la oficina de relaciones con los medios, justo al final del pasillo desde la OJP, la Oficina del Jefe de Policía.

El portavoz del jefe del departamento era un civil, un antiguo periodista de Channel 5 News llamado Ramón Rivera. Recibió a Ballard en su despacho, y ella se sorprendió al ver al jefe de policía sentado allí también. Estaban repasando la declaración que el jefe leería en la rueda de prensa. Una copia de la declaración se distribuiría a los periodistas.

Ballard se sentó y Rivera le dio una copia para que la leyera. La declaración contenía los detalles del caso que Ballard había proporcionado a Rivera en una llamada telefónica anterior. Era una estricta recitación de los hechos. Esa sería la parte fácil de la rueda de prensa. La parte difícil sería anticipar qué preguntas se harían y decidir cómo responderlas.

Un año antes, el jefe de policía había instado a Ballard a volver al departamento después de que ella hubiera dimitido, frustrada. Su promesa de asignarle la tarea que ella eligiera fue lo que hizo que obtuviera el puesto de directora de la reconstituida Unidad de Casos Abiertos. Ahora el jefe le hizo las preguntas que preveía que los medios de comunicación reunidos le lanzarían cuando terminara de leer la declaración.

—¿Por qué Bosch estaba siguiendo a Rawls solo? —preguntó.

—Seguirlo no era el plan, en realidad —dijo Ballard—. Pero no tenía otra opción. Bosch vio el coche de Rawls al lado de su tienda. Estaba vigilando mientras yo iba a ver a un juez para que firmara una orden de registro. Como Rawls se marchó antes de que yo llegara, Bosch no tuvo más remedio que intentar seguirlo con un único coche. No está claro si Rawls sabía desde el principio que lo seguían o si vio el coche de Bosch mientras conducía.

—¿Y fue usted quien reclutó a Bosch para la Unidad de Casos Abiertos?

—Así es. Es el detective más experimentado del equipo.

—¿Sabía de sus problemas cuando estuvo en el departamento?

—¿Problemas, señor?

—Había estado involucrado en varios tiroteos con anterioridad. Y no dejó el departamento en buenos términos. Algunos podrían decir que se retiró antes de que el departamento lo retirara a él.

—Algo de eso sabía, sí. Pero quería reunir el mejor equipo de voluntarios que pudiera encontrar, y él estaba en lo más alto de mi lista. Resolvimos este caso en gran parte gracias a los movimientos que él hizo.

—¿Cómo se sentiría si tuviéramos que sacarlo del equipo?

—No lo entiendo. Su trabajo fue lo que nos llevó a Rawls. ¿Ahora quieren echarlo a la calle?

—No estoy diciendo eso. Al menos todavía no. Pero tendremos un problema con la percepción de la unidad cuando se sepa que uno de los seleccionados era un asesino. Estoy seguro de que estará de acuerdo en que no da una buena imagen, detective Ballard. Y me pregunto si no convendría empezar de nuevo.

—¿Quiere decir hacer limpieza?

—A falta de una expresión mejor.

—Primero, quiero decir que yo no seleccioné a Rawls. El gabinete del concejal nos lo impuso. Yo no quería a Rawls, pero el jefe de personal del concejal Pearlman me obligó a aceptarlo. Hablé con el capitán Gandle sobre ello y acordamos aceptarlo para mantener el apoyo del concejal. Pero todavía no veo por qué esto debería resultar en hacer limpieza. Tenemos un buen equipo. Tenemos un exayudante del fiscal que es nuestra caja de resonancia legal, una experta en GGI y otros investigadores competentes. Y Harry Bosch es el mejor del grupo.

—Bueno, dejemos de lado esa decisión por el momento y bajemos a hablar con los medios. Veremos cómo van las cosas antes de tomar cualquier decisión.

De alguna manera, Ballard sintió que ya se había tomado una decisión. El jefe se levantó y Rivera también lo hizo.

—Esperen que saque las hojas de la impresora —dijo este.

Cuando Rivera abandonó la sala, Ballard se puso en pie ante el jefe de policía.

—Señor, si decide que tiene que volver a empezar con la unidad, tendrá que hacerlo sin mí. Si Harry Bosch se marcha, yo también me voy.

El jefe la miró durante un largo momento antes de responder.

—¿Me está amenazando, detective Ballard? —dijo.

—En absoluto —dijo Ballard—. Solo le estoy contando los hechos, señor. Si él se va, yo me voy.

—Entendido. Pero vayamos paso a paso. Veamos cómo va esto y luego podemos decidir el futuro.

—Sí, señor.

40

La conferencia de prensa del departamento de policía fue transmiti-
da en directo en las noticias de las cuatro de KCAL. Bosch la vio
desde su casa y no pudo dejar de maravillarse por cómo se las inge-
nió el jefe de policía para contar la historia de Ted Rawls con tanta
autoridad y, sin embargo, omitir tantos detalles destacados. Contó
el relato de un asesino en serie que fue identificado mediante el ADN
por los miembros de la recién reformada brigada de Casos Abiertos
y que luego se suicidó cuando los miembros de la unidad se le acer-
caron. No se mencionó el hecho de que el asesino era un miembro
de la unidad que estaba a punto de detenerlo ni que había sido colocado en ella por el concejal Jake Pearlman, su viejo amigo. Rawls
fue descrito simplemente como un hombre que se ganaba la vida
con una cadena de pequeños negocios. No se mencionaron los nombres de los investigadores de la Unidad de Casos Abiertos, y Renée
Ballard, que estaba detrás del jefe en el podio, no tomó la palabra.
El jefe terminó su lectura de cinco minutos de declaración prodigan-
do elogios a la unidad y a Ballard, su detective principal. El resultado de todo el asunto fue que se había sacado de circulación a otro
asesino en serie gracias a la tenacidad y dedicación del equipo de
Casos Abiertos, así como a la visión de los políticos que habían re-
constituido la unidad previamente desmantelada.

Aparentemente confiado en su relato de medias verdades, el jefe
dijo que aceptaría algunas preguntas. Fue entonces cuando las cosas

no le salieron tan bien. La primera pregunta fue una bola fácil sobre por qué había decidido volver a poner en marcha la Unidad de Casos Abiertos. Pero la segunda pregunta fue una bola con efecto que cayó justo en la zona de *strike*.

—Mis fuentes me dicen que el investigador que intercambió disparos con Rawls antes de que este se suicidara no era otro que Harry Bosch. Bosch estuvo involucrado en numerosos tiroteos antes de retirarse del departamento. Ahora ha vuelto, y mi pregunta es: ¿se le consultó y aprobó usted la incorporación de Bosch al equipo?

La mujer que había planteado la pregunta no aparecía en la pantalla porque la cámara estaba enfocada hacia el estrado y el jefe de policía. Pero Bosch creyó reconocer un ligero acento caribeño.

El jefe trató de desviar la atención.

—Como he dicho en mi declaración, la investigación sigue en marcha y se están estudiando algunos aspectos. Uno de ellos es el tiroteo con participación de un agente, y no voy a hacer comentarios sobre una investigación en curso y un asunto de personal. No sería justo en este momento. Basta con decir que nuestra investigación interna será revisada de forma completa e independiente por la Oficina del Fiscal del Distrito, como es nuestro protocolo con todos los tiroteos con participación de agentes.

Cuando el jefe levantó el brazo para señalar a otro periodista, la persona que había preguntado originalmente le lanzó otra pregunta en voz alta.

—En los documentos judiciales relativos a anteriores tiroteos de Harry Bosch, se lo describió como un «pistolero». ¿Pesó eso en la decisión de ponerlo en esta unidad?

La palabra *pistolero* hizo parpadear al jefe.

—Eso lo desconozco —dijo—. Como acabo de decir, no voy a hacer ningún comentario en este momento sobre el tiroteo con participación de un agente. Y hoy ya no hay tiempo para más preguntas.

Rápidamente se apartó del estrado y se dirigió al otro lado de la plaza, hacia la seguridad del EAP. Las preguntas que se gritaron a su espalda no fueron respondidas. Ballard y un apretado grupo de relaciones con los medios de comunicación siguieron su estela. Bosch había observado a Ballard mientras se volvía para seguir al jefe. Pudo ver el espanto claramente dibujado en su rostro.

Después de la rueda de prensa, la emisión cambió a un reportaje en directo desde el lugar de los hechos. Una reportera introdujo entrevistas grabadas con los residentes del normalmente tranquilo barrio. Era estrictamente de relleno, pero en su resumen la reportera mencionó que el concejal Pearlman había programado una conferencia de prensa a las cinco de la tarde para hablar sobre el caso y su conexión personal con él.

A las cinco, Bosch cambió de KCAL, que pasó a una programación no informativa, al inicio del boletín horario de noticias en KNBC. El presentador inmediatamente dio paso a la comparecencia en directo del concejal Pearlman en los escalones de granito del ayuntamiento, detrás de un podio adornado con el escudo de la ciudad.

En una breve intervención, Pearlman elogió el trabajo de la Unidad de Casos Abiertos, señalando que su oficina había desempeñado un papel clave en su restablecimiento. También dijo que la identificación de Rawls como el asesino de su hermana y de Laura Wilson no aportaba un cierre a su familia, pero que conocer por fin la verdad era suficiente para, con suerte, vendar las heridas del pasado.

También omitió muchos hechos clave, como que él y su jefe de personal habían colocado a Rawls en la misma unidad que lo desenmascaró como asesino. Tampoco mencionó que Rawls probablemente había elegido a Laura Wilson como víctima mientras hacía campaña en apoyo de la primera candidatura de Pearlman al cargo en 2005.

El concejal terminó su breve declaración diciendo que no aceptaría preguntas y pidiendo que se respetara su intimidad y la de su familia. A Bosch esta última parte le pareció una forma cínica de evitar preguntas que podrían causar un daño político.

Bosch apagó la tele y se quedó sentado pensando en cómo los que tenían el poder siempre manipulaban la verdad. Le molestaba saber cosas que no debían mantenerse en secreto.

Pensó en la mirada de espanto que vio en la cara de Ballard y se preguntó si la habían obligado de alguna manera a estar al lado del jefe y formar parte de la manipulación. Deseó que al menos lo hubiera llamado para avisarle.

Fue entonces cuando se dio cuenta de que Ballard podría haberlo hecho, pero no se habría enterado, porque su teléfono estaba bajo custodia directa de la policía o seguía en algún lugar de su Cherokee después de que se le cayera cuando el coche de Rawls impactó con el suyo. El Cherokee estaba presumiblemente en el depósito de la policía.

Bosch se levantó y fue a la cocina. Usó el teléfono de la casa para llamar a su número de móvil y comprobar si había mensajes. Tenía dos. El primero era una llamada de Ballard recibida a las dos de la tarde y que indicaba el horario de las ruedas de prensa. El segundo era un mensaje lo había dejado hacía tan solo diez minutos Juanita Wilson desde Chicago. Le pidió que la llamara. Bosch sacó un bolígrafo y un post-it del cajón de la cocina y anotó su número.

Bosch salió a la terraza trasera de la casa con el inalámbrico para hacer la llamada.

—¿Señora Wilson?

—Detective Bosch, siento molestarlo. Gracias por llamarme tan rápido.

—No me está molestando. ¿La llamó la detective Ballard?

—Lo hizo. Me contó lo que ocurrió, que el hombre que mató a mi Laura está muerto.

—Sí, se suicidó cuando nos acercábamos a él. Lo siento. Quería… queríamos atraparlo vivo para que fuera castigado.

—No lo sienta. Creo que está siendo castigado. Está en el infierno.

—Sí, señora.

—Llámeme Juanita.

—Juanita.

—Le he llamado porque quiero agradecerle lo que hizo. La detective Ballard me lo contó. Espero que esté bien y que se recupere pronto.

—Estoy bien, Juanita.

—Y quiero agradecerle las respuestas. Le dije que aguantaba para tener respuestas.

—Lo entiendo —dijo Bosch.

—Gracias a usted y a la detective Ballard, ahora puedo dejarme ir... y puedo reunirme con Laura y mi marido.

Bosch no sabía qué decir. Sabía que casi todo el mundo creía en algo, manteniendo una esperanza de que no hubiera solo un vacío al final.

—Lo entiendo —dijo.

Miró a través del paso de Cahuenga hacia el cartel de Hollywood que estaba a un lado. Sintió lo inadecuado de su última respuesta.

—Ahora lo dejó —dijo Juanita—. Una vez más, gracias, detective Bosch.

—Harry.

—Gracias, Harry. Adiós.

—Adiós, Juanita.

Bosch apretó el teléfono en la mano mientras pensaba en Juanita esperando años para obtener respuestas y luego no conocer toda la verdad. En su interior empezó a brotar una profunda fuente de ira.

Volvió a entrar en la casa cojeando y utilizó el ordenador portátil para buscar un número de teléfono. Llamó y preguntó por el nombre de la periodista cuya voz había escuchado en la rueda de prensa de la policía de Los Ángeles. Mientras esperaba que le pasaran, volvió a salir a la terraza. Estaba mirando al otro lado del desfiladero cuando oyó la voz con un ligero acento caribeño.

—Keisha Russell, ¿en qué puedo ayudarlo?

—Me has llamado pistolero en la televisión en directo.

—Harry Bosch. Cuánto tiempo.

Recordó cómo dijo su nombre. Le sonó como si estuviera dando un mordisco a una manzana crujiente.

—Pensaba que estabas en Washington, cubriendo la política.

—Me cansé de los inviernos. Además, casi me matan en el Capitolio el año pasado. Decidí que era hora de volver a casa, a mi primer amor, cubrir crímenes.

—Pensaba que cubrir la política era cubrir el crimen.

—Es gracioso. Y tiene gracia que me hayas llamado. Quería llamarte, pero no encontré a nadie por aquí que me diera tu número. ¿Has llamado solo para quejarte o quieres decirme algo?

Bosch pensó por última vez en contenerse, pero rápidamente las imágenes que conservaba del caso —Sarah Pearlman, Laura Wilson e incluso Juanita Wilson— se impusieron.

—Te están utilizando —dijo—. Fuiste más inteligente que eso la última vez que estuviste en sucesos.

—¿En serio? —dijo Russell—. ¿Quién me ha utilizado?

—La fuente que te dijo que yo disparé. Te hablaron de mí, pero no del resto de la historia. Están más preocupados por deshacerse de mí que por sacar toda la verdad.

—¿Esta conversación es oficial?

—Todavía no.

—Entonces voy a tener que colgar. Tengo un plazo que cumplir. Si quieres quedar después de la entrega, estaré encantada. Ha pasado mucho tiempo. Tal vez podamos tomar una copa y me puedes instruir sobre quién es quién en el zoo.

Era una vieja expresión de la policía de Los Ángeles, una advertencia que resultaba tan útil cuando se respondía a una llamada de radio en código 3 —luces y sirena autorizadas— como cuando se profundizaba en el abismo de la política del departamento. El primer paso era la evaluación: determinar quién es quién en el zoológico.

—Tal vez después de que las cosas se agiten un poco —dijo Bosch—. Si es que sigo aquí.

—Yo no apostaría en contra —dijo Russell—. Puede que seas un pistolero o puede que no, pero está claro que eres un superviviente. ¿Hay algo que creas que necesito saber antes de presentar este artículo?

—Ahora mismo, solo tienes la mitad de la noticia.

—Entonces cuéntame la mitad que no tengo.

—Eso no es cosa mía.

—¿Qué tal si dejo de lado el tema del pistolero y me quedo con lo que pasó el domingo? Te hago ese favor, ¿qué haces tú por mí?

—¿De dónde salió eso?

—¿Lo de pistolero? Tuve que escarbar mucho. Era una cita de Honey Chandler de una moción que presentó en los noventa. ¿Te acuerdas de ella? La cita real era «Bosch es un pistolero que dispara primero y pregunta después». También te llamó vaquero en la moción. Me encanta eso y definitivamente lo voy a usar en mi artículo.

Bosch captó un recuerdo de la abogada de derechos civiles antes de que fuera asesinada por alguien que trataba de impresionarlo. Honey Chandler había sido la némesis de Bosch, y no dudaba de que ella lo habría tachado de pistolero en alguno de sus documentos o incluso en pleno juicio, pero al final la había respetado.

Dejó caer la mirada hacia la autovía al fondo del desfiladero. Estaba en plena inercia de hora punta.

—Sí —dijo—. Me acuerdo de Chandler. Como recuerdo que tú siempre querías llegar la primera, pero sin equivocarte.

—Eso es un golpe bajo, Harry. Siempre se culpa al mensajero. Pero te pido que me ayudes a no equivocarme. Si no quieres hacerlo, ¿a quién hay que culpar?

Bosch dudó solo un momento antes de hablar.

—Había un zorro en el gallinero, Keisha.

Hubo un largo silencio antes de que Russell respondiera.

—¿Qué significa eso?

—Yo no te he contado nada —dijo Bosch—. Confírmalo en otro sitio. Rawls era el zorro.

—Estás hablando con acertijos. ¿De qué gallinero estamos hablando?

—Rawls era un voluntario de la unidad. Estaba trabajando en los casos Pearlman y Wilson. Justo ahí con nosotros.

—¿En la Unidad de Casos Abiertos? ¿Me estás tomando el pelo?

—Ojalá.

—Y tratan de ocultarlo para evitar el bochorno.

—Querías saber quién es quién en el zoo.

—Entonces, déjame entender esto. Renée Ballard puso a un asesino en serie en su propio equipo de casos sin resolver.

—No. No fue ella. No fue una elección suya.

—Entonces, ¿de quién?

—Tal vez deberías llamar a Nelson Hastings a la oficina del concejal y hacerle esa pregunta.

Bosch pudo oír la risa apagada de Russell, aunque era evidente que había puesto la mano sobre el teléfono. Luego volvió a sonar clara.

—Esto es demasiado bueno —dijo.

—Recuerda, confírmalo por tu cuenta —dijo Bosch—. Yo no soy la fuente.

—No te preocupes, Harry. Lo haré. ¿Confías en mí? Antes lo hacías.

—Eso fue hace mucho tiempo. Sabré si puedo confiar en ti cuando lea el periódico mañana.

—Lo verás a las diez en línea.

—No estoy suscrito.

—Entonces espera hasta mañana. Pero vamos a tomar esa copa pronto.

—Si lo haces bien, las bebidas corren de mi cuenta.

—Trato hecho. Y tengo que irme. El plazo de entrega es en una hora y, gracias a ti, todavía tengo mucho trabajo por hacer.

—Feliz caza.

Bosch colgó y volvió a mirar hacia el paso.

No se movía nada. Las arterias de la ciudad estaban atascadas.

41

Ballard quería ser la primera en llegar al trabajo, pero al entrar en la sala de archivos oyó el rítmico sonido mecánico de un documento de varias páginas que se imprimía en la sala de fotocopias. Miró y encontró a Bosch colocando documentos en una carpeta de tres anillas mientras se imprimían más.

—Harry, ¿qué haces aquí?

Él la miró durante un largo momento antes de responder.

—Eh, trabajo aquí. A no ser que me hayan despedido y no me lo hayan dicho.

—No, me refiero a que pensaba que te tomarías un tiempo. Para curarte.

—Dos días han sido suficiente. Estoy bien.

—La última vez que te vi, esa rodilla parecía un poco insegura.

—Compré una de esas rodilleras de compresión en CVS. Funciona bastante bien. Pero tendrías que ver la marca que me deja en la pierna.

Ballard se acercó y miró la carpeta. Obviamente, Bosch estaba compilando un expediente de asesinato.

—¿Y qué es esto? —preguntó.

—Estoy copiando los archivos que no tengo del caso de la familia Gallagher —dijo él—. Voy a empezar de nuevo con él.

—Pensé que habíamos dejado claro lo de copiar archivos, y sin embargo aquí estás.

Bosch no dijo nada mientras volvía a poner una pila de documentos en las anillas de una de las carpetas originales. Ballard dejó la caja que llevaba en un mostrador junto a la carpeta que Bosch estaba apilando.

—Cuéntame, Harry. ¿Qué está pasando?

—Mira, hace mucho tiempo que no estoy en el departamento, pero todavía sé leer los posos del café. Te van a decir que te deshagas de mí. Y está bien. No quiero causarte más problemas de los que ya te he causado. Pero, cuando me vaya, ¿quién va a trabajar en esto?

Señaló las siete carpetas sobre la mesa.

—Así que supongo que me lo llevaré conmigo —dijo—. Y seguiré trabajando en él. Te llamaré cuando encuentre a McShane.

—Harry, no voy a mentirte y decirte que todo va sobre ruedas —dijo Ballard—. Pero les dije que, si tú te vas, yo también me voy. Se lo dije directamente al jefe.

Bosch asintió.

—Te lo agradezco —dijo—. Realmente lo aprecio. Pero no deberías haberlo hecho. No evitará que hagan lo que quieran.

—Ya veremos —dijo Ballard.

—Sí, y probablemente muy pronto.

—Lo que ha salido en el *Times* esta mañana no ayuda. ¿Lo has leído?

—No leo el *Times*.

—Tienen mucho de lo que no se contó durante la conferencia de prensa del jefe.

—Es su trabajo.

—Esta Keisha Russell, la periodista, ¿la conoces?

—Sí, pero lo último que supe es que se fue a la delegación de Washington. Eso fue hace mucho tiempo, creo. Años. Me sorprende que todavía esté en activo.

—Pues sí. Lo está, y ahora ha vuelto a Los Ángeles y ha destapado todo el asunto. Que Rawls estaba en la unidad y que la oficina del concejal lo puso aquí. Por eso he llegado temprano, porque Nelson Hastings me ha llamado a las seis de la mañana.

—Apuesto a que estaba cabreado. ¿Esa es la caja del coche de Rawls?

—Estaba cabreado y todavía lo está. Y no cambies de tema. Quienquiera que le pasara esa historia a Russell realmente me hundió en la mierda.

La fotocopiadora terminó su trabajo y la habitación quedó en silencio.

—Lamento escuchar eso —dijo finalmente Bosch—. ¿No se nombraba a nadie en la historia?

—«Fuentes consultadas», eso es todo —dijo Ballard—. Y Nelson cree que yo soy una de esas fuentes. Es decir, me llamó. Tres veces, de hecho. Pero yo nunca hablé con ella, ni siquiera le devolví las llamadas para preguntarle cómo había conseguido mi número y decirle que no iba a hacer ni un puto comentario. No hay nada como que te culpen por algo que no has hecho.

—Sé lo que es eso. Lo siento. Pero tal vez sea bueno que salga a la luz y la opinión pública lo sepa. ¿No crees?

—No si vuelven a cerrar la unidad. Lo que Pearlman da, también lo puede quitar. ¿Y por qué no? El caso de su hermana está resuelto. Ya ha sacado lo que quería.

—¿Realmente crees que cerrarían todo por Rawls?

—Tú y yo hemos visto tomar decisiones peores. Por eso puedes olvidarte de Gallagher por ahora.

—¿Qué quieres decir?

Ballard volvió a coger la caja y se volvió hacia la puerta.

—Rawls sigue siendo la prioridad número uno —dijo—. Si lo conectamos con otros casos y empezamos a resolverlos, entonces tal vez no nos cierren el grifo. Y, si lo intentan, tal vez alguien filtre eso a Keisha Russell. Entonces quedarán mal y tendrán que dar marcha atrás.

Ballard salió y dejó a Bosch solo. No tenía ninguna duda de que él estaba detrás de la historia del *Times*. Como no reconocía el nombre de la periodista que Hastings le gritó por teléfono a las seis de la mañana, hizo una búsqueda en la página web del *Times* de los reportajes anteriores de Russell y vio que en los años noventa cubría la sección policial. Varios de sus artículos eran sobre casos de un detective llamado Harry Bosch. Estaba molesta con Bosch. No tanto por lo que había hecho; tenía que reconocer que sacar la historia completa era algo que el departamento debería haber hecho en primer lugar. Solo lamentaba que él no hubiera acudido a ella primero para planearlo juntos. Además, deseaba que él hubiera admitido su participación. Eso demostraba que no confiaba en ella tanto como ella creía.

Llevó la caja a la sala de interrogatorios. Pasó más de una hora antes de que los demás investigadores empezaran a llegar a sus puestos en la sala. Para entonces, Ballard estaba en su cubículo y Bosch en el suyo, agachando la cabeza, aunque Ballard sabía que estaba allí. Colleen Hatteras fue la primera del resto en presentarse a trabajar y enseguida empezó a acribillar a Ballard y a Bosch con preguntas sobre Rawls, el tiroteo y otros aspectos del caso. Ella también mencionó el artículo del *Times,* pero sus preguntas se debían principalmente a que era la primera vez que veía a Ballard y a Bosch desde el tiroteo del domingo. Bosch había estado de baja y Ballard había tomado prestado un escritorio en el EAP y había trabajado desde allí el lunes y el martes para que los investigadores de la DIUF, así como los encargados de las relaciones con los medios de comunicación y el personal de mando, pudieran localizarla fácilmente.

—Colleen, un segundo —dijo Ballard—. No quiero tener que responder las mismas preguntas cuatro veces cuando lleguen los demás. Así que vamos a esperar a que estén todos y entonces os contaré lo que sé y en lo que quiero que trabajemos todos esta semana. ¿De acuerdo?

—De acuerdo —dijo Hatteras—. Lo entiendo. Pero solo quiero dejar constancia de que Ted Rawls me dio malas vibraciones. No quise decir nada antes, porque era un colega. Pero lo sentí cuando estuvo aquí: un aura superoscura. Tengo que admitir que pensé que podría venir de Harry, pero ahora lo sé. Definitivamente, era Ted.

—Gracias a Dios —dijo Bosch—. Es un alivio saber que mi aura no es superoscura.

Ballard oyó a Bosch decirlo, pero no pudo verlo debido a la mampara de separación. Se inclinó sobre su escritorio para que Hatteras no pudiera verla sonreír ante la réplica. Luego se puso seria.

—¿Sabes una cosa, Colleen? —dijo—. Voy a tener que redactar un informe a posteriori sobre Rawls y todo este asunto. Así que no quiero que dejes de hacer lo de la genealogía genética. Sigue trabajando en ello y mira a ver si puedes establecer más vínculos genealógicos. Si podemos demostrar el valor que tiene en este caso, creo que nos servirá mucho ante los mandos.

—Me pongo con eso, jefa —dijo Hatteras—. Y, ahora que sabemos que el árbol genealógico tiene a Rawls en la rama de Los Ángeles, puedo empezar a trabajar en el otro sentido.

—Muy bien, Colleen. Avísame cuando lo tengas todo claro.

—Recibido.

Ballard puso los ojos en blanco. Esa palabra se estaba convirtiendo en su fastidio favorito.

A las ocho y media, Masser, Laffont y Aghzafi ya estaban en sus correspondientes sitios y Ballard se levantó para que todos pudieran verla.

—Bien, chicos, escuchad —comenzó—. En primer lugar, os agradezco que hayáis venido con poca antelación porque necesito a todo el equipo en esto. No hemos terminado con lo que ahora se conoce como el caso Ted Rawls. Cuando se quitó la vida el domingo y, de hecho, es una de las razones por las que probablemente lo hizo, había una caja en el maletero de su coche. La hemos recuperado y contiene objetos personales que pueden proceder de otras víctimas. Me refiero a joyas, cepillos para el pelo, maquillaje, estatuillas y pequeños objetos, todo tipo de cosas.

—Recuerdos —dijo Hatteras, afirmando lo obvio.

—Sí, recuerdos —dijo Ballard—. Y quiero que todos veamos qué podemos hacer para conectar estos objetos con otras posibles víctimas. Todo lo que sabemos con seguridad es que mató a Sarah Pearlman en el 94 y a Laura Wilson en el 2005. Es un intervalo muy grande. Y hay otro intervalo muy grande entre el 2005 y el domingo, cuando Rawls, gracias a Harry Bosch, fue puesto fuera de servicio.

—¡Eso, eso! —dijo Masser.

Se puso de pie y levantó una mano por encima de la mampara, ofreciéndole a Bosch un choque de manos. Bosch le correspondió, aunque a Ballard le pareció que lo hacía de forma reticente y poco entusiasta.

—He extendido todo eso sobre la mesa de la sala de interrogatorios —continuó Ballard—. Quiero que vayamos allí, los examinemos, que cada uno elija un elemento o dos y nos pongamos a trabajar. Sé que es una posibilidad remota, pero vamos a ver si es posible que podamos relacionar alguna de estas pertenencias con algunos casos.

Señaló los estantes del archivo donde se guardaban todos los casos sin resolver.

—Todos sabemos que hay muchas familias ahí fuera esperando respuestas —dijo Ballard—. Cada uno puede tener una opinión diferente, pero yo me centraría en esos años entre Pearlman y Wilson. Sabemos que Rawls enfermó después de Wilson. Le hicieron un trasplante de riñón y puede que eso lo apartara del crimen. Pero creo que probablemente estuvo activo entre esos dos crímenes. He invitado al concejal Pearlman a que venga a ver los objetos por si puede identificar algo que pertenezca a su hermana, pero no sé si aceptará. Mientras tanto, ayer embolsé todo individualmente después de que el laboratorio tomara muestras y buscara huellas. Lo que hay en la mesa son artículos que no tienen seguimiento forense. ¿Alguna pregunta?

Laffont levantó la mano como si fuera un estudiante en un aula.

—¿Tom? —dijo Ballard.

—¿Qué hay de su casa y su oficina? —preguntó Laffont—. ¿Hay algo allí?

—Buena pregunta —dijo Ballard—. Los detectives de Robos y Homicidios pasaron casi todo el lunes registrando su casa, su oficina y un almacén que había alquilado. No encontraron nada de valor probatorio. La mayoría probablemente sabéis que estaba casado y tenía una hija pequeña, y parece que mantenía esa parte de su vida separada. No hace falta decir que ellas siguen en estado de shock por todo esto. Parece que Rawls guardaba sus recuerdos en su oficina de Santa Mónica y el domingo estaba allí justamente para cogerlos y largarse. También había una maleta preparada en el coche. Estaba a punto de fugarse.

—¿Alguna idea de adónde iba? —preguntó Aghzafi.

—De momento, no —dijo Ballard—. No había nada en su teléfono, en sus bolsillos o en el coche que indicara adónde iba. Llevaba el pasaporte en el bolsillo, así que posiblemente se dirigía a México o a Canadá. Creemos que estaba tratando de pirarse después de darse cuenta de que íbamos tras él.

Ballard los miró esperando más preguntas.

—Si eso es todo, vamos al trabajo —dijo—. El elefante en la habitación es que Rawls era uno de nosotros, y eso no nos hace quedar muy bien. Así que pongámonos manos a la obra y veamos si podemos mejorar nuestra imagen cerrando más casos. Vamos a demostrar lo que valemos.

Ballard volvió a sentarse mientras los demás se levantaron para ir a la sala de interrogatorios. Todos menos Bosch. Esperó a que los demás salieran a ver los recuerdos y luego le habló a Ballard desde el otro lado de la separación.

—Keisha Russell fue la que me llamó pistolero en la rueda de prensa —dijo—. Así que la llamé por eso. No sabía que estaba de vuelta en la ciudad cubriendo las noticias policiales y entonces oí su voz llamándome pistolero solo para provocar al jefe. Y, entonces…, se me escapó. Le dije que teníamos un zorro en el gallinero porque desde que vi esa conferencia de prensa sabía lo que iban a hacer. Iban a barrer esa mierda bajo la alfombra, como siempre hacen, y... no lo pensé, Renée. Debería haber supuesto que te la ibas a cargar. La cagué. Lo siento.

Ballard asintió ligeramente. No porque Bosch hubiera confirmado lo que ella ya sabía, sino porque se había sincerado con ella y lo había reconocido. La confianza que ella creía rota se había restablecido.

—Está bien, Harry —dijo ella—. Ahora entra ahí y encuéntranos algo que cierre el caso.

—De acuerdo, jefa.

Ballard sonrió.

42

Bosch se agachó y miró a Ballard por encima de la mampara. Ella estaba trabajando en su ordenador; sus dedos se movían a una velocidad asombrosa mientras tecleaba, pero él no podía ver la pantalla para saber lo que estaba haciendo. Ballard habló sin apartar la vista de su trabajo, fuera lo que fuera.

—¿Has encontrado algo ahí para investigar? —preguntó.

—No, todavía no —dijo Bosch—. Los otros aún están ahí dentro. Lo miraré más tarde, a ver qué queda. Estaba pensando en dar una vuelta por Santa Mónica primero.

—Acabo de oírte al teléfono preguntando por horarios de recogida. ¿Es eso?

—Sí. Hay algo que me molesta sobre lo que Rawls estaba haciendo el domingo.

Ballard desvió la atención de su pantalla para mirarlo.

—¿Qué? —preguntó.

—De acuerdo, escúchame bien —dijo Bosch—. El domingo, cuando pasé por el callejón y vi su coche detrás de la tienda, el maletero estaba abierto y a él no se lo veía por ninguna parte.

—Sí, estaba dentro de su oficina, recogiendo sus recuerdos.

—Correcto, creemos que estaba haciendo eso. Y dijiste que, después del tiroteo, la caja de recuerdos fue encontrada en el maletero de su coche y que también había una maleta.

—Sí, en el asiento trasero.

—Vale, entonces, ¿por qué abrió el maletero antes de entrar en la tienda?

Ballard se encogió de hombros.

—Porque sabía que iba a sacar la caja —dijo.

—Pero ¿tú abrirías el maletero antes de entrar? —dijo Bosch—. ¿O esperarías a salir con la caja? Quiero decir, no era una caja tan grande como para que necesitara las dos manos.

—No sé, Harry. Creo que estás dándole demasiadas vueltas.

—Tal vez. Pero, cuando te vi hoy con la caja, me di cuenta. Esa caja podría haber cabido fácilmente en el asiento de atrás con la maleta o en el asiento del pasajero junto a él. ¿Por qué la puso en el maletero?

—¿Importa? Es una de esas cosas que nunca vamos a poder precisar y conocer. Una incógnita perdurable. Todos los casos las tienen.

—Sí, pero ¿y si el maletero estaba abierto porque estaba sacando cosas? ¿Y si se estaba deshaciendo de cosas? Pruebas, otros recuerdos. Lo cogió todo de su casa o de su almacén, dondequiera que lo tuviera, lo metió en el maletero y luego condujo hasta la tienda, donde el callejón trasero estaba lleno de contenedores de basura detrás de los negocios. Tal vez no lo vi en el callejón porque mi vista estaba bloqueada por los contenedores.

—Los horarios de recogida. ¿Han vaciado esos contenedores esta semana?

—Hasta mañana no los recogen.

—Así que vas a ir a bucear en los contenedores.

—No me lo voy a perdonar si no lo hago.

—Déjame terminar este mensaje y te acompañaré. No creo que debas subirte a los contenedores con esas costillas y esa rodilla. Y tengo un MEC en el coche.

Como bien sabía Bosch, Ballard se refería a los monos de escena del crimen. La mayoría de los detectives guardaban botas de trabajo y monos en su maletero para trabajar en escenas del crimen.

—Mis costillas y la rodilla están bien —dijo—. Pero vamos a necesitar un taburete o una escalera, independientemente de quién entre.

Pregunta a los de mantenimiento del edificio para ver qué podemos pedir prestado —dijo Ballard—. Enviaré este mensaje y nos encontraremos en mi coche.

—A por ello.

43

Estaban buscando en el cuarto de los cinco contenedores de basura que había en el callejón de detrás de Montana Shoppes & Suites. Habían empezado por el extremo oeste del callejón y avanzaron hacia el este. En los tres primeros contenedores no habían encontrado nada relacionado con Rawls ni con el caso. Ballard, con botas de goma y mono azul marino, estaba metida hasta la cintura en un contenedor verde situado detrás de una tienda de ropa de mujer. Eso significaba que los residuos eran en su mayoría inocuos y secos. El primer contenedor en el que habían buscado estaba lleno de posos de café y otra basura de la cafetería que se encontraba en el extremo oeste del centro comercial.

Cada exploración en el contenedor requería escarbar en basura de tres días, ya que buscaban algo que Rawls podría haber tirado el domingo.

—Aquí no hay nada —dijo Ballard.

Utilizaba el palo largo de una escoba para hurgar en la capa inferior del contenedor. Bosch la había pedido al departamento de mantenimiento junto con una escalera de mano.

—Muy bien, entonces sal de ahí —dijo Bosch, y le tendió la mano.

Ballard se quitó un guante, le tomó la mano, aupó las caderas al borde de acero y giró las piernas hacia la escalera. Bosch la ayudó a bajar.

—Las cosas que hago por ti, Harry —dijo ella.

—Oye, yo no te pedí que vinieras —dijo Bosch—. Si te hace sentir mejor, yo me encargo del último.

—No, te vas a ensuciar la ropa. Solo te estoy haciendo pasar un mal rato porque no hemos encontrado una mierda aquí y esta ropa da un calor infernal.

Cuando bajó de la escalera, Bosch empezó a devolver al contenedor las bolsas de basura y otros desechos que habían retirado.

Ballard se dirigió al último contenedor con la escalera de mano. Volvió a ponerse el guante, luego abrió del todo la pesada tapa de plástico y comenzó a escarbar en la capa superior de bolsas y cajas. El lado este de la propiedad se hallaba junto a una gran tienda de decoración para el hogar que vendía objetos de menor tamaño, como lámparas, obras de arte y velas. Ahí la basura era similar a la del último contenedor, en el sentido de que no estaba húmeda, no olía especialmente mal y era fácil de remover. La mayor parte se había depositado en cajas de cartón rellenas de espuma de embalaje y plástico de burbujas. También había trozos de cajas de madera rotas.

Bosch se unió a ella y rápidamente vaciaron la mitad superior del contenedor, dejando caer todo lo que sacaron sobre el asfalto del callejón.

—No puedo creer que nadie haya salido de una de estas tiendas para preguntar qué demonios estamos haciendo —dijo Ballard.

—Puede que se acerque mi amigo, el propietario enfadado de la calle Diecisiete —dijo Bosch.

—¿Quién?

—Un tipo que vive en el barrio de aquí atrás. El domingo me aposté en su entrada cuando esperaba que Rawls hiciera un movimiento. Salió y se puso en plan señora Kravitz.

—¿Señora Kravitz?

—La vecina entrometida de *Embrujada*, la serie de los sesenta. ¿No viste ninguna reposición de niña?

—Fue antes de mi época, supongo.

—Cielos, soy viejo.

Una vez que hubieron retirado la primera capa de escombros, Ballard subió por la escalera, puso las manos enguantadas en el borde del contenedor para apoyarse, balanceó hábilmente sus piernas sobre el borde y se dejó caer en el contenedor.

—Te estás volviendo buena en esto —dijo Bosch—. Dentro de unos años volverán los Juegos Olímpicos a la ciudad. Eres la Simone Biles de homicidios.

—Eres muy gracioso, Harry —dijo Ballard—. Esto es solo otra habilidad que espero no volver a necesitar.

Empezó a pasar cajas a Bosch, que las colocó en el suelo.

Al final, Ballard logró hacerse espacio para colocar los pies en el suelo del contenedor y pudo apoyarse mejor para levantar los restos más pesados. Se fijó en un cajón abierto en un rincón. Contenía una escultura de una mujer y un niño que tenía una grieta de un par centímetros de ancho en el yeso. Intentó levantarla, pero se dio cuenta de que quizá era demasiado pesada para pasársela a Bosch. Así que la levantó ligeramente y la giró hacia su izquierda para recolocarla. Cuando se volvió hacia el rincón, vio una caja de cartón aplastada que había estado debajo del cajón de la escultura.

—Harry —dijo—. Echa un vistazo.

Oyó el ruido de los pies de Bosch en los peldaños de la escalera y lo vio inclinarse sobre el borde.

—Ten cuidado con esa rodilla. —Señaló la caja aplastada en el rincón—. Es del mismo tamaño que la caja del maletero del BMW.

Se quitó los guantes y los metió bajo un brazo. Luego sacó el teléfono de un bolsillo con cremallera del mono y abrió la cámara. Tomó tres fotos desde tres ángulos diferentes inclinándose hacia un lado y luego hacia el otro. Después pasó al modo de vídeo y le dio el teléfono a Bosch.

—Voy a abrirla —le dijo—. Tú graba el vídeo.

—Entendido —dijo Bosch.

Ballard volvió a ponerse los guantes y se acuclilló junto a la caja aplastada mientras Bosch pulsaba el botón de grabación.

Aparte de tener las mismas dimensiones (40 × 40 × 15) estampadas en su costado, no tenía marcas y parecía coincidir con la que habían recuperado del BMW de Rawls y que Ballard había llevado a los archivos de homicidios esa mañana. Estaba desprecintada, pero la parte superior había sido aplastada, lo que obligó a Ballard a rasgar las solapas para conseguir abrirla. Dentro, en la parte de arriba, había una prenda de vestir doblada. Ballard se apoyó en los talones para asegurarse de que Bosch lograra una visión clara con el vídeo.

—Parece un camisón —dijo—. Vamos a sacarlo de aquí antes de empezar a examinarlo. Puedes apagar el vídeo.

Bosch lo hizo y le devolvió el teléfono a Ballard. A continuación, ella levantó la caja y se la entregó a Bosch.

—Voy a asegurarme de que no hay nada más aquí —dijo.

Bosch llevó la caja hasta el coche de Ballard y la puso sobre el capó.

Ballard pasó los siguientes cinco minutos moviendo restos en el contenedor para poder determinar si Rawls había depositado algo más. Después de trepar una vez más por el borde y bajar por la escalera, ayudó a Bosch a devolver al contenedor los restos que habían sacado.

Se quitó los guantes de trabajo y los guardó en los bolsillos traseros del mono. Luego sacó un par de guantes de látex de un bolsillo delantero y se los puso mientras se dirigía a su coche. Cuando le entregó la caja del contenedor a Bosch, se dio cuenta de que había algo pesado debajo de la ropa doblada.

Bosch la siguió hasta el coche.

—¿Quieres revisarlo aquí o esperar? —le preguntó.

—Quiero echar un vistazo rápido —dijo ella—. A ver qué tenemos.

Le devolvió el teléfono a Bosch para que pudiera grabar su segundo examen de la caja. Sacó la prenda y confirmó que se trataba de un camisón blanco de franela de manga larga con flecos bordados en el cuello y los puños. No había ninguna etiqueta en el interior del cuello ni ningún otro elemento identificativo. Parecía estar limpio. No tenía sangre ni otras manchas.

Ballard cambió de posición para poder mirar dentro de la caja.

—Harry, graba esto —dijo.

Bosch se puso al lado de Ballard y enfocó la caja con la cámara. En el fondo había un par de zapatillas rosas que parecían conejitos de peluche con la nariz en la punta del dedo gordo. Debajo de ellas, Ballard vio parte de un mango de madera. Sujetando el camisón con una mano, metió la otra y sacó las zapatillas de conejo. En el fondo de la caja había un martillo de acero inoxidable con el mango de madera pulida.

Ambos lo miraron en silencio durante unos segundos.

—¿Arma homicida? —dijo Bosch.

—Es lo que estaba pensando —dijo Ballard—. Puede ser. Ahora solo tenemos que encontrar el caso.

No tocó el martillo porque sabía que el mango podría contener huellas dactilares y de su cabeza y orejas de acero podría extraerse ADN. Colocó con cuidado las zapatillas encima del martillo en su posición original, y luego, con ambas manos, levantó el camisón por los hombros de la prenda y lo dobló a lo largo. Al hacerlo, la manga derecha le rozó y sintió el peso de algo más sólido que un puño bordado.

Pasó una mano a lo largo de la manga y la cerró alrededor de algo atrapado en el puño. Metió los dedos en el puño y sacó una pulsera: una gruesa banda de metal trenzado con un colgante, una paleta de pintor con seis pequeños puntos de color a lo largo del borde y las letras G. O. grabadas en el centro.

—Una pulsera personalizada —dijo Ballard—. Probablemente perteneció a un novio y era demasiado grande para su muñeca. Debió de resbalarse cuando se quitó el camisón.

—O cuando alguien se lo quitó —dijo Bosch.

—También puede ser.

—¿Qué es lo que hay grabado? Es demasiado pequeño para que pueda distinguirlo.

—G. O. Me pregunto qué significa.

—Lo sabrás cuando lo conectes con un caso.

Ballard asintió y miró por el callejón hacia la puerta trasera de la tienda DGP.

—Así que aparca ahí abajo, saca una caja y la tira en el cubo de basura más alejado —dijo—. Pero luego deja la segunda caja con sus otros recuerdos en el BMW y se marcha. ¿Tiene sentido?

—No —dijo Bosch—. Pero he estado pensando en eso.

—¿Y?

—Ven aquí.

Bosch se alejó del coche y se dirigió hacia el final del callejón a unos seis metros de distancia. Ballard volvió a meter el camisón en la caja y colocó la pulsera encima. Luego dio alcance a Bosch. Cuando llegaron al final, señaló en diagonal a través de la calle Diecisiete una vivienda de los años cincuenta que era la primera casa residencial detrás del distrito comercial de Montana.

—Ese es el sendero de entrada al que me metí después de ver el coche de Rawls en el callejón —dijo—. Su coche estaba orientado hacia el este, así que pensé que, cuando se fuera, saldría por aquí y yo lo vería y lo seguiría.

—¿Ahí es donde la señora Kravitz se enfrentó a ti? —preguntó Ballard.

—Sí. Yo estaba mirando hacia aquí, hacia el callejón, cuando el tipo se puso a mi lado, golpeó con el puño el techo del coche y empezó a darme caña. Fue una distracción y aparté la vista del callejón para ocuparme de él. Fue un poco ruidoso, porque él era el rey del castillo y no quería que estuviera ahí. Así que estaba pensando... Tal vez Rawls llevó esa primera caja al contenedor y luego oyó el revuelo en la calle.

—Mira, ve que eres tú y piensa que tiene que salir zumbando.

—Exacto, así que vuelve corriendo al coche, da la vuelta en el callejón y se va. Pero todavía tiene la otra caja en el maletero. Yo salgo del sendero, paso por el callejón de aquí, y es entonces cuando veo que está saliendo por el otro extremo.

Volvieron al coche de Bosch en silencio. Ballard adivinó que ambos estaban repensando el escenario que acababan de elaborar, buscando lagunas en la lógica.

—Parece que algo no funciona —dijo finalmente Bosch—. Falta algo. ¿Por qué iba a utilizar los contenedores de basura de detrás de su negocio? No era inteligente. Tenía que haber otra razón para venir aquí.

—La había —dijo Ballard—. No te lo conté, pero Robos y Homicidios habló con el tipo que estaba trabajando en la tienda el domingo. Les dijo que Rawls había entrado por la puerta trasera, había saludado y luego se había ido directamente a la caja fuerte de la trastienda, que se utilizaba para guardar dinero en efectivo de reserva para las tiendas. El empleado dijo que Rawls cogió todo el dinero. Novecientos dólares, por lo que había en los bolsillos de Rawls.

—Su dinero para la fuga.

—Exacto. Pero la historia que le contó a su empleado fue que necesitaba el efectivo para pagar la entrada de un coche que iba a comprar. Así que cogió lo que había en la caja fuerte y luego salió por la puerta de atrás.

—Eso funciona. Va allí a coger el dinero y a tirar las cajas de recuerdos. Aparca, abre el maletero, pero entra primero en la tienda para coger el dinero. Es entonces cuando paso por allí y veo el maletero abierto, pero no hay señales de Rawls. Entonces doy la vuelta a la manzana y me meto en el sendero de la casa. Rawls sale de la tienda y lleva la primera caja por el callejón hasta el último contenedor, alejándose de la tienda por si acaso. Pero, después de tirarla, oye al tipo que me grita. Rawls mira, me ve y vuelve al coche.

—Hace un giro de ciento ochenta grados en el callejón para que no lo vea salir y se marcha por el otro lado. Funciona, pero nunca lo sabremos con seguridad. ¿Iba a poner la segunda caja en un contenedor diferente? ¿Por qué no llevó las dos cajas al contenedor a la vez? Podríamos darle vueltas a esto eternamente.

—Una de las incógnitas perdurables —dijo Bosch.

—Exactamente.

—¿Y ahora qué?

Ballard señaló la caja que estaba en el capó del coche.

—Quiero llevar esto a Ahmanson y trabajar en esa pulsera —dijo—. Y llevaré el martillo a Criminalística.

—Una vez tuve un caso de martillo. Era el arma homicida y lo encontramos en el río Los Ángeles, en un lugar donde había agua en el canal. Había estado allí durante unas treinta y seis horas y parecía limpio como una patena. Pero todavía encontraron sangre en la parte de madera que entraba en la cabeza de acero. Sangre de la víctima. Cerramos el caso.

—Así que tal vez tengamos suerte con este y lo conectemos con una víctima. Volvamos.

Ballard recogió la caja y se dirigió al maletero.

—Cuando volvamos a Ahmanson, me iré —dijo Bosch.

Ballard abrió el maletero y metió la caja. Lo cerró y se dirigió a la puerta del conductor. Miró a Bosch por encima del techo del coche.

—¿Irte adónde? —preguntó.

—Sheila Walsh ya se ha macerado lo suficiente —dijo Bosch—. Es hora de que vaya a verla.

—¿Y Rawls?

—Me imagino que tienes a Rawls cubierto. Tienes a todos los demás trabajando en eso.

—¿Vas a ver a Walsh tú solo?

—Sí, como la otra vez. Es mejor así.

Bosch abrió la puerta y subió al coche. Ballard hizo lo mismo.

—¿Y si está su hijo?

—No hay problema. Me tiene miedo.

—Probablemente con razón.

44

Bosch había alquilado un coche el martes y lo había recogido en Midway después de reunirse con su hija para comer en un restaurante vegetariano de Sunset. Previamente había preguntado por su propio coche en el garaje de la policía, pero le dijeron que los detectives de la División de Investigación del Uso de la Fuerza no lo habían liberado todavía. El servicial empleado del garaje también le explicó que el coche estaba inutilizado porque el chasis se había deformado durante el accidente que precedió al tiroteo con Rawls. A pesar de haber afirmado a Ballard que el viejo Cherokee era invencible, Bosch pensaba que probablemente lo había conducido por última vez.

Paró el coche de alquiler delante de la casa de Sheila Walsh. Si estaba pendiente de él, no reconocería el coche. Se quedó sentado durante un minuto para ordenar las ideas y decidir cómo actuar. Hacía casi una semana que Walsh lo había llamado y le había dicho con rabia que se alejara de ella y de su hijo. Bosch necesitaba mentalizarla de que él no se iría hasta que ella se quebrara y revelara cualquier secreto que conociera sobre Finbar McShane.

Bajó del coche y subió por el camino de piedra hasta la puerta principal. Llamó bruscamente, el tipo de llamada que, con suerte, asustaría a quien estuviera dentro. No ocurrió nada. Metió la mano en el bolsillo de la chaqueta y sacó unos documentos sujetos con un clip para tenerlos preparados.

Al levantar el puño para volver a golpear la puerta, oyó la voz de Sheila Walsh desde el otro lado.

—Váyase. No va a entrar.

—Señora Walsh… Sheila, abra la puerta. Tengo una orden de registro.

—No me importa. Váyase a otro sitio con su maldita orden de registro.

—No funciona así. Si no abre la puerta, voy a tirarla abajo.

—Claro, a su edad. Adelante, inténtelo. Tengo el cerrojo puesto.

—Llevo cuarenta años pateando puertas, Sheila. No se trata de fuerza. Se trata de saber dónde hacer presión. Es una de las primeras cosas que te enseñan. Si das en el punto justo, la propia cerradura rompe la jamba. Entonces le costará trescientos o cuatrocientos dólares arreglarla, y tendrá que pensar en una forma de asegurar la casa hasta que consiga a alguien que la repare. Nadie piensa en eso. En los programas de televisión no cuentan esa parte.

Pasó un largo momento de silencio.

Bosch retrocedió como lo hubiera hecho si fuera a patear la puerta. Había una mirilla y suponía que ella lo estaba observando.

—Apártese —dijo—. No quiero hacerle daño.

En el momento en que iba a levantar la pierna y echarse hacia atrás para patear, la voz de Walsh volvió a sonar.

—¡Está bien, está bien! No eche la puerta abajo.

Bosch esperó y oyó cómo se desplazaban los pernos. La puerta finalmente se abrió y allí estaba Sheila Walsh, con una mirada de puro odio.

—Una decisión inteligente —dijo Bosch.

—¿Qué quiere? —preguntó Walsh.

—Para ser sincero, prefiero hablar con usted que tener que registrar su casa. Eso me llevaría el resto del día, cuando probablemente podríamos aclarar esto con una simple conversación.

Walsh no se movió.

—¿Una conversación sobre qué? —preguntó.

—¿Quiere hacer esto aquí, delante de sus vecinos? —preguntó Bosch—. ¿O podemos sentarnos dentro?

Walsh dio un paso atrás y lo dejó entrar. Bosch no le había mentido. De hecho, tenía una orden de registro, pero era una copia de una orden de otro caso, firmada años antes por un juez que ya estaba jubilado.

—Por aquí —dijo Walsh.

Esta vez lo condujo al comedor en lugar de a la cocina. Sobre la mesa había un ordenador portátil abierto y papeles. En la pared, a la izquierda, había varios folletos desplegados y trípticos pegados a la pintura azul celeste. Bosch vio mapas de lo que parecía ser el Caribe y el golfo de México, así como fotos de cruceros, planos de planta de los camarotes y diagramas de cubiertas enteras. El comedor era la oficina central de su agencia de viajes *online*.

—Antes de decir otra palabra, quiero que me asegure que dejará a mi hijo en paz —dijo—. Ya ha sufrido bastante y no tiene nada que ver con esto.

—No puedo hacer esa promesa —dijo Bosch—. Han muerto cuatro personas, Sheila. Toda una familia. Y voy a encontrar al hombre que lo hizo. Si tengo que valerme de su hijo para llegar hasta ahí, lo haré. Es así de simple. Pero es usted quien controla esto. Coopere y no habrá necesidad de que yo presione a su hijo ni de que hable con sus jefes sobre su participación en esto.

—Eso no es justo. ¡Él no está involucrado!

—¿Cree que fue justo que toda la familia Gallagher fuera enterrada en una fosa en el desierto?

—Por supuesto que no. ¡Pero yo no tuve nada que ver con eso! ¿Cree que no siento ese horror? Lo siento. Pienso en eso todos los días.

—¿Qué quería Finbar?

La cabeza de Walsh se balanceó hacia atrás, sorprendida por la pregunta directa de Bosch.

—¿De qué está hablando?

—Vamos, Sheila —dijo Bosch—. Ya sabe de qué estoy hablando. Su hijo fue el que entró y le robó. Tuvo suerte cuando encontraron la huella de McShane y pudo acusarlo. Pero fue su hijo, no él. McShane estuvo aquí en algún momento antes del robo y quiero saber por qué.

—Está loco. No va a dejarlo pasar y eso es acoso. Podría presentar una denuncia contra usted.

—Podría. Pero, si cree que esto es acoso, aún no ha visto nada. Nunca voy a dejar de venir aquí. Hasta que me diga lo que sabe.

Ella negó con la cabeza y luego puso los codos sobre la mesa y la cara entre las manos.

—Dios mío, ¿qué voy a hacer? —dijo—. No va a parar, joder.

Bosch sacó el clip de los documentos que había traído. Estaban doblados a lo largo. Separó la última página con el pulgar y la deslizó por la mesa hacia ella.

—Abra los ojos, Sheila, y eche un vistazo a esto —dijo Bosch—. Creo que la ayudará a hacer lo correcto.

Ella dejó caer las manos sobre la mesa.

—¿Lo correcto? —protestó ella—. ¿De qué está hablando?

—Mírelo —dijo Bosch.

Walsh pegó el papel a la mesa con los pulgares y se inclinó sobre él para leer. Pronto empezó a sacudir la cabeza.

—Ayúdeme —dijo—. ¿Qué es esto?

—Es una copia de una página del código penal de California —dijo Bosch—. Artículo treinta y dos: trata del delito de complicidad en el asesinato.

—¿Qué? —fue un grito más que una pregunta—. Oh, Dios mío. ¿Qué está...?

—Mire la última línea —dijo Bosch—. Léala.

—La he leído. No sé lo que significa. No sé lo que quiere.

—Habla sobre la prescripción. Tres años por complicidad en un homicidio. Lo que dice es que está libre de culpa, Sheila. No importa lo que haya hecho, ya no se la puede acusar.

—¿Cree que tuve algo que ver con los asesinatos? ¿Esos hermosos niños? ¿Está loco? ¡Fuera! ¡Fuera de mi casa!

Señaló hacia la puerta mientras se levantaba.

—Vuelva a sentarse, Sheila —dijo Bosch con calma—. No me voy a ninguna parte.

Ella no se movió. Mantuvo el brazo levantado con el dedo señalando hacia la puerta.

—¡He dicho que se siente! —gritó Bosch.

Su voz la asustó. Walsh se dejó caer en la silla con los ojos muy abiertos por el pánico.

—Escúcheme —dijo Bosch, recuperando un tono uniforme—. La investigué hace ocho años. Una vez que averigüé la fecha de la desaparición de los Gallagher, confirmé que estaba en un barco en Cozumel. Conseguí fotos, relatos de testigos verificados, extractos de tarjetas de crédito, todo. Sé que McShane esperó a que usted se fuera para hacerlo, así no habría posibilidad de un testigo, nadie que llamara a la policía. Pero usted sabe algo, Sheila. Sabe algo y ahora es el momento de contarlo. Está legalmente libre de responsabilidad. Así que es el momento de limpiar su conciencia también. Hable conmigo, Sheila. Si lo hace, la dejaré en paz, y a su hijo también. Desapareceré de su vida para siempre.

Walsh volvió a apoyar los codos en la mesa, se llevó las manos a la cara y miró la fotocopia. Muy pronto, Bosch vio que unas lágrimas goteaban sobre el papel.

—Es hora de hacer lo correcto —insistió Bosch—. Piense en esos hermosos niños y dígame. ¿Qué hacía McShane aquí?

Ella presionó los dedos de una mano sobre los de la otra y luego miró a Bosch por encima de los nudillos. Por primera vez, él vio que algo la atormentaba. Algo que llevaba dentro.

—Estuvo aquí —dijo ella—. Vino a verme.

Bosch asintió. Era un agradecimiento. Era el momento de sacar toda la historia.

—¿Cuándo? —preguntó.

—Prométame que dejará a mi hijo en paz —dijo Walsh.

—Ya se lo he dicho. Si me habla de McShane, los dejaré en paz a los dos. Es una promesa.

Walsh asintió, pero se tomó un buen rato para tranquilizarse y componer la historia.

—Vino porque quería dinero —dijo finalmente—. Dijo que había perdido todo su dinero en una mala inversión. Me amenazó. Le di lo que quería y se fue.

—¿Cómo la amenazó?

—Le prometo que no sabía lo de Stephen y su familia. Lo que les pasó, quiero decir. Pero en ese año que se fueron, antes de que nadie lo supiera, descubrí lo que Fin estaba haciendo con el negocio.

—¿Reventarlo?

—¿Qué es eso?

—Vender equipos y encargar más para venderlos también. Al final, el negocio se derrumba. Pero antes de que eso ocurriera, McShane se largó.

—Se llame como se llame, yo sabía lo que estaba haciendo. Trabajé en Shamrock desde el principio y sabía leer los libros. En aquel momento, no sabíamos lo que le había pasado a Stephen, pero veía que el negocio no iba a salir adelante. Tenía que pensar en mi hijo. Así que… le dije a Fin que quería mi parte.

—¿Y cuánto era su parte?

—Sabía lo que había ganado, porque había visto las órdenes de compra y había hecho algunas llamadas a nuestros clientes para saber a qué precio vendía las cosas. Le dije que sabía lo que estaba haciendo y que lo había sumado todo y quería la mitad. Cuatrocientos mil o iría a la cárcel. Me los dio.

Bosch permaneció en silencio, esperando que su silencio la hiciera hablar.

—Pero entonces… los encontraron —dijo ella—. Allá arriba, en el Mojave. Y Fin había desaparecido. Sabía cómo se interpretaría.

Como que yo formaba parte de eso. No podía decir lo que sabía. No podía decírselo a nadie, porque parecía culpable.

Bosch asintió con la cabeza mientras parte de la historia encajaba después de tantos años. Pensó en que Sheila había mencionado el arco moral del universo la última vez que había estado ahí. Se preguntó si ella sabía entonces que el arco se inclinaba hacia ella.

—Ha dicho que volvió aquí por dinero —dijo Bosch—. ¿Cuánto le dio?

—Los cuatrocientos mil —dijo Sheila—. Hasta el último céntimo. Nunca lo toqué. No podía después de saber lo que hizo.

—¿Cuándo ocurrió exactamente esa visita? ¿Cuánto tiempo antes del robo que denunció?

—Unas semanas. Tal vez un mes.

—Me acaba de decir que la amenazó. ¿Exactamente cómo la amenazó?

—Dijo que le diera el dinero o mi hijo recibiría un mal chute y, la próxima vez que lo viera, estaría en una mesa de autopsias en el depósito de cadáveres. Dijo que entonces contaría a la policía lo del dinero y me arrestarían. No sabía nada sobre la prescripción o como se llame. Pero mi hijo, en aquel entonces, me necesitaba. No podía dejar que eso sucediera.

Bosch asintió con la cabeza y guardó silencio.

—Pero no tenía que amenazarme —dijo Walsh—. Ni a mi hijo. No quería el dinero después de saber lo que encontraron en el Mojave.

Bosch volvió a asentir, pero esta vez habló.

—¿Por qué llamó a la policía después del robo? —preguntó—. Usted sabía que su hijo lo había hecho.

—¡No lo sabía! —exclamó ella—. No tenía ni idea. ¿Cree que habría denunciado a mi propio hijo a la policía? No lo sabía hasta que Jonathan me lo dijo. Cuando se enteró de que había llamado a la policía, me lo confesó y me dijo que tenía que protegerlo. Y supe cómo hacerlo cuando me llamaron preguntando por McShane y sus huellas. Solo tuve que decir que había sido él.

—¿Dónde está, Sheila?

—¿Mi hijo? Sabe dónde…

—No, McShane. ¿Dónde está?

—No lo sé. ¿Cómo voy a saberlo?

—¿Está diciendo que tenía cuatrocientos mil dólares en efectivo bajo el colchón y que se los dio sin más y él se fue? Tuvo que haber algún tipo de transferencia.

—Fue en criptomoneda. Así fue como me lo dio, y así fue como lo guardé. Se lo transferí otra vez aquí mismo desde el portátil. Y fue entonces cuando cogió el pisapapeles. Mientras me observaba y me enseñaba cómo hacerlo.

Bosch sabía que rastrear una transferencia de ese tipo sería casi imposible y nunca conduciría a una localización física.

—¿En qué negocio invirtió para perder su mitad? —preguntó—. Algo le tuvo que decir.

—Dijo: «Nunca inviertas en un bar». Me acuerdo de eso. Nada más.

—¿Cuál era el nombre del bar?

—No me lo dijo.

—¿Dónde estaba?

—Tampoco me lo dijo. Y yo no estaba interesada en preguntar. Solo quería que se fuera.

Bosch también pensó que rastrear un bar en quiebra, sin nombre y sin una ubicación, con seis años o más de retraso, sería como tratar de rastrear una transferencia de criptomoneda. Imposible. Ya conocía la historia completa, pero no estaba más cerca de Finbar McShane. Miró la vieja orden de registro que había sobre la mesa y empezó a unir las páginas con un clip.

—Dijo una cosa que podría ayudarle —agregó Sheila.

Bosch levantó la mirada.

—Pero quiero que me asegure que nada de esto puede volverse contra mí o mi hijo —dijo ella—. Y que Jonathan nunca podrá saber lo que hice.

Volvía a llorar, esta vez sin intentar ocultarlo con las manos. Bosch asintió.

—El arco moral del universo se inclina hacia la justicia, Sheila. ¿Qué dijo McShane que pueda ayudarme?

Ella asintió y se secó las lágrimas de las mejillas con las manos.

—Miró mis trípticos allí arriba en la pared y dijo: «Solo hay un lugar en el mundo donde se puede ver la puesta de sol desde el amanecer».

Bosch miró a la pared, pero no pudo hacer la conexión.

—No lo entiendo —dijo—. ¿Qué significa?

—Hay un barco que se llama *Amanecer* —dijo ella—. Forma parte de Norwegian Line. Atraca en Tampa, Florida, y cada semana navega hasta Cayo Hueso, se queda un día y luego continúa hasta las Bahamas antes de dar la vuelta y regresar. Es un itinerario muy popular. He vendido muchos viajes en ese barco y he ganado muchas comisiones. Sabía exactamente a qué se refería cuando lo dijo, porque ya había oído esa frase antes. Es parte del reclamo de venta. En Cayo Hueso hay grandes puestas de sol. Sobre todo, desde la cubierta del *Amanecer*.

Bosch miró los trípticos pegados a la pared y vio el *Amanecer*.

Sheila se acercó a uno de los montones de folletos doblados que tenía al lado de la mesa, eligió uno y se lo entregó a Bosch.

—Tome —le dijo—. Lléveselo.

—Gracias —dijo Bosch.

Bosch miró el folleto y lo abrió. En él aparecía gente feliz, en traje de baño, retozando en la piscina del barco o con ropa marinera colorida paseando por la cubierta. Incluso había una foto de gente alineada en la barandilla de la cubierta contemplando una puesta de sol. Cayo Hueso, pensó Bosch. Ya sabía dónde iba a buscar a Finbar McShane.

45

Ballard abrió el sistema de estanterías lo suficiente para poder colarse entre ellas y caminar hasta donde estaban los casos de 2002. Pasó el dedo por los números de los casos en los lomos de los expedientes y luego sacó la carpeta que buscaba.

Cuando regresó a su espacio de trabajo, Colleen Hatteras la estaba esperando.

—¿Qué pasa, Colleen?

—No mucho. Me preguntaba si necesitas ayuda con lo que estás haciendo.

Señaló la caja que había sobre el escritorio de Ballard. Era la que habían encontrado en el contenedor del callejón detrás del comercio de Ted Rawls en Santa Mónica.

—Creo que lo tengo controlado —dijo Ballard—. Todavía no hay una vertiente genealógica en esto.

—Podría hacer llamadas, si quieres —dijo Hatteras.

—No hay ninguna llamada que hacer todavía. Este es el séptimo de siete casos posibles. Los seis primeros no coinciden, en mi opinión.

—¿Qué estás buscando exactamente?

—Un caso en el que haya un camisón blanco desaparecido, zapatillas de conejo y una pulsera. También es probable que haya un traumatismo por objeto contundente como causa de la muerte.

Ballard se sentó y abrió la carpeta que acababa de coger. A continuación, hojeó el índice hasta llegar al informe inicial del incidente.

—¿Quieres que lea lo que ya has leído tú? —preguntó Hatteras—. No estoy haciendo gran cosa. El material de GGI sobre Rawls se ha agotado. Estoy esperando respuestas. Podría volver a lo que estaba trabajando antes, pero me siento mal dejando a Rawls cuando hay tantas preguntas sin respuesta.

—¿Y los recuerdos? ¿No estás trabajando en eso?

—Lo estaba haciendo, pero me he topado con un muro. No he encontrado ninguna conexión para resolver casos.

Ballard sabía que, si no le daba a Hatteras algo que hacer, probablemente no se la sacaría de encima en todo el día.

—Mira —dijo—. Mientras reviso este último caso, ¿por qué no coges esto y ves lo que puedes averiguar?

Mientras hablaba, Ballard metió la mano en la caja de cartón y sacó la pulsera que había encontrado en la manga del camisón. La había metido en una bolsa de plástico para pruebas. Se la entregó a Hatteras.

—Muy bien —dijo Hatteras—. ¿Qué buscas?

—Todo, cualquier cosa —dijo Ballard—. ¿Quién hizo la pulsera? ¿Dónde se vendió? Hay unas iniciales. Al menos, creo que son iniciales. Me encantaría saber quién hizo el grabado y de quién son las iniciales. Ya lo he buscado en los informes de pertenencias digitalizados, pero no he encontrado resultados. Así que lo que queda es intentar averiguar de dónde salió. Sé que es una posibilidad remota, pero inténtalo, ¿vale?

—Claro.

—Gracias.

Hatteras se fue como un perro con un hueso, aunque Ballard creía que su misión fracasaría. Aun así, valía la pena considerar todas las posibilidades y no tener a Hatteras interrumpiendo constantemente.

Leyó el resumen inicial del caso de 2002 que acababa de sacar de los archivos. La víctima se llamaba Belinda King. Solo tenía veinte años cuando fue asesinada. Su cuerpo desnudo se encontró en el suelo del cuarto de baño de su apartamento en el barrio de Oakwood, en Venice. Estudiaba escritura creativa en el cercano colegio universitario de Santa Mónica. Ballard recordaba que Rawls había ido a ese mismo centro, probablemente solo unos años antes que Belinda King. Pero eso podría no ser más que una coincidencia.

Belinda King coincidía con casi todos los parámetros que Ballard había introducido en su búsqueda de registros digitales. Los había extraído de los objetos encontrados en la caja del contenedor y de los elementos conocidos de los patrones criminales de Ted Rawls. Ballard creía que buscaba a una víctima joven, mujer, atacada por la noche en su casa por un intruso desconocido que no dejó ADN. La víctima también habría sido hallada desnuda —considerando que Rawls le había quitado el camisón— y la causa de la muerte fue probablemente un traumatismo por objeto contundente, si es que no se atribuía más específicamente a los golpes de un martillo. La víctima también podría haber tenido un novio o prometido que le hubiera regalado una pulsera. La última casilla que Ballard debía marcar en el protocolo de búsqueda era que el caso debía estar sin resolver.

La búsqueda arrojó siete resultados y el caso King era el séptimo expediente que Ballard había sacado. Los seis primeros no los descartó del todo, pero a Ballard no le encajaban por varias razones. Esperaba que el séptimo caso fuera una coincidencia concluyente, pero, al pasar del resumen escrito a las fotos de la escena del crimen, enseguida lo descartó como un posible asesinato de Ted Rawls. La víctima fue encontrada desnuda y había sido golpeada hasta la muerte, pero Ballard juzgó que su torso era demasiado amplio para haber llevado el camisón cómodamente. Además, las circunstancias del caso llevaron a los investigadores a creer que conocía a su asesino y que podría haber mantenido relaciones sexuales consentidas con él antes de que se pusiera violento. No había indicios de agresión sexual.

Decepcionada, Ballard se recostó en la silla. Cerró la carpeta azul y la puso encima de la pila de expedientes de otros casos que había revisado. Decidió que no los devolvería a los estantes del archivo. Haría que Harry Bosch, con su larga experiencia como detective de homicidios, revisara los casos para confirmar o desmentir sus conclusiones sobre cada uno de ellos.

Dejó a un lado las frustraciones de un día perdido y decidió revisar una vez más los datos digitalizados del departamento, esta vez eliminando uno de los filtros de los descriptores para ver si aparecían más casos coincidentes.

El descriptor que eliminó fue el requisito de que los casos coincidentes estuvieran sin resolver. Marcó la casilla «todos los casos» y la nueva búsqueda devolvió otros nueve resúmenes de casos con similitudes coincidentes. Dado que el archivo de Ahmanson solo contenía carpetas de casos de homicidio no resueltos, Ballard permaneció en la base de datos y revisó los extractos digitales de los casos, dispuesta a anotar los nombres de las víctimas y los números de los casos que pensara que podían requerir un examen más completo. Esta revisión más minuciosa la obligaría a acudir a los detectives originales para sacar las carpetas de expedientes cerrados y realizar entrevistas.

Pasó rápidamente por los nueve resúmenes sin anotar ni una sola cita del caso en su cuaderno. Aunque tenían una metodología similar a la de los asesinatos de Sarah Pearlman y Laura Wilson, todos se cerraron con una condena tras el veredicto de un jurado o, en dos de los casos, con una declaración de culpabilidad. Ballard sabía que en cualquiera de ellos podía haber una condena errónea o incluso una confesión falsa, pero solo con los resúmenes le resultaba imposible ver algo sospechoso. En forma de extracto, todo eran casos cerrados y fotos de ficha policial. Nada más.

Ballard se desconectó de la base de datos y suspiró, frustrada al pensar que había estado perdiendo el tiempo todo el día.

Sintió la necesidad de unas palabras de apoyo de Harry Bosch. Sabía que podía desahogarse con él por haber perdido el tiempo y que él le daría buenos consejos y la animaría. Le recordaría que en una investigación de un homicidio siempre hay más callejones sin salida que pistas que dan resultado. Para él, esa era una ecuación básica del trabajo. Una vez le dijo que era como el béisbol. Los mejores bateadores fallaban más de la mitad de las veces. Lo mismo ocurría con las pistas en el trabajo de homicidios.

Sacó el teléfono y llamó a Bosch, pero le saltó el buzón de voz.

—Harry, soy yo. Llámame cuando puedas. Necesito hablar contigo sobre lo jodido que ha sido hoy. Hasta luego.

Se levantó y se guardó el teléfono en el bolsillo. Vio a Hatteras encorvada sobre su escritorio en el siguiente puesto de la sala.

—Colleen —le dijo—, voy a dar un paseo para despejarme y luego me tomaré un café en el piso de arriba. ¿Quieres algo?

—No, gracias —dijo Hatteras—. Sabías que esto era un relicario, ¿verdad?

Ballard ya había empezado a alejarse cuando oyó la pregunta. Giró sobre sus talones y regresó hacia Hatteras.

—¿Qué? —preguntó.

—El amuleto —dijo Hatteras—. Tiene una bisagra. Se abre y hay una pequeña foto dentro.

Ballard se inclinó sobre el hombro de Hatteras y vio que el amuleto de la paleta de pintor tenía efectivamente una bisagra que permitía abrirlo como un pequeño libro. Había un retrato de un hombre joven con el pelo negro azabache y un incipiente bigote sobre una amplia sonrisa.

—No deberías haber sacado eso de la bolsa de pruebas —dijo ella.

—Tuve que hacerlo —dijo Hatteras—. No habría conseguido abrirlo si aún estuviera en el plástico.

—Lo sé, pero no lo había hecho procesar para obtener huellas y ADN.

—Lo siento mucho. Creí que habías dicho que todo había pasado por Criminalística.

—Pero eso no. Lo acabamos de conseguir hoy.

Hatteras dejó caer la pulsera sobre el escritorio como si estuviera al rojo vivo.

—Ya no importa —dijo Ballard—. Ya lo has tocado.

Ballard miraba fijamente la pequeña foto. Se inclinó para verla más de cerca. El joven le resultaba familiar, pero no lograba ubicarlo.

—¿Por casualidad tienes una lupa, Colleen?

—No, pero Harry sí. Lo vi usándola el otro día.

Ballard rodeó el cubículo hasta la mesa de Bosch. Allí había una pequeña lupa encima de una pila de papeles. La cogió y volvió al escritorio de Hatteras.

—Déjame mirar —dijo.

Hatteras se levantó y Ballard se sentó. Utilizó el cristal para ampliar la imagen del relicario abierto.

—Tiene que ser G. O. —dijo Hatteras—. ¿No crees?

Ballard guardó silencio. El joven de la foto que ella miraba era claramente latino, de piel morena, ojos oscuros y una cabeza bien poblada de pelo negro peinado hacia atrás. En ese momento identificó la familiaridad. Se dio cuenta de que había visto una versión de esa cara minutos antes.

—Creo que conozco a este tipo —dijo.

Se levantó y volvió a su mesa, entregándole a Hatteras la lupa al pasar.

—¿Lo conoces? —preguntó Hatteras.

—Creo que acabo de verlo —dijo Ballard.

Se sentó y reinició rápidamente la base de datos del departamento en su pantalla. Recuperó la última búsqueda y recorrió rápidamente los extractos de los casos que acababa de revisar. En cada uno de ellos, fue inmediatamente a la foto de la ficha policial del acusado condenado por el asesinato. El séptimo extracto contenía la ficha policial de un hombre condenado por el asesinato de su novia en 2009.

—Déjame ver el relicario y la lupa —dijo.

—¿Puedo tocarlo? —preguntó Hatteras.

—Ya lo has hecho. Tráemelo.

Hatteras le acercó ambos objetos. Ballard utilizó la lupa para observar de cerca el rostro de la foto del relicario y luego volvió al ordenador para hacer la comparación.

Estaba segura de estar viendo diferentes fotos del mismo joven. En una de ellas sonreía y en la otra tenía un aspecto sombrío. Se levantó e indicó a Hatteras que se cambiara a su asiento. Le tendió la lupa.

—Colleen, mira la foto de la ficha policial de la pantalla y compárala con la del relicario —dijo Ballard—. Dime si no es el mismo tipo.

Hatteras pasó tres veces de la pantalla del ordenador al relicario antes de emitir un veredicto.

—Es el mismo —dijo—. Definitivamente.

—Vale, déjame ir al ordenador —dijo Ballard.

Hatteras se levantó de un salto y Ballard volvió a sentarse rápidamente. Cerró la foto de la pantalla y buscó los datos del asesino convicto. Se llamaba Jorge Ochoa, tenía treinta y seis años y cumplía cadena perpetua por asesinar a su novia, Olga Reyes.

—Jorge Ochoa —dijo Ballard—. Puede que usara el nombre de George.

—G. O. —dijo Hatteras—. Creo que tienes razón.

Ballard anotó el número del caso y los nombres de la víctima y el sospechoso. El extracto también contenía la ubicación del crimen en Riverside Drive, en Valley Village. Era un caso de la División de North Hollywood.

El extracto no contenía fotos de la escena del crimen y los detalles eran limitados. Decía que la víctima había muerto a consecuencia de un traumatismo por objeto contundente, pero esa era una clasificación muy amplia. Ballard necesitaba el expediente completo del caso para confirmar que estaba relacionado con los objetos encontrados en la caja del contenedor.

—Colleen, voy al valle de San Fernando para sacar este caso —dijo Ballard—. No volveré hoy.

—¿Puedo ir contigo? —dijo Hatteras—. Siento que he tenido algo que ver con esto, sea lo que sea.

—Sí que has tenido algo que ver. Has hecho un buen trabajo. Pero esto es trabajo de campo y tu trabajo es el de GGI. Te veré mañana, si vienes, y te pondré al día.

—Aquí estaré.

—Muy bien. Y gran trabajo, Colleen. Gracias.

Ballard metió rápidamente el portátil y las carpetas en la mochila, cogió su chaqueta Van Heusen del respaldo de la silla y se dirigió a la salida mientras Hatteras la observaba.

Cuando llegó al aparcamiento, Ballard sacó el móvil y volvió a llamar a Harry Bosch. Una vez más, fue recibida con el saludo que daba a quienes lo llamaban para que le dejaran un mensaje.

—Harry, yo otra vez. ¿Dónde estás? Creo que sé a quién pertenecía el camisón blanco. Llámame en cuanto oigas esto.

Guardó el teléfono y se metió en el coche.

46

El viaje de Miami a Cayo Hueso duró cuatro horas por la Overseas Highway. Por el camino, vio poco más que pequeños moteles, restaurantes, fábricas de sandalias y tiendas de camisetas *kitsch* y recuerdos, todo ello salpicado por largos puentes que cruzaban aguas color turquesa en las que el sol se reflejaba en forma de diamantes. Bosch había aterrizado tarde en Miami la noche anterior, había alquilado un coche y había llegado a Cayo Largo antes de meterse en el aparcamiento de un motel, con un cartel luminoso de «HABITACIONES LIBRES», para no volver a salir.

Ya por la mañana, su plan consistía en llegar a Cayo Hueso al mediodía y empezar a buscar a Finbar McShane. Su punto de partida sería el Departamento de Policía de Cayo Hueso. No había hecho ninguna llamada previa y no tenía ninguna cita. Le gustaba la idea de llegar a ciegas.

Nada más pasar Marathon, un retraso provocado por un accidente en el puente de las Siete Millas añadió casi una hora al trayecto. Entró en el aparcamiento del departamento de policía pasada la una del mediodía. Cuando se bajó del coche de alquiler, tenía la rodilla agarrotada y dolorida por el largo viaje. No había tomado ninguna medicación para el dolor porque quería mantenerse alerta mientras conducía, pero en ese momento fue al maletero, abrió la cremallera de la bolsa de viaje que había preparado en Los Ángeles y se tomó dos ibuprofenos. Esperaba que eso bastara para reducir el dolor con rapidez.

El edificio del departamento de policía estaba pintado en tonos pastel naranjas y rosas. El mostrador era en realidad una ventana exterior detrás de la cual había un escritorio con un agente. Bosch esperaba bajo el sol detrás de un hombre que preguntaba cómo denunciar el robo de una bicicleta. Notaba que la humedad le formaba una película sobre la piel. Hasta sentía el aire pesado en los pulmones.

Por fin le llegó el turno. Se acercó cojeando a la ventanilla y mostró su placa. Había un altavoz y un micrófono en el cristal.

—Hola —dijo—. Trabajo en la brigada de Casos Abiertos del Departamento de Policía de Los Ángeles. Estoy aquí por un caso y me gustaría hablar con alguien de Personas Desaparecidas.

El cristal estaba tintado casi tan oscuro como las ventanillas traseras de una limusina. Bosch distinguía a duras penas la silueta de alguien sentado al otro lado y no sabía si hablaba con un hombre o con una mujer.

Una voz masculina sonó en el altavoz.

—¿Un caso sin resolver de Personas Desaparecidas? —preguntó.

—No —dijo Bosch—. Pero creo que un detective de Personas Desaparecidas podrá ayudarme a localizar al individuo que estoy buscando.

—¿Cuál es su nombre?

—Harry Bosch.

—¿La placa decía retirado?

—Sí. Trabajo como investigador voluntario. También trabajé en Casos Abiertos cuando estuve en el departamento. Me pidieron que volviera después de retirarme.

—De acuerdo, déjeme que haga una llamada. Si no le importa, apártese de la ventana para que los demás puedan acercarse.

—No hay problema.

Bosch se colocó a la izquierda de la ventanilla. Se volvió, miró a su alrededor y vio que no había nadie más esperando para acercarse.

Pasaron lentamente cinco minutos. Bosch se apoyó en la pared junto a la ventana para reducir la carga sobre la rodilla. Las pastillas que se había tomado aún no habían reducido el dolor.

Nadie más se acercó a la ventana, y el hombre que estaba al otro lado tampoco le ofreció ninguna información. Bosch notaba que la camisa empezaba a pegársele a la espalda por el sudor. Se quitó la chaqueta y se la colgó del brazo.

Finalmente, se oyó el ruido metálico de una puerta pesada que se abría y un hombre con una guayabera salió, pero mantuvo la puerta abierta. La camisa apenas disimulaba que llevaba una pistola y una placa en el cinturón.

—¿Policía de Los Ángeles? —dijo.

—Yo mismo —dijo Bosch.

—Acompáñeme.

—Gracias.

Le tendió la mano mientras Bosch se acercaba a la puerta.

—Kent Osborne.

Bosch le estrechó la mano.

—Harry Bosch —dijo—. Gracias por su tiempo.

—Tengo que hacer tiempo para la policía de Los Ángeles —dijo Osborne—. Es lo más.

Bosch sonrió con inquietud. Había un tono ligeramente sarcástico en la voz de Osborne.

Osborne lo condujo a una oficina de detectives, donde contó escritorios para dieciséis investigadores. No había carteles colgados del techo que indicaran las secciones correspondientes a los diferentes delitos. La mitad de los escritorios estaban ocupados por hombres y mujeres que miraron a Bosch cuando entró.

El escritorio de Osborne era el último de la primera fila. Apartó una silla de una mesa vacía y la colocó delante de la suya.

—Tome asiento. ¿Se ha hecho daño? He visto que cojea.

—Tuve un accidente el domingo. Me destrocé la rodilla.

—Parece que también la oreja.

—Sí.

Ambos se sentaron. Osborne consultó algo en la pantalla de su ordenador de sobremesa y luego miró a Bosch.

—Bueno, ¿en qué puedo ayudar a la policía de Los Ángeles? —preguntó.

—No sé si el hombre de la entrada le ha explicado algo, pero yo trabajo en casos abiertos de homicidio —dijo Bosch—. Estoy trabajando en un caso cuádruple: cuatro miembros de la misma familia asesinados con una pistola de clavos y luego enterrados en el desierto.

—Eso tiene que doler.

Bosch no reconoció el penoso intento de humor negro.

—El caso tiene casi nueve años —dijo—. Hace poco lo reabrimos y hay un potencial sospechoso. Tenemos un testigo sólido que lo sitúa aquí, pero eso fue hace al menos seis años.

Osborne torció el gesto.

—Seis años en Cayo Hueso es mucho tiempo —dijo—. Esta ciudad cambia rápidamente. La gente va y viene. ¿Por qué quiere hablar con un chapa de Personas Desaparecidas?

Bosch no había oído el término aplicado a un detective en mucho tiempo, y posiblemente nunca en el mundo real.

—Por el crimen de Los Ángeles —dijo—. Este tipo jugó a largo plazo. Aceptó un trabajo, ascendió con los años hasta convertirse en un empleado valioso, luego mató al propietario y a su familia y saqueó el negocio en un clásico plan orientado a reventarlo antes. Mi opinión es que vino aquí para hacerlo todo de nuevo.

—Hasta donde sé, no tenemos familias asesinadas aquí, señor policía de Los Ángeles.

—Mi testigo en Los Ángeles dijo que invirtió en un bar en Cayo Hueso y luego el bar se fue a pique. Creo que, si está aquí, ha pasado a otra cosa.

—¿Y lo de Personas Desaparecidas?

—¿Tiene algún caso relacionado con una persona destacada, como un empresario, que haya desaparecido?

Osborne se recostó en la silla y se balanceó adelante y atrás mientras consideraba la pregunta.

—Nada de eso, que yo sepa. La mayoría de nuestros casos se refieren a adolescentes aburridos que van a Miami, turistas que se emborrachan tanto en Sloppy Joe's que no encuentran el camino de vuelta al motel. No recuerdo ningún ciudadano prominente que haya desaparecido.

—¿Y un bar que cerrara hace seis o siete años?

Osborne dejó escapar una carcajada.

—De esos no faltan —dijo.

—¿No se le ocurre nada? —insistió Bosch—. Estoy hablando de algo sustancial. Mi sospechoso puso cuatrocientos mil en él y los perdió.

—Mire, el tipo con el que debería hablar es Tommy, en el Chart Room.

—¿El Chart Room es un bar?

—En el Pier House.

—¿El Pier House?

—No conoce un carajo, ¿eh?, señor policía de Los Ángeles. Es un hotel al final de Duval. Creo que ahora hay que alojarse allí para entrar en el Chart Room. El hotel era un antro en el pasado. Ahora mantienen a la gentuza fuera.

—¿Y Tommy?

—Lleva más de cuarenta años vendiendo alcohol allí. Y conoce el negocio de los bares locales mejor que nadie de este edificio.

Bosch asintió. Luego se levantó la chaqueta con una mano, metió la mano en un bolsillo y sacó un documento que había copiado del expediente del caso de la familia Gallagher. Se lo entregó a Osborne, que lo desdobló. Era un folleto de la orden de búsqueda y captura. En la parte superior había una foto del carnet de conducir de California de Finbar McShane. Debajo había cuatro copias más pequeñas de la foto que habían sido alteradas por un artista de la policía para mostrar cuatro posibles nuevos aspectos que McShane podría haber adoptado después de huir. En las fotos alteradas, McShane se veía alternativamente con barba completa, perilla, pelo largo o cabeza afeitada. Bosch había emitido la orden de búsqueda de Mc-Shane poco después de que se le asignara el caso, de manera que las fotos tenían casi ocho años de antigüedad y su valor era dudoso. Pero era todo lo que tenía para ofrecer.

—Este es su hombre, ¿eh? —dijo Osborne.

—Sí —dijo Bosch—. ¿Lo reconoce? ¿Lo ha visto por ahí?

—No podría afirmarlo. ¿Cuántos años tiene esa orden de búsqueda?

—Unos ocho años. Ahora tendría cuarenta y cuatro.

—Eso es mucho tiempo. ¿No podía traer nada más nuevo que esto?

—Están trabajando en ello. ¿Qué le parecería mostrarlo cuando pase lista? A ver si alguno de sus compañeros de la calle lo ha visto.

—Supongo que podría hacerlo. Aunque es una posibilidad remota.

—Se lo agradecería de todos modos.

Osborne cogió un bloc de notas y lo puso delante de Bosch.

—Anote su número de móvil. Lo llamaré si se me ocurre algo.

—No tengo teléfono. Lo he perdido y tengo que comprar uno hoy. Puedo llamarle mañana desde el hotel.

Osborne puso cara de preguntar quién podía estar sin móvil.

—¿Qué hotel? —preguntó, en cambio.

—Voy a ver si tienen una habitación en el Pier House, supongo.

—La policía de Los Ángeles debe pagar unas buenas dietas. Ese hotel le costará al menos quinientos por noche en esta época del año.

Bosch asintió.

—Gracias por su ayuda —dijo—. Y por la lista.

—No hay problema —dijo Osborne—. ¿Seguro que está bien, señor policía de Los Ángeles?

—Sí. ¿Por qué?

—No lo sé. Parecía un poco tembloroso ahí fuera.

—Es la humedad. No estoy acostumbrado.

—Sí, nos pasa mucho por aquí.

De vuelta en el estacionamiento, Bosch se tomó un momento para mirar al cielo antes de entrar en el coche de alquiler. Una hilera de cúmulos se movía sobre la isla. Bosch sintió que la luz era diferente allí, no tan suave como en California. Había una dureza brillante en ella.

Subió al coche y pensó en Osborne, preguntándose si podía confiar en él. No estaba seguro. Encendió el motor y arrancó.

47

Ballard sostenía su placa en una mano mientras llamaba a la puerta con la otra. No pasó mucho tiempo antes de que una mujer de baja estatura, con el mismo tono de piel y los mismos rasgos que Jorge Ochoa, abriera la puerta.

—¿Señora Ochoa? —inquirió Ballard.

—*Sí* —dijo la mujer en español.

Ballard lamentó de inmediato no haber conseguido un agente que hablara español para que la acompañara. Podía irse y llamar a la División de North Hollywood para ver si había uno disponible, pero en lugar de eso siguió adelante. Levantó la placa.

—*La policía* —dijo en español—. *¿Habla inglés?*

La mujer frunció el ceño, pero luego se apartó de la puerta y gritó en un español rápido en dirección a la casa. La única palabra que Ballard identificó fue *policía*. La mujer se volvió hacia Ballard y asintió con la cabeza como si acabara de solucionar el problema. Al cabo de un incómodo y silencioso minuto, apareció detrás de la mujer un hombre joven, con el pelo oscuro revuelto por el sueño. Era casi un calco del aspecto de Jorge Ochoa en las fotos policiales que ella había revisado al leer el expediente del caso

—¿Qué? —dijo.

Estaba claramente molesto por el hecho de que lo despertaran tan temprano, a pesar de que era casi mediodía. Ballard evaluó rápidamente los tatuajes con las letras VB de sus brazos y supo que era miembro de la banda callejera Vineland Boyz. Sabía que la jornada de un pandillero empezaba por la tarde. Todavía era temprano.

—Eres Óscar, ¿verdad? —dijo Ballard—. Quiero hablar con tu madre sobre tu hermano.

—Mi hermano no está —dijo Óscar—. Y no hablamos con la policía. *Adiós, puta.*

Empezó a cerrar la puerta, pero Ballard extendió la mano y lo detuvo.

—¿Llamas puta a alguien que quiere ayudar a tu hermano?

—¿Ayudarlo? Y una mierda. Podrían haberlo ayudado cuando dijo que no lo había hecho. Pero no, ustedes lo encerraron y tiraron la llave.

—Quiero enseñarle algo a tu madre. Puede ser lo que saque a Jorge de la cárcel. Si quieres que me vaya, me iré. Pero la próxima vez que visites a tu hermano, dile que estuve aquí y que me echaste.

Óscar no se movió ni dijo nada. Entonces su madre le habló en un susurro. Ballard sabía suficiente español para comprender que había preguntado a su hijo qué quería la mujer. La señora Ochoa había oído mencionar el nombre de Jorge.

Óscar no le contestó. Se volvió hacia Ballard y le hizo sitio para que entrara.

—Enséñeselo —dijo.

Ballard entró. Había pasado la noche anterior revisando el expediente que había sacado de la comisaría de North Hollywood. Lo primero que hizo por la mañana fue intentar localizar a la familia de Olga Reyes. Pero daba la impresión de que su familia había abandonado Los Ángeles después de su asesinato y Ballard aún no había podido localizarlos. Lo más cerca que estuvo de ellos fue cuando una vecina le dijo que creía que la familia se había ido a Tejas.

Así que quedaba el lado de la ecuación de Jorge Ochoa, y ahí estaba ella en la casa de su madre, en un barrio de posguerra en Sunland, lleno de viviendas idénticas.

Condujeron a Ballard a una pequeña sala de estar modestamente amueblada, donde enseguida vio señales de que estaba en el camino correcto. De las paredes colgaban varios cuadros y bocetos enmarcados que tenían el aspecto del arte carcelario. Todos estaban en papel de carnicero y firmados a lápiz.

—¿Jorge quería ser artista? —preguntó Ballard.

—Es un artista —dijo Óscar—. Enséñele lo que tiene y luego váyase.

Ballard se molestó consigo misma por no haber pensado bien su pregunta.

—De acuerdo —dijo—. Dile a tu madre que le voy a mostrar una foto de una joya y quiero saber si la ha visto alguna vez.

Mientras Óscar hacía la traducción, Ballard se quitó la mochila y la abrió en el suelo. Sacó una carpeta que contenía una foto en color de 20 × 25 de la pulsera con el amuleto de la paleta de artista, que había impreso en casa esa misma mañana. Le dio la carpeta a Óscar para que se la diera a su madre. Quería que él también participara.

Óscar abrió la carpeta y miró la foto con su madre. Ballard observó a la mujer en busca de una reacción y vio el reconocimiento en sus ojos.

—Lo ha visto antes —dijo Ballard rápidamente.

Óscar y su madre intercambiaron palabras y Óscar tradujo.

—Dice que era de mi hermano. Se lo regaló a Olga porque estaban enamorados. ¿Dónde lo ha encontrado?

Ballard sabía que la pregunta había salido de él.

—No puedo decírtelo ahora mismo —dijo Ballard—. Pero creo que tu hermano va a salir de la cárcel gracias a esto.

—¿Cómo?

—Creo que puedo demostrar que fue otra persona quien mató a Olga.

De repente, la dura coraza de Óscar se resquebrajó y Ballard vio esperanza y miedo en sus ojos. Entonces se dio la vuelta y tradujo para su madre.

—*Dios mío* —dijo ella—. *Dios mío.*

Extendió la mano y tomó la de Ballard.

—Por favor —dijo.

La dura coraza de Óscar volvió a su sitio.

—Será mejor que no nos esté jodiendo —dijo.

—No lo estoy haciendo —dijo Ballard—. Pregúntale a tu madre si sabe dónde consiguió Jorge la pulsera.

La conversación en español fue rápida.

—No lo sabe —dijo Óscar.

—¿Y el amuleto? —preguntó Ballard.

El siguiente intercambio no necesitó traducción. La mujer negó con la cabeza. Ballard miró a Óscar.

—¿Y tú? —preguntó Ballard.

—¿Qué quiere decir? —preguntó Óscar.

—¿Estaba tu hermano en Vineland Boyz?

—No, pero en el juicio ustedes trataron de que lo pareciera.

—Lo que quiero saber es de dónde sacan los Vineland Boyz sus cadenas.

Óscar no contestó, su vacilación se basaba en la regla interna sobre hablar de la banda a la policía. Podría hacer que lo mataran.

—¿Sabes lo que significa la procedencia? —preguntó Ballard—. Además de que tu madre identifique que la pulsera era de tu hermano, podría necesitar establecer dónde la consiguió Jorge. Así tendría dos confirmaciones cuando vaya a la fiscalía.

—No era un pandillero —dijo Óscar—. Era un artista.

Ballard sabía, por la revisión del expediente, que la fiscalía había presentado fotos de arte callejero atribuidas a Jorge Ochoa y las había utilizado para sugerir la afiliación a una banda. Había sido una forma solapada de inclinar la opinión del jurado sobre él.

—Te dejaré mi tarjeta —dijo Ballard—. Si se te ocurre algo, tal vez un local donde Jorge podría haber conseguido la pulsera, llámame.

—Yo no hablo con la policía —dijo Óscar.

—¿Aunque eso pueda ayudar a tu hermano a demostrar que no mató a Olga?

Óscar guardó silencio ante esa pregunta. Ballard miró a su madre.

—*Gracias, señora* —dijo—. *Estaré en contacto.*

En cuanto estuvo de vuelta en el coche, Ballard sacó el teléfono y llamó a Harry Bosch. La adrenalina había empezado a correrle por las venas en el momento en que la madre de Jorge Ochoa reconoció la pulsera. Ballard necesitaba contarle a alguien el giro que estaba tomando el caso y Bosch era su primera opción.

Pero la llamada, una vez más, fue directamente al buzón.

—Harry, soy yo otra vez. ¿Dónde diablos estás? Todo se está acelerando y te necesito con el caso Rawls. He conectado otro caso con él y, escucha esto, alguien está en prisión por un asesinato que Rawls cometió. Estoy segura. Necesito que me llames en cuanto oigas esto.

Colgó y suspiró con frustración. Pero pronto su enfado con Bosch se convirtió en preocupación. Era mayor y no gozaba de la mejor salud. Además de las evidentes lesiones, el accidente del domingo parecía haberle arrebatado algo.

Ballard abrió la lista de contactos de su teléfono y llamó a la hija de Bosch. Él había mencionado que Maddie estaba trabajando en el segundo turno, por lo que supuso que no debía de estar ni dormida ni en el trabajo.

Maddie Bosch contestó enseguida.

—Maddie, soy Renée Ballard.

—Hola, ¿qué pasa?

—Eh, ¿has hablado con tu padre últimamente? Se supone que estamos trabajando en algo y no puedo contactar con él.

—Bueno, lo vi el martes cuando almorzamos y luego lo dejé recogiendo un coche de alquiler. Pero no he hablado con él desde entonces. ¿Qué...?

—Estoy segura de que todo está bien, pero necesito hablar con él lo antes posible. ¿Te importaría hacer algo por mí? Una vez me dijo que le dejabas rastrear tu teléfono y tú podías rastrear el suyo. ¿Sigue siendo así?

—Sí. ¿Quieres que vea dónde está?

—Eso me ayudaría mucho, si no te importa. Lo necesito de verdad en un caso en el que estoy trabajando.

—Espera.

Ballard esperó mientras Maddie usaba su teléfono para comprobar la ubicación de su padre rastreando su móvil.

—Vale, lo tengo en el garaje de la policía en West Bureau. No, espera, eso es viejo. Su teléfono debe de estar apagado o la batería está muerta. Eso es del domingo por la noche, y es la última ubicación que tengo.

Ballard sumó dos y dos. Se habían llevado el coche de Bosch al garaje oficial de la policía después del incidente con Rawls del domingo.

—Está en su coche —dijo—. Estaba hablando conmigo cuando Rawls le golpeó el coche y el teléfono salió volando. Su teléfono debe de estar todavía allí y la batería probablemente se agotó el domingo por la noche.

—Entonces, ¿dónde está él? —preguntó Maddie, empezando a sonar preocupada.

El término medio entre la preocupación y el pánico había entrado en el pensamiento de Ballard.

—No lo sé —dijo Ballard—. ¿Sigue teniendo teléfono fijo en la casa?

—Lo tiene —dijo Maddie—. Voy a llamarlo, y él o yo te llamamos enseguida.

Colgaron y Ballard se sentó en el coche y esperó, sabiendo que su próximo movimiento vendría determinado por quien le devolviera la llamada.

Cuando recibió la llamada un minuto después, era de Maddie.

—No ha contestado. Le he dejado un mensaje, pero ahora estoy preocupada.

—¿Cuándo entras hoy?

—En realidad, estoy libre.

—¿Tienes la llave de su casa? Creo que deberíamos ir a ver.

—Tengo una llave. ¿Cuándo?

—Estoy en el valle. Podría llegar allí en unos treinta minutos como máximo.

—De acuerdo, yo tardaré lo mismo. Te veré allí.

—Está bien. Si llegas primero, tal vez debas esperarme antes de entrar.

—Ya veremos.

—Bueno, voy para allá.

Colgaron y Ballard arrancó el coche. Los neumáticos chirriaron en el asfalto cuando salió. Quería llegar a la casa de Bosch antes que su hija.

48

Bosch se sentó en la cama con la pierna mala levantada. Tenía una bolsa de hielo en la rodilla y parecía aliviar la incomodidad que la segunda dosis de ibuprofeno aún no había mitigado. Estaba en su habitación del Pier House y estudiaba el plano turístico del casco antiguo que le había entregado el recepcionista al registrarse. Los puntos de observación de la puesta de sol y los muelles donde atracaban los cruceros estaban claramente marcados en el plano. Pensaba visitarlos en su búsqueda de Finbar McShane, que era casi como buscar una aguja en un pajar.

Su habitación tenía un balconcito con vistas al agua turquesa. Se sentía atraído por esas aguas, acostumbrado como estaba a las frías aguas casi negras del Pacífico. Vio un gran catamarán que pasaba lentamente. Cada centímetro de la cubierta parecía estar ocupado por un pasajero. En el lateral del casco había un número de teléfono para reservar una plaza en un crucero al atardecer.

Antes de llegar a su habitación, había utilizado un plano del complejo, que también le habían dado al registrarse, para localizar el Chart Room, y se enteró de que no abría hasta las cinco. Planeaba estar allí entonces, con la esperanza de hablar con el camarero antes de que el local se llenara.

Como le sobraba una hora, decidió aprovechar el tiempo paseando por el casco antiguo y mostrando el folleto de la orden de búsqueda y captura con las numerosas caras posibles de Finbar McShane.

Se levantó y puso la bolsa de hielo en el lavabo del baño. El hielo y el analgésico se habían combinado para que sintiera que podía utilizar la rodilla... durante un rato.

Salió de la habitación y del hotel y empezó a subir por Duval Street, parando en Sloppy Joe's y otros bares y preguntando a los camareros si reconocían al hombre de las fotos.

No obtuvo ninguna respuesta. Pero se hizo a la idea de que la mayoría de los camareros y camareras a los que enseñó el folleto habían huido ellos mismos de algo antes de aterrizar en Cayo Hueso. Una mala vida, una mala relación, un delito: no importaba, pero eso hacía que la gente dudara en señalar a un compañero de viaje en el camino de la huida. Bosch no mencionó a ninguno de sus interlocutores que el hombre de las fotos era el único sospechoso del asesinato de toda una familia. No quería alterar su versión romántica de la huida del pasado.

Volvió al Pier House a las cinco y se dirigió directamente al Chart Room, que estaba incrustado en un pasillo de la planta baja del ala principal del hotel. Un hombre con el pelo gris recogido en una cola de caballo estaba abriendo la puerta cuando él llegó.

Entró y Bosch lo siguió. El bar era pequeño, más o menos del tamaño de una habitación de hotel, porque estaba claro que eso era lo que había sido antes. Había una barra de seis taburetes en el lado izquierdo y unas cuantas mesas pequeñas y lugares para sentarse a la derecha. A Bosch le pareció que el local estaría más que lleno con una veintena de personas.

Bosch ocupó el primer taburete y esperó a que el hombre de la coleta se situara detrás de la barra. Todo era de madera oscura, con luces bajo los tres niveles de botellas de licor, que creaban un brillo ambarino. Había muchas fotos clavadas en las paredes, casi todas amarillentas por el paso del tiempo. No había ventanas con vistas al mar. Era un lugar para adorar el alcohol, no el sol poniente.

—Eso tiene que doler —dijo el camarero, señalando la oreja de Bosch.

—No tanto —dijo Bosch.

—¿Anzuelo? —preguntó el camarero.

—Ojalá.

—Bala, entonces.

—¿Cómo lo sabes?

—Conozco los anzuelos de Cayo Hueso. Y las balas de Vietnam.

—Ya. ¿Con quién estuviste allí?

—Marines Uno-Nueve.

—Los muertos vivientes.

Bosch conocía a los muertos vivientes. El 1.er Batallón del 9.º Regimiento de Marines tuvo más bajas que cualquier otra unidad durante la guerra, de ahí el nombre con el que se los conoció.

—¿Y tú? —preguntó el camarero.

—Ejército —dijo Bosch—. Primero de Infantería, Batallón de Ingenieros.

—Los túneles.

—Sí.

El camarero asintió. Conocía los túneles.

—¿Estás en el hotel? —preguntó.

—Habitación 202 —dijo Bosch.

—No pareces un turista.

—Supongo que tengo que conseguir unos pantalones cortos y sandalias y tal vez una camisa hawaiana.

—Eso ayudará.

—¿Eres Tommy?

El camarero detuvo los preparativos para la noche de los que estaba ocupándose detrás de la barra y miró directamente a Bosch.

—¿Te conozco? —preguntó.

—No, es la primera vez que vengo a Cayo Hueso —dijo Bosch—. En la comisaría me dijeron que eras el hombre con el que tenía que hablar.

—¿Sobre qué?

—Sobre el negocio de los bares en Cayo Hueso. Estoy tratando de localizar un bar que cerró hace seis años, tal vez siete.

—¿Cómo se llamaba?

—Esa es la cuestión. No tengo el nombre.

—Parece un poco confuso. ¿Eres policía?

—Lo era. Ahora solo estoy tratando de encontrar a un tipo que vino aquí desde Los Ángeles, invirtió en un bar y luego lo perdió todo. Me llamo Harry, por cierto.

Ofreció la mano a través de la barra. Tommy se limpió la suya en una toalla y se la estrechó.

—¿Cuánto tiempo llevas aquí, Tommy? —preguntó Bosch.

—Pongámoslo así: más tiempo que nadie —dijo Tommy—. Este tipo que buscas tiene un nombre, ¿verdad?

—Lo tiene, pero no creo que lo use aquí. Finbar McShane. Es irlandés.

Bosch estudió sus ojos para ver si había algún destello de reconocimiento. Lo hubo.

—El Irish Galleon —dijo Tommy.

—¿Qué es eso? —preguntó Bosch.

—Es el bar. Dos irlandeses lo abrieron hace unos ocho años. Bueno, un tipo lo abrió y luego vino el otro y se hicieron socios. Como si necesitáramos otro pub irlandés en Cayo Hueso. Lo arreglaron por fuera para que pareciera un galeón español, ¿sabes? El garito duró un par de años y luego lo cerraron. Perdieron hasta las pestañas, dejaron un montón de acreedores que nunca cobraron.

Bosch sabía que habría registros de propiedad en las agencias estatales y locales que controlaban las licencias de alcohol, tal vez también una declaración de quiebra. Conseguir el nombre del bar era una buena pista.

—¿Conocías a los socios? —preguntó.

—No, eran forasteros —dijo Tommy.

—¿Y sus nombres?

—No, no estoy seguro de haber sabido nunca los nombres de esos tipos.

—¿Quién podría saber esos nombres?

—Es una buena pregunta. Déjame pensar. ¿Vas a beber o solo vienes a hacer preguntas?

—Bourbon.

—Tengo Michter's, Colonel Taylor, y me queda un poco de Blanton's.

—Blanton's, solo.

—Eso está bien, porque todavía estoy esperando el hielo.

Tommy usó el trapo para limpiar un vaso de whisky y luego sirvió un generoso trago de Blanton's. Puso el vaso delante de Bosch. Parecía que quedaba suficiente en la botella redondeada para un trago más.

—*Sláinte* —dijo.

—Salud —dijo Bosch.

Un hombre entró en el bar con un cubo grande de acero inoxidable lleno de hielo. Lo colocó encima de la barra y Tommy lo cogió y lo vertió en una cubitera. Le devolvió el cubo.

—Gracias, Rico.

Tommy miró a Bosch y señaló la cubitera.

—No, gracias —dijo Bosch.

Tommy levantó un dedo como si quisiera detener todo mientras consideraba una nueva idea.

—Creo que conozco a alguien —dijo—. Vas a cuidar de mí con esto, ¿verdad?

—Claro —dijo Bosch.

Vio que Tommy sacaba un teléfono fijo de debajo del mostrador, marcaba un número y esperaba. Bosch oyó lo que decía Tommy en una breve conversación.

—¿Te acuerdas del Irish Galleon? ¿Qué pasó con esos dos tipos?

Bosch quería coger el teléfono y hacer él las preguntas, pero sabía que probablemente sería una forma rápida de terminar con la llamada y con la cooperación de Tommy.

—Oh, claro, sí, todo eso me suena —dijo Tommy—. ¿Cómo se llamaban?

Bosch asintió. No necesitaba enseñar nada a Tommy.

—¿Y adónde fue Davy? —preguntó Tommy.

La llamada terminó unos segundos después, y Tommy miró a Bosch, pero no le informó de lo que acababa de oír. Bosch captó el mensaje y buscó en su bolsillo. Había sacado cuatrocientos dólares de un cajero automático el día anterior, antes de salir. El dinero venía en billetes de cincuenta y veinte. Sacó cuatro billetes de cincuenta del pliegue de dinero y los puso sobre la barra.

—El propietario original era Dan Cassidy —dijo Tommy—. Pero se fue de la isla después de que cerraran el bar.

—¿Adónde se fue? —preguntó Bosch.

—Mi chico no lo sabía. El amigo de Irlanda que tomó como socio era Davy Byrne, pero todo el mundo pensaba que era un nombre falso.

—¿Qué quieres decir?

—Era un alias, claro como el agua. Davy Byrne's era el nombre de un pub en el *Ulises,* la novela de Joyce sobre Dublín. Supuestamente existe de verdad allí y sigue abierto después de cien años. Así que la gente de por aquí pensaba que era como un tipo del IRA o algo así que vino aquí y se cambió el nombre porque no podía quedarse en Irlanda.

Bosch no dijo que los problemas se produjeron sobre todo en Irlanda del Norte, no en Dublín.

—¿Dijo tu chico si lo conoció alguna vez? —preguntó en cambio—. ¿Crees que podría reconocerlo en una foto?

—No lo ha dicho, pero dudo que lo conociera —dijo Tommy—. Tiene la distribución de Bud para todo el condado de Monroe. Así que sabe lo que pasa en cada bar de los cayos, pero no ha conducido un camión de ruta de reparto en años. Me ha dicho que estos tipos lo estafaron por un par de miles de dólares en cerveza cuando cerraron.

—¿Tienes teléfono móvil?

—Claro.

—¿Puedes tomar una foto de esto y enviársela a tu amigo de todos modos? Nunca se sabe.

Bosch desplegó el folleto de la orden de búsqueda y captura en la barra del bar. Tommy lo miró durante un buen rato. Luego lo deslizó por la barra hasta que quedó justo debajo de una de las lámparas colgantes, sacó el teléfono móvil de un bolsillo e hizo una foto del folleto. Le devolvió el folleto a Bosch.

—Departamento de Policía de Los Ángeles —dijo—. Pensé que ya no eras policía.

—No lo soy —dijo Bosch—. Eso es viejo. De un caso que tuve cuando aún llevaba placa.

—¿Es como el que se escapó o algo así? ¿La ballena blanca, «llámame Ismael» y todo eso?

—*Moby Dick*, ¿verdad?

—Sí. La primera frase del libro.

Bosch asintió. Nunca había leído el libro, pero sabía quién lo había escrito y que Moby Dick era la ballena blanca original. Entre las referencias a Joyce y Melville, se le ocurrió que podría estar hablando con el camarero más leído de Cayo Hueso. Tommy pareció darse cuenta de que eso era lo que estaba pensando.

—Cuando está tranquilo, leo —dijo—. Entonces, ¿qué hizo? Tu ballena blanca.

—Mató a una familia de cuatro personas —dijo Bosch.

—Mierda.

—Con una pistola de clavos. La niña tenía nueve años y el niño trece. Luego los enterró en una fosa en el desierto.

—Joder.

Tommy puso la mano en los billetes de cincuenta y los deslizó de nuevo a través de la barra hacia Bosch.

—No puedo aceptar tu dinero por algo así.

—Me estás ayudando.

—Estoy seguro de que nadie te paga por perseguir a este tipo.

Bosch asintió. Lo entendió. Entonces hizo la pregunta más importante.

—¿Dijo tu amigo el distribuidor de cerveza si Davy Byrne sigue en la isla?

—Dijo que lo último que supo es que Davy estaba trabajando en los viejos muelles de alquiler. Pero eso lo oyó hace unos años.

—¿Dónde están esos muelles?

—Justo debajo de Palm Avenue Causeway. ¿Tienes coche?

—Sí.

Tommy señaló hacia la parte trasera del bar.

—Lo más fácil es tomar Front Street para salir del casco antiguo y entrar en Eaton —dijo—. Eaton se convierte en Palm Avenue. Cruzas el puente y ahí está el puerto deportivo. No tiene pérdida.

—¿Cuántos barcos puede haber allí? —preguntó Bosch.

—Muchos. Mi amigo no sabía en qué barco estaba trabajando este tipo.

—De acuerdo.

—Y yo en tu lugar me iría ahora. Esta parte de la ciudad va a empezar a llenarse para la puesta de sol. El tráfico será un horror y ya no podrás salir de aquí.

Bosch levantó el vaso y dio el primer y último sorbo. El bourbon le dejó un gusto dulce en la lengua, pero le quemó en la garganta. Se dio cuenta de que probablemente debería haber pedido algo más suave, como un oporto o un cabernet.

—Gracias por tu ayuda, Tommy —dijo—. *Semper fi.*

—*Semper fi* —dijo Tommy, aceptando aparentemente el saludo de la Marina de alguien ajeno a ella.

—Esos túneles, tío... Qué lugar tan jodido.

Bosch asintió.

—Qué mundo tan jodido —dijo.

—Es un mundo furioso —dijo Tommy—. La gente hace cosas inimaginables.

Bosch cogió dos de los billetes de cincuenta de la barra y se los metió en el bolsillo. Deslizó los otros dos hacia Tommy.

—Acábate el Blanton's por mí —dijo.

—Con mucho gusto —dijo Tommy.

Al salir, Bosch sostuvo la puerta para una pareja que entraba en pantalones cortos, sandalias y camisas hawaianas.

49

Ballard estaba apoyada en su coche frente a la casa de Bosch, pensando en la última conversación que habían tenido. Bosch había dicho que iba a volver a interrogar a Sheila Walsh sobre el caso Gallagher. Esperaba que ella aceptara revelar lo que sabía sobre Finbar McShane a cambio de proteger a su hijo. Ballard decidió que, si no encontraba a Bosch al final del día, localizaría a Sheila Walsh y le haría una visita.

El coche de Maddie Bosch llegó a la curva y entró en la cochera vacía. Ballard la recibió en la puerta principal.

—He llamado a la puerta —dijo Ballard—. No hay respuesta.

—Entonces espero que no esté ahí —dijo Maddie.

—¿Por qué no me dejas echar un vistazo rápido antes de que entres tú?

—No soy ninguna niña, Renée.

—Solo quería proponerlo.

—Lo entiendo. Gracias.

Maddie sacó un juego de llaves del bolsillo y abrió la puerta. Sin dudarlo, la empujó y entró delante de Ballard.

—¿Papá?

No hubo respuesta. Ballard entró en el salón y miró a su alrededor para ver si algo parecía estar fuera de lugar. Miró el equipo de música de Bosch y vio que el disco que había en el tocadiscos era el de King Curtis que había puesto cuando lo había recogido la semana anterior. Supuso que su incorporación a la Unidad de Casos Abiertos le había consumido por completo hasta el punto de que no había tenido tiempo de escuchar su música.

—Papá, ¿estás aquí?

Nada.

—Voy a mirar en la parte de atrás —dijo Maddie.

Desapareció por el pasillo mientras Ballard iba a la cocina para ver si encontraba alguna señal de vida en el fregadero y el cubo de basura. Estaban limpios y vacíos. Volvió a la sala de estar y entró en el comedor, donde había dos pilas ordenadas de documentos sobre la mesa. Se colocó detrás y se inclinó para leer lo último en lo que había trabajado Bosch. Oyó los pasos de Maddie en el suelo de madera y supo que seguía moviéndose, señal de que su padre no estaba allí.

Pronto Maddie salió del ala del dormitorio de la casa.

—Aquí no está —dijo.

—La cocina está limpia y el cubo de la basura está vacío —añadió Ballard—. Como si no quisiera dejar nada que apestara la casa mientras viajaba.

—Pero ¿adónde ha ido?

—Esa es la cuestión. ¿Sabes qué tipo de maleta tiene?

—Ah, sí. Tiene una maleta. Está vieja y medio rota, con ruedas que apenas giran ya.

—¿Por qué no miras si está en casa?

—Miraré en su armario.

Maddie volvió al pasillo y Ballard hojeó uno de los dos montones que había sobre la mesa. Eran documentos del caso de la familia Gallagher.

Ballard se fijó en que la mesa tenía un cajón, seguramente para guardar los cubiertos o las servilletas si se utilizaba como mesa para comer en lugar de como mesa de trabajo. Se agachó y lo abrió. En él había sobre todo cubiertos de plástico, así como algunos bolígrafos, clips y blocs de post-its. También había varias pastillas sueltas en el cajón y un sobre en el que estaba escrito el nombre de Maddie.

Picada por la curiosidad, sacó el sobre y vio que estaba cerrado. Entonces cogió una de las pastillas. Era de color azul claro y tenía forma de disco. No tenía impresa la marca ni ninguna otra identificación, salvo un número 30. Supuso que eso significaba que la pastilla era una dosis de treinta miligramos.

Oyó los pasos de Maddie volviendo por el pasillo. Sin pensarlo mucho, Ballard se guardó la pastilla y cerró el cajón mientras Maddie entraba en la habitación.

—La maleta está en su sitio —dijo Maddie—. Pero también tiene una bolsa de lona que utiliza para viajes cortos, y no está. Se ha ido a algún sitio sin decírmelo.

—¿Lo había hecho alguna otra vez? —preguntó Ballard.

—Bueno, no que yo sepa. Me llamó la semana pasada cuando iba a Chicago solo por una noche. Pero, quién sabe, podría haber hecho muchos viajes sin decírmelo. No tengo forma de saberlo.

—Cierto.

—Pero ahora no me siento bien de que estemos aquí invadiendo su intimidad. Creo que tenemos que irnos.

—Claro. Tengo una cita en el centro a la que tengo que llegar.

Maddie sacó sus llaves y retrocedió para que Ballard pudiera salir primero antes de cerrar la puerta. Una vez fuera, Ballard se volvió hacia Maddie.

—Siento haber reaccionado de manera tan exagerada, Maddie. Es solo que estábamos en medio de un caso y, después de lo que le pasó el domingo, me preocupaba un poco que desapareciera sin decir nada. Pero estoy segura de que aparecerá.

Maddie asintió.

—Claro —dijo, pero parecía no estar convencida.

—¿Cómo lo viste cuando comiste con él el martes? —preguntó Ballard.

—Bien. Normal. Quiero decir, todavía estaba dolorido por el accidente, le molestaba la rodilla, pero era papá. Hablaba de que quería volver a trabajar en un caso. Lo normal en él.

—¿Y no sabes nada de él desde entonces?

—No. ¿Debería preocuparme, Renée?

—La verdad es que no lo sé. La última vez que hablamos, iba a ver a una testigo con la que había hablado antes, pero a la que no le iba a gustar verlo. Y eso es todo.

—Quizá tengamos que ir a ver a esa testigo.

—¿Tengamos?

—Hoy estoy libre. Pero soy policía y él es mi padre. ¿Quién era la testigo?

—Espera un momento. No nos precipitemos. Tal vez…

—¿Quién se está precipitando? Has dicho que fue a ver a una testigo… en una investigación de asesinato, supongo. Y nadie ha sabido de él desde entonces. ¿Qué hay de malo en ese escenario?

—Vale, mira, tengo que ir al centro para una reunión en la fiscalía. Déjame ir. Luego buscaré la ubicación de la testigo. Si tu padre no ha aparecido para entonces, iremos a verla esta noche.

Maddie no dijo nada y Ballard se dio cuenta de que no le hacía gracia la espera.

—Lo que deberías hacer —dijo Ballard— es volver a entrar y escribir una nota a tu padre que diga que tiene que llamarte en cuanto llegue a casa. Por si acaso se ha quedado sin teléfono y nos estamos preocupando por nada. ¿Lo harás?

—Sí —dijo Maddie con hosquedad.

—De acuerdo, entonces yo me voy a ir, y nos mantenemos al tanto. ¿Estás bien?

—Estoy bien.

—Bien. Seguro que todo está bien. Hablaré contigo más tarde.

Se fueron por caminos separados, Ballard a su coche y Maddie de vuelta a la casa.

Ballard condujo colina abajo y se metió en la autovía de Hollywood. Se dirigió al sur, hacia el centro de la ciudad.

Al mirar la hora en el salpicadero, vio que podría llegar al laboratorio de Criminalística antes de su cita en la oficina del fiscal.

Quería saber qué eran las pastillas que había encontrado sueltas en el cajón de la mesa de trabajo de Bosch y para qué las tomaba. Sabía que estaba cometiendo una violación de la intimidad de Bosch que iba mucho más allá de aquello por lo que su propia hija había objetado antes. Pero a Bosch le pasaba algo y tenía que averiguar qué era.

50

El aparcamiento de Charter Boat Row estaba casi vacío. Los barcos habían realizado ya toda la actividad de la jornada y la mayor parte de ellos ya habían atracado hasta el día siguiente. Bosch caminó a lo largo del rompeolas, leyendo los nombres de las embarcaciones y los carteles que mostraban la información de contacto y la disponibilidad de los barcos de alquiler para excursiones. Las embarcaciones iban desde barcas de pesca abiertas de menos de diez metros de eslora hasta yates para navegar en aguas profundas con múltiples cubiertas, camarotes y torres de observación.

Cerca del final del muelle había un hombre con una manguera, rociando la cubierta de un gran yate con un salón abierto y espacio para un gran grupo de pescadores. La marea estaba baja, por lo que el yate y el hombre estaban por debajo de Bosch y del rompeolas. El hombre terminó por levantar la vista y ver a Bosch. Llevaba una gorra de béisbol con marcas de sal que decía «DECK DOCTOR». Señaló el grifo donde estaba conectada la manguera que utilizaba.

—Oiga, amigo, ¿podría cortar el agua? —dijo.

Bosch se acercó y cerró el grifo.

—¿Vuelve tarde? —preguntó Bosch con desgana—. Todos los demás se han ido.

—Yo no salgo —dijo el hombre—. Solo limpio barcos.

—Entendido. Doctor, ¿limpia el barco de Davy Byrne?

El hombre negó con la cabeza.

—No, él no tiene barco —dijo—. El *CJ* es de Henry Jordan.

—El *CJ* —dijo Bosch—. ¿Cuál es?

—Unos nueve o diez más abajo. Ha pasado por delante. *Calamity Jane*.

—Ah, sí, lo he visto.

—Davy actúa con los turistas como si fuera el dueño, pero Henry mantiene la mayor parte de la propiedad. Eso lo sé.

—¿Entonces Davy es solo un inversor?

—Más bien un empleado. Pero tendría que preguntarle a Henry sobre eso cuando vuelva.

—¿Cuando vuelva de dónde?

—Ni idea. ¿Puede pasarme el cable?

Bosch miró a su alrededor y vio un grueso cable eléctrico amarillo enrollado colgado de un gancho unido a una viga de acero. Las vigas sostenían una estructura acanalada para dar sombra que recorría la cubierta. Un extremo del cable estaba unido a un enchufe de alta tensión. Bosch desenganchó la bobina, desenrolló una parte y lanzó el resto hacia Deck Doctor. El hombre acercó el otro extremo a un puerto de conexión eléctrica situado bajo la borda y lo enchufó. Bosch supuso que recargaría las baterías del barco y otros dispositivos eléctricos.

—Entonces —dijo Bosch—, ¿cuánto tiempo hace que se fue Henry?

—Casi un año, creo —dijo Deck Doctor—. Se supone que tomó el dinero de Byrne y dijo: «Nos vemos». Él y la esposa se fueron de viaje alrededor del mundo y dejaron a Davy para que se hiciera cargo del barco, viviera en la flotante, todo. Un buen trato, me parece a mí, pero eso no es asunto mío.

—¿Qué es la flotante?

—Una casa flotante. Al otro lado de la carretera elevada está el puerto deportivo en Garrison Bight. Ahí es donde están todas las flotantes, incluida la de Henry. Muchos de los que tienen barcos aquí viven allí, van a pie al trabajo.

Bosch asintió.

—Qué bien —dijo—. No sabe cuál es la flotante de Henry, ¿verdad?

—¿Se refiere a la dirección? No —dijo Deck Doctor—. Pero la suya es la que tiene la cara del pirata sonriente en el techo.

Bosch no estaba seguro de lo que significaba eso, pero no pidió una aclaración.

—Lo sabrá cuando la vea —añadió el hombre—. ¿Es policía o algo así?

—Algo así —dijo Bosch—. ¿Cuánto tiempo lleva haciendo esto, trabajando en los barcos?

—La respuesta rápida es toda mi vida. Pero, si se refiere a aquí en los de alquiler, tengo mi negocio de limpieza desde hace unos ocho años.

—¿Cuánto tiempo lleva Davy Byrne por la zona?

—¿Aquí? Apareció después de mí. Hace tal vez seis años. Lo recuerdo porque el viejo Henry buscaba un socio y yo intentaba reunir el dinero. Pero entonces llegó Davy Byrne y se me adelantó. Sigo sin saber cómo. Supuestamente, se arruinó con el pub que dirigía antes de aparecer aquí.

—He oído hablar de eso.

—Sí, no sabía llevar un bar, y luego aparece aquí y se cree que lo sabe todo sobre barcos de excursiones y de pesca.

Bosch asintió, Deck Doctor tenía motivos para estar resentido.

—Entonces, ¿ha dicho que Henry se marchó hace casi un año? —preguntó Bosch.

—No lo sé, por lo menos ocho o nueve meses —dijo Deck Doctor—. Supuestamente están visitando los siete continentes. Todo eso, según Davy Byrne.

—Escuche, gracias por su ayuda. ¿Puede hacerme un favor? Si ve a Davy, no le hable de mí.

—No se preocupe. No hablo con ese tipo.

Bosch volvió a recorrer el muelle hasta su coche. Vio que el sol estaba bajando en el cielo. Pronto anochecería. Había planeado estar en los muelles de Mallory, la meca de las puestas de sol de Cayo Hueso, para el momento más emblemático de la isla, pero estaba entusiasmado por la idea de saber dónde estaba Finbar McShane. Al día siguiente habría otra puesta de sol. Si todavía estaba ahí para verla.

El carril de estacionamiento, de un solo sentido, lo obligó a hacer un giro por debajo de la calzada elevada y luego lo condujo hasta la entrada de otro puerto deportivo. Vio las rampas para embarcaciones y, más allá de ellas, las casas flotantes agrupadas en el agua como formando una aldea. La mayoría de ellas tenían lanchas pequeñas con motores fueraborda sujetas a los muelles de la parte de atrás. Las casas flotantes eran estructuras de dos pisos pintadas en colores pastel, asentadas sobre barcazas y amarradas entre sí para crear una comunidad.

Desde su ángulo de visión, Bosch contó ocho casas que se extendían hacia el puerto de Garrison Bight. La penúltima casa tenía un techo gris inclinado con una gran cara sonriente amarilla pintada. La cara tenía un parche negro en el ojo y un pañuelo rojo con una calavera. El enlucido de la casa era de color amarillo, y en el porche trasero había una pequeña embarcación fueraborda.

El aparcamiento frente a las casas flotantes estaba abarrotado. Bosch tuvo que aparcar en el siguiente y volver andando. La rodilla empezaba a dolerle de nuevo, pero se había dejado el ibuprofeno en la habitación del hotel. Cuando llegó a la rampa de bajada a las casas flotantes, ya cojeaba.

En la pasarela de bajada no había ninguna barrera de seguridad. Bosch se agarró a la barandilla y bajó con cuidado la empinada rampa hasta llegar al ancho muelle de hormigón que conectaba todas las casas flotantes.

Caminó despreocupadamente por el muelle como un turista maravillado por ese peculiar barrio. Dedicó el mismo tiempo a observar cada residencia a ambos lados del muelle a medida que avanzaba. Cuando llegó a la casa amarilla que estaba en penúltimo lugar, vio que la cortina estaba corrida, pero la puerta corredera del balcón del piso de arriba estaba abierta. Oyó música procedente del interior, un ritmo de reggae, pero no era una canción que pudiera identificar.

Bosch se aprovechó de su lesión. Se detuvo y se apoyó en una farola al final del muelle. Levantó la pierna izquierda, subiendo y bajando el pie como si ejercitara una articulación agarrotada. Y estudió la casa flotante amarilla. Vio que la terraza se extendía por el lado derecho de la casa, ofreciendo un estrecho acceso a la terraza trasera y al esquife amarrado a ella. También observó la doble cerradura de la puerta principal.

Satisfecho con la información que había reunido, Bosch se dirigió de nuevo a la pasarela. Había visto suficiente. Creía que el hombre que perseguía desde hacía muchos años estaba dentro de la casa amarilla. Tenía que volver a su habitación de hotel. Necesitaba tomar más ibuprofeno y elaborar el plan para volver al amparo de la noche.

51

Ballard había llegado diez minutos tarde a su cita de las cuatro en punto con Vickie Blodget, la fiscal asignada para llevar los casos de la unidad. Siempre había tenido una relación fácil y abierta con Blodget, pero estuvo por debajo de su nivel al presentar el caso, omitiendo detalles u ofreciéndolos de manera desordenada. Estaba como en medio de una neblina desde que había salido del laboratorio. El caso de Olga Reyes había quedado arrinconado por su necesidad de encontrar a Harry Bosch.

—Deja que me asegure de que entiendo el encadenamiento de todo esto —dijo Blodget—. ¿Bosch vio a Rawls poner la caja en el contenedor, pero luego esperaste tres días para ir a recuperarla? ¿Por qué?

—No, no, eso no es lo que he querido decir, y perdona si te estoy confundiendo —dijo Ballard—. Bosch no lo vio tirar la caja. Fue después cuando se le ocurrió que podría ser que Rawls estuviera deshaciéndose de pruebas en el momento que lo vio, y entonces decidiera huir. En otras palabras, Rawls tiró la caja, vio a Bosch, y entonces corrió a su coche y se largó.

—Pero ¿por qué esperasteis tres días para volver? Mira, eso es un problema. Si él no vio a Rawls tirar la caja, vamos a pasar un mal rato para vincularlo.

—Bueno, ¿quién más podría haber sido? El contenedor está a menos de veinte metros de la puerta trasera del negocio de un asesino en serie. Bosch resultó herido en lo que pasó el domingo. Se hizo daño en la rodilla y en las costillas en el accidente, por no hablar de que una bala le pasó silbando al lado de la cabeza y le cortó la oreja. Tardó un par de días en sumar dos y dos, y luego fuimos a zambullirnos en los contenedores.

Blodget asintió mientras escribía una breve nota en un bloc.

—Bueno, esa es la cuestión —dijo—. Esos tres días. Podría haber sido cualquiera el que se deshiciera de la caja. Como sabes, el tiroteo con Rawls salió en la prensa a lo grande. Alguien pudo haber leído el artículo y luego ir allí a tirar la caja, esperando que la encontraran y la relacionaran con Rawls.

La neblina se estaba disipando. Ballard miró a Blodget con incredulidad.

—¿Estás de broma? —dijo—. ¿Qué está pasando aquí? Este chico lleva trece años en la cárcel. Es decir, ya ni siquiera es un chico. No debería estar ahí.

—¿Estás completamente segura de eso? —preguntó Blodget.

—Sí, lo estoy. Jorge Ochoa es inocente.

—Coincidía con el ADN.

—Sí, y la víctima era su novia. Esa fue su defensa: ellos tuvieron sexo esa noche, él se fue a casa, y el asesino vino después. Y ahora sabemos que eso es lo que pasó. Fue Rawls, no Ochoa. El arma homicida estaba en la caja. Tienes el informe de la autopsia ahí mismo, delante de ti. Traumatismo por objeto contundente, impactos circulares en el cráneo, de más de dos centímetros de diámetro. Fueron golpes de martillo, Vickie. Es evidente.

—Todo eso ya lo sé, Renée. Esa no es la cuestión. Necesitamos una conexión con Rawls. ¿Había alguna huella en la caja? ¿Algo que la vincule directamente a él o a su contenido?

—No, la hice procesar. No había huellas, ni fibras, ni ADN de Rawls. Pero recuerda que él se estaba deshaciendo de la caja. Se habría asegurado de que estuviera limpia y no pudieran rastrearla hasta él. El único fallo en el plan era que estábamos tras él y Bosch lo estaba observando. No contaba con eso hasta que vio a Bosch e intentó huir.

—Hay demasiadas lagunas. No puedo llevarlo al otro lado de la calle. Todavía no. Necesito que consigas más pruebas.

La oficina de Blodget estaba en el Palacio de Justicia, justo en la otra acera de Temple Street respecto del Juzgado de lo Penal, en cuya decimosexta planta se encontraba la fiscalía.

—Has dicho que Bosch discutió con un residente de la calle —dijo Blodget—. ¿Hablaste con ese hombre? ¿Vio a Rawls tirar la caja?

—Dudo que estuviera en su campo de visión —dijo Ballard—. Pero no, no hemos hablado con él. No creí que fuera necesario cuando el resto es tan obvio.

—¿Y nada en el almacén de pertenencias o pruebas del caso?

—No. Después de que Ochoa perdiera su último recurso, hubo una orden de eliminación de pruebas por parte del juzgado. No hay nada más que lo que tienes ahí. No hay escena del crimen a la que volver ni testigos a los que mostrar fotos de Rawls. Solo la caja.

Blodget asintió y anotó algo.

—Entonces no hay nada que pueda hacer por el momento —dijo—. Lo siento, Renée.

—Esto es por las revocatorias, ¿no es así? —dijo Ballard.

El fiscal del distrito se enfrentaba a unas elecciones revocatorias porque sus políticas liberales de dificultar el envío de delincuentes a prisión habían provocado un aumento de las estadísticas de delincuencia en todo el condado de Los Ángeles. Las nuevas directrices de la decimosexta planta, por las que no se exigía fianza para la mayoría de los delitos, se impedía a los fiscales añadir aumentos de pena por el uso de armas en la comisión de delitos y se aplazaba el enjuiciamiento por delitos menores e incluso por algunos delitos violentos, habían creado un sistema de justicia de puertas giratorias. Los medios de comunicación informaban habitualmente de sospechosos recién salidos de la cárcel sin fianza o sin cargos y que luego cometían exactamente los mismos tipos de delitos, a veces en cuestión de horas.

Aunque el fiscal intentó culpar de ello a la pandemia de covid y a la necesidad de reducir el hacinamiento en las cárceles durante la crisis, había perdido el apoyo de las fuerzas policiales del condado, así como de un porcentaje significativo de la población. Se había puesto en marcha una campaña de revocación de mandato bien financiada. Una noticia que dijera que la fiscalía había puesto a un hombre inocente en la cárcel, aunque fuera mucho antes de la elección del actual fiscal, no iba a ayudarle a mantener su trabajo.

—Mira, no voy a negar la realidad de lo que está sucediendo al otro lado de la calle —dijo Blodget—. Pero sé lo que va a pasar con esto. Si voy allí con este caso tal y como está, lo rechazarán y Ochoa nunca saldrá libre.

—Me estás diciendo que espere hasta después de la destitución —dijo Ballard—. Hacer que Jorge Ochoa espere allí arriba en Corcoran otros seis meses por algo que no hizo, sin importar todos los años que ya ha pasado allí.

—Lo que te digo es que, si lo llevo al otro lado de la calle ahora mismo y lo rechazan, entonces buena suerte si lo llevas por segunda vez, independientemente de quién esté en la oficina de la esquina en la decimosexta planta.

Ballard asintió y se mordió la lengua. Sabía que Blodget no era su enemiga. La situación era la que era. Y necesitaba mantener a Blodget de su lado, porque habría futuros casos que llegarían tambaleándose. Entonces necesitaría a Blodget.

Ballard también sabía que ese no era el único lugar al que podía llevar el caso. Había un camino alternativo para liberar a Jorge Ochoa si quería arriesgarse.

—De acuerdo —dijo—. Gracias por escucharme. Volveré con esto cuando sea el momento y las pruebas sean las adecuadas.

—Espero que me lo traigas, Renée —dijo Blodget.

Ballard se levantó para marcharse.

Al salir de la Unidad de Delitos Graves, sus mejillas se calentaron de humillación al pensar en la reunión de ese mismo día en la casa donde se había criado Jorge Ochoa. La desconfianza hacia la policía y el sistema judicial que el hermano de Jorge había expresado acababa de validarse. Ballard había prometido mantenerse en contacto con la madre y el hermano de Jorge, pero ahora no tenía ni idea de cómo podría volver a enfrentarse a ellos.

Mientras esperaba el ascensor, sacó el teléfono y vio que no tenía cobertura. No era de extrañar. La Unidad de Delitos Graves se encontraba en la antigua cárcel, en la parte superior del Palacio de Justicia. Aunque había sido reformada para convertirla en oficinas años antes, los suelos y las paredes seguían siendo de hormigón y estaban reforzados con acero para evitar fugas. La estructura tenía fama de dejar sin servicio telefónico a las celdas. Hasta que Ballard salió del ascensor en la planta baja no le llegaron los mensajes de texto y de voz. Había varios de Maddie Bosch.

> Llámame.
> Necesito hablar cuanto antes.
> ¿Dónde estás?

También había dos mensajes de voz, pero Ballard no se molestó en escucharlos y decidió devolver la llamada rápidamente mientras caminaba por Spring Street hacia el Edificio de Administración de la Policía. Maddie respondió enseguida y habló como si ya estuvieran en plena conversación.

—Esto es raro. Cuando volví a entrar en casa para escribir una nota a mi padre, encontré un sobre con mi nombre en un cajón. Así que lo abrí, y era una larga carta para mí sobre lo buena persona que soy y lo fuerte que soy y lo buena policía que seré. Como cosas que quería que supiera después de que él ya no esté, ¿sabes?

Ballard sabía exactamente a qué se refería la nota, pero no quería que Maddie se inquietara todavía más.

—Bueno, Maddie —dijo—. Tal vez era solo algo que él…

—Y entonces perdí una llamada suya —la interrumpió Maddie—. Estaba tan estresada por esta nota que encontré, y no podía llamarte, así que fui al gimnasio de la comisaría, y me llamó mientras estaba en la ducha.

—¿Dejó un mensaje?

—Sí. Dijo que estaba en Cayo Hueso y que estaba bien. Pero fue un poco raro.

—¿Qué quieres decir? ¿Por qué fue raro?

—Bueno, no parecía él. Decía que estaba bien y que estaba trabajando en un caso y que me quería mucho. No sonaba bien. Dijo que yo era lo mejor que le había pasado en su vida. Y luego, la nota que encontré…, no sé. Estoy muy preocupada.

—¿Tienes el número desde el que te llamó?

—Sí, llamé en cuanto escuché el mensaje. Es un hotel en Cayo Hueso, y pregunté por la habitación de Harry Bosch y me pusieron en contacto. Pero no ha contestado. He llamado tres veces y no contesta.

—¿Cuál es el hotel?

—Se llama Pier House.

—Bien, me pongo ahora mismo, Maddie. Te llamaré en cuanto sepa algo.

—Y escucha, hay algo más que añadir a lo raro de lo que esté pasando con él.

—¿Qué?

—Estaba buscando papel para escribir una nota y abrí un cajón de su mesa de trabajo. Ahí es donde encontré la nota para mí. Pero también había algunas pastillas sueltas. Y en la unidad en la que estoy ahora hemos dado respaldo a suficientes operaciones de narcotráfico como para que reconozca el fentanilo cuando lo veo. No sé de dónde lo ha sacado ni por qué, pero tiene puto fentanilo en ese cajón.

Era una confirmación de lo que Ballard había sabido antes en el laboratorio.

—Vale, Maddie, intenta mantener la calma —dijo Ballard—. Tiene que haber una explicación para eso. Y nos la dirá en cuanto lo encontremos. Así que calmémonos hasta que lleguemos a ese punto.

—Vale, lo intentaré —dijo Maddie—. Pero, por favor, encuéntralo. Y hazme saber qué puedo hacer para ayudar. Lo digo en serio.

—Lo entiendo. Y lo haré.

Ballard colgó e inmediatamente buscó en su teléfono el Departamento de Policía de Cayo Hueso en internet. Llamó al número principal, se identificó y preguntó por el oficial al mando del turno. Le dijo a un teniente llamado Burke que necesitaba una verificación de emergencia sobre el estado de un huésped del Pier House. Le dio los datos de Bosch y le pidió que la llamara en cuanto lo hubieran comprobado.

Como no sabía cuánto tardaría en reaccionar la policía, Ballard llamó al Pier House y habló con el encargado de la seguridad del hotel. Le explicó la situación y le pidió que fuera a la habitación de Bosch para comprobar si estaba bien. Él, a su vez, le explicó que su política no les permitía entrar por la fuerza en una habitación de huéspedes que podía estar ocupada sin que la policía estuviera presente.

—Bueno, ya están en camino —dijo Ballard.

Colgó y se sintió inútil esperando noticias de personas a cinco mil kilómetros de distancia. Abrió una ventana de búsqueda en su teléfono y trató de averiguar cuánto podía tardar en llegar a Cayo Hueso. Quince minutos más tarde, acababa de reservar un coche de alquiler para complementar el vuelo nocturno a Miami que había reservado cuando recibió una llamada con el código de área 786.

—Soy Bob Burke, policía de Cayo Hueso.

—¿Han revisado su habitación?

—Sí, pero estaba vacía. Bosch no está ahí y no hay indicios de nada raro. Dos camisas en perchas en el armario, un cepillo de dientes, una bolsa de lona. Su cartera está en un cajón al lado de la cama. Uno de mis hombres ha preguntado y el camarero del Chart Room ha dicho que Bosch estuvo allí antes y se tomó un trago caro de bourbon. No sé si ayuda, pero el camarero dijo que preguntó por un irlandés llamado Davy Byrne. ¿Le suena?

Ballard dudó. Sonaba como si Bosch hubiera localizado a Finbar McShane, o al menos el alias que usaba.

—Eh, el nombre no es correcto —dijo—. Pero estaba siguiendo a un sospechoso en un caso sin resolver en el que estamos trabajando. Y el sospechoso es irlandés.

—Bueno, tal vez lo ha encontrado —dijo Burke—. Pero no hay señal de nada extraño en su habitación. Investigaré un poco por aquí, preguntaré a nuestra gente del turno de día para ver si saben algo sobre esto.

—Por favor, hágalo, y llámeme en cuanto sepa algo. Voy a volar esta noche y estaré en tierra en Miami al amanecer.

—Claro. Ah, y casi me olvido de esto: había otra cosa en la habitación. Había un sobre en el escritorio. Estaba sellado y dirigido a alguien llamado Renée. ¿Significa eso que...?

—Sí, soy yo. ¿Por qué habría una nota allí para mí? Estoy en Los Ángeles.

—Eso no lo sé. Tal vez sabía que iba a volar.

Esa sugerencia dio que pensar a Ballard. ¿Bosch estaba manipulándola desde cinco mil kilómetros de distancia?

—Nada de esto tiene sentido —dijo ella—. Otra cosa: ¿por qué habría salido sin su cartera? No tiene sentido.

—Estaba en un cajón. Tal vez la olvidó. Tal vez no quería arriesgarse a perderla.

Ninguna de las dos posibilidades le parecía plausible a Ballard. Su ansiedad por Bosch iba en aumento.

—¿Podría volver a entrar y abrir el sobre dirigido a mí? —preguntó.

—Eh, no, no vamos a hacer eso sin poder demostrar la causa —dijo Burke—. Ahora mismo, no tenemos ningún delito ni pruebas de un delito. No podemos ir más allá del control que ya hemos realizado. Estoy seguro de que no necesito instruirle sobre la Cuarta Enmienda y el registro e incautación ilegales.

—No lo necesita, teniente. Es solo que…

—Me pondré en contacto con usted si me entero de algo por nuestro turno de día. ¿De acuerdo, detective?

—De acuerdo. Gracias.

Ballard colgó y miró la hora. Su vuelo nocturno tenía que despegar en cuatro horas. Eso le dejaba tiempo suficiente para localizar a Sheila Walsh y averiguar qué había enviado a Bosch a Cayo Hueso.

52

Bosch se quedó sentado en el aparcamiento de Garrison Bight y observó las casas flotantes en la oscuridad. La luna llena proyectaba una línea ondulante de reflejos amarillos en el agua, como un camino hacia la casa con el pirata de cara sonriente en el tejado. Se fijó en cómo las luces del interior de las casas se apagaban una a una. La casa donde vivía Davy Byrne fue la última en apagarse.

Bosch observó y esperó durante una hora más, el bourbon de horas antes todavía se le acumulaba como un fuego en la garganta. Contempló su plan y los riesgos que conllevaba, sabiendo que, de una forma o de otra, habría justicia antes del amanecer para Stephen Gallagher, su mujer, y su hijo e hija pequeños.

Finalmente, a las tres de la madrugada, salió del coche y se dirigió a la pasarela que bajaba a las casas flotantes. Vestía ropa tan oscura como el cielo. Llevaba guantes y un destornillador que había comprado en el CVS de Front Street, frente al Pier House.

La pasarela estaba resbaladiza por la humedad causada por el descenso de la temperatura. Se agarró a la barandilla y bajó por ella despacio y con cuidado, consciente de que cualquier paso en falso le provocaría una punzada de dolor en la rodilla. De momento, lo controlaba con una nueva dosis de analgésicos.

Una vez en el muelle de hormigón, esperaba quedar expuesto por luces sensibles al movimiento instaladas en las casas, pero no se encendió ninguna luz. Supuso que el suave movimiento de las casas flotantes sería un detonante continuo y eso habría llevado a desterrar esas medidas de seguridad básicas.

Cuando llegó a la penúltima casa, cruzó la pasarela hasta la terraza delantera sin dudarlo. Se detuvo allí y esperó y escuchó, intentando determinar si su llegada había sido advertida.

No ocurrió nada, y pasó a la terraza lateral que daba a la parte trasera de la casa. Había traído el destornillador para poder reventar la puerta corredera de la terraza trasera y entrar, pero, cuando llegó a la parte de atrás, vio que la corredera se había quedado abierta un palmo y que solo una puerta mosquitera se interponía entre él y la entrada a la casa.

La mosquitera estaba cerrada con llave, pero hizo un agujero con el destornillador sin ninguna dificultad. Luego, sus dedos lo ensancharon lo suficiente como para meter la mano, desbloquear la puerta y abrir con cuidado y en silencio.

Se coló en la casa. Al salir de la luz de la luna, encontró una oscuridad total en el interior. Esperó unos instantes a que sus pupilas se adaptaran. Vio un gran televisor de pantalla plana fijado a una pared y un sofá pegado a la de enfrente, con una mesa baja delante. Más allá de la sala donde se encontraba había un comedor y una ventana que daba a la cocina. El resplandor de un reloj digital en un microondas indicaba que eran las 3:10.

A la derecha vio la forma de unas escaleras que conducían al segundo nivel. Dio un paso hacia las escaleras, pero se detuvo al oír una voz procedente de detrás de él.

—No des un puto paso.

Bosch se quedó paralizado. Una luz se encendió detrás de él. Levantó las manos a la altura de los hombros y se volvió lentamente. Al hacerlo, dejó caer el destornillador por la manga.

Un hombre estaba sentado en una butaca en la esquina junto a la puerta corredera. Bosch había entrado y había pasado junto a él en la oscuridad. El hombre tenía una pistola apuntando al pecho de Bosch.

Era Finbar McShane. Bosch lo reconoció fácilmente por las fotos de la hoja de la orden de búsqueda que llevaba en el bolsillo trasero. Se había dejado crecer una barba poblada que se había vuelto gris y tenía el cuero cabelludo afeitado y bronceado por los días pasados en aguas abiertas en el *Calamity Jane*. Evidentemente, había estado esperando a Bosch en la oscuridad.

—¿Quién eres? —preguntó.

—No importa quién sea —dijo Bosch—. ¿Quién te dijo que iba a venir?

Bosch esperaba que no hubiera sido Tommy, el camarero del Chart Room.

—Nadie tenía que decírmelo —dijo McShane—. Te he visto hoy por ahí, intentando parecer un turista con tu ropa de policía. Conozco a los turistas y conozco a los policías.

—No soy policía. Ya no.

—¿Qué coño significa eso?

—Significa que esto se acabó. Hay otros policías, y saben que estoy aquí. Me seguirán. Se acabó…, McShane.

El uso de su verdadero nombre encendió una alarma momentánea en sus pupilas, pero luego desapareció rápidamente, reemplazada por la confianza de saber que tenía el arma y la ventaja.

—Date la vuelta. Una vuelta completa.

Bosch llevaba unos vaqueros negros y una camisa de vestir granate. No había planeado trabajar al amparo de la noche cuando había hecho la maleta para el viaje. Se volvió, manteniendo las manos en alto, mostrando que no tenía ningún arma. Completó la vuelta y los dos hombres volvieron a mirarse.

—Veamos tus tobillos —dijo McShane.

Bosch asintió. McShane lo estaba haciendo bien, no se le acercaba por si escondía un arma. Bosch se agachó y se subió las perneras de los pantalones, con cuidado de que el destornillador no se le cayera de la manga. Mostró que no llevaba ninguna cartuchera de tobillo.

—No hay arma —dijo McShane—. ¿Has venido a matarme y no has traído un arma?

—No he venido a matarte —dijo Bosch.

—¿Entonces qué? ¿Por qué estás aquí?

—Quiero oírtelo decir.

—¿Decir qué, hijo de puta? Deja de hablar con acertijos.

—Que mataste a la familia Gallagher.

—Joder…, eres de Los Ángeles. Bueno, has hecho un largo camino para nada, viejo. Para terminar al final de la cadena de un ancla a una docena de metros de profundidad.

—¿Es eso lo que les pasó a Henry Jordan y a su esposa? ¿Los encadenaste y los tiraste al mar? ¿Y Dan Cassidy? ¿También está ahí abajo?

Por un instante Bosch vio una mirada de sorpresa en el rostro de McShane.

—Ya te lo he dicho, hay gente que lo sabe todo sobre ti —continuó Bosch—. Y vienen justo detrás de mí. Esta vez no te escapas.

—¿De verdad? ¿Tú crees?

—Lo sé. Así que tienes que elegir. Háblame de los Gallagher y volvemos a Los Ángeles o te la juegas intentando huir.

McShane se rio.

—Vaya, qué dilema tan complicado —dijo.

—Dudo que llegues mucho más allá de Marathon —dijo Bosch.

—¿Sí? Bueno, tienes cojones, viejo, te lo reconozco. Pero también tengo noticias para ti: no voy a volver. ¿Y qué te hace pensar que intentaría salir de aquí por tierra?

—Porque antes de venir aquí, he visitado tu barco. ¿El *Calamity Jane*? No va a ir a ninguna parte con agua en los depósitos de combustible.

—Será mejor que te estés tirando un farol, cabrón.

—Supongo que podrías tomar un avión, pero eso es muy fácil de rastrear. La Overseas Highway es tu única opción real y eso es un viaje muy largo. Te cogerán antes de que llegues al continente.

—Lo tienes todo pensado, ¿eh?

Bosch no respondió. Se limitó a mirar fijamente la pistola, preparado para el final. McShane se levantó sin dejar de apuntarle al corazón.

—Entonces, ¿llevas un micrófono? ¿Te han enviado aquí para hacerme confesar? Ábrete la puta camisa.

Bosch bajó la mano derecha y empezó a desabrocharse botones.

—No, no hay ningún micrófono —dijo, abriéndose la camisa—. Solo tú y yo. Quiero escucharte decirlo. Luego haz lo que tengas que hacer.

McShane se acercó un paso más.

—Te daré lo que quieres, viejo. Te lo diré. Pero serán las últimas palabras que escuches.

—¿Estaban dormidos?

—¿Qué?

—Emma y Stephen. Los niños. ¿Estaban dormidos cuando los mataste? ¿O sabían lo que iba a pasarles?

—¿Eso lo haría mejor para ti? Si estaban dormidos, si no lo sabían.

—¿Lo estaban?

—No, estaban de rodillas. Y sabían lo que les esperaba. Lo mismo que sus padres. ¿Qué te parece eso?

Los ojos de McShane brillaron con el recuerdo, y en sus pupilas oscuras Bosch vio un vacío carente de toda humanidad. Una profunda rabia brotó en él al recordar las fotos de Emma y Stephen que había llevado consigo. Un grito primal de justicia salió de los pliegues más oscuros de su corazón.

McShane pareció intuir lo que se avecinaba y se abalanzó hacia Bosch, levantando el cañón de la pistola.

—Date la vuelta. Ponte contra la puta pared.

Bosch estaba preparado. Dejó caer las manos y bajó los hombros hacia la derecha como si fuera a darse la vuelta como se le había ordenado. Pero luego dio medio paso atrás hacia su izquierda, dejando caer el destornillador que llevaba en la manga hasta la mano.

Cuando McShane se acercó, Bosch lanzó la mano derecha para agarrar la pistola y desviar el cañón hacia arriba. Al mismo tiempo, levantó el brazo izquierdo y clavó el destornillador en las costillas de McShane.

El cuerpo de McShane se tensó con el impacto y gimió. Sin soltarlo, Bosch retiró el destornillador y lo clavó salvajemente una segunda vez, esta vez con un nuevo ángulo ascendente. Cargó todo su peso sobre McShane y lo hizo retroceder un metro y estrellarse contra la pared.

Lo inmovilizó allí, sosteniéndole en alto la mano que empuñaba la pistola y manteniendo la presión sobre el destornillador. Sintió la sangre pegajosa y caliente de McShane en la mano que agarraba la herramienta.

Inclinándose hacia McShane, Bosch estaba lo suficientemente cerca como para sentir en la cara su último y desesperado aliento. No había matado a un hombre tan de cerca desde los túneles, cincuenta años atrás. Sostuvo la mirada de McShane mientras sentía que la tensión y la fuerza de su cuerpo se debilitaban y empezaban a apagarse, igual que su vida.

La mano de McShane fue aflojándose poco a poco hasta que finalmente soltó el arma. Esta rebotó en el hombro de Bosch y cayó al suelo. Entonces McShane empezó a deslizarse por la pared, con una expresión de sorpresa en los ojos.

Bosch lo soltó y McShane quedó sentado, apoyado contra la pared, todavía atravesado por el destornillador. La sangre no tardó en fluir por su cuerpo hasta el suelo.

Bosch pateó el arma en el suelo, retrocedió y observó cómo McShane se desangraba, su mirada se desenfocaba y finalmente sus ojos quedaban mirando a la nada.

53

El vuelo nocturno aterrizó en el aeropuerto de Miami a las seis de la mañana y Ballard se puso en camino hacia Cayo Hueso en menos de una hora, con un gran café en el portavasos de su coche de alquiler. Su mayor preocupación en ese momento era mantenerse alerta durante las cuatro horas de viaje y mantener el coche de alquiler entre las líneas de la Overseas Highway. El avión desde Los Ángeles estaba lleno y ella había reservado uno de los últimos asientos. Le habían asignado un asiento central en clase económica y terminó flanqueada por dos hombres a quienes no les costó nada quedarse dormidos y roncar durante todo el vuelo.

Ella, en cambio, no pegó ojo. Pensó en Harry Bosch y en lo que podría estar haciendo tan lejos de casa.

En el archipiélago, a medio camino hacia su destino, se alejó del alcance de las emisoras de radio de Miami y acabó escuchando una emisora meteorológica de los Cayos de Florida que repetía las mismas noticias cada quince minutos. Una inusual tormenta previa a la temporada de huracanes se había formado frente a la costa de África y se dirigía hacia el Caribe. El presentador de la estación meteorológica de Marathon dijo que estaban siguiendo de cerca su evolución.

Estaba a unos quince kilómetros de Cayo Hueso y a punto de llamar a la policía local cuando sonó el teléfono. Era una llamada desde Los Ángeles, donde aún no eran las ocho de la mañana.

—Soy Renée Ballard.

—Mick Haller. Me dejó un mensaje anoche.

—Sí, lo hice.

—Parece que está conduciendo. ¿Puede hablar?

—Puedo hablar. Soy detective de la policía de Los Ángeles. He trabajado con Harry Bosch.

—Mi hermano por parte de padre. La conozco, Ballard. ¿Se trata de Harry? ¿Está bien?

Ella no quería entrar en la posibilidad de que Bosch no estuviera bien.

—Se trata de un caso del que creo que debería hacerse cargo —dijo ella.

—Es un poco inusual que la policía te pase un caso —dijo Haller—. Pero, adelante, la escucho.

—Permíteme empezar diciendo que lo estoy haciendo de manera no oficial. No puede decir que le he dado un soplo sobre el caso.

—Lo entiendo.

—Necesito que me lo confirme.

—Es una derivación no oficial. Si sigo adelante con lo que sea que me va a contar, su participación termina con esta llamada y no se lo revelaré a nadie. ¿Bien?

—Bien.

—Entonces, cuénteme. Tengo que prepararme para ir al tribunal.

—Olga Reyes. Caso de la policía de Los Ángeles número cero-nueve-guion-cero-cuatro-uno-ocho. Debería anotarlo. La asesinaron en 2009. Su novio, Jorge Ochoa, fue acusado injustamente y condenado por asesinato.

—Un caso de habeas. ¿Sabe lo difícil que es un caso de habeas?

—Pero ha sacado a hombres inocentes. Harry me lo dijo.

—Sí, cuando se alinean los astros.

—Pues los astros están alineados. Ochoa es inocente y la policía de Los Ángeles y la fiscalía lo saben. Se lo callan por las elecciones revocatorias.

Hubo silencio al otro lado.

—¿Sigue ahí? —preguntó Ballard.

—Estoy aquí —dijo Haller—. Continúe.

—Dirijo la Unidad de Casos Abiertos. ¿Ha oído hablar del caso de Ted Rawls?

—Por supuesto. También escuché que Harry estuvo involucrado en el tiroteo. Le he dejado cinco mensajes esta semana, pero no me ha devuelto la llamada.

—Probablemente no los recibió. Su teléfono sigue siendo una prueba. La cuestión es que Ochoa fue condenado por matar a su novia. Fue un caso de ADN muy claro. Solo que él no la mató. Lo hizo Rawls.

—Así que el resumen es que encontró una prueba que vincula a Rawls con Olga Reyes y el fiscal no va a hacer nada.

—Es bueno.

—Soy bueno y estoy cabreado. Este tipo, Jorge, ¿dónde está ahora?

—En Corcoran.

—Bien, ¿qué cito? ¿A quién cito?

—Me cita a mí y cita todas las pruebas relacionadas con el caso de Olga Reyes. Le he dado el número. Encontramos objetos desaparecidos de la escena del crimen de Reyes en un contenedor detrás de la oficina de Rawls. Acababa de tirarlo cuando vio que Harry lo estaba vigilando. El resto lo sabe por las noticias.

Haller emitió un leve silbido y luego habló.

—¿Cuáles son las pruebas?

—Su camisón y una pulsera que le regaló Jorge. Fui a ver a su madre y me confirmó lo de la pulsera.

—Así es como me meto en esto. Voy a ver a la madre, que me contrate y empiezo a tirar del hilo. Nadie sabrá nunca que el chivatazo vino de usted.

—Se lo agradezco. Además, tenemos el arma homicida, un martillo. Rawls lo guardó todo. Puede comparar el martillo con el informe de la autopsia.

—Me está poniendo esto en bandeja de plata. ¿Tiene el nombre y la dirección de la madre a mano?

—En cuanto salga de la carretera, se los enviaré.

—De acuerdo, entonces. Creo que estoy listo.

—Gracias por hacer esto.

—Es un placer, detective Ballard. Tendrá noticias mías y, si llevo esto a los tribunales y la pongo en el estrado, puede que se arrepienta de esta llamada.

—Eso no me preocupa. Si me trata como una testigo hostil, será una buena tapadera. Pero también llamará a Harry Bosch. Él trabajó en esto conmigo.

—Bueno, cada cosa a su tiempo.

Después de colgar, Ballard llamó al Departamento de Policía de Cayo Hueso para pedir que un agente se reuniera con ella en el Pier House y conseguir que el servicio de seguridad del hotel abriera la puerta de la habitación de Bosch. Quería leer la nota que él había sellado y dirigido a ella. Creía que le permitiría saber dónde estaba Bosch y qué estaba haciendo.

Cuando llegó al Pier House, quince minutos más tarde, ya había un coche de la policía de Cayo Hueso en el aparcamiento. Ballard aparcó junto a él, entró en el vestíbulo y se encontró con dos agentes uniformados que la esperaban junto al jefe de seguridad del complejo. Mostró su placa y sus credenciales, y el jefe de seguridad del complejo, Muñoz, le dijo que tenía preparada la tarjeta de acceso a la habitación de Bosch. Todos salieron por una puerta trasera del vestíbulo a un sendero que atravesaba un laberinto de árboles frondosos y plantas tropicales, rodeaba una piscina y daba acceso a un edificio con cuatro plantas de habitaciones.

Se apretujaron en un pequeño ascensor, porque el vigilante de seguridad dijo que este quedaba más cerca de la habitación 202 que las escaleras.

En el pasillo junto a la habitación, el vigilante llamó a la puerta e inclinó la cabeza hacia el marco para escuchar.

—Seguridad del complejo —dijo—. ¿Señor Bosch? Seguridad.

Esperó unos segundos y volvió a llamar. Sacó una tarjeta llave del bolsillo para abrir la puerta.

—Seguridad —dijo—. Estamos abriendo la puerta.

54

Bosch estaba tan profundamente dormido que la primera llamada a la puerta apenas penetró en su sueño. Soñaba con los túneles, se movía sin cesar por un espacio oscuro y estrecho sin principio ni fin.

Al segundo golpe, abrió los ojos. Estaba en la cama en una habitación extraña. Estaba a oscuras, con las cortinas cerradas, salvo por la luz del baño. Oyó el clic de la puerta de la habitación. Se incorporó.

—¡No disparen! —gritó—. ¡No disparen!

Abrieron la puerta, entraron y recorrieron el pasillo de entrada de la habitación.

Vio que era Ballard, junto con un hombre de traje y dos agentes uniformados.

—Harry —dijo—. ¿Estás bien?

—Renée —dijo él—. ¿Qué estás…? ¿Por qué has venido?

Ballard no le contestó. Se volvió hacia los hombres que estaban detrás de ella y levantó las manos haciendo un gesto para que se mantuvieran a distancia.

—No pasa nada —dijo—. Falsa alarma. No pasa nada. Ya pueden…

—¿Está segura, señora? —dijo el hombre de traje—. Parece desorientado.

—Me han despertado —dijo Bosch—. Sí, estoy desorientado.

El hombre revisó sus manos y su ropa en busca de sangre, pero todo estaba limpio. Se había quedado dormido con la ropa puesta.

Tenía el cabello todavía ligeramente húmedo por la ducha que se había dado después de una larga noche de hacer limpieza.

El mayor de los dos agentes pasó por delante de Ballard y entró en el dormitorio. Encendió la lámpara de la mesita de noche y miró a Bosch, que se había sentado al borde de la cama. Bosch iba descalzo y llevaba una camisa de manga larga y unos pantalones limpios. No había metido ningún pijama en la maleta.

—Señor, ¿se encuentra bien? —le preguntó el agente.

—Estoy bien —dijo Bosch—. Solo que no estoy acostumbrado a que la gente entre en mi habitación en mitad de la noche.

—Señor, es casi mediodía. ¿Ha ingerido alguna droga o alcohol?

—No, nada. Estoy bien. Solo estoy… cansado. Me quedé despierto hasta muy tarde.

—¿Necesita atención médica?

—No, no quiero atención médica.

—¿Planea hacerse daño a usted mismo o a otros?

Bosch soltó una risa forzada y negó con la cabeza.

—¿Está de broma? No, no tengo planes de hacer daño a nadie, ni siquiera a mí mismo.

—Bien, señor, vamos a dejarlo con su colega. ¿Le parece bien?

—Sí, muy bien. Me gustaría mucho.

—Bien, señor, que tenga un buen día.

—Gracias. Siento que hayan tenido que venir. Supongo que tengo el sueño profundo.

El agente se volvió y se dirigió a la puerta, seguido por su compañero. Llevaba un micrófono de radio en el hombro. Giró la cabeza hacia él e informó a la central de que estaban despejando la escena sin incidentes. El hombre del traje siguió a los agentes a la salida.

—Gracias, chicos —dijo Ballard tras ellos—. Perdón por la falsa alarma.

Bosch oyó que se cerraba la puerta. Esperó a que Ballard hablara primero.

—Harry, ¿qué demonios?

—¿Qué? ¿Qué haces aquí?

—Lo mismo que ellos, asegurarme de que estás bien.

—¿Has cruzado el país para asegurarte de que estaba bien?

—Creo que tú querías que lo hiciera. La visita a Sheila Walsh. La llamada a Maddie. Estabas dejando migas de pan.

—Si tú lo dices.

—Lo digo.

Bosch se levantó y buscó los calcetines y los zapatos. Estaban en un rincón, junto a una silla. Se acercó, se sentó y empezó a calzarse.

—Has encontrado a McShane, ¿verdad?

Bosch no respondió. Se concentró en la tarea de atarse los cordones. Luego se levantó y abrió la cortina. Entrecerró los ojos ante la dura luz del sol que se reflejaba en el agua como diamantes tallados y le daba en los ojos.

—¿Dónde está la nota que me dejaste? —preguntó Ballard.

Bosch dirigió la mirada hacia ella. Seguía de pie junto a la puerta del vestíbulo, como si no quisiera entrar en su habitación.

—¿Qué nota? —dijo.

—Esta no ha sido la primera vez que comprobamos que estás bien, Harry. Vinieron anoche. No estabas, pero tu cartera estaba en el cajón, y había un sobre con mi nombre en el escritorio. Migas de pan.

—No sé de qué estás hablando.

—Seguro que lo sabes.

—No hay ninguna nota, Renée.

Ella se quedó callada y Bosch supo que lo había comprendido todo.

—Entonces, supongo que eso significa que sí lo encontraste. ¿Qué pasó?

Bosch volvió a mirar hacia el agua.

—Digamos que el caso está cerrado —dijo—. Y dejémoslo así.

—Harry —dijo Ballard—. ¿Qué has hecho?

—Está cerrado. Es lo único que necesitas saber. A veces…

—¿A veces qué?

—A veces haces lo que no debes por un buen motivo. Y esta fue una de esas veces y este fue uno de esos casos.

—Oh, Harry...

Bosch leyó su decepción y angustia en la forma de pronunciar su nombre. Todavía no podía darse la vuelta para mirarla.

—¿Te ayudaría saber que no tuve elección? —preguntó.

—No, en realidad no —dijo Ballard—. Lo que sea que haya pasado, como sea que haya pasado, tú pusiste la bola en juego.

Bosch asintió. Sabía que eso era cierto.

—¿Podemos hablar de otra cosa? —dijo.

—¿Como por ejemplo? —dijo Ballard—. ¿De tus pastillitas azules?

—¿De qué estás hablando?

—Del fentanilo que encontré en el cajón de tu casa. Que también encontró tu hija.

Bosch dejó de contemplar el paisaje y la miró.

—¿Estuvisteis en mi casa?

—Estabas desaparecido en combate. Estaba preocupada. Y Maddie también. Encontró las pastillas y la nota que le dejaste.

—Mierda, eso llevaba allí mucho tiempo. Meses.

—Pues la leyó y está comprensiblemente inquieta. Añade las pastillas y es una nota de despedida. ¿Qué te pasa, Harry?

—Hablaré con Maddie. Se suponía que no tenía que encontrar esa nota por lo menos hasta dentro de unos meses.

—¿Qué significa eso?

Bosch se acercó y se sentó en el extremo de la cama.

—Tu empática Colleen tenía razón.

—¿De qué estás hablando?

—Del aura oscura que ella pensó al principio que venía de mí.

—¿Qué significa eso?

—Te hablé de aquel caso donde encontré el cesio perdido.

—Sí.

—Bueno, ha vuelto a aparecer. Las pastillas que me daban solo sirvieron para retrasar las cosas. Ahora está en la médula.

Hubo una larga pausa antes de que Ballard reaccionara.

—Lo siento, Harry. ¿Siguen tratándote?

—Me han dado algo de radiación, sí.

—¿Cuál es el pronóstico? ¿Cuánto tiempo…?

—No he preguntado, no quiero saberlo. Guardo esas pastillas en el cajón para cuando sea el momento de terminar la guardia.

—Harry, no puedes hacer eso. ¿Maddie no sabe nada de esto?

—No, y no quería que lo supiera.

Bosch miró a Ballard por encima del hombro.

—Está bien —dijo Ballard—. Pero tienes que decírselo. De hecho, tenemos que llamarla ahora mismo para decirle que te he encontrado y que estás bien.

—Podemos llamarla, pero no tiene ninguna necesidad de saber estas otras cosas —dijo Bosch—. Está empezando su vida y no debería preocuparse por mí.

—Esto es una mierda.

—Es lo que hay. Saco esas pastillas del cajón cada mañana. Luego las vuelvo a poner allí al final del día. Cuando sea el momento adecuado, no volverán al cajón.

—No puedes hacer eso, Harry.

—Si no lo hago, se va a complicar. No quiero eso. Quiero que Maddie tenga la casa y una vida sin fantasmas.

—Pero eso es exactamente lo que le estarás dejando. Un fantasma.

—No quiero hablar más de esto, Renée, de verdad. Hablaré con Maddie cuando vuelva a Los Ángeles. Ahora mismo, tengo que hacer una llamada.

—¿Una llamada a quién?

—A la hermana de Stephen Gallagher en Irlanda.

—¿Qué le vas a decir?

—No mucho. Solo que se ha hecho justicia, y lo dejaré ahí. Creo que nos llevan cinco horas de adelanto. No quiero esperar demasiado. Quiero llamar cuando aún sea de día.

—¿Y luego qué?

—Luego volveré a Miami y trataré de tomar un avión a casa.

—¿Al menos le enviarás un mensaje de texto a tu hija para decirle que estás bien?

—No tengo teléfono. ¿Por qué no le envías un mensaje y le dices que hablaré con ella mañana? Tengo que pensar qué le voy a decir.

—De acuerdo, Harry. Lo haré.

—Gracias. ¿Y tú? Acabas de llegar. ¿Quieres volver conmigo?

Ballard miró más allá de él, hacia el agua.

—Estaba pensando en quedarme para ver la puesta de sol —dijo—. Dicen que aquí son impresionantes.

Bosch asintió.

—Eso es lo que he oído —dijo.

—Dime una cosa —dijo Ballard—. Extraoficialmente o como quieras.

—Lo intentaré.

—¿Viniste a matarlo?

Bosch guardó silencio unos segundos antes de responder.

—No —dijo finalmente—. Ese no era el plan en absoluto.

Epílogo

Por acuerdo previo, condujo Ballard, porque Bosch no quería sumar más kilómetros a su coche de alquiler. Ella lo recogió a las seis y llegaron al lugar junto al Viejo Sendero Español antes de las ocho, gracias a que ella utilizó las luces de código 3 del coche y a una velocidad constante de ciento cuarenta kilómetros por hora.

Bosch se bajó con la caja de madera que contenía las cenizas de la familia Gallagher. Años atrás, Siobhan Gallagher le había pedido a Bosch que esparciera las cenizas de su hermano y de su familia, porque no le parecía correcto enviarlas de vuelta a Irlanda, el lugar que Stephen había dejado hacía tanto tiempo. Bosch dijo que lo haría, pero había esperado, decidido a no celebrar la ceremonia final hasta que hubiera cerrado el caso y hecho justicia para la familia.

Había llegado ese momento.

Caminaron a través de la maleza hasta el lugar donde se encontraban las cuatro esculturas de roca cerca del mezquite. Ninguna de las torres se había derrumbado desde la última visita de Bosch. Se mantenían en sólido equilibrio a cuatro alturas diferentes: padre, madre, hijo e hija.

Ballard y Bosch no habían hablado mucho durante el viaje. Así había sido desde Cayo Hueso. Pero, cuando él le contó su plan de ir al desierto a esparcir las cenizas, ella le preguntó inmediatamente si podía acompañarlo. Y allí estaban, en la tierra sagrada donde, como ella sabía, se había prendido la llama y Bosch había sacado el impulso para llevar el caso hasta el final, hasta el lugar donde él había hecho lo que no debía por un buen motivo.

Estaban de pie frente a las rocas y Bosch sostenía la caja con las dos manos. Un viento seco del norte mecía suavemente los pétalos de las flores a sus pies. Ballard empezó con una pregunta fácil.

—¿Cómo han ido las cosas con Maddie?

Bosch pareció considerar la respuesta durante un rato antes de hablar.

—Hablamos y ahora ella sabe lo que me pasa. No le gustó que se lo ocultara, pero creo que entiende por qué lo hice. Me dijo que quería volver a casa para cuidar de mí, pero le dije que no. Tiene que vivir su propia vida. Solo espero no convertirme en una distracción que la haga perder la concentración en el trabajo.

Ballard asintió.

—Es una buena policía —dijo—. Creo que estará bien.

Bosch permaneció en silencio. Ballard se puso en cuclillas y cogió una de las florecitas blancas. Sujetando el tallo entre el pulgar y el índice, lo hizo girar como un molinete.

—¿Por qué eligió McShane este lugar? —preguntó—. ¿Fue al azar?

—Probablemente —dijo Bosch—. Pero nunca lo sabremos. Una de las incógnitas perdurables, supongo.

—Pensé que tal vez te lo habría dicho.

Bosch apartó los ojos de las rocas para mirarla.

—No, no lo hizo —dijo.

—Lástima —dijo Ballard—. ¿Reconoció algo de lo sucedido?

Ella se puso de pie a su lado y él asintió.

—Sí. Todo. Lo confesó.

—¿Bajo coacción?

Bosch se burló.

—Él tenía la pistola, no yo.

Ballard comprendió cómo había ocurrido el episodio.

—¿Sabes lo que pienso? Creo que fuiste allí para ofrecerte a cambio de la confesión. Dejaste tus migas de pan y estabas dispuesto a sacrificarte si eso significaba que alguien podría seguir la pista y encontrarlo. Lo habríamos atrapado por ti, si no lo hacíamos por todo lo anterior. Pero entonces pasó algo... y cambiaste de opinión.

Bosch veló en silencio durante casi un minuto. Luego señaló con la cabeza las dos torres de rocas más bajas.

—Estaban despiertos y... conscientes... cuando los mató. Esos dos niños. Era la pregunta que siempre me acompañó, me atormentaba más que el hecho de que McShane se saliera con la suya.

Se detuvo ahí, pero Ballard no dijo nada.

—Es un mundo furioso —dijo Bosch—. La gente hace cosas inimaginables. Cosas que ellos mismos nunca pensarían que iban a hacer.

Ballard asintió.

—Lo entiendo.

—No. Espero que no lo entiendas nunca.

Se hizo el silencio. Ballard miró a su alrededor, observó la lejana cordillera y las salinas y luego volvió a mirar las flores a sus pies.

—Es tan fácil olvidar la gran belleza que hay en el desierto —dijo. Bosch asintió.

—Y estas flores son increíbles —agregó Ballard.

—Estrella del desierto —dijo Bosch—. Conozco a un tipo que dice que son una señal de Dios en este mundo tan jodido. Que son implacables y resistentes contra el calor y el frío, contra todo lo que quiere detenerlas.

Ballard asintió.

—Como tú —añadió Bosch.

Ballard lo miró. No dijo nada más. Tardó un momento en encontrar su voz.

—Gracias, Harry —dijo—. Por decirme la verdad.

Permanecieron en silencio durante un largo momento antes de que él volviera a hablar.

—Sabes que no voy a volver a la unidad, ¿verdad?

—Sí, lo sé.

Bosch abrió la tapa de la caja de madera y se acercó a las esculturas de roca. Metió la mano y cogió un puñado del polvo gris. Extendió la mano y dejó que las cenizas se le escurrieran entre los dedos. Lo hizo tres veces más y luego dio la vuelta a la caja y dejó que el resto se derramara; una ráfaga de viento se llevó la mayor parte.

—Cenizas a las cenizas —dijo—. ¿No es eso lo que dicen?

Luego cerró la caja, se volvió y empezó a caminar hacia el coche.

—Estoy listo —dijo.

Ballard lo siguió.

Entraron en el coche y se pusieron en marcha, de vuelta a la ciudad.

Agradecimientos

El autor desea dar las gracias a muchas personas por su ayuda y contribución a esta novela. Entre ellas: Asya Muchnick, Emad Akhtar, Bill Massey, Pamela Marshall, Mitzi Roberts, Rick Jackson, Tim Marcia, David Lambkin, Dennis Wojciechowski, Jane Davis, Heather Rizzo, Henrik Bastin, Linda Connelly, Paul Connelly, Terrill Lee Lankford, Shannon Byrne y William Ahmanson. Cualquier simplificación de los hechos o error en cuestiones políticas, procedimientos, ciencia forense, nefrología, geografía, botánica y genealogía genética aplicada a la investigación son estrictamente fallo del autor.